I0762444

La amiga estupenda

Nadie sabe con certeza quién es **Elena Ferrante**, y sus editores de origen procuran mantener una discreción absoluta sobre su identidad. Alguien ha llegado a sospechar que es un hombre; otros dicen que nació en Nápoles para trasladarse luego a Grecia y finalmente a Turín. La mayoría de los críticos la saludan como la nueva Elsa Morante, una voz extraordinaria que ha dado un vuelco a la narrativa de los últimos años con la tetralogía napolitana Dos Amigas, compuesta por *La amiga estupenda*, *Un mal nombre*, *Las deudas del cuerpo* y *La niña perdida*. Es también autora de los libros de entrevistas y artículos *La frantumaglia* y *La invención ocasional*; las novelas *El amor molesto*, *Los días del abandono* y *La hija oscura*; y el cuento infantil *La muñeca olvidada*. Su última novela es *La vida mentirosa de los adultos*.

Para más información, visita la página web de la autora: www.elenaferrante.com

ELENA FERRANTE

La amiga estupenda

Traducción de
Celia Filipetto

DEBOLS!LLO

Papel certificado por el Forest Stewardship Council®

Título original: *L'amica geniale*

Octubre de 2025

Printed in Spain – Impreso en España

ISBN: 978-84-663-6059-3
Depósito legal: B-12.164-2025

Impreso en Black Print CPI Ibérica
Sant Andreu de la Barca (Barcelona)

P 3 6 0 5 9 3

El Señor: Podrás actuar con toda libertad. Nunca he odiado a tus semejantes. De todos los espíritus que niegan, el pícaro es el que menos me desagrada. El hombre es demasiado propenso a adormecerse; se entrega pronto a un descanso sin estorbos; por eso es bueno darle un compañero que lo estimule, lo active y desempeñe el papel de su demonio.

J. W. Goethe, *Fausto*

Los personajes

La familia Cerullo (la familia del zapatero):
Fernando Cerullo, zapatero.
Nunzia Cerullo, madre de Lila.
Raffaella Cerullo, para todos Lina, solo para Elena Lila.
Rino Cerullo, hermano mayor de Lila, también zapatero.
Rino se llamará uno de los hijos de Lila.
Otros hijos.

La familia Greco (la familia del conserje):
Elena Greco, llamada Lenuccia o Lenù. Es la primogénita; vienen después Peppe, Gianni y Elisa.
El padre trabaja de conserje en el ayuntamiento.
La madre, ama de casa.

La familia Carracci (la familia de don Achille):
Don Achille Carracci, el ogro de los cuentos.
Maria Carracci, esposa de don Achille.
Stefano Carracci, hijo de don Achille, charcutero en la charcutería de la familia.
Pinuccia y Alfonso Carracci, los otros dos hijos de don Achille.

LA FAMILIA PELUSO (LA FAMILIA DEL CARPINTERO):
Alfredo Peluso, carpintero.
Giuseppina Peluso, esposa de Alfredo.
Pasquale Peluso, hijo mayor de Alfredo y Giuseppina, albañil.
Carmela Peluso, también se hace llamar Carmen, hermana de Pasquale, dependienta en una mercería.
Otros hijos.

LA FAMILIA CAPPUCCIO (LA FAMILIA DE LA VIUDA LOCA):
Melina, pariente de la madre de Lila, viuda loca.
El marido de Melina, descargaba cajas en el mercado hortofrutícola.
Ada Cappuccio, hija de Melina.
Antonio Cappuccio, su hermano, mecánico.
Otros hijos.

LA FAMILIA SARRATORE (LA FAMILIA DEL FERROVIARIO-POETA):
Donato Sarratore, revisor.
Lidia Sarratore, esposa de Donato.
Nino Sarratore, el mayor de los cinco hijos de Donato y Lidia.
Marisa Sarratore, hija de Donato y Lidia.
Pino, Clelia y Ciro Sarratore, los hijos más pequeños de Donato y Lidia.

LA FAMILIA SCANNO (LA FAMILIA DEL VERDULERO):
Nicola Scanno, verdulero.
Assunta Scanno, esposa de Nicola.
Enzo Scanno, hijo de Nicola y Assunta, también verdulero.
Otros hijos.

La familia Solara (la familia del propietario del bar-pastelería del mismo nombre):
Silvio Solara, dueño del bar-pastelería.
Manuela Solara, esposa de Silvio.
Marcello y Michele Solara, hijos de Silvio y Manuela.

La familia Spagnuolo (la familia del pastelero):
El señor Spagnuolo, pastelero del bar-pastelería Solara.
Rosa Spagnuolo, esposa del pastelero.
Gigliola Spagnuolo, hija del pastelero.
Otros hijos.

Gino, hijo del farmacéutico.

Los maestros:
Ferraro, maestro y bibliotecario.
La Oliviero, maestra.
Gerace, profesor de bachillerato superior.
La Galiani, profesora del curso preuniversitario.

Nella Incardo, la prima de Ischia de la maestra Oliviero.

Prólogo
Borrar todo rastro

1

Rino me llamó esta mañana; pensé que iba a pedirme más dinero y me preparé para decirle que no. El motivo de su llamada era otro: su madre había desaparecido.

—¿Desde cuándo?

—Desde hace dos semanas.

—¿Y me llamas ahora?

El tono debió de parecerle hostil, aunque no estaba ni enfadada ni indignada, solo me permití una pizca de sarcasmo. Intentó reaccionar pero lo hizo de un modo confuso, incómodo, en parte en dialecto, en parte en italiano. Dijo que se había figurado que su madre estaba paseando por Nápoles, como de costumbre.

—¿Y de noche también?

—Ya sabes cómo es ella.

—Ya lo sé, pero ¿a ti te parece normal una ausencia de dos semanas?

—Sí. Tú hace mucho que no la ves, ha empeorado; nunca tiene sueño, entra, sale, hace lo que le da la gana.

De todas maneras, al final se lo tomó en serio. Preguntó a todo el mundo, recorrió los hospitales, fue incluso a la policía. Nada, su madre no estaba por ninguna parte. Qué buen hijo: un hombre corpulento, de unos cuarenta años, que no había trabajado en la vida, dedicándose solo a traficar y derrochar. Imaginé el interés que había puesto en la búsqueda. Ninguno. No tenía cerebro y solo se quería a sí mismo.

—¿No estará en tu casa? —me preguntó de repente.

¿Su madre? ¿Aquí en Turín? Rino conocía bien la situación, hablaba por hablar. Él sí que era viajero, había venido a casa por lo menos unas diez veces, sin que yo lo invitara. Su madre, a la que habría recibido de buena gana, no había salido de Nápoles en su vida. Le contesté:

—No, no está en mi casa.

—¿Estás segura?

—Rino, por favor, te he dicho que no está.

—¿Entonces adónde habrá ido?

Se echó a llorar y dejé que representara su desesperación, sollozos al principio fingidos, genuinos después. Cuando se calmó le dije:

—Por favor, de vez en cuando compórtate como a ella le gustaría; no la busques.

—Pero ¿qué dices?

—Lo que has oído. Es inútil. Aprende a vivir solo y a mí tampoco me busques más.

Colgué.

2

La madre de Rino se llama Raffaella Cerullo, pero todo el mundo la ha llamado siempre Lina. Yo no, nunca usé ninguno de los dos nombres. Desde hace más de sesenta años para mí es Lila. Si la llamara Lina o Raffaella, así, de repente, pensaría que nuestra amistad ha terminado.

Hace por lo menos treinta años que me dice que quiere desaparecer sin dejar rastro, y solo yo sé qué quiere decir. Nunca tuvo en mente una fuga, un cambio de identidad, el sueño de rehacer su vida en otra parte. Tampoco pensó nunca en suicidarse, porque le repugna la idea de que Rino tenga algo que ver con su cuerpo y se vea obligado a ocuparse de él. Su propósito fue siempre otro, quería volatilizarse; quería dispersar hasta la última de sus células, que de ella no encontraran nada. Y como la conozco bien, o creo conocerla, doy por descontado que ha encontrado el modo de no dejar en este mundo ni siquiera una migaja de sí misma, en ninguna parte.

3

Han pasado los días. He mirado el correo electrónico y el postal, pero sin esperanza. Yo solía escribirle con mucha frecuencia, ella casi nunca me contestaba: esa fue siempre su costumbre. Prefería el teléfono o las largas charlas nocturnas cuando yo iba a Nápoles.

He abierto mis cajones, las cajas metálicas en las que guardo todo tipo de cosas. Pocas. Tiré muchas, en especial las relacionadas con ella, y ella lo sabe. He descubierto que no tengo nada suyo, ni una imagen, ni una notita, ni un regalo. Yo misma me he sorprendido. ¿Cómo es posible que en todos estos años no me haya dejado nada suyo, o, peor aún, que yo no haya querido conservar nada de ella? Es posible.

Días más tarde fui yo quien llamé a Rino, aunque a regañadientes. No me contestó ni en el fijo ni en el móvil. Me llamó él por la noche, sin apuro, poniendo esa voz con la que trata de inspirar lástima.

—He visto que has llamado. ¿Tienes alguna novedad?

—No. ¿Y tú?

—Tampoco.

Me dijo cosas incongruentes. Quería ir a la televisión, al programa ese en el que buscan personas desaparecidas, hacer un llamamiento, pedirle perdón por todo a su mamá, suplicarle que volviera.

Lo escuché con paciencia, después le pregunté:

—¿Has mirado en su armario?

—¿Para qué?

Naturalmente no se le había pasado por la cabeza algo tan obvio.

—Ve a mirar.

Fue a mirar y se dio cuenta de que no había quedado nada, ni un solo vestido de su madre, ni de invierno ni de verano, solo perchas viejas. Le pedí que registrara toda la casa. Habían desaparecido sus zapatos. Habían desaparecido sus pocos libros. Habían desaparecido todas sus fotos. Habían desaparecido sus diapositivas. Había desaparecido su ordenador, incluso los antiguos disquetes que se usaban antes, todo, todo lo relacionado con su experiencia de maga de la electrónica que empezó a darse maña con los ordenadores a finales de los años sesenta, en la época de las tarjetas perforadas. Rino no salía de su asombro. Le sugerí:

—Tómate todo el tiempo que te haga falta, pero después me llamas y me dices si has encontrado aunque sea un alfiler suyo.

Me llamó al día siguiente, alteradísimo.

—No hay nada.

—¿Nada de nada?

—Nada. Ha cortado todas las fotos en las que salíamos juntos, incluso en las que yo era pequeño.

—¿Has mirado bien?

—En todas partes.

—¿En el sótano también?

—Te he dicho que en todas partes. Ha desaparecido también la caja con los documentos, yo qué sé, antiguos certificados de nacimiento, contratos telefónicos, recibos de facturas. ¿Qué significa? ¿Alguien lo ha robado todo? ¿Qué buscan? ¿Qué quieren de mí y de mi madre?

Lo tranquilicé, le pedí que se calmara. Era improbable que nadie quisiera nada de él.

—¿Puedo ir a quedarme un tiempo contigo?

—No.

—Por favor, no puedo dormir.

—Arréglatelas, Rino, yo no puedo hacer nada.

Colgué y cuando me volvió a llamar, no le contesté. Me senté al escritorio.

Como siempre, Lila se pasa, pensé.

Estaba ampliando hasta la exageración el concepto de rastro. No solo quería desaparecer ella, ahora, con sesenta y seis años, sino borrar además toda la vida que había dejado a su espalda.

Me dio mucha rabia.

Veremos quién se sale con la suya, me dije. Fue entonces cuando encendí el ordenador y me puse a escribir hasta el último detalle de nuestra historia, todo lo que quedó grabado en la memoria.

Infancia
Historia de don Achille

1

Aquella vez en que Lila y yo decidimos subir las escaleras oscuras que llevaban, peldaño a peldaño, tramo a tramo, hasta la puerta del apartamento de don Achille, comenzó nuestra amistad.

Recuerdo la luz violácea del patio, los olores de una noche tibia de primavera. Las madres preparaban la cena, era hora de regresar, pero nosotras, sin decirnos una sola palabra, nos entretuvimos desafiándonos a pruebas de coraje. Desde hacía un tiempo, dentro y fuera de la escuela, no hacíamos otra cosa. Lila metía la mano y el brazo entero en la boca negra de una alcantarilla, y yo, a mi vez, la imitaba enseguida, con el corazón en la boca, confiando en que las cucarachas no se pasearan por mi piel y que las ratas no me mordieran. Lila se encaramaba a la ventana de la planta baja de la señora Spagnuolo, se colgaba de la barra de hierro por donde pasaba el hilo para tender la ropa, se columpiaba y luego se dejaba caer en la acera, y yo, a mi vez, la imitaba enseguida, aunque temiera caerme y lastimarme. Lila se introducía debajo de la piel la punta de un imperdible oxidado que había encontrado en la calle no sé cuándo y que guardaba en el bolsillo como si fuese el regalo de un hada; y yo observaba la punta metálica que excavaba un túnel blancuzco en la palma de su mano, y después, cuando ella lo extraía y me lo ofrecía, la imitaba.

En un momento dado me lanzó una de sus miradas, firme, con los ojos entrecerrados, y se dirigió hacia el edificio donde vivía don Achille. Me quedé petrificada de miedo. Don Achille era el ogro de los cuentos, me estaba terminantemente prohibido acercarme a él, hablarle, mirarlo, espiarlo, debía hacer como si él y su familia no existieran. En mi casa y en otras, había hacia él un temor y un odio que no sabía de dónde venían. Tal como hablaba de él mi padre, yo me lo había imaginado robusto, lleno de ampollas violáceas, enfurecido pese al «don», que a mí me sugería una autoridad tranquila. Era un ser hecho de no sé qué material, hierro, vidrio, ortiga, pero vivo, vivo, que soltaba un aliento caliente por la nariz y la boca. Creía que bastaba con verlo de lejos para que me metiera en los ojos algo puntiagudo y ardiente. Y si hubiese cometido la locura de acercarme a la puerta de su casa me habría matado.

Esperé un poco para ver si Lila cambiaba de idea y volvía sobre sus pasos. Yo sabía lo que quería hacer, había esperado inútilmente que se le olvidara, pero no. Las farolas todavía no se habían encendido y tampoco las luces de la escalera. De las casas salían voces nerviosas. Para seguirla debía abandonar el azul del patio y entrar en la negrura del portón. Cuando por fin me decidí, al principio no veía nada, solo notaba un olor a ropa vieja y a DDT. Cuando me acostumbré a la oscuridad, descubrí a Lila sentada en el primer peldaño del primer tramo de escalera. Se levantó y empezó a subir.

Fuimos avanzando pegadas a la pared, ella dos peldaños por delante, yo dos peldaños por detrás e indecisa entre acortar la distancia o dejar que aumentara. Me ha quedado la impresión del hombro rozando la pared desconchada y la idea de que los escalones eran muy altos, más que los del edificio donde yo vivía. Temblaba. Cada ruido de pasos, cada voz era don Achille que se nos acercaba por la espalda o venía a nuestro encuentro empuñando un cuchillo enorme, de esos para abrirles la pechuga a las gallinas. El aire olía a ajos fritos. Maria, la esposa de don Achille, me iba a echar a la sartén con aceite hirviendo, sus hijos me iban a comer, él me iba a chupar la cabeza como hacía mi padre con los salmonetes.

Nos paramos a menudo, y cada vez yo esperaba que Lila decidiera volver sobre sus pasos. Yo estaba muy sudada, ella no lo sé. De vez en cuando miraba hacia arriba, pero yo no sabía qué, solo se veía el gris de los ventanales en cada tramo de la escalera. Las luces se encendieron de repente, pero tenues, polvorientas, dejando amplias zonas de sombra erizadas de peligros. Esperamos para comprobar si había sido don Achille quien le había dado al interruptor, pero no oímos nada, ni pasos ni una puerta que se abría o se cerraba. Después, Lila siguió subiendo, y yo detrás.

Ella consideraba que hacía algo correcto y necesario, a mí se me habían olvidado todos los buenos motivos y con toda seguridad estaba allí únicamente porque estaba ella. Subíamos despacio hacia el mayor de nuestros terrores de entonces, íbamos a exponernos al miedo y a interrogarlo.

En el cuarto tramo de la escalera Lila se comportó de un modo inesperado. Se detuvo para esperarme y cuando la alcancé, me dio la mano. Ese gesto lo cambió todo entre nosotras para siempre.

2

Ella tenía la culpa. En un tiempo no muy lejano —diez días, un mes, quién sabe, entonces lo ignorábamos todo del tiempo— me había quitado mi muñeca a traición para dejarla caer al fondo de un sótano. Ahora subíamos hacia el miedo, entonces nos habíamos sentido obligadas a bajar, y a toda prisa, hacia lo desconocido. Arriba, abajo, siempre teníamos la impresión de ir al encuentro de algo terrible que, aunque ya existiera antes, era a nosotras a quien esperaba y a nadie más. Cuando se lleva poco tiempo en este mundo resulta difícil comprender cuáles son los desastres que dan origen a nuestro sentimiento del desastre, o tal vez no se siente la necesidad de comprenderlo. A la espera del mañana, los mayores se mueven en un presente detrás del que están el ayer y el anteayer o, como mucho, la semana pasada; no quieren pensar en el resto. Los pequeños desconocen el significado del ayer, del anteayer, del mañana, todo se reduce a esto, al ahora: la calle es esta, el portón es este, las escaleras son estas, esta es mamá, este es papá, este es el día, esta la noche. Yo era pequeña y, a fin de cuentas, mi muñeca sabía más que yo. Le hablaba, me hablaba. Tenía cara de celuloide con cabello de celuloide y ojos de celuloide. Llevaba un vestidito azul que le había cosido mi madre en un raro momento feliz, y estaba preciosa. La muñeca de Lila, por el contrario, tenía el cuerpo amarillento de tela relleno de serrín, me parecía fea y mugrienta. Las dos se espiaban, se sopesaban, dispuestas a escapar de nuestros brazos si estallaba un temporal, si se oían truenos, si alguien más grande y más fuerte y con dientes afilados quería agarrarlas.

Jugábamos en el patio, pero como si no jugáramos juntas. Lila se sentaba en el suelo, al lado del ventanuco de un sótano, yo, del otro lado. Nos gustaba ese sitio, en primer lugar porque, en el cemento entre los barrotes de la abertura, contra la malla de alambre, podíamos colocar tanto las cosas de Tina, mi muñeca, como las de Nu, la muñeca de Lila. Poníamos piedras, tapas de gaseosas, florecitas, clavos, esquirlas de vidrio. Yo captaba lo que Lila le decía a Nu y se lo decía en voz baja a Tina, pero cambiándolo un poco. Si ella cogía un tapón y se lo ponía en la cabeza a su muñeca como si fuese un sombrero, yo le decía a la mía, en dialecto: Tina, ponte la corona de reina, que si no te dará frío. Si Nu jugaba a la rayuela en brazos de Lila, poco después yo le hacía hacer lo mismo a Tina. Pero todavía no estábamos en la fase de decidir un juego e iniciar una colaboración. Incluso aquel lugar lo elegíamos sin ponernos de acuerdo. Lila iba allí, yo me paseaba por ahí, fingiendo ir para otro lado. Al rato, como quien no quiere la cosa, me ponía yo también junto al respiradero, pero al otro lado.

Lo que más nos atraía era el aire frío del sótano, una ráfaga que nos refrescaba en primavera y en verano. Además nos gustaban los barrotes con telarañas, la oscuridad y la tupida malla de alambre que, enrojecida por la herrumbre, se enroscaba tanto en el lado donde yo estaba como en el de Lila, formando dos rendijas paralelas a través de las cuales podíamos lanzar piedras a la oscuridad y oír el ruido cuando golpeaban el suelo. Todo era hermoso y daba miedo, entonces. A través de aquellas aberturas la oscuridad podía arrebatarnos de repente las muñecas, a veces seguras entre nuestros brazos, más a menudo colocadas expresamente junto a la malla retorcida y, por tanto, expuestas al aliento helado del sótano, a los ruidos amenazantes que provenían de ahí, a los murmullos, a los crujidos, a los roces.

Nu y Tina no eran felices. Los miedos que saboreábamos nosotras a diario eran los suyos. No nos fiábamos de la luz proyectada sobre las piedras, los edificios, el campo, las personas dentro y fuera de las casas. Intuíamos sus rincones negros, sus sentimientos contenidos, siempre al borde del estallido. Y atribuíamos a esas bocas oscuras, a las cavernas que se abrían más allá, debajo de los edificios del barrio, todo aquello que a la luz del día nos espantaba. Don Achille, por ejemplo, no estaba únicamente en su casa del último piso, sino también ahí abajo, araña entre las arañas, rata entre las ratas, una forma que adoptaba todas las formas. Me lo imaginaba con la boca abierta a causa de los largos colmillos de animal, con cuerpo de piedra vidriada y hierbas venenosas, siempre dispuesto a recibir en una enorme bolsa negra todo lo que tirábamos desde los ángulos desprendidos de la malla. Aquella bolsa era un rasgo fundamental de don Achille, la llevaba siempre, incluso en su casa, y dentro de ella echaba materia viva y muerta.

Lila sabía que yo tenía ese miedo, mi muñeca hablaba de él en voz alta. Por eso, precisamente el día en que sin ponernos de acuerdo siquiera, solo con miradas y gestos, intercambiamos por primera vez nuestras muñecas, ella, en cuanto tuvo a Tina, la empujó al otro lado de la malla y la dejó caer en la oscuridad.

3

Lila apareció en mi vida en primer curso de primaria y enseguida me impresionó porque era muy mala. Todas éramos un poco malas en esa clase, aunque solo cuando la maestra Oliviero no nos veía. Pero ella era mala siempre. Una vez rompió en mil pedazos el papel secante, luego metió los trocitos de uno en uno por el agujero del tintero, después se puso a pescarlos con el plumín y a lanzárnoslos. A mí me alcanzó dos veces en el pelo y una vez en el cuello blanco. La maestra chilló como sabía hacer ella, con su voz de aguja, larga y afilada, que nos aterraba, y como castigo le ordenó enseguida que se pusiera detrás de la pizarra. Lila no obedeció y ni siquiera pareció asustarse, al contrario, siguió lanzando por doquier pedacitos de papel secante empapados en tinta. Entonces, la maestra Oliviero, una mujer grandota que nos parecía muy vieja aunque apenas pasaba de los cuarenta, se bajó de la tarima amenazándola, tropezó no se sabe bien con qué, perdió el equilibrio y al caer se golpeó la cara contra el canto de un pupitre. Quedó tendida en el suelo, parecía muerta.

No recuerdo qué ocurrió inmediatamente después; solo recuerdo el cuerpo inmóvil de la maestra, un bulto oscuro, y a Lila que la miraba con cara seria.

Guardo en la memoria muchos incidentes como este. Vivíamos en un mundo en el que, con frecuencia, niños y adultos sufrían heridas que sangraban, luego venía la supuración y a veces se morían. Una de las hijas de la señora Assunta, la verdulera, se hirió con un clavo y murió de tétanos. El hijo menor de la señora Spagnuolo se murió de crup. Un primo mío, que tenía veinte años, fue una mañana a palear escombros y por la tarde murió aplastado, echando sangre por las orejas y la boca. El padre de mi madre se mató al caer de un andamio de un edificio en construcción. Al padre del señor Peluso le faltaba un brazo, se lo había cortado el torno a traición. La hermana de Giuseppina, la esposa del señor Peluso, murió de tuberculosis con veintidós años. El hijo mayor de don Achille —no lo había visto en mi vida y aun así me parecía recordarlo— había ido a la guerra y se murió dos veces, primero ahogado en el océano Pacífico, después devorado por los tiburones. La familia Melchiorre al completo había muerto abrazada, gritando de miedo, en pleno bombardeo. La vieja señora Clorinda se había muerto respirando gas en lugar de aire. Giannino, que iba a cuarto cuando nosotras cursábamos primero, se murió un día porque al encontrar una bomba, la había tocado. Luigina, con la que habíamos jugado en el patio o tal vez no, y era solamente un nombre, se había muerto de tifus petequial. Así era nuestro mundo, estaba lleno de palabras que mataban: el crup, el tétanos, el tifus petequial, el gas, la guerra, el torno, los escombros, el trabajo, el bombardeo, la bomba, la tuberculosis, la supuración. El origen de los muchos miedos que me han acompañado toda la vida se remontan a esos vocablos y a esos años.

Podías morirte incluso de cosas que parecían normales. Por ejemplo, podías morirte si sudabas y después bebías agua fría del grifo sin antes haberte mojado las muñecas, porque entonces te cubrías de puntitos rojos, te daba la tos y ya no podías respirar. Podías morirte si comías cerezas negras sin escupir los huesos. Podías morirte si mascabas chicle y sin querer te lo tragabas. Podías morirte sobre todo si te dabas un golpe en la sien. La sien era un sitio fragilísimo, todas teníamos mucho cuidado con eso. Bastaba con una pedrada, y las pedradas eran la norma. A la salida de la escuela una pandilla de chicos que venían del campo, capitaneada por uno que se llamaba Enzo o Enzuccio, uno de los hijos de Assunta, la verdulera, empezó a tirarnos piedras. Estaban ofendidos porque nosotras éramos más aplicadas que ellos. Cuando llegaban las pedradas todas salíamos corriendo, pero Lila no, seguía andando a paso normal y a veces incluso se detenía. Se le daba muy bien analizar la trayectoria de las piedras y esquivarlas con un movimiento tranquilo, hoy diría que elegante. Tenía un hermano mayor y quizá había aprendido de él, no sé; yo también tenía hermanos pero más pequeños que yo y de ellos no había aprendido nada. Sin embargo, cuando me daba cuenta de que se había rezagado, aunque tenía mucho miedo, me paraba y la esperaba.

Ya entonces había algo que me impedía abandonarla. No la conocía bien, nunca nos habíamos dirigido la palabra y aun así estábamos enzarzadas en una competición continua, en clase y fuera. Pero sentía confusamente que si hubiese salido corriendo junto a las demás, le habría dejado a ella algo mío que luego no me devolvería nunca.

Al principio esperaba escondida, a la vuelta de una esquina, y me asomaba para ver si Lila venía. Después, al ver que no se movía, me obligaba a reunirme con ella, le pasaba las piedras, yo también las lanzaba. Pero lo hacía sin convicción, en mi vida he hecho muchas cosas pero nunca convencida; siempre me he sentido un tanto despegada de mis propios actos. En cambio Lila, de pequeña —ahora no sé decir con certeza si ya a los seis o siete años, o cuando subimos juntas las escaleras que llevaban a la casa de don Achille y teníamos ocho, casi nueve—, se caracterizaba por tener una determinación absoluta. Ya fuera que empuñase el portaplumas tricolor con su plumín o una piedra o la barandilla de las oscuras escaleras, transmitía la idea de que lo que vendría después —clavar con una estocada precisa el plumín en el pupitre, lanzar bolitas de papel empapadas de tinta, golpear a los chicos del campo, subir hasta la puerta de don Achille— lo iba a hacer sin vacilación.

La pandilla venía del terraplén del ferrocarril y hacía acopio de piedras entre las vías. Enzo, el jefe, era un niño muy peligroso, tres años mayor que nosotras, repetidor, de cabello rubio muy corto y ojos claros. Lanzaba con precisión piedras pequeñas de bordes afilados, y Lila esperaba sus tiros para mostrarle cómo los esquivaba, hacerlo enfadar todavía más y responder enseguida con otros tiros igual de peligrosos. Una vez le dimos en el tobillo derecho, y digo le dimos porque yo le había pasado a Lila una piedra plana con los bordes mellados. La piedra pasó rozando la piel de Enzo como una cuchilla, dejándole una mancha roja de la que enseguida brotó la sangre. El niño se miró la pierna herida, es como si lo estuviera viendo: tenía entre el pulgar y el índice la piedra que se disponía a tirar, el brazo levantado para el lanzamiento; pese a eso, se detuvo estupefacto. Los niños bajo su mando también miraron la sangre, incrédulos. Lila no mostró la menor satisfacción por el buen resultado del tiro y se agachó para recoger otra piedra. Yo la agarré del brazo, fue nuestro primer contacto, un contacto brusco y asustado. Intuía que la pandilla se volvería más feroz y quería que nos retirásemos. Pero no hubo tiempo. A pesar de que le sangraba el tobillo, Enzo se recuperó del estupor y lanzó la piedra que tenía en la mano. Yo seguía sujetando con fuerza a Lila cuando la pedrada la alcanzó en la frente y me la arrancó de la mano. Un momento después la vi tendida en la acera con la cabeza rota.

4

Sangre. En general manaba de las heridas tras haber intercambiado maldiciones horrendas y repugnantes obscenidades. Se seguía siempre ese procedimiento. Mi padre, que a mí me parecía un hombre bueno, profería continuamente insultos y amenazas si alguien, como decía él, no era digno de estar sobre la faz de la tierra. La tenía tomada especialmente con don Achille. Siempre tenía algo que echarle en cara y a veces me tapaba los oídos con las manos para que sus palabrotas no me dejaran demasiado impresionada. Cuando hablaba con mi madre lo llamaba «tu primo», pero mi madre renegaba enseguida de ese vínculo de sangre (el parentesco era muy lejano) y aumentaba la dosis de insultos. Me aterraban sus ataques de ira, y me aterraba sobre todo que don Achille pudiera tener oídos tan finos para captar incluso los insultos dichos a gran distancia. Temía que viniese a matarlos.

Pese a todo, el enemigo jurado de don Achille no era mi padre sino el señor Peluso, un carpintero muy hábil, que siempre andaba sin dinero porque se jugaba cuanto ganaba en la trastienda del bar Solara. Peluso era el padre de una de nuestras compañeras del colegio, Carmela, de Pasquale, ya mayor, y de otros dos hijos, niños más miserables que nosotras, con los que Lila y yo jugábamos a veces y que en el colegio y fuera siempre intentaban robarnos nuestras cosas, la pluma, la goma, el dulce de membrillo; tanto era así que siempre regresaban a casa cubiertos de cardenales por las palizas que les dábamos.

Las veces en que lo veíamos, el señor Peluso nos parecía la imagen de la desesperación. Por una parte, lo perdía todo en el juego, y por la otra, en público la emprendía a golpes con todo el mundo porque no sabía cómo darle de comer a su familia. Por oscuros motivos atribuía su ruina a don Achille. Le achacaba el haberle quitado a traición, como si su cuerpo tenebroso fuese un imán, todas las herramientas de su oficio de carpintero, inutilizando así su taller. Le reprochaba que se hubiese quedado también con el taller y lo hubiese transformado en charcutería. Me pasé años imaginando la pinza, la sierra, las tenazas, el martillo, la mordaza y miles de clavos, aspirados en forma de enjambre metálico por la materia que componía a don Achille. Años viendo salir de su cuerpo, tosco y cargado de materias heterogéneas, salamis, *provoloni*, mortadelas, manteca de cerdo y jamón, siempre en forma de enjambre.

Hechos ocurridos en malos tiempos. Don Achille debió de manifestarse en toda su monstruosa naturaleza antes de que naciéramos nosotras. Antes. Lila utilizaba a menudo esa fórmula, en la escuela y fuera. Pero parecía que no le importara tanto lo que había ocurrido antes de nosotras —acontecimientos en general oscuros, sobre los que los mayores callaban o se pronunciaban con mucha reticencia—, sino que hubiese realmente existido un antes. Era eso lo que por entonces la dejaba perpleja e incluso a veces la ponía nerviosa. Cuando nos hicimos amigas me habló tanto de esa cosa absurda —antes de nosotras— que acabó por contagiarme su nerviosismo. Era el tiempo largo, larguísimo, en el que no habíamos estado; el tiempo en el que don Achille se había mostrado a todos tal como era: un ser malvado de indefinido aspecto animal-mineral que, al parecer, se llevaba la sangre ajena mientras a él nadie podía quitársela, tal vez ni siquiera fuera posible arañarlo.

Estábamos en el segundo curso de primaria, creo, y todavía no nos hablábamos, cuando se corrió la voz de que justo delante de la iglesia de la Sagrada Familia, al salir de misa, el señor Peluso se había puesto a chillar enfurecido contra don Achille, y don Achille, tras dejar a su hijo mayor, Stefano, a Pinuccia, a Alfonso, que tenía nuestra edad, a su esposa, y mostrarse un momento con su forma más horripilante, se había abalanzado sobre Peluso, lo había levantado en peso y lo había lanzado contra un árbol de los jardincillos para dejarlo allí tirado, inconsciente, mientras sangraba por cien heridas en la cabeza y en todas partes, sin que el pobrecito pudiera decir siquiera: ayudadme.

5

No siento nostalgia de nuestra niñez, está llena de violencia. Nos pasaba de todo, en casa y fuera, a diario, pero no recuerdo haber pensado nunca que la vida que nos había tocado en suerte fuese especialmente fea. La vida era así y punto; crecíamos con la obligación de complicársela a los demás antes de que nos la complicaran a nosotras. Sin duda, a mí me hubieran gustado los modales amables que predicaban la maestra y el párroco, pero sentía que esos modales no eran los adecuados para nuestro barrio, aunque fueras niña. Las mujeres peleaban entre ellas más que los hombres, se agarraban de los pelos, se hacían daño. Hacer daño era una enfermedad. De niña imaginaba que unos animales pequeñísimos, casi invisibles, venían de noche al barrio, salían de las charcas, de los vagones de los trenes abandonados más allá del terraplén, de las hierbas malolientes llamadas fétidas, de las ranas, de las salamandras, de las moscas, de las piedras, del polvo, y entraban en el agua, en la comida y el aire, para que nuestras madres y nuestras abuelas se volvieran rabiosas como perras sedientas. Estaban más contaminadas que los hombres, porque ellos se enfurecían por cualquier cosa pero al final se calmaban, mientras que ellas, en apariencia silenciosas y complacientes, cuando se enfadaban iban hasta el fondo de su rabia sin detenerse nunca.

Lila quedó muy marcada por lo que le ocurrió a Melina Cappuccio, pariente de su madre. Y yo también. Melina vivía en el mismo edificio que mis padres; nosotros en el segundo piso, ella, en el tercero. Tenía poco más de treinta años y seis hijos, pero nos parecía una vieja. Su marido tenía la misma edad, descargaba cajas en el mercado hortofrutícola. Lo recuerdo bajo y ancho, pero buen mozo, con una cara orgullosa. Una noche salió de casa como de costumbre y se murió, quizá asesinado, quizá de cansancio. Se celebró un funeral muy amargo al que asistió todo el barrio, también mis padres, también los padres de Lila. Después pasó un tiempo y vete a saber qué le ocurrió a Melina. Por fuera siguió siendo la misma, una mujer seca, de nariz grande, pelo ya encanecido, voz aguda que al atardecer, a través de la ventana, llamaba a sus hijos de uno en uno, por el nombre, con sílabas alargadas y rabiosa desesperación: Aaa-daaa, Miii-chè. Al principio recibió mucha ayuda de Donato Sarratore, que vivía en el apartamento justo encima del suyo, en el cuarto y último piso. Donato era asiduo de la parroquia de la Sagrada Familia y, como buen cristiano, se desveló por Melina; reunió dinero, ropa y zapatos usados, le colocó a Antonio, el hijo mayor, en el taller de Gorresio, un conocido suyo. Melina le estaba tan agradecida que, en su pecho de mujer desolada, la gratitud se transformó en amor, en pasión. Nadie sabía si Sarratore llegó a notarlo. Era un hombre muy cordial pero muy serio, casa, iglesia y trabajo, formaba parte del personal viajero de los Ferrocarriles del Estado, tenía un sueldo fijo con el que mantener dignamente a su esposa Lidia y a sus cinco hijos; el mayor se llamaba Nino. Cuando no cubría la línea Nápoles-Paola de ida y vuelta, se dedicaba a hacer arreglos en casa, iba a la compra, sacaba a pasear en el cochecito al recién nacido. Cosas muy extrañas en el barrio. A nadie se le ocurría que Donato se prodigara de aquel modo para aliviar las fatigas de su mujer. No: los hombres de todos los edificios, con mi padre a la cabeza, lo tenían por un hombre al que le gustaba hacer de mujercita, con mayor razón porque escribía poemas y se los leía de buen grado a quien fuese. A Melina tampoco se le ocurrió nunca. La viuda prefirió pensar que él, por pura bondad, dejaba que su esposa le pusiera el pie encima, y por eso decidió luchar ferozmente contra Lidia Sarratore para liberarlo y permitir que se juntara con ella de forma estable. Al principio, la guerra que siguió me resultaba divertida, pues en mi casa y fuera de ella se comentaba entre carcajadas malintencionadas. Lidia tendía las sábanas recién lavadas y Melina se subía al alféizar y se las ensuciaba con una caña cuya punta había quemado expresamente en el fuego; Lidia pasaba debajo de las ventanas y Melina le escupía en la cabeza o le echaba baldazos de agua sucia; de día, Lidia hacía ruido paseándose sobre su cabeza junto con sus hijos revoltosos, y Melina se ensañaba y se pasaba la noche entera golpeando el techo con el palo de la fregona. Sarratore trató por todos los medios de poner paz, pero era un hombre demasiado sensible, demasiado cortés. Así, de desprecio en desprecio, las dos empezaron a soltar palabrotas en cuanto se cruzaban por la calle o las escaleras, palabras duras, feroces. Fue a partir de ese momento cuando empezaron a darme miedo. Una de las tantas escenas terribles de mi niñez comienza con los gritos de Melina y Lidia, los insultos que se lanzaban desde las ventanas y en las escaleras; sigue luego con mi madre que sale apresuradamente a la puerta de casa, la abre y se asoma al rellano seguida por nosotros, los niños; y termina con una imagen que todavía hoy me resulta insoportable: las dos vecinas enzarzadas rodando escaleras abajo, la cabeza de Melina que golpea contra el suelo del rellano, a pocos centímetros de mis zapatos, como un melón blanco que se te ha resbalado de las manos.

Me resulta difícil decir por qué en aquel entonces nosotras, las niñas, estábamos de parte de Lidia Sarratore. Quizá porque tenía rasgos regulares y cabello rubio. O porque Donato era suyo y comprendíamos que Melina quería quitárselo. O porque los hijos de Melina iban sucios y andrajosos, mientras que los de Lidia iban lavados y bien peinados, y Nino, el primogénito, un par de años mayor que nosotras, era guapo y nos gustaba. Lila era la única que estaba a favor de Melina, pero nunca nos explicó por qué. En determinada circunstancia se limitó a decir que si Lidia Sarratore terminaba asesinada le estaría bien empleado, y yo pensé que opinaba así en parte porque tenía mal corazón y en parte porque ella y Melina eran parientes lejanas.

Un día regresábamos de la escuela, éramos cuatro o cinco niñas. Con nosotras iba Marisa Sarratore, que normalmente nos acompañaba no porque nos cayera simpática sino porque esperábamos, a través de ella, entrar en contacto con su hermano mayor, es decir, con Nino. Fue ella la primera en ver a Melina. La mujer caminaba a paso lento, al otro lado de la avenida; llevaba en una mano un cucurucho de papel del que se servía con la otra mano y comía. Marisa nos la señaló llamándola esa furcia, pero sin desprecio, solo porque repetía la fórmula que su madre utilizaba en casa. Aunque era más bajita y flaquísima, Lila le dio una bofetada tan fuerte que la tendió en el suelo, y lo hizo en frío, como hacía ella en todas las situaciones violentas, sin gritar antes y sin gritar después, sin una sola palabra de preaviso, sin poner los ojos como platos, gélida y decidida.

Primero auxilié a Marisa, que lloraba, la ayudé a levantarse, y después me volví para ver qué hacía Lila. Había bajado de la acera y caminaba en dirección a Melina, cruzando la avenida, sin fijarse en los camiones que pasaban. En su actitud más que en la cara vi algo que me turbó y que aún hoy me resulta difícil definir, tanto me cuesta que por ahora me conformaré con expresarlo así: a pesar de que se movía cruzando la avenida, pequeña, morena, nerviosa, a pesar de que lo hacía con su habitual determinación, estaba inmóvil. Inmóvil dentro de aquello que estaba haciendo la pariente de su madre, inmóvil por la pena, inmóvil, de sal como las estatuas de sal. Incondicional. Formaba un todo con Melina, que en una mano llevaba el oscuro jabón blando recién comprado en el semisótano de don Carlo, mientras con la otra se iba sirviendo y se lo comía.

6

El día en que la maestra Oliviero se cayó de la tarima y se golpeó en un pómulo contra el pupitre, yo, como he dicho, la consideré muerta, muerta en el trabajo como mi abuelo o el marido de Melina, y me pareció que la consecuencia sería que Lila también moriría por el castigo terrible que iban a imponerle. Sin embargo, durante una temporada que no sé definir —breve, larga—, no pasó nada. Se limitaron a desaparecer ambas, maestra y alumna, de nuestros días y de la memoria.

Todo era muy sorprendente entonces. La maestra Oliviero regresó al colegio viva, y empezó a ocuparse de Lila no para castigarla, como nos habría parecido natural, sino para alabarla.

Esta nueva fase comenzó cuando del colegio mandaron llamar a la señora Cerullo, la madre de Lila. Una mañana el bedel llamó a la puerta y la anunció. A continuación entró Nunzia Cerullo, irreconocible. Ella, que como la gran mayoría de las mujeres del barrio iba siempre desgreñada, en chancletas y con ropa vieja y raída, apareció con traje de ceremonia (boda, comunión, confirmación, funeral), de color oscuro, un bolso negro reluciente, zapatos con algo de tacón que le martirizaban los pies hinchados, y le entregó a la maestra dos paquetitos envueltos en papel, uno con azúcar y otro con café.

La maestra aceptó de buen grado el regalo y, mirando a Lila que tenía la vista clavada en el pupitre, le dijo a la señora Cerullo y a toda la clase frases cuyo sentido general me desorientó. Cursábamos primer año de la escuela primaria. Estábamos empezando a aprender el alfabeto y los números del uno al diez. Yo era la mejor de la clase, sabía reconocer todas las letras, sabía decir uno, dos, tres, cuatro, etcétera, recibía continuos elogios por mi buena letra, ganaba las escarapelas tricolores que cosía la maestra. Sin embargo, a pesar de que Lila la había hecho caer y acabar en el hospital, la Oliviero le dijo por sorpresa que era la mejor de todos. Claro que era la más mala. Claro que había hecho eso tan terrible de lanzarnos bolitas de papel secante empapadas en tinta. Claro que si esa niña no se hubiese comportado de un modo tan indisciplinado, ella, nuestra maestra, no se habría caído de la tarima y hecho una herida en el pómulo. Claro que se veía obligada a castigarla continuamente con la vara o a ponerla de rodillas sobre trigo duro detrás de la pizarra. Pero había un hecho que, como maestra y también como persona, la llenaba de alegría, un hecho maravilloso que había descubierto días antes, por casualidad.

Aquí hizo una pausa, como si no le alcanzaran las palabras o como si quisiera enseñarle a la madre de Lila y a nosotras que casi siempre cuentan más los hechos que las palabras. Cogió una tiza y escribió en la pizarra (ahora no recuerdo qué fue, yo no sabía leer, por tanto me invento la palabra) «sol». Después le preguntó a Lila:

—Cerullo, ¿qué pone aquí?

En el aula se hizo un silencio cargado de curiosidad. Lila esbozó una media sonrisa, casi una mueca, y se inclinó hacia un lado, echándose encima de su compañera de pupitre, que mostró su fastidio con grandes aspavientos. Después leyó enfurruñada:

—Sol.

Nunzia Cerullo miró a la maestra, su mirada dubitativa rayaba en el pánico. En un primer momento la Oliviero no pareció comprender cómo era posible que aquellos ojos de madre no reflejaran el mismo entusiasmo que ella sentía. Pero después debió de intuir que Nunzia no sabía leer o que no estaba segura de que en la pizarra estuviese escrito precisamente «sol», y frunció el ceño. Entonces, en parte para aclarar la situación a la señora Cerullo, en parte para alabar a nuestra compañera, le dijo a Lila:

—Te felicito, pone exactamente eso, sol. —Después le ordenó—: Ven, Cerullo, sal a la pizarra.

Lila fue a la pizarra de mala gana; la maestra le tendió la tiza.

—Escribe pizarra —le dijo.

Muy concentrada, con letra temblorosa, trazando una letra más arriba, otra más abajo, escribió: «pizara».

La Oliviero añadió la segunda erre y la señora Cerullo, al ver la corrección, le dijo desolada a su hija:

—Te has equivocado.

Pero la maestra se apresuró a tranquilizarla:

—No, no, no; Lila tiene que practicar, eso sí, pero ya sabe leer, ya sabe escribir. ¿Quién le ha enseñado?

La señora Cerullo dijo bajando los ojos:

—Yo no.

—Pero ¿en su casa o en el edificio donde vive hay alguien que pueda haberlo hecho?

Nunzia negó enérgicamente con la cabeza.

Entonces la maestra se dirigió a Lila y, con genuina admiración, le preguntó delante de todas nosotras:

—¿Quién te ha enseñado a leer y a escribir, Cerullo?

Cerullo, pequeña, con el cabello, los ojos y la bata negros, el lazo rosa en el cuello y apenas seis años de vida, contestó:

—Yo.

7

Según Rino, el hermano mayor de Lila, la niña había aprendido a leer alrededor de los tres años mirando las letras y los dibujos de su silabario. Se sentaba a su lado en la cocina mientras él hacía los deberes y aprendía más de lo que conseguía aprender él.

Rino tenía casi seis años más que Lila, era un muchacho valiente que destacaba en todos los juegos del patio y de la calle, especialmente en el lanzamiento de la peonza. Pero leer, escribir, hacer cuentas, aprender poemas de memoria, no eran cosas para él. Tenía menos de diez años cuando Fernando, su padre, para enseñarle el oficio de zapatero remendón empezó a llevárselo todos los días a su cuchitril, en una callejuela pasada la avenida, donde tenía su zapatería de viejo. Cuando nosotras, las niñas, nos los encontrábamos, le notábamos el olor a pies sucios, a empella vieja, a cola, y nos burlábamos de él, lo llamábamos suelachinelas. Tal vez por eso se jactaba de ser el origen de la habilidad de su hermana. Pero en realidad nunca había tenido un silabario, y no se había sentado un solo minuto, jamás, para hacer los deberes. Era imposible entonces que Lila hubiese aprendido de sus fatigas escolares. Lo más probable era que hubiese entendido precozmente cómo funcionaba el alfabeto gracias a las hojas de periódico con las que los clientes envolvían los zapatos viejos, y que su padre llevaba algunas veces a casa para leer a su familia las crónicas más interesantes.

En cualquier caso, que las cosas hubiesen sido de un modo o de otro, el hecho era el mismo: Lila sabía leer y escribir, y de aquella mañana gris en que la maestra nos lo reveló me quedó grabada sobre todo la sensación de debilidad que esa noticia dejó en mí. La escuela, desde el primer día, me había parecido un lugar mucho más bonito que mi casa. Era el lugar del barrio en el que me sentía más segura, iba muy emocionada. En clase prestaba atención, hacía con el mayor de los cuidados todo aquello que me mandaban, aprendía. Pero sobre todo me gustaba gustarle a la maestra, me gustaba gustarles a todos. En casa era la preferida de mi padre y mis hermanos también me querían. El problema era mi madre, con ella no había manera de que las cosas funcionaran. Me parecía que, ya por entonces, cuando yo tenía poco más de seis años, mi madre hacía lo imposible por darme a entender que yo era algo superfluo en su vida. Yo no le caía bien a ella y ella tampoco me caía bien a mí. Me repugnaba su cuerpo, y ella probablemente lo intuía. Era medio rubia, de ojos azules, opulenta. Pero no se sabía nunca hacia dónde miraba su ojo derecho. Y tampoco le funcionaba la pierna derecha, la llamaba la pierna dañada. Cojeaba y su paso me inquietaba, sobre todo de noche, cuando no podía dormir y recorría el pasillo, iba a la cocina, regresaba, y vuelta a empezar. A veces la oía aplastar con taconazos furiosos las cucarachas que se colaban por la puerta de entrada, y me la imaginaba con ojos enfurecidos como cuando se enfadaba conmigo.

Seguramente no era feliz, las tareas de la casa la consumían y el dinero nunca alcanzaba. Se enojaba a menudo con mi padre, conserje en el ayuntamiento, le decía a gritos que debía ingeniárselas, que así no podíamos salir adelante. Se peleaban. Pero como mi padre no levantaba la voz ni siquiera cuando perdía la paciencia, yo siempre me ponía de parte de él y en contra de ella, aunque a veces le pegara y conmigo se mostrara amenazante. El primer día de clase había sido él y no mi madre quien me dijo: «Lenuccia, sé aplicada con la maestra y te dejaremos estudiar. Pero si no eres aplicada, si no eres la más aplicada, papá necesita ayuda e irás a trabajar». Aquellas palabras me habían dado mucho miedo y, aunque las hubiese pronunciado él, yo sentí que mi madre se las había sugerido, se las había impuesto. Les prometí a los dos que sería aplicada. Y las cosas fueron enseguida tan bien que a menudo la maestra me decía:

—Greco, ven a sentarte a mi lado.

Era un gran privilegio. La Oliviero siempre tenía a su lado una silla vacía en la que hacía sentar a las mejores alumnas como premio. En los primeros tiempos yo me sentaba continuamente a su lado. Ella me incitaba con muchas palabras de ánimo, alababa mis rizos rubios y así reafirmaba en mí las ganas de hacer las cosas bien: todo lo contrario a lo que hacía mi madre, que, cuando yo estaba en casa, dejaba caer sobre mí tal cúmulo de reproches, a veces de insultos, que me entraban ganas de retirarme a un rincón oscuro y rogar por que no me encontrara más. Después ocurrió que la señora Cerullo se presentó en el aula y la maestra Oliviero nos reveló que Lila iba mucho más adelantada que nosotras. Y no solo eso: empezó a llamarla más a ella para que se sentara a su lado. No sé qué causó dentro de mí aquel desclasamiento, hoy me resulta difícil expresar claramente, con fidelidad, lo que sentí. En un primer momento tal vez nada, algo de celos, como todas. Pero seguramente fue por aquella época cuando nació en mí una preocupación. Pensé que, aunque las piernas me funcionaban bien, corría permanentemente el riesgo de quedarme coja. Me despertaba con esa idea en la cabeza y saltaba de la cama para comprobar si mis piernas seguían siendo normales. Tal vez por eso me obsesioné con Lila, que tenía unas piernitas flaquísimas, raudas, y las movía siempre, pateaba incluso cuando estaba sentada al lado de la maestra, hasta tal punto que la mujer se ponía nerviosa y no tardaba en mandarla de vuelta a su sitio. Algo me convenció, entonces, de que si iba siempre detrás de ella, si seguía su ritmo, el paso de mi madre, que se me había metido en el cerebro y no me abandonaba, dejaría de amenazarme. Decidí que debía guiarme por aquella niña, no perderla nunca de vista, aunque se molestara y me echara de su lado.

8

Es probable que esa fuese mi forma de reaccionar a la envidia y al odio para sofocarlos. O quizá disimulé de ese modo la sensación de subordinación, la fascinación de la que era presa. Me ejercité para aceptar de buen grado la superioridad de Lila en todo, y también sus vejaciones.

Además la maestra se comportó de un modo muy sensato. Claro que a menudo llamaba a Lila para que se sentase a su lado, pero daba la impresión de que lo hacía más para que se estuviese quieta que para premiarla. De hecho, siguió elogiándonos a Marisa Sarratore, a Carmela Peluso y, sobre todo, a mí. Me dejó brillar con una luz intensa, me animó a ser cada vez más disciplinada, cada vez más diligente, cada vez más aguda. Cuando Lila salía de sus turbulencias y me superaba sin esfuerzo, la Oliviero primero me elogiaba a mí con moderación y después pasaba a ensalzar la habilidad de ella. Yo sentía mucho más el veneno de la derrota cuando las que me superaban eran Sarratore o Peluso. Pero si quedaba segunda después de Lila, adoptaba una expresión mansa de conformidad. Creo que en aquellos años tuve miedo de una sola cosa: de que en las jerarquías establecidas por la Oliviero dejaran de asociarme a Lila; dejar de oír a la maestra que decía con orgullo: «Cerullo y Greco son las mejores de la clase». Si un día hubiese dicho: las mejores son Cerullo y Sarratore, o Cerullo y Peluso, me habría muerto en el acto. Por eso empleé todas mis energías de niña no en llegar a ser la primera de la clase —me parecía imposible conseguirlo—, sino en no descender al tercero, al cuarto, al último puesto. Me dediqué al estudio y a muchas otras cosas difíciles, fuera de mi alcance, únicamente para seguirle el ritmo a esa niña terrible y deslumbrante.

Deslumbrante para mí. Para todos los demás alumnos, Lila era solo terrible. De primero a quinto curso de primaria fue, por culpa del director y un poco también de la maestra Oliviero, la niña más detestada del colegio y del barrio.

Al menos dos veces al año el director obligaba a las clases a competir entre ellas con el fin de identificar a los alumnos más brillantes y, en consecuencia, a los maestros más competentes. A la Oliviero le gustaba esta competición. En conflicto permanente con sus compañeros, con los que a veces parecía a punto de llegar a las manos, la maestra nos usaba a Lila y a mí como prueba fehaciente de lo buena que era ella, la mejor maestra de la escuela primaria de nuestro barrio. Por eso, a menudo nos llevaba a recorrer las demás aulas, incluso fuera de las ocasiones indicadas por el director, para competir con otros alumnos, niños y niñas. A mí normalmente me enviaban en misión de reconocimiento para sondear el nivel de preparación del enemigo. En general, ganaba pero sin exagerar, sin humillar ni a los maestros ni a los alumnos. Yo era una niña de rizos rubios, bonita, feliz de exhibirme, pero no descarada, y transmitía una impresión de delicadeza que enternecía. De modo que si resultaba la mejor recitando poemas, diciendo las tablas de multiplicar, haciendo divisiones y multiplicaciones, enumerando que los Alpes eran marítimos, cocios, grayos, peninos, etcétera, los demás maestros me prodigaban, pese a todo, una caricia, y los alumnos notaban cuánto me había esforzado para memorizar todos esos datos y por eso no me odiaban.

El caso de Lila era distinto. Ya en primer curso de primaria estaba más allá de toda competición posible. Más aún, la maestra decía que si se empeñaba un poco muy pronto podría examinarse de segundo y, con menos de siete años, pasar a tercero. Más tarde, la diferencia aumentó. Lila hacía mentalmente cálculos complicadísimos, en sus dictados no había un solo error, hablaba siempre en dialecto como todos nosotros, pero, si se terciaba, sacaba a relucir un italiano de manual, echando mano incluso de palabras como «avezado», «exuberante», «como usted guste». De manera que cuando la maestra la hacía entrar en liza a ella para que dijera los modos o tiempos verbales o resolviera problemas, saltaba por los aires toda posibilidad de poner al mal tiempo buena cara y los ánimos se caldeaban. Lila era demasiado para cualquiera.

Además, no dejaba un solo resquicio para la benevolencia. Reconocer su habilidad significaba para nosotros, los niños, admitir que jamás lo habríamos conseguido y que era inútil competir, y para los maestros, suponía reconocer que habían sido niños mediocres. Su rapidez mental tenía algo de silbido, de brinco, de dentellada letal. Y en su aspecto no había nada que actuara como atenuante. Iba desgreñada, sucia, en las rodillas y los codos llevaba siempre costras de heridas que nunca tenían tiempo de curarse. Los ojos grandes y vivísimos sabían volverse escrutadores, y antes de cada respuesta brillante, lanzaban una mirada que parecía no solo poco infantil, sino quizá ni siquiera humana. Cada uno de sus movimientos indicaba que no servía de nada hacerle daño porque, sea cual fuere el cariz que tomaran las cosas, ella habría encontrado el modo de causarte mucho más daño a ti.

El odio era pues tangible, yo lo percibía. Le tenían antipatía tanto las niñas como los niños, pero ellos más abiertamente. De hecho, por un motivo muy suyo y secreto, la maestra Oliviero disfrutaba llevándonos sobre todo a aquellas clases en las que se podía humillar no tanto a las alumnas y maestras como a los alumnos y maestros. Y el director, por motivos igualmente muy suyos y secretos, favorecía sobre todo las competiciones de ese tipo. Más tarde llegué a pensar que en el colegio apostaban dinero, incluso cantidades importantes, por aquellos encuentros nuestros. Pero exageraba: tal vez no fuera más que una manera de que afloraran viejos rencores o de permitir que el director tuviera en un puño a los maestros menos buenos o menos obedientes. El hecho es que una mañana a nosotras dos, que entonces cursábamos segundo, nos llevaron nada menos que a una clase de cuarto, la del maestro Ferraro, donde estaban Enzo Scanno, el hijo malvado de la verdulera, y Nino Sarratore, el hermano de Marisa al que yo amaba.

A Enzo lo conocíamos todos. Era repetidor y por lo menos en un par de ocasiones lo habían exhibido en las aulas con un cartel colgado al cuello en el que el maestro Ferraro, hombre de pelo cano, cortado a cepillo, alto y delgadísimo, cara pequeña y llena de marcas, ojos alarmados, había escrito «burro». Nino, por el contrario, era tan bueno, tan dócil, tan silencioso, que era conocido y querido en especial por mí. Como es natural, académicamente hablando Enzo era menos que cero y lo vigilaban de cerca solo porque era pendenciero. Nuestros rivales en cuestiones de inteligencia eran Nino y —según descubrimos después— Alfonso Carracci, tercer hijo de don Achille, un niño muy cuidadoso, que iba a segundo como nosotras, de siete años aunque parecía más pequeño. Se notaba que el maestro lo había convocado a cuarto curso porque confiaba más en él que en Nino, que tenía casi dos años más.

Hubo cierta tensión entre la Oliviero y Ferraro por aquella convocatoria imprevista de Carracci, después empezó la competición delante de las clases reunidas en una sola aula. Nos preguntaron los verbos, nos preguntaron las tablas de multiplicar, nos preguntaron las cuatro operaciones, primero en la pizarra y luego mentalmente. De ese detalle en especial me quedaron grabadas tres cosas. La primera es que el pequeño Alfonso Carracci me derrotó enseguida, era tranquilo y exacto, lo bueno de él era que no disfrutaba venciéndote. La segunda es que Nino Sarratore, ante la sorpresa de todos, no contestó casi nunca a las preguntas, se quedó embobado como si no entendiera lo que le preguntaban los dos maestros. La tercera es que Lila le hizo frente al hijo de don Achille con desgana, como si no le importara que pudiera ganarle. La escena se animó cuando llegaron los cálculos mentales, sumas, restas, multiplicaciones y divisiones. Pese a la desgana de Lila, que a veces se quedaba callada como si no hubiese oído la pregunta, Alfonso empezó a perder puntos, se equivocaba sobre todo en las multiplicaciones y las divisiones. Por otra parte, si el hijo de don Achille cedía, tampoco Lila estaba a la altura, de modo que parecían más o menos empatados. Fue entonces cuando ocurrió algo imprevisto. Nada menos que en dos ocasiones, cuando Lila no contestaba o Alfonso se equivocaba, desde los últimos pupitres, se oyó la voz llena de desprecio de Enzo Scanno que decía el resultado correcto.

Aquello asombró a la clase, a los maestros, al director, a mí y a Lila. ¿Cómo era posible que alguien como Enzo, perezoso, incapaz y delincuente, resolviera mentalmente cálculos complicados mejor que yo, que Alfonso Carracci, que Nino Sarratore? De golpe fue como si Lila hubiese despertado. Alfonso quedó eliminado enseguida y, con el permiso orgulloso del maestro, que se apresuró a cambiar de campeón, se inició el duelo entre Lila y Enzo.

Los dos se hicieron frente durante largo rato. En un momento dado el director, pasando por encima del maestro, pidió al hijo de la verdulera que se acercara a la tarima y se colocara al lado de Lila. Enzo dejó el último banco entre las risitas nerviosas suyas y de sus acólitos, pero después se puso junto a la pizarra, frente a Lila, ceñudo e incómodo. El duelo siguió con cálculos mentales cada vez más difíciles. El niño decía el resultado en dialecto, como si se encontrara en la calle y no en el aula, y el maestro le corregía la pronunciación, pero la cifra siempre era la correcta. Enzo parecía muy orgulloso de ese momento de gloria, él mismo estaba maravillado de lo bueno que era. Después empezó a ceder, porque Lila se había despertado definitivamente y lucía sus ojos escrutadores, muy decididos, y contestaba con precisión. Al final, Enzo perdió. Perdió pero sin resignación. Empezó a maldecir, a gritar obscenidades horribles. El maestro lo mandó ponerse de rodillas detrás de la pizarra, pero él no quiso. Le aplicaron palmetazos en los nudillos, lo arrastraron de las orejas y lo pusieron en penitencia en el rincón. Y así terminó el día de clase.

A partir de entonces la pandilla de los chicos empezó a tirarnos piedras.

9

La mañana del duelo entre Lila y Enzo es importante en nuestra larga historia. Fue entonces cuando se pusieron en marcha muchos comportamientos arduos de descifrar. Por ejemplo, se vio con claridad que, si quería, Lila podía dosificar el uso de sus capacidades. Era lo que había hecho con el hijo de don Achille. No solo no había querido derrotarlo, sino que había calibrado sus silencios y sus respuestas para no dejarse ganar. En aquella época todavía no éramos amigas y no podía preguntarle por qué se había comportado de aquella manera. En realidad no hacía falta que le preguntara nada, yo estaba en condiciones de intuir el motivo. A ella, igual que a mí, le habían prohibido ofender no solo a don Achille, sino a toda su familia.

Era así. No sabíamos de dónde salía aquel temor-odio-ojeriza-sumisión que nuestros padres manifestaban frente a los Carracci y que nos transmitían, pero existía, era un hecho concreto, como el barrio, sus casas blancuzcas, el olor miserable de los rellanos, el polvo de las calles. Con toda probabilidad también Nino Sarratore se había quedado mudo para permitir que Alfonso diera lo mejor de sí. Había balbuceado unas cuantas respuestas, guapo, bien peinado, de pestañas larguísimas, esbelto y nervioso, y al final se había callado. Para seguir amándolo quise pensar que las cosas habían ocurrido así. Pero en el fondo tenía mis dudas. ¿Su decisión había sido como la de Lila? No estaba tan segura. Yo me había echado a un lado porque Alfonso era realmente mejor que yo. Lila hubiera podido vencerlo de inmediato, sin embargo, se había inclinado por el empate. ¿Y él? Hubo algo que me confundió, puede incluso que me entristeciera: no aprecié en aquel niño una incapacidad, ni siquiera una renuncia, hoy diría que fue una capitulación. Aquel balbuceo, la palidez, el tono violáceo que de repente se le comió los ojos: qué guapo estaba así, tan lánguido, y sin embargo, cuánto me había disgustado su languidez.

En un momento dado Lila también me pareció hermosísima. En general, la guapa era yo, en cambio ella era seca como una anchoa en salmuera, desprendía un olor salvaje, tenía la cara alargada, estrecha en las sienes, ceñida entre dos mechones de cabellos lacios y negrísimos. Pero cuando había decidido acabar con Alfonso y con Enzo, se iluminó como una santa guerrera. Las mejillas se le tiñeron de rojo, señal de una llamarada que irradiaba de todos los rincones de su cuerpo, hasta el punto de que por primera vez pensé: Lila es más guapa que yo. De manera que yo era la segunda en todo. Abrigué la esperanza de que nadie lo notara jamás.

Lo más importante de aquella mañana fue descubrir que una fórmula que utilizábamos con frecuencia para evitar ser castigados ocultaba algo verdadero, por tanto ingobernable, por tanto peligroso. La fórmula era: «No lo he hecho adrede». Enzo no había entrado en la competición en curso a propósito y no había derrotado a Alfonso a propósito. Lila había derrotado a Enzo a propósito, pero no había derrotado también a Alfonso a propósito y no lo había humillado a propósito, sino que aquello no había sido más que un paso necesario. Los hechos que se derivaron de ello nos convencieron de que convenía hacerlo todo adrede, premeditadamente y así saber a qué atenerse.

Lo que ocurrió después nos golpeó de forma inesperada. Dado que casi nada se había hecho adrede, como la lava nos cayó encima un montón de cosas imprevistas, una tras otra. Alfonso regresó a su casa llorando a moco tendido a raíz de la derrota. Al día siguiente, su hermano Stefano, de catorce años, aprendiz de charcutero en la charcutería (antiguo taller del carpintero Peluso) de la que era propietario su padre, pero en la que este nunca ponía los pies, se plantó en la entrada del colegio y le dijo a Lila cosas muy feas, llegó incluso a amenazarla. Ella le gritó un insulto muy obsceno, él la empujó contra la pared y trató de agarrarle la lengua, gritando que iba a pinchársela con un alfiler. Lila volvió a casa y se lo contó todo a su hermano Rino, que, cuanto más hablaba ella, más colorado se iba poniendo y más le brillaban los ojos. Entretanto, a última hora de la tarde, cuando Enzo regresaba a su casa sin su pandilla del campo, se encontró con Stefano que lo agarró a bofetadas, puñetazos y patadas. Por la mañana, Rino fue a buscar a Stefano y empezaron a pegarse, zurrándose de lo lindo más o menos por igual. Unos días más tarde, llamó a la puerta de los Cerullo la esposa de don Achille, la tía Maria, y le montó a Nunzia un escándalo aliñado de gritos e insultos. Al cabo de poco tiempo, un domingo, después de misa, Fernando Cerullo, el zapatero, padre de Lila y Rino, un hombre pequeño y delgadísimo, se acercó tímidamente a don Achille y le pidió perdón sin decirle nunca por qué se excusaba. Yo no lo vi, o al menos no lo recuerdo, pero se comentó después que había presentado sus excusas en voz alta, de modo que se oyeran, aunque don Achille hubiese seguido de largo como si el zapatero remendón no hablara con él. Poco tiempo después, Lila y yo herimos en el tobillo a Enzo con una piedra y Enzo lanzó un guijarro que alcanzó a Lila en la cabeza. Mientras yo chillaba de miedo y Lila se incorporaba con la sangre goteándole debajo del pelo, Enzo bajó del terraplén, también sangrando, y al ver a Lila en ese estado, de un modo por completo imprevisto y, a nuestro juicio incomprensible, se echó a llorar. No pasó mucho tiempo y Rino, el hermano adorado de Lila, fue a la entrada del colegio y la emprendió a golpes con Enzo, que apenas se defendió. Rino era más grande, más corpulento y estaba más motivado. No solo eso: Enzo no dijo nada de la paliza recibida ni a su pandilla ni a su madre ni a su padre ni a sus hermanos ni a sus primos, que trabajaban todos en el campo y vendían fruta y verdura con el carrito. Y así, gracias a él, terminaron las venganzas.

10

Durante un tiempo Lila se paseó muy orgullosa con la cabeza vendada. Después se quitó la venda y a todo aquel que se lo pidiera le enseñaba la herida negra, de bordes enrojecidos, que le asomaba en la frente, debajo del nacimiento del pelo. Terminó por olvidarse de lo que le había ocurrido y si alguien le miraba fijamente la marca blanquecina que le había quedado en la piel, hacía un gesto agresivo como queriendo decir: qué miras, no te metas donde no te llaman. A mí nunca me dijo nada, ni una palabra de agradecimiento por las piedras que le había pasado, por cómo le había enjugado la sangre con el dobladillo de la bata. Pero a partir de ese momento empezó a someterme a pruebas de coraje que no guardaban relación alguna con la escuela.

Nos veíamos en el patio cada vez con más frecuencia. Nos enseñábamos nuestras muñecas pero sin que se notara, la una cerca de la otra, como si estuviésemos solas. Llegó un momento en que como prueba hicimos que se conocieran, para ver si se llevaban bien. Y así llegó el día en que jugamos al lado del ventanuco del sótano con la malla de alambre retorcida e hicimos un intercambio, ella sostuvo un rato mi muñeca y yo un rato la suya, y de buenas a primeras Lila deslizó a Tina por la abertura de la malla y la dejó caer.

Sentí un dolor insoportable. Le tenía cariño a mi muñeca de celuloide, para mí era mi posesión más preciada. Ya sabía que Lila era una niña muy mala, pero jamás hubiera esperado que me hiciera algo tan cruel. Para mí la muñeca estaba viva, saberla en el fondo del sótano, entre las mil alimañas que allí pululaban, me hundió en la desesperación. Pero en esa ocasión aprendí un arte en el que después llegaría a ser maestra. Frené la desesperación, la frené al borde de los ojos relucientes, tanto que Lila me preguntó en dialecto:

—¿No te importa?

No contesté. Mi dolor era muy hondo, pero sentía que habría sido más fuerte el dolor de pelearme con ella. Me debatía entre dos sufrimientos, uno ya iniciado, la pérdida de la muñeca, y otro posible, la pérdida de Lila. No dije nada, me limité a hacer un gesto sin desprecio, como si fuera natural, aunque no lo era; sabía que estaba arriesgando mucho. Me limité a lanzar al sótano a Nu, su muñeca, la que acababa de entregarme.

Lila me miró incrédula.

—Lo que hagas tú, lo hago yo —recité en voz alta, asustadísima.

—Ahora irás a buscarla.

—Si tú vas a buscar la mía.

Fuimos juntas. En la entrada del edificio, a la izquierda, había una puertecita que conducía a los sótanos, la conocíamos bien. Salida de quicio —uno de los batientes se aguantaba por una sola bisagra—, la puerta estaba cerrada con una cadena que a duras penas sujetaba ambas hojas. Todos los niños se sentían a la vez tentados y aterrados ante la posibilidad de forzar la puertecita lo suficiente para colarse dentro. Nosotras lo hicimos. Conseguimos el espacio necesario para que nuestros cuerpos delgados y flexibles se deslizaran al interior del sótano.

Una vez dentro, Lila delante y yo detrás, bajamos cinco escalones de piedra y nos encontramos en un lugar húmedo, mal iluminado por las pequeñas aberturas a la altura de la calle. Tenía miedo, procuré no separarme de Lila, pero ella parecía enfadada e iba decidida a encontrar su muñeca. Avancé a tientas. Notaba bajo las suelas de las sandalias objetos crujientes, vidrio, gravilla, insectos. A mi alrededor había cosas no identificables, masas oscuras, puntiagudas o escuadradas o redondeadas. La poca luz que penetraba la oscuridad caía a veces sobre cosas reconocibles: el armazón de una silla, la barra de una lámpara de techo, cajas de fruta, fondos y laterales de armarios, abrazaderas de hierro. Me causó un miedo atroz algo que parecía una cara fofa de ojos enormes de vidrio y que se alargaba hasta rematar en un mentón con forma de caja. La vi colgada de una tumbilla de madera con una expresión desolada, lancé un grito y se la señalé a Lila. Ella saltó como un resorte, se volvió y se acercó despacio dándome la espalda, alargó una mano con cuidado, la descolgó de la tumbilla. Después se volvió hacia mí. Se había colocado la cara de los ojos de vidrio sobre la suya y ahora tenía un rostro enorme, órbitas redondas sin pupilas, sin boca, solo aquella barbilla negra que le colgaba sobre el pecho.

Esos instantes me quedaron grabados en la memoria. No estoy segura, pero debió de salir de mi pecho un auténtico aullido de terror, porque ella se apresuró a decir con voz atronadora que solo era una máscara, una máscara antigás: su padre la llamaba así, guardaba una idéntica en el trastero de su casa. Seguí temblando y gimiendo, y eso evidentemente la convenció, se la arrancó de la cara y la lanzó a un rincón, en medio de un gran estruendo y una nube de polvo que se condensó entre los haces de luz que se filtraban por los ventanucos.

Me calmé. Lila miró a su alrededor, identificó la abertura por la que habíamos dejado caer a Tina y a Nu. Nos acercamos a la pared áspera y grumosa, buscamos entre las sombras. Las muñecas no estaban. Lila repetía en dialecto: no están, no están, no están, y tanteaba el suelo con las manos, cosa que yo no me atreví a hacer.

Pasaron unos minutos larguísimos. En una sola ocasión me pareció ver a Tina y el corazón me dio un vuelco; me incliné para recogerla, pero solo era una vieja hoja de periódico arrugada. No están, repitió Lila y se alejó en dirección a la salida. Entonces me sentí perdida, incapaz de quedarme allí sola y seguir buscando, incapaz de marcharme con ella sin haber encontrado a mi muñeca.

Desde lo alto de los escalones dijo:

—Se las ha llevado don Achille, las ha metido en su bolsa negra.

En ese preciso instante lo sentí, a don Achille: se arrastraba, se restregaba entre las siluetas vagas de las cosas. Entonces abandoné a Tina a su destino, huí para no perder a Lila que ya se retorcía ágil, colándose por la puerta desgoznada.

11

Creía en todo lo que ella me decía. Me quedó grabada la masa informe de don Achille que corre por galerías subterráneas con los brazos colgando, sosteniendo entre los gruesos dedos la cabeza de Nu con una mano y la de Tina con la otra. Sufrí mucho. Me dio la fiebre del crecimiento, me recuperé, volví a enfermar. Padecí una especie de disfunción táctil, a veces tenía la impresión de que, mientras todos los seres animados a mi alrededor aceleraban sus ritmos de vida, cuando yo tocaba las superficies sólidas se volvían blandas o se hinchaban dejando espacios vacíos entre su masa interna y la capa superficial. Cuando me palpaba el cuerpo tenía la impresión de que estaba tumefacto y eso me entristecía. Estaba segura de tener mejillas como globos, manos rellenas de serrín, lóbulos de las orejas como serbas maduras, pies en forma de hogazas de pan. Cuando pisé otra vez la calle y volví a ir a la escuela, sentí que el espacio también había cambiado. Parecía encadenado entre dos polos oscuros, por un extremo estaba la burbuja de aire subterráneo que presionaba desde las raíces de las casas, la siniestra caverna en la que habían caído las muñecas; por el otro estaba el globo allá en lo alto, en el cuarto piso del edificio donde vivía don Achille, que nos las había robado. Los dos balones estaban como atornillados en la punta de una barra de hierro que, en mi imaginación, cruzaba oblicuamente los apartamentos, las calles, el campo, los túneles, las vías, y los compactaba. Me sentía aprisionada dentro de aquella mordaza junto con la masa de cosas y personas de cada día, y tenía mal sabor de boca, una permanente sensación de náusea que me consumía, como si todo, así comprimido, siempre más apretado, me triturara y me convirtiera en una crema repugnante.

Fue un malestar persistente, que quizá me duró años, hasta bien entrada la primera adolescencia. Y cuando acababa de comenzar, inesperadamente recibí mi primera declaración de amor.

Lila y yo todavía no habíamos intentado subir hasta la casa de don Achille, el luto por la pérdida de Tina aún me resultaba insoportable. Un día había ido de mala gana a comprar pan. Me había mandado mi madre y ya iba de regreso a casa con el cambio firmemente sujeto en un puño para no perderlo y la hogaza todavía caliente apretada contra el pecho, cuando me di cuenta de que por la espalda se me acercaba con dificultad Nino Sarratore, que de la mano llevaba a su hermanito. En verano, Lidia, su madre, lo obligaba a salir de casa con Pino, que por entonces no tendría más de cinco años, y a no separarse nunca de él. Al llegar a una esquina, poco después de la charcutería de los Carracci, Nino intentó adelantarme, pero en vez de seguir andando me impidió el paso, me empujó contra el muro, con la mano libre apoyada en la pared a modo de barrote para que no escapara, y con la otra acercó de un tirón a su hermano, testigo silencioso de su hazaña. Y jadeante me dijo algo que no entendí. Estaba pálido, al principio sonreía, después se puso serio, luego volvió a sonreír. Al final pronunció en el italiano de la escuela:

—Cuando seamos mayores quiero casarme contigo.

Después me preguntó si mientras tanto quería ser su novia. Era un poco más alto que yo, delgadísimo, tenía el cuello largo y las orejas algo separadas de la cabeza, el pelo rebelde, ojos intensos y pestañas largas. Resultaba conmovedor el esfuerzo que hacía para vencer la timidez. Aunque yo también quería casarme con él, me dio por contestarle:

—No, no puedo.

Él se quedó con la boca abierta, Pino le dio un tirón. Y me escapé.

A partir de ese momento empecé a escabullirme cada vez que me cruzaba con él. Y eso que me parecía guapísimo. La de veces que me había quedado junto a su hermana Marisa solo por estar cerca de él y recorrer juntos el camino de vuelta a casa. Evidentemente se me declaró en el momento equivocado. Cómo iba a saber él hasta qué punto me sentía desorientada, la angustia que me daba la desaparición de Tina, de qué modo me consumía el esfuerzo de seguir a Lila, hasta qué punto me dejaba sin aliento el espacio comprimido del patio, de los edificios, del barrio. Después de lanzarme muchas y muy largas miradas desde lejos, él también empezó a evitarme. Durante un tiempo debió de temer que yo hablara a las otras niñas, y sobre todo a su hermana, de su propuesta. Era sabido que Gigliola Spagnuolo, la hija del pastelero, se había comportado así cuando Enzo le había pedido que fuese su novia. Y al enterarse, Enzo se había enfadado, a la entrada del colegio le había gritado que era una mentirosa, e incluso había llegado a amenazarla con matarla a cuchilladas. Sentí la tentación de contarlo todo yo también, pero después desistí, no se lo dije a nadie, ni siquiera a Lila cuando nos hicimos amigas. Poco a poco yo misma me olvidé del asunto.

Volví a acordarme de ello cuando, tiempo después, la familia Sarratore se mudó. Una mañana aparecieron en el patio la carreta y el caballo de Nicola, el marido de Assunta: con esa misma carreta y ese mismo caballo viejo, él y su mujer vendían fruta y verdura por las calles del barrio. Nicola tenía una hermosa cara larga y los mismos ojos azules, el mismo pelo rubio que su hijo Enzo. Además de vender fruta y verdura, también hacía mudanzas. Tanto él como Donato Sarratore, Nino y Lidia empezaron a bajar todos los bártulos, colchones, muebles, y los fueron colocando en la carreta.

Nada más oír el ruido de ruedas en el patio, las mujeres se asomaron a las ventanas, mi madre y yo también. Había una gran curiosidad. Al parecer, Donato había conseguido directamente de los Ferrocarriles del Estado una casa nueva situada en los alrededores de una plaza llamada piazza Nazionale. O quizá —dijo mi madre— su mujer lo ha obligado a mudarse para huir de las persecuciones de Melina, que le quiere quitar el marido. Tal vez. Mi madre veía siempre el mal donde, para gran disgusto mío, tarde o temprano se descubría que el mal existía de verdad, y su ojo atravesado parecía hecho expresamente para detectar los movimientos secretos del barrio. ¿Cómo iba a reaccionar Melina? ¿Sería cierto, como había oído murmurar, que había tenido un niño con Sarratore y que luego lo había matado? ¿Se pondría a gritar cosas feísimas, esa misma, entre otras? Todas, mujeres y niñas, estábamos asomadas a la ventana, tal vez para saludar con la mano a la pequeña familia que se marchaba, tal vez para asistir al espectáculo de la rabia de aquella mujer fea, seca y viuda. Vi que también Lila y Nunzia, su madre, se habían asomado para ver.

Con la mirada busqué a Nino, pero él parecía tener otras cosas de las que ocuparse. Como siempre y sin un motivo preciso, me entró un agotamiento que lo debilitaba todo a mi alrededor. Pensé que quizá se me había declarado porque ya sabía que iba a marcharse y quería decirme lo que sentía por mí. Lo miré mientras se afanaba transportando cajas llenas de cosas y sentí la culpa, el dolor de haberle dicho que no. Ahora huía como un pajarillo.

Al final cesó la procesión de muebles y trastos. Nicola y Donato se pasaron unas cuerdas para atarlo todo a la carreta. Lidia Sarratore apareció arreglada como para ir de boda, incluso se había puesto un sombrerito veraniego de paja azul. Empujaba el carrito con su hijo pequeño, escoltada a ambos lados por las dos niñas, Marisa que tenía mi edad, ocho o nueve años, y Clelia de seis. Del segundo piso llegó de pronto un ruido de objetos rotos. Casi en ese mismo momento Melina se puso a gritar. Eran unos gritos tan atormentados que, según pude ver, Lila se tapó los oídos con las manos. Resonó también la voz afligida de Ada, la segunda hija de Melina, que gritaba: mamá, no, mamá. Al cabo de un instante de incertidumbre yo también me tapé los oídos. Entretanto, empezaron a echar objetos por la ventana y fue tan grande mi curiosidad que me destapé los oídos, como si tuviese necesidad de percibir sonidos nítidos para comprender. Melina no gritaba palabras, solo aaay, aaay, como si estuviese herida. No la veíamos, de ella no asomaba siquiera un brazo o una mano para lanzar las cosas. Ollas de cobre, vasos, botellas, platos parecían volar a través de la ventana por voluntad propia, y en la calle, Lidia Sarratore avanzaba con la cabeza inclinada, la espalda doblada sobre el carrito, seguida de sus hijas; Donato se encaramaba a la carreta entre sus pertenencias, y don Nicola sujetaba el caballo por las bridas mientras los objetos golpeaban contra el asfalto, rebotaban, se rompían en pedazos que iban a parar entre las patas nerviosas del animal.

Con la mirada busqué a Lila. Vi otra cara, una cara de desconcierto. Debió de darse cuenta de que la miraba y se apartó de inmediato de la ventana. Entretanto, la carreta se movió. Pegados a la pared, sin saludar a nadie, se escabulleron hacia la verja también Lidia y sus cuatro hijos más pequeños, mientras Nino daba la impresión de no tener ganas de marcharse, seguía allí como hipnotizado por el derroche de objetos frágiles que se estampaban contra el asfalto.

En último lugar vi salir volando por la ventana una especie de mancha negra. Era una plancha de hierro macizo: el mango de hierro, la base de hierro. Cuando tenía a Tina y jugaba en casa, utilizaba la de mi madre, idéntica, con forma de proa, y fingía que era un barco en medio de la tormenta. El objeto cayó en picado, con un golpe seco, a escasos centímetros de Nino, y dejó en el suelo un agujero. Por poco, por muy poco, lo mata.

12

Ningún niño le declaró nunca a Lila su amor y ella nunca me dijo si sufrió por ello. Gigliola Spagnuolo recibía continuamente propuestas de noviazgo y yo también estaba muy requerida. En cambio Lila no gustaba, en primer lugar, porque era un palito, iba sucia y siempre tenía alguna herida, pero además porque tenía la lengua afilada, se inventaba sobrenombres humillantes y, pese a que en presencia de la maestra se lucía con palabras de la lengua italiana que nadie conocía, con nosotros hablaba únicamente en un dialecto mordaz, plagado de palabrotas, que truncaban de raíz todo sentimiento amoroso. Solo Enzo hizo algo que, si no fue exactamente una propuesta de noviazgo, al menos era una señal de admiración y respeto. Mucho después de haberle roto la cabeza con la piedra y antes, creo, de ser rechazado por Gigliola Spagnuolo, Enzo nos persiguió por la avenida y, ante mis propios ojos incrédulos, le ofreció a Lila una guirnalda de serbas.

—¿Para qué las quiero?

—Te las comes.

—¿Verdes?

—Dejas que maduren.

—No las quiero.

—Tíralas.

Eso fue todo. Enzo dio media vuelta y se fue a trabajar. Lila y yo nos echamos a reír. Hablábamos poco, pero para todas las cosas que nos ocurrían teníamos una carcajada. Me limité a decirle con tono divertido:

—A mí me gustan las serbas.

En realidad mentía, era una fruta que no comía nunca. Me atraía su color rojo amarillento cuando estaban verdes, su consistencia que relucía en los días soleados. Cuando maduraban en los balcones, adquirían ese tono marrón y se ablandaban como peras pasadas, y la piel se despegaba fácilmente dejando al descubierto una pulpa granulosa de sabor no desagradable, que se deshacía de un modo que me recordaba la carroña de las ratas a lo largo de la avenida; entonces no las tocaba siquiera. Dije aquella frase a modo de prueba, esperando que Lila me las ofreciera: toma, quédatelas. Sentí que si me hubiese entregado el regalo que le había hecho Enzo, me habría alegrado mucho más que si me hubiese dado algo suyo. No lo hizo, y aún recuerdo el sentimiento de traición cuando se las llevó a su casa. Ella misma clavó el clavo en la ventana. La vi cuando colgaba de él la guirnalda.

13

Enzo nunca más le hizo regalos. Después de pelearse con Gigliola por haber ventilado lo de su declaración, lo vimos cada vez menos. Pese a haber exhibido su habilidad para el cálculo mental era demasiado vago, de modo que el maestro no lo propuso para el examen de acceso al bachillerato elemental y él no lo lamentó, al contrario, se alegró. Se inscribió en la escuela de formación para el trabajo, pero de hecho ya trabajaba con sus padres. Madrugaba mucho e iba con su padre al mercado hortofrutícola o recorría el barrio con la carreta para vender los productos del campo, de modo que no tardó en dejar los estudios.

A nosotras, en cambio, a punto de terminar quinto de primaria, nos comunicaron que estábamos hechas para seguir estudiando. La maestra llamó por turnos a mis padres, a los de Gigliola y a los de Lila para decirles que, sin dudarlo, debíamos hacer no solo el examen para obtener el certificado de estudios primarios, sino también el de acceso al bachillerato elemental. Yo hice lo imposible para que mi padre no enviara a esa cita con la maestra a mi madre, con su cojera y el ojo atravesado y, sobre todo, siempre rabiosa, y fuese él, que era conserje y sabía expresarse con la cortesía adecuada. No lo conseguí. Fue ella, habló con la maestra y regresó a casa muy taciturna.

—La maestra quiere dinero. Dice que tiene que darle clases particulares porque el examen es difícil.

—¿Y para qué sirve ese examen? —preguntó mi padre.

—Para que estudie latín.

—¿Y por qué?

—Porque dicen que es buena.

—Pero si es buena, ¿para qué tiene que darle clases particulares la maestra?

—Para que ella esté mejor y nosotros peor.

Discutieron mucho. Al principio mi madre se mostró contraria y mi padre dudoso; después mi padre se manifestó cautamente a favor y mi madre se resignó a mostrarse algo menos contraria; al final decidieron dejar que hiciera el examen, pero con la condición de que si no lo hacía a la perfección, me sacarían enseguida de la escuela.

A Lila sus padres le dijeron que no. Nunzia Cerullo lo intentó con poca convicción, pero el padre ni siquiera quiso hablar del asunto, y además, le dio una bofetada a Rino, que le había dicho que se equivocaba. Sus padres se inclinaban incluso por no ir a ver a la maestra, pero ella los mandó citar por el director, entonces Nunzia tuvo que presentarse a la fuerza. Ante la tímida pero clara negativa de aquella mujer atemorizada, la Oliviero, huraña pero tranquila, sacó a relucir las maravillosas redacciones de Lila, las brillantes soluciones a problemas difíciles e incluso los dibujos multicolores que hacía en clase cuando se aplicaba y que nos encantaban a todas porque, sisando lápices pastel Giotto, dibujaba de un modo muy realista princesas con peinados, joyas, trajes, zapatos jamás vistos en libro alguno, ni siquiera en el cine de la parroquia. Sin embargo, cuando la negativa quedó confirmada, la Oliviero perdió la calma y arrastró a la madre de Lila al despacho del director como si se tratase de una alumna indisciplinada. Nunzia no podía ceder, no contaba con el permiso del marido. En consecuencia, dijo que no hasta el agotamiento, suyo, de la maestra y del director.

Al día siguiente, mientras íbamos al colegio, Lila me dijo con su tono de siempre: no importa, porque yo el examen lo haré igual. Me lo creí, era inútil prohibirle nada, eso lo sabían todos. Parecía la más fuerte de nosotras, las niñas, más fuerte que Enzo, que Alfonso, que Stefano, más fuerte que su hermano Rino, más fuerte que nuestros padres, más fuerte que todos los mayores, incluida la maestra, y que los carabineros que podían meterte en la cárcel. Aunque de aspecto frágil, con ella toda prohibición perdía firmeza. Sabía cómo traspasar los límites sin sufrir realmente las consecuencias. Al final la gente acababa cediendo e incluso, aunque fuese a regañadientes, se veía obligada a elogiarla.

14

Ir a la casa de don Achille también estaba prohibido, pero ella decidió hacerlo de todos modos y yo la seguí. Es más, fue en esa ocasión cuando me convencí de que nada podía detenerla, y de que todas sus desobediencias tenían unos desenlaces tan maravillosos que dejaban sin aliento.

Queríamos que don Achille nos devolviese nuestras muñecas. Por eso subimos las escaleras, y en cada peldaño estuve a punto de darme media vuelta y regresar al patio. Sigo notando la mano de Lila que aferra la mía, y me gusta pensar que se decidió a hacerlo no solo porque intuyó que yo no habría tenido el valor de llegar hasta el último piso, sino también porque ella misma, con aquel gesto, buscaba la fuerza de ánimo para continuar. Así, una junto a la otra, yo del lado de la pared y ella del lado de la barandilla, las manos apretadas con las palmas sudadas, subimos los últimos tramos. Delante de la puerta de don Achille el corazón me latía muy deprisa, lo notaba en los oídos, pero me consolé pensando que también era el ruido del corazón de Lila. En el apartamento se oían voces, tal vez de Alfonso, de Stefano o de Pinuccia. Tras una pausa larga y muda delante de la puerta, Lila giró la palomilla del timbre. Se hizo un silencio, después se oyó un chancleteo. Nos abrió la puerta doña Maria, llevaba una bata verde desteñida. Cuando habló, le vi en la boca un diente de oro muy brillante.

Creyó que buscábamos a Alfonso, estaba un poco asombrada. Lila le dijo en dialecto:

—No, queremos ver a don Achille.

—Dime a mí qué queréis.

—Queremos hablar con él.

La mujer gritó:

—Achì.

Más chancleteo. De la penumbra surgió una silueta achaparrada. Tenía el torso largo, las piernas cortas, los brazos que le bajaban hasta la altura de las rodillas y el cigarrillo colgado de la comisura, se veía la brasa. Preguntó ronco:

—¿Quién es?

—La hija del zapatero con la hija mayor de Greco.

Don Achille salió a la luz y, por primera vez, lo vimos bien. Nada de minerales, nada de destello de cristales. La cara era de carne, alargada, y el pelo se le enmarañaba únicamente sobre las orejas, todo el centro de la cabeza era brillante. Tenía los ojos relucientes, con el blanco veteado de venitas rojas, la boca ancha y fina, el mentón grueso con un hoyuelo en el centro. Me pareció feo pero no tanto como lo había imaginado.

—¿Qué quieres?

—Las muñecas —dijo Lila.

—¿Qué muñecas?

—Las nuestras.

—Aquí vuestras muñecas no nos sirven para nada.

—Las cogió usted del sótano.

Don Achille se dio media vuelta y gritó hacia el interior del apartamento:

—Pinù, ¿tú has cogido la muñeca de la hija del zapatero?

—Yo no.

—Alfò, ¿la has cogido tú?

Carcajadas.

Lila dijo con voz firme, yo no sé de dónde sacaba tanto valor:

—Las cogió usted, nosotras lo vimos.

Siguió un momento de silencio.

—¿Vosotras a mí? —preguntó don Achille.

—Sí, y las metió en su bolsa negra.

Al oír esas últimas palabras, el hombre arrugó la frente, irritado.

No podía creer que estuviésemos allí, frente a don Achille, que Lila le hablara de ese modo y él la mirara perplejo, y que allá al fondo se entreviera a Alfonso, Stefano y Pinuccia y doña Maria, que ponía la mesa para la cena. No podía creer que fuese una persona corriente, un poco bajo, un poco calvo, un poco desproporcionado, pero corriente. Por eso esperaba que de un momento a otro se transformase.

Don Achille repitió, como para entender bien el sentido de las palabras:

—¿Que yo cogí vuestras muñecas y las metí en la bolsa negra?

Sentí que no estaba enfadado sino repentinamente atormentado por el dolor, como si recibiera la confirmación de algo que ya sabía. Dijo algo en dialecto que no entendí, Maria gritó:

—Achì, ya está la cena.

—Voy.

Don Achille se llevó una mano grande y ancha al bolsillo trasero de los pantalones. Nosotras nos estrechamos la mano con más fuerza, esperando que sacara el cuchillo. Pero no, sacó la billetera, la abrió, miró en su interior y le tendió algo de dinero a Lila, no recuerdo cuánto.

—Compraos las muñecas —dijo.

Lila agarró el dinero y me arrastró escaleras abajo. Él se asomó a la barandilla y farfulló:

—Y acordaos que os las he regalado yo.

Dije en italiano, poniendo cuidado de no caerme por las escaleras:

—Buenas noches y buen provecho.

15

Poco después de Pascua de Resurrección, Gigliola Spagnuolo y yo empezamos a ir a casa de la maestra a prepararnos para el examen de acceso. La maestra vivía justo al lado de la parroquia de la Sagrada Familia, sus ventanas daban a los jardincillos y desde allí se veían, al final de los campos extensos, las torres eléctricas del ferrocarril. Gigliola pasaba debajo de mis ventanas y me llamaba. Yo estaba lista y salía corriendo. Me gustaban aquellas clases particulares, dos veces por semana, me parece. Cuando terminábamos la maestra nos convidaba a unas pastitas secas en forma de corazón y una gaseosa.

Lila no vino nunca, sus padres no habían aceptado pagarle a la maestra. Pero ella, como ya éramos muy amigas, siguió diciéndome que iba a hacer el examen y que cursaríamos el primer año del bachillerato elemental en la misma clase.

—¿Y los libros?

—Me prestas los tuyos.

Mientras tanto, con el dinero de don Achille, se compró una novela: *Mujercitas*. Se decidió porque ya la conocía y le había gustado mucho. Cuando íbamos a cuarto, la Oliviero nos había dado a las mejores alumnas unos libros para leer. A ella le había tocado *Mujercitas* acompañado de esta frase: «Este libro es para las mayores pero para ti ya va bien», y a mí me dio *Corazón*, sin la menor indicación que me explicara de qué trataba. En muy poco tiempo Lila se leyó *Mujercitas* y también *Corazón*; decía que no había punto de comparación, según ella, *Mujercitas* era precioso. Yo no logré leerlo, y a duras penas pude terminar *Corazón* en el plazo establecido por la maestra para devolverlo. Yo era y sigo siendo una lectora lenta. Cuando Lila tuvo que devolver el libro a la Oliviero, se amargó por no poder seguir releyendo *Mujercitas* y por no poder hablar conmigo de esa novela. Por eso, una mañana se decidió. Me llamó desde la calle, fuimos a los pantanos, al lugar donde habíamos enterrado dentro de una cajita metálica el dinero de don Achille, lo cogimos y fuimos a preguntarle a Iolanda, la dependienta de la papelería, que a saber desde cuándo tenía expuesto en el escaparate un ejemplar de *Mujercitas* amarillento por el sol, si con eso alcanzaba. Alcanzaba. En cuanto fuimos propietarias del libro comenzamos a vernos en el patio para leerlo en silencio, la una junto a la otra, o en voz alta. Lo leímos durante meses, tantas veces que el libro acabó roñoso y desencuadernado, perdió el lomo, empezó a soltar hilos y se le descosieron los quinternos. Pero era nuestro libro, lo queríamos con locura. Estaba bajo mi custodia, lo guardaba en mi casa junto con los libros del colegio, porque Lila no se atrevía a tenerlo en la suya. En los últimos tiempos, su padre se enfadaba en cuanto la pescaba leyendo.

Rino la protegía. Cuando se planteó lo del examen de acceso, entre él y su padre surgieron continuas discusiones. Por entonces

Rino tendría unos dieciséis años, era un muchacho muy nervioso y había iniciado su propia batalla para que le pagaran por el trabajo que hacía. Su razonamiento era el siguiente: me levanto a las seis; vengo al taller y trabajo hasta las ocho de la noche; quiero un salario. Pero esas palabras escandalizaban a su padre y a su madre. Rino tenía una cama donde dormir, comida en el plato, ¿para qué quería dinero? Su deber era ayudar a la familia, no empobrecerla. Pero el muchacho insistía, le parecía injusto deslomarse como su padre sin recibir a cambio un solo céntimo. Ante aquel argumento Fernando Cerullo le contestaba con paciencia aparente: «Yo ya te pago, Rino, te pago con creces enseñándote el oficio completo; pronto no solo sabrás remendar tacones y ribetes y colocar medias suelas; tu padre te está transmitiendo todo lo que sabe y pronto podrás hacer un zapato entero tal como mandan los cánones». Para Rino aquel pago a base de instrucción no era suficiente y se pasaban el día riñendo, sobre todo a la hora de la cena. Empezaban a hablar de dinero y terminaban peleándose por Lila.

—Si tú me pagas, ya me ocupo yo de mandarla a estudiar —decía Rino.

—¿Estudiar? ¿Por qué? ¿Acaso yo he estudiado?

—No.

—¿Y tú has estudiado?

—No.

—¿Entonces por qué debería estudiar tu hermana que es una chica?

La cosa se zanjaba casi siempre con una bofetada en la cara de Rino, que de un modo u otro, aunque sin quererlo, había faltado al respeto a su padre. Sin llorar, el muchacho pedía perdón con voz rabiosa.

Durante esas discusiones Lila callaba. Nunca me lo dijo, pero a mí me quedó la impresión de que mientras yo odiaba a mi madre, y la odiaba de verdad, profundamente, a pesar de todo ella no le guardaba ningún rencor a su padre. Decía que la colmaba de atenciones, decía que cuando él tenía que hacer cuentas, le pedía a ella que se las hiciera, decía que lo había oído comentar a sus amigos que su hija era la persona más inteligente del barrio, decía que cuando era su santo él mismo le llevaba a la cama chocolate caliente y galletas. Pero no había nada que hacer, en su manera de pensar no entraba que ella siguiera estudiando. Tampoco entraba en sus posibilidades económicas: la familia era numerosa, todos dependían de la pequeña zapatería, incluidas las dos hermanas solteras de Fernando, incluidos los padres de Nunzia. Por ese motivo, en eso de los estudios era como hablar con la pared, y en definitiva, su madre opinaba igual. El único que tenía una opinión distinta era su hermano y se enfrentaba valerosamente a su padre. Y Lila, por motivos que yo no comprendía, parecía convencida de que Rino iba a ganar. Acabaría por conseguir un salario y por enviarla a la escuela con su dinero.

—Si hay que pagar algún arancel, me lo paga él —me explicaba.

Estaba segura de que su hermano también le daría el dinero para los libros escolares e incluso para las plumas, el portaplumas, los lápices de pastel, el mapamundi, la bata y el lazo. Lo adoraba. Me dijo que cuando terminara los estudios quería ganar mucho dinero con el único objetivo de hacer de su hermano el más rico del barrio.

En ese último año de la primaria, la riqueza se convirtió en nuestra idea fija. Hablábamos de ella como en las novelas se habla de la búsqueda de un tesoro. Decíamos: cuando seamos ricas haremos esto, haremos lo otro. Al oírnos parecía que la riqueza estuviese oculta en algún lugar del barrio, dentro de unos cofres que, una vez abiertos, despedían destellos, y que estaban esperando únicamente que nosotras los encontráramos. Después, no sé por qué, las cosas cambiaron y empezamos a asociar el estudio al dinero. Creíamos que estudiar mucho nos permitiría escribir libros y que los libros nos habrían hecho ricas. La riqueza era siempre un resplandor de monedas de oro encerradas dentro de infinidad de cajas, para llegar a ella bastaba con estudiar y escribir un libro.

—Escribiremos uno juntas —dijo Lila cierta vez y aquello me llenó de alegría.

Quizá la idea cuajó cuando ella descubrió que la autora de *Mujercitas* había ganado mucho dinero con ese libro y había dado parte de su riqueza a la familia. Pero no podría jurarlo. Reflexionamos sobre el asunto, le dije que podíamos ponernos enseguida después del examen de acceso. Estuvo de acuerdo, pero no supo resistirse. Yo tenía mucho que estudiar para las clases de la tarde con Spagnuolo y la maestra, pero ella, que disponía de más tiempo libre, puso manos a la obra y escribió una novela sin mí.

Me llevé un disgusto cuando me la trajo para que la leyera, pero no dije nada, al contrario, me tragué la decepción y la elogié mucho. Eran unas diez hojas cuadriculadas, dobladas y sujetas con un alfiler para costura. La cubierta llevaba un dibujo pintado con pasteles, me acuerdo del título. Se llamaba *El hada azul*, y qué apasionante era, cuántas palabras difíciles contenía. Le dije que se la diese a leer a la maestra. No quiso. Se lo supliqué, me ofrecí a llevársela yo. No muy convencida, asintió con la cabeza.

Un día que fui a casa de la Oliviero a la clase, aproveché un momento en que Gigliola había ido al baño para sacar *El hada azul*. Le dije que era una novela hermosísima que había escrito Lila y que ella quería que la leyese. Pero la maestra, que en los últimos cinco años se había mostrado siempre entusiasmada con todo lo que hacía Lila, excepto las fechorías, contestó fríamente:

—Dile a Cerullo que le convendría estudiar para sacarse el certificado de primaria en lugar de estar perdiendo el tiempo. —Se quedó con la novela de Lila, pero la dejó encima de la mesa sin siquiera echarle un vistazo.

Esa actitud me desorientó. ¿Qué había ocurrido? ¿Se había enfadado con la madre de Lila? ¿Hacía extensivo el enfado a Lila? ¿Estaba disgustada por el dinero que los padres de mi amiga no habían querido darle? No lo entendí. Días más tarde le pregunté, cautelosa, si había leído *El hada azul*. Me contestó con un tono insólito, crípticamente, como si solo ella y yo pudiésemos comprendernos de verdad.

—¿Sabes lo que es la plebe, Greco?

—Sí, la plebe, los tribunos de la plebe, los Gracos.

—La plebe es algo muy feo.

—Sí.

—Y si alguien quiere seguir siendo de la plebe, ese alguien, sus hijos, los hijos de sus hijos no se merecen nada. Olvídate de Cerullo y piensa en ti.

La maestra Oliviero nunca dijo nada sobre *El hada azul*. Lila me pidió noticias un par de veces, después lo dejó correr. Dijo sombría:

—En cuanto tenga tiempo, escribo otra, esa no era buena.

—Era preciosa.

—Era un asco.

Dejó de ser tan vivaracha, especialmente en clase, tal vez porque se dio cuenta de que la Oliviero ya no la elogiaba, es más, había veces en que se mostraba irritada por su excesiva habilidad. De todos modos, en la competición de fin de año fue la mejor, pero no exhibió el descaro de antes. Al terminar la jornada, el director planteó a quienes seguían compitiendo —a Lila, a Gigliola y a mí— un problema dificilísimo que se había inventado él personalmente. Gigliola y yo nos afanamos sin resultado. Lila sacó a relucir sus ojos escrutadores, como de costumbre, y se aplicó. Fue la última en capitular. Con tono tímido, inusual en ella, dijo que el problema no se podía resolver porque en el texto había un error, pero no sabía decir cuál era. Fue el acabose, la Oliviero le dio un buen jabón. Yo veía a Lila delgadita, delante de la pizarra, con la tiza en la mano, muy pálida, embestida por ráfagas de frases malévolas. Notaba su sufrimiento, no lograba soportar cómo le temblaba el labio inferior y estuve a punto de estallar en lágrimas.

—Cuando no se sabe resolver un problema —concluyó la Oliviero, gélida—, no se dice: el problema tiene un error, se dice: no soy capaz de resolverlo.

El director guardó silencio. Por lo que recuerdo, el día terminó así.

16

Poco antes del examen para obtener el certificado de estudios primarios, Lila me impulsó a hacer otra de las muchas cosas que yo sola jamás habría tenido el valor de hacer. Decidimos faltar al colegio y traspasar las fronteras del barrio.

No había ocurrido nunca. Desde que tenía memoria nunca me había alejado de los edificios blancos de cuatro plantas, del patio, de la parroquia, de los jardincillos, y nunca había sentido el impulso de hacerlo. Los trenes pasaban sin cesar más allá del campo, los coches y los camiones iban y venían por la avenida, y sin embargo, no logro recordar una sola vez en que me preguntara a mí misma y le preguntara a mi padre, a la maestra: ¿adónde van los coches, los camiones, los trenes, a qué ciudad, a qué mundo?

Lila tampoco se había mostrado nunca especialmente interesada, pero esa vez lo organizó todo. Me pidió que le dijera a mi madre que después de clase nos íbamos todas a casa de la maestra, a una fiesta de fin de curso, y aunque intenté recordarle que las maestras nunca nos habían invitado a nosotras, las niñas, a una fiesta en sus casas, ella contestó que precisamente por eso debíamos dar esa explicación. El acontecimiento iba a resultar tan excepcional que ninguno de nuestros padres hubiera tenido cara para ir a preguntar a la escuela si era cierto o no. Me fié de ella, como de costumbre, y ocurrió tal como ella había dicho. En mi casa se lo creyeron todos, no solo mi padre y mis hermanos, también mi madre.

La noche anterior no pegué ojo. ¿Qué había más allá del barrio, más allá de su frontera archiconocida? A nuestras espaldas se levantaba una pequeña colina con una densa arboleda y alguna rara construcción al abrigo de las vías resplandecientes. Delante de nosotras, más allá de la avenida, discurría un camino lleno de baches que bordeaba los pantanos. A la derecha, saliendo por la verja, se extendía el borde de unos campos sin árboles bajo un cielo enorme. A la izquierda había un túnel con tres bocas, pero si nos encaramábamos hasta las vías del ferrocarril, en los días despejados, más allá de unas casas bajas, unos muros de toba y una densa vegetación, se veía una montaña celeste con una cumbre más baja y otra un poco más alta, que se llamaba Vesubio y era un volcán.

Nada de lo que teníamos ante nuestros ojos a diario, o que se alcanzaba a ver encaramándonos a la colina, nos impresionaba. Acostumbradas por los libros escolares a hablar con mucha competencia de lo que nunca habíamos visto, lo invisible era lo que nos incitaba. Lila decía que, justo en dirección al Vesubio estaba el mar. Rino, que había ido, le había contado que era agua azul, destellante, un espectáculo hermosísimo. El domingo, sobre todo en verano, pero a menudo también en invierno, en la playa, él y sus amigos salían corriendo y se bañaban, y le había prometido que la llevaría. Naturalmente no era el único que había visto el mar, también lo habían visto otros conocidos nuestros. Una vez hablaron del mar Nino Sarratore y su hermana Marisa, con el tono de quien consideraba normal eso de ir a la playa de vez en cuando a comer rosquillas de pimienta o anís y mariscos. Gigliola Spagnuolo también había ido. Ella, Nino, Marisa eran afortunados por tener unos padres que llevaban a sus hijos a hacer excursiones muy lejos, no solo a dar un paseo a los jardincillos delante de la parroquia. Los nuestros no eran así, les faltaba tiempo, les faltaba dinero, les faltaban ganas. Es verdad que me parecía conservar del mar un vago recuerdo azulado, mi madre sostenía que cuando yo era pequeña me había llevado a la playa, cuando debía hacerse baños de arena en la pierna dañada. Pero no me creía mucho lo que mi madre me decía y delante de Lila, que no sabía nada, reconocía que yo tampoco sabía nada. Así que ella pensó en hacer como Rino, ponerse en marcha e ir sola. Me convenció para que la acompañase. Al día siguiente.

Me levanté temprano, hice todo como si tuviera que ir al colegio, me preparé pan mojado en leche caliente, la cartera, la bata. Como de costumbre, esperé a Lila delante de la verja, aunque en lugar de ir hacia la derecha, cruzamos la avenida y doblamos a la izquierda, en dirección al túnel.

Era temprano y ya hacía calor. Había un fuerte olor a tierra y a hierba secándose al sol. Subimos entre arbustos altos, por senderos inestables que iban hacia las vías. Al llegar a una torre eléctrica nos quitamos las batas y las metimos en las carteras, que ocultamos entre los arbustos. Y echamos a andar por el campo, lo conocíamos muy bien y volamos entusiasmadas por una ladera que nos llevó cerca del túnel. La boca de la derecha era negrísima, nunca nos habíamos adentrado en aquella oscuridad. Nos aferramos de la mano y echamos a andar. Era un pasadizo largo, el círculo luminoso de la salida se veía muy lejos. Tras acostumbrarnos a la penumbra, aturdidas por el retumbo de nuestros pasos, vimos las vetas de agua plateada que descendían por las paredes, los grandes charcos. Seguimos andando muy tensas. Lila lanzó un grito y se echó a reír al comprobar que el sonido estallaba con violencia. Yo grité a continuación y también me eché a reír. A partir de ese momento no hicimos más que gritar, juntas o por separado: carcajadas y gritos, gritos y carcajadas, por el placer de oírlos amplificados. La tensión se atenuó, comenzó el viaje.

Nos aguardaban muchas horas en las que ninguno de nuestros familiares nos buscaría. Siempre que me viene a la cabeza el placer de ser libres, pienso en el inicio de aquel día, en el instante en que salimos del túnel y nos encontramos en un camino todo recto hasta donde alcanzaba la vista, el camino que, según lo que Rino le había contado a Lila, al final de todo, llevaba al mar. Me sentí expuesta a lo desconocido con regocijo. Nada que ver con el descenso a los sótanos o con el ascenso a la casa de don Achille. El sol lucía nebuloso y había un fuerte olor a quemado. Caminamos largo rato entre muros derrumbados invadidos por las malas hierbas, edificios bajos de los que salían voces en dialecto, a veces un estrépito. Vimos un caballo bajar cauteloso por un terraplén y cruzar el camino relinchando. Vimos a una mujer joven asomada a un balconcito, que se peinaba con el peine fino para piojos. Vimos a muchos niños llenos de mocos que dejaron de jugar y nos miraron amenazantes. También vimos a un hombre gordo en camiseta que salió de una casa derruida, se abrió la bragueta y nos enseñó el pene. Pero no nos asustamos de nada: don Nicola, el padre de Enzo, a veces nos dejaba acariciar su caballo, los niños se mostraban amenazantes también en nuestro patio y estaba el viejo don Mimì, que nos enseñaba su cosa asquerosa todas las veces que volvíamos de la escuela. Durante al menos tres horas de viaje la avenida que recorríamos no nos pareció diferente del segmento al que nos asomábamos a diario. Y nunca sentí la responsabilidad de ir por el camino correcto. Nos aferrábamos de la mano, avanzábamos una al lado de la otra, pero para mí, como de costumbre, era como si Lila estuviese diez pasos por delante y supiera exactamente qué hacer, adónde ir. Estaba acostumbrada a sentirme la segunda en todo y por eso estaba segura de que ella, que siempre era la primera, lo tenía todo claro: el ritmo, el cálculo del tiempo del que disponíamos para ir y volver, el itinerario hasta el mar. La notaba como si lo llevase todo ordenado en la cabeza de manera tal que el mundo a nuestro alrededor nunca habría podido desordenar nada. Me abandoné con alegría. Recuerdo una luz difusa que no parecía provenir del cielo sino de las profundidades de la tierra, pero cuando miraba su superficie, era pobre, repugnante.

Empezamos a notar el cansancio, a tener hambre y sed. En eso no habíamos pensado. Lila aminoró la marcha, yo la imité. En dos o tres ocasiones la sorprendí mirándome como arrepentida de haberme jugado una mala pasada. ¿Qué estaba ocurriendo? Me di cuenta de que se volvía a menudo a mirar atrás y también la imité. Empezó a sudarle la mano. Hacía rato que habíamos dejado atrás el túnel que marcaba la frontera del barrio. El camino ya recorrido nos resultaba poco familiar, como el que seguía abriéndose ante nosotras. La gente parecía del todo indiferente a nuestra suerte. Mientras tanto, a nuestro alrededor crecía un paisaje de abandono: bidones abollados, leña a medio quemar, chasis de coches, ruedas de carreta con los radios rotos, muebles medio destruidos, chatarra herrumbrada. ¿Por qué Lila miraba atrás? ¿Por qué ya no hablaba? ¿Qué era lo que no funcionaba?

Miré mejor. El cielo, que al principio estaba muy alto, parecía haber bajado. A nuestras espaldas se estaba volviendo negro, posados sobre los árboles, sobre los postes de la luz se veían unos nubarrones gruesos, pesados. Ante nosotras, en cambio, la luz seguía siendo cegadora, pero un gris violáceo la acosaba por ambos lados y tendía a difuminarla. A lo lejos retumbaron los truenos. Tuve miedo, pero lo que más me asustó fue la expresión de Lila, para mí nueva. Tenía la boca y los ojos muy abiertos, miraba nerviosamente al frente, atrás, al costado, y me estrechaba la mano con mucha fuerza. ¿Será posible, me dije, que tenga miedo? ¿Qué le está pasando?

Cayeron los primeros goterones, golpearon el polvo del camino dejando pequeñas manchas marrones.

—Nos volvemos —dijo Lila.

—¿Y el mar?

—Está demasiado lejos.

—¿Y nuestras casas?

—También.

—Entonces vayamos a ver el mar.

—No.

—¿Por qué?

La vi inquieta como nunca. Había algo —algo que tenía en la punta de la lengua y no se decidía a decirme— que de repente la obligaba a arrastrarme a toda prisa de vuelta a casa. No lo entendía, ¿por qué no seguíamos? Había tiempo, el mar no debía de estar lejos; íbamos a mojarnos de todos modos tanto si regresábamos a casa como si seguíamos adelante. Era un esquema de razonamiento que había aprendido de ella y me sorprendía que no lo aplicara.

Una luz violácea partió el cielo negro, tronó más fuerte. Lila tiró de mí con fuerza; no muy convencida, me vi corriendo en dirección a nuestro barrio. El viento empezó a soplar, los goterones se hicieron más frecuentes, en pocos segundos se transformaron en una cascada de agua. A ninguna de las dos se nos ocurrió buscar un lugar donde guarecernos. Corrimos enceguecidas por la lluvia, con la ropa empapada, los pies desnudos dentro de las sandalias gastadas que a duras penas se agarraban al suelo enfangado. Corrimos hasta quedarnos sin aliento.

Cuando ya no podíamos más, aminoramos el paso. Relámpagos, truenos, el agua de lluvia corría por los bordes de la avenida como lava, los camiones pasaban raudos y ruidosos levantando oleadas de lodo suelto. Avanzamos a paso veloz, el corazón alborotado, al principio bajo un fuerte aguacero, después bajo una lluvia leve, al final bajo un cielo gris. Estábamos empapadas, con el pelo pegado a la cabeza, los labios morados, los ojos espantados. Recorrimos nuevamente el túnel, subimos por los campos. Los arbustos cargados de lluvia nos rozaban arrancándonos estremecimientos. Encontramos las carteras, nos pusimos las batas secas encima de la ropa mojada y enfilamos hacia nuestras casas. Tensa, los ojos fijos en el suelo, Lila me soltó la mano.

Pronto comprendimos que nada había salido según lo previsto. En el barrio el cielo se había ennegrecido justamente a la salida del colegio. Mi madre se había acercado a esperarme con el paraguas para acompañarme a la fiesta en casa de la maestra. Se había enterado de que yo no estaba, de que no había ninguna fiesta. Llevaba horas buscándome. Cuando de lejos vi su silueta penosamente coja me aparté de inmediato de Lila para que no la tomara con ella y fui corriendo a su encuentro. Ni siquiera me dejó hablar. Empezó a darme bofetadas y paraguazos al tiempo que gritaba que me iba a matar si se me ocurría volver a hacer algo semejante.

Lila no se la cargó, en su casa nadie se dio cuenta de nada.

Por la noche mi madre se lo contó todo a mi padre y lo obligó a pegarme. Él se puso nervioso, de hecho no quería, terminaron discutiendo. Primero le soltó un sopapo, después, enfadado consigo mismo, me dio una soberana paliza. Me pasé la noche entera tratando de entender qué había pasado realmente. Teníamos que ir a ver el mar pero no habíamos ido, me habían dado una paliza por nada. Se había producido una misteriosa inversión de actitudes: pese a la lluvia, yo hubiera seguido adelante, me sentía lejos de todo y de todos, y la distancia —lo descubrí por primera vez—

extinguía dentro de mí todo vínculo y toda preocupación; en cambio Lila, de buenas a primeras, se había arrepentido de su propio plan, había renunciado a ver el mar, había querido regresar al otro lado de las fronteras del barrio. No lograba entenderlo.

Al día siguiente no la esperé en la verja, me fui sola para la escuela. Nos vimos en los jardincillos, ella descubrió los cardenales que llevaba en los brazos y me preguntó qué había pasado. Me encogí de hombros, total ya no tenía remedio.

—¿Te pegaron?

—¿Y qué querías que me hicieran?

—¿Siguen con la idea de mandarte a estudiar latín?

La miré perpleja.

¿Acaso era posible? ¿Me había arrastrado con ella con la esperanza de que como castigo mis padres dejaran de enviarme a cursar el bachillerato elemental? ¿O me había llevado de vuelta volando precisamente para evitarme ese castigo? ¿O acaso —todavía me lo sigo preguntando— había querido las dos cosas en momentos distintos?

17

Hicimos juntas el examen para obtener el certificado de estudios primarios. Cuando se dio cuenta de que yo iba a hacer también el de acceso, perdió las energías. Ocurrió algo que nos sorprendió a todos: yo superé ambos exámenes con diez en todo; Lila obtuvo el certificado de primaria con nueve en todo y ocho en aritmética.

No me dijo ni una sola palabra de rabia o decepción. Pero empezó a juntarse con Carmela Peluso, la hija del carpinterojugador, como si conmigo ya no tuviera bastante. Al cabo de pocos días nos convertimos en un trío en el que yo, que siempre había sido la primera de la clase, tendía a ser siempre la tercera. Hablaban y bromeaban continuamente entre ellas o, mejor dicho, Lila hablaba y bromeaba, Carmela escuchaba y se divertía. Cuando salíamos a pasear entre la parroquia y la avenida, Lila siempre iba en el medio y nosotras dos a los lados. Si me daba cuenta de que ella tendía a acercarse más a Carmela, sufría y me entraban ganas de volverme a mi casa.

En aquella última etapa Lila estaba como aturdida, parecía víctima de una insolación. Hacía mucho calor y con frecuencia nos mojábamos la cabeza en la fuente. La recuerdo con el pelo y la cara chorreando agua; no quería hacer otra cosa que hablar de cuando iríamos a la escuela el año siguiente. Se había convertido en su tema preferido y lo analizaba como si se tratase de uno de los cuentos que tenía intención de escribir para hacerse rica. Ahora, cuando hablaba se dirigía preferentemente a Carmela Peluso, que se había sacado el certificado de primaria con siete en todo y que tampoco había hecho el examen de acceso.

Lila era muy buena contando cuentos, todo parecía cierto, el colegio al que iríamos, los profesores, y hacía que me riera, que me preocupara. Una mañana la interrumpí.

—Lila —le dije—, tú no puedes cursar el bachillerato elemental, no has hecho el examen de acceso. No podéis ni tú ni Peluso.

Se enfadó. Dijo que iba a cursarlo de todos modos, con examen o sin él.

—¿Y también Carmela?

—También.

—No es posible.

—Ya lo verás.

Pero mis palabras debieron de suponer para ella una fuerte sacudida. A partir de ese momento dejó de contar cuentos sobre nuestro futuro académico y se encerró otra vez en su silencio. Después, con una determinación repentina, se puso a atormentar a todos sus familiares y a decirles a gritos que quería estudiar latín como íbamos a hacer Gigliola Spagnuolo y yo. La tomó sobre todo con Rino, que le había prometido ayudarla, pero no lo había hecho. Era inútil explicarle que ya no había nada que hacer, se volvía todavía más irracional y mala.

A principios del verano empecé a notar un sentimiento difícil de expresar en palabras. La veía nerviosa, agresiva como había sido siempre, y me alegré, la reconocía. Pero oculta tras su vieja forma de comportarse, también percibí una pena que me molestaba. Sufría, y su dolor no me gustaba. La prefería cuando era distinta a mí, muy alejada de mis angustias. Y la incomodidad que me daba saberla frágil se transformaba, por caminos secretos, en una necesidad mía de superioridad. En cuanto podía, con cautela, sobre todo cuando Carmela Peluso no estaba con nosotras, encontraba la manera de recordarle que mi expediente escolar era mejor que el suyo. En cuanto podía, con cautela, le hacía notar que yo iba a asistir al bachillerato elemental y ella no. Dejar de ser la segunda, superarla, por primera vez me pareció un éxito. Debió de darse cuenta y se volvió aún más brusca, pero no conmigo, sino con sus familiares.

Mientras esperaba que bajara al patio, a menudo oía sus chillidos que se colaban por las ventanas. Lanzaba insultos en el peor dialecto de la calle, tan vulgares que, nada más oírlos, me venían pensamientos de orden y respeto, no me parecía justo que tratara así a los mayores, incluido su hermano. Es verdad que su padre, el zapatero Fernando, cuando le daba el pronto se volvía malo. Pero todos los padres tenían sus arrebatos. Tanto más cuanto que el suyo, cuando ella no lo provocaba, era un hombre amable, simpático, muy trabajador. De cara se parecía a un actor que se llamaba Randolph Scott, pero sin fineza alguna. Era más basto, nada de colores claros, tenía una barba negra que le crecía a ojos vistas y unas manos anchas y cortas con la mugre incrustada en cada pliegue y debajo de las uñas. Bromeaba con gusto. Las veces que iba a casa de Lila me pinzaba la nariz entre el dedo índice y el medio y fingía que me la despegaba. Quería que me creyese que me la había robado y que mi nariz se agitaba prisionera entre sus dedos con la intención de huir para volver a mi cara. Aquello me parecía divertido. Pero si Rino o Lila o sus otros hijos lo hacían enojar, cuando lo oía desde la calle yo también me asustaba.

Una tarde no sé qué fue lo que pasó. En la época de calor nos quedábamos al aire libre hasta la hora de la cena. Esa vez a Lila no se le vio el pelo, fui a llamarla debajo de sus ventanas, que estaban en la planta baja. Gritaba: «Lì, Lì, Lì», y mi voz se sumaba a la muy estridente de Fernando, a la estridente de su esposa, a la insistente de mi amiga. Noté con claridad que estaba ocurriendo algo que me aterrorizaba. Por las ventanas se colaban un napolitano barriobajero y el estruendo de objetos rotos. En apariencia no pasaba nada distinto de lo que ocurría en mi casa cuando mi madre se enojaba porque el dinero no alcanzaba y mi padre se enojaba porque ella ya se había gastado parte del sueldo que le había entregado. En realidad había una diferencia sustancial. Mi padre se contenía incluso cuando estaba furioso, se volvía violento en sordina, impidiendo que su voz estallara aunque se le hincharan igualmente las venas del cuello y se le inflamaran los ojos. Fernando en cambio gritaba, rompía cosas, y la rabia se autoalimentaba, no conseguía detenerse, al contrario, los intentos de su mujer para frenarlo lo enfurecían todavía más y aunque no estuviera enfadado con ella, terminaba zurrándola. Yo insistía en llamar a Lila para sacarla de aquella tormenta de gritos, de obscenidades, de ruidos de devastación. Gritaba: «Lì, Lì, Lì», pero ella, la oí, seguía insultando a su padre.

Teníamos diez años, nos faltaba poco para cumplir los once. Yo estaba cada vez más rellena, Lila seguía siendo bajita, muy flaca, era ligera y delicada. De pronto los gritos cesaron y poco después mi amiga salió despedida por la ventana, pasó por encima de mi cabeza y aterrizó en el asfalto a mis espaldas.

Me quedé boquiabierta. Fernando se asomó sin dejar de chillar amenazas horribles contra su hija. La había lanzado como un objeto.

La miré estupefacta mientras trataba de incorporarse y me decía con una mueca casi divertida:

—No me he hecho nada.

Pero sangraba, se había roto un brazo.

18

Los padres podían hacerles eso y otras cosas más a las niñas petulantes. Después, Fernando se volvió más sombrío, más trabajador que de costumbre. Durante el resto del verano con frecuencia Carmela, Lila y yo pasábamos delante de su tiendecita; Rino nos saludaba siempre con un gesto amable, pero mientras su hija llevó el brazo escayolado, el zapatero ni siquiera la miró. Se notaba que estaba disgustado. Sus violencias de padre eran poca cosa comparadas con la violencia imperante en el barrio. Con el calor, en el bar Solara, entre pérdidas en el juego y borracheras molestas, a menudo se llegaba a la desesperación (palabra que en dialecto significaba haber perdido toda esperanza, pero también, estar sin un céntimo) y a las manos. Silvio Solara, el propietario, corpulento, barriga imponente, ojos azules y frente anchísima, guardaba detrás del mostrador un bastón oscuro con el que no dudaba en repartir leña a quien no pagara las consumiciones, a quien había solicitado préstamos y a su vencimiento no quería devolverlos, a quien hacía pactos de algún tipo y los incumplía; contaba a menudo con la ayuda de sus hijos, Marcello y Michele, muchachos de la edad del hermano de Lila, que pegaban con más dureza que su padre. Allí los golpes se daban y se recibían. Después, los hombres regresaban a casa exasperados por las pérdidas en el juego, el alcohol, las deudas, los vencimientos, las palizas y, a la primera palabra torcida, zurraban a sus familiares, una cadena de agravios que generaba agravios.

En mitad de aquel larguísimo verano sucedió un hecho que conmocionó a todos, pero que en Lila tuvo un efecto especial. Don Achille, el terrible don Achille, fue asesinado en su casa a primeras horas de la tarde de un día de agosto sorprendentemente lluvioso.

Estaba en la cocina, acababa de abrir la ventana para que entrara el aire refrescado por la lluvia. Se había levantado expresamente de la cama, interrumpiendo la siesta. Iba con un pijama celeste muy gastado, en los pies llevaba solo calcetines de color amarillento, con los talones ennegrecidos. En cuanto abrió la ventana recibió en la cara una ráfaga de lluvia y en el lado derecho del cuello, a medio camino entre la mandíbula y la clavícula, una cuchillada.

La sangre le salió a chorros del cuello y fue a golpear contra una olla de cobre colgada en la pared. El cobre era tan brillante que la sangre parecía una mancha de tinta de la cual —según contaba Lila— con trayectoria vacilante se escurría una raya negra. El asesino —ella se inclinaba por una asesina— había entrado sin violencia, en una hora en que los niños y los muchachos estaban en la calle y los mayores, si no se encontraban en el trabajo, descansaban. Seguramente había abierto con una llave falsa. Seguramente su intención era atravesarle el corazón mientras dormía, pero lo había encontrado despierto y le había clavado la cuchillada en la garganta. Don Achille se había vuelto, con toda la hoja hundida en el cuello, los ojos como platos y la sangre que salía como un río y le empapaba el pijama. Cayó entonces de rodillas y luego de bruces.

El asesino había impresionado de tal modo a Lila, que casi todos los días, seria, siempre con nuevos detalles, nos imponía el relato del suceso como si lo hubiese presenciado. Cuando la oíamos, Carmela Peluso y yo nos asustábamos; Carmela incluso no dormía por la noche. En los momentos más terribles, cuando la raya negra de sangre se escurría por la olla de cobre, los ojos de Lila se volvían escrutadores y feroces. Sin duda imaginaba que el culpable era mujer porque así le resultaba más fácil identificarse con ella.

En aquella época íbamos bastante a casa de los Peluso y jugábamos a las damas y al tres en raya, a Lila le había entrado esa pasión. La madre de Carmela nos hacía pasar al comedor, donde todos los muebles se los había hecho su marido cuando don Achille todavía no le había quitado las herramientas de carpintero y el taller. Nos sentábamos a la mesa, colocada entre dos aparadores con espejos, y jugábamos. Carmela me resultaba cada vez más antipática, pero fingía ser tan amiga de ella como de Lila, es más, en algunas circunstancias daba a entender incluso que la apreciaba más a ella. En compensación me caía muy bien la señora Peluso. Trabajaba en la Manufactura de Tabaco, pero hacía unos meses había perdido el empleo y estaba siempre en casa. No obstante, con buena y con mala racha era una persona alegre, gorda, de grandes pechos, las mejillas encendidas por dos llamas rojas, y pese a que el dinero escaseaba, siempre tenía algo rico que ofrecernos. Su marido también parecía algo más tranquilo. Ahora trabajaba de camarero en una pizzería, y se esforzaba por no ir más al bar Solara a perder a las cartas lo poco que ganaba.

Una mañana estábamos en el comedor jugando a las damas, Carmela y yo contra Lila. Estábamos sentadas a la mesa, nosotras dos de un lado, ella del otro. Tanto a espaldas de Lila como a mis espaldas y las de Carmela estaban los muebles con los espejos, idénticos. Eran de madera oscura con la cornisa de volutas. Yo veía a las tres reflejadas hasta el infinito y no lograba concentrarme por culpa de todas aquellas imágenes nuestras que no me gustaban y por los gritos de Alfredo Peluso, que ese día estaba muy nervioso y la tenía tomada con Giuseppina, su esposa.

Poco después llamaron a la puerta y la señora Peluso fue a abrir. Exclamaciones, gritos. Nosotras tres nos asomamos al pasillo y vimos a los carabineros, figuras que nos daban mucho miedo. Los carabineros prendieron a Alfredo y se lo llevaron. Él pugnaba por soltarse, gritaba, llamaba a sus hijos por sus nombres,

Pasquale, Carmela, Ciro, Immacolata, se agarraba a los muebles hechos con sus propias manos, a las sillas, a Giuseppina, juraba que no había matado a don Achille, que era inocente. Carmela lloraba desesperada, lloraban todos, yo también me eché a llorar. Lila no; Lila puso aquella cara que había puesto años antes por Melina, pero con algunas diferencias: ahora, pese a quedarse quieta, parecía estar en movimiento junto con Alfredo Peluso que lanzaba unos gritos roncos, aaah, aaah, espantosos.

Fue la escena más terrible a la que asistimos en el curso de nuestra infancia, me impresionó mucho. Lila se preocupó por Carmela, la consoló. Le decía que si su padre había sido de veras el asesino, había hecho muy bien en matar a don Achille, ahora bien, en su opinión, no había sido él: seguro que era inocente y que pronto se escaparía de la cárcel. Se pasaban todo el rato cuchicheando y si me acercaba, se alejaban un poco más para impedir que las oyera.

Adolescencia

Historia de los zapatos

1

El 31 de diciembre de 1959 Lila tuvo su primer episodio de desbordamiento. El término no es mío, es el que ella utilizó siempre forzando el significado común de la palabra. Decía que en esas ocasiones de pronto se desdibujaban los márgenes de las personas y las cosas. Aquella noche, en la terraza donde festejábamos la llegada de 1960, la asaltó de repente una sensación de ese tipo, se asustó y se la calló, todavía incapaz de nombrarla. Años más tarde, una noche de noviembre de 1980 —ambas teníamos treinta y seis años, estábamos casadas, con hijos—, me contó con todo detalle lo que le había pasado en aquella circunstancia, lo que le seguía pasando, y recurrió por primera vez a esa palabra.

Estábamos al aire libre, en lo alto de uno de los edificios del barrio. Pese al frío nos habíamos puesto vestidos ligeros y escotados para parecer guapas. Mirábamos a los chicos, alegres y agresivos, siluetas negras entusiasmadas por la fiesta, la comida, el vino espumoso. Encendían las mechas de los fuegos artificiales para celebrar el año nuevo, rito en cuya ejecución Lila había colaborado mucho, como contaré más adelante, hasta tal punto que ahora estaba contenta, miraba las estelas de fuego en el cielo. Pero de repente —me dijo—, pese al frío, había empezado a cubrirse de sudor. Tuvo la sensación de que todos gritaban demasiado y se movían demasiado deprisa. Esta sensación llegó acompañada de náuseas y a ella le pareció notar que algo absolutamente material, presente a su alrededor y alrededor de todos y de todo desde siempre, pero sin que lograra percibirlo, estuviera rompiendo los contornos de las personas y de las cosas al revelarse.

El corazón se le había puesto a latir de un modo incontrolado. Comenzaron a horrorizarla los gritos que salían de las gargantas de cuantos se movían por la terraza entre el humo, entre los estallidos, como si su sonoridad obedeciera a leyes nuevas y desconocidas. Las náuseas fueron en aumento, el dialecto había perdido toda familiaridad, se le hizo insoportable la forma en que nuestras gargantas húmedas mojaban las palabras en el líquido de la saliva. Una sensación de repulsión había asaltado todos los cuerpos en movimiento, su estructura ósea, el frenesí que los agitaba. Qué mal formados estamos, pensó, qué insuficientes somos. Los hombros anchos, los brazos, las piernas, las orejas, las narices, los ojos le habían parecido atributos de seres monstruosos, que hubiesen bajado tras colarse por algún recoveco del cielo negro. Y el asco, a saber por qué, se había concentrado sobre todo en el cuerpo de su hermano Rino, la persona que más conocía, la persona que más amaba.

Le pareció verlo por primera vez como era realmente: una forma animal achaparrada, maciza, la más vociferante, la más feroz, la más ávida, la más mezquina. El tumulto del corazón la había superado, sintió que se ahogaba. Demasiado humo, demasiado mal olor, demasiado centelleo de fuegos en medio del frío. Lila había tratado de calmarse, se había dicho: debo aferrar la estela que me está traspasando, debo lanzarla lejos de mí. En ese momento, entre los gritos de júbilo, había oído una especie de última detonación y a su lado había pasado algo como el roce de un ala. Alguien había dejado de lanzar cohetes y triquitraques y había pasado a los disparos de pistola. Su hermano Rino gritaba unas obscenidades insoportables en dirección a los destellos amarillentos.

Cuando Lila me refirió aquello, dijo también que lo que ella llamaba desbordamiento, pese a habérsele manifestado de forma clara únicamente en esa ocasión, no le resultaba del todo nuevo. Por ejemplo, a menudo había tenido la sensación de instalarse por unas pocas fracciones de segundo en una persona, una cosa, un número o una sílaba, violando sus contornos. Y el día en que su padre la había lanzado por la ventana, mientras volaba en dirección al asfalto, había tenido la certeza absoluta de que unos animalitos rojizos, muy amistosos, se dedicaban a disolver la composición de la calle para transformarla en una materia lisa y blanda. Pero aquella noche de año nuevo fue la primera vez en que notó que unos entes desconocidos rompían el perfil del mundo para revelar su naturaleza espantosa. Aquello la había conmocionado.

2

Cuando a Lila le quitaron la escayola y recuperó su bracito blancuzco pero en perfecto funcionamiento, Fernando, su padre, llegó a un pacto consigo mismo y sin pronunciarse directamente, sino por boca de Rino y de Nunzia, su esposa, le permitió asistir a una escuela en la cual no sé muy bien qué iba a aprender, estenodactilografía o contabilidad o economía doméstica, o las tres disciplinas.

Ella fue a regañadientes. Los profesores mandaron llamar a Nunzia porque su hija faltaba mucho y sin justificación, molestaba durante las clases, si le tomaban la lección se negaba a contestar, si le ponían ejercicios los hacía en cinco minutos y luego incordiaba a sus compañeras. Un buen día, a Lila le dio una gripe muy fuerte, a ella que nunca enfermaba, y pareció acogerla con una especie de abandono, hasta el punto de que el virus no tardó en arrebatarle las energías. Pasaban los días y no conseguía restablecerse. En cuanto trataba de ponerse otra vez en marcha, más pálida que de costumbre, le subía la fiebre. Un día la vi por la calle y me pareció un espíritu, el espíritu de una niña que había comido bayas venenosas tal como había visto dibujado en un libro de la maestra Oliviero. Se corrió la voz de que no tardaría en morir, y me entró una inquietud insoportable. Pero casi a su pesar, se recuperó. Y con la excusa de que estaba débil fue cada vez menos a la escuela y a final de curso la suspendieron.

Yo tampoco me sentía cómoda en primero de bachillerato elemental. Al principio tuve grandes esperanzas, y, aunque para mis adentros no lo reconocía abiertamente, también estaba contenta de haber ingresado con Gigliola Spagnuolo y no con Lila. En mi fuero íntimo, en un lugar muy secreto, disfrutaba de una escuela a la que ella jamás tendría acceso, en la que en su ausencia yo sería la mejor, y de la cual habría podido hablar para vanagloriarme cuando se presentara la ocasión. Pero no tardé en rezagarme, aparecieron otros que resultaron mejores que yo. Junto con Gigliola acabé en una especie de ciénaga, éramos animalitos asustados por nuestra propia mediocridad, y luchamos todo el curso para no quedar entre los últimos. Me llevé un chasco tremendo. Comenzó a asomar en sordina la idea de que sin Lila no habría tenido nunca el placer de pertenecer al reducidísimo grupo de los mejores.

De vez en cuando, en la entrada del colegio me cruzaba con Alfonso, el hijo menor de don Achille, pero fingíamos no conocernos. Yo no sabía qué decirle, pensaba que Alfredo Peluso había hecho bien en matar a su padre y no se me ocurrían palabras de consuelo. Ni siquiera lograba conmoverme por su condición de huérfano, era como si durante años él debiera cargar un poco con la culpa del miedo que me había inspirado don Achille. Llevaba una cinta negra cosida en la chaqueta, no reía nunca, siempre iba a lo suyo. Estaba en una clase distinta de la mía y se rumoreaba que era muy buen alumno. A final de año se supo que había superado el curso con una nota media de ocho; me deprimí aún más. Gigliola suspendió latín y matemáticas, yo salí del paso con seis en todo.

Cuando publicaron las listas con las notas, la profesora mandó llamar a mi madre, le dijo en mi presencia que en latín me había salvado gracias a su generosidad, pero que en el curso siguiente con toda seguridad no aprobaría si no recibía clases particulares. Sufrí una doble humillación: me avergoncé porque no había estado en condiciones de ser tan buena como en la primaria, y me avergoncé por la diferencia entre la figura armoniosa, dignamente ataviada de la profesora, entre su italiano que se parecía un poco al de la *Ilíada*, y la figura torcida de mi madre, con sus zapatos viejos, el pelo sin brillo, el dialecto doblegado por un italiano lleno de errores gramaticales.

Mi madre también debió de sentir el peso de aquella humillación. Regresó a casa con gesto amenazante, le dijo a mi padre que los profesores no estaban contentos conmigo, que ella necesitaba ayuda en casa y que yo debía dejar los estudios. Discutieron mucho, se pelearon y al final mi padre decidió que, como pese a todo había pasado el curso mientras Gigliola había suspendido nada menos que dos asignaturas, merecía seguir estudiando.

Pasé un verano apático, en el patio, en los pantanos, casi siempre en compañía de Gigliola, que me hablaba con frecuencia del joven universitario que iba a su casa a darle clases de repaso y que, según ella, la amaba. Yo la escuchaba pero me aburría. De vez en cuando veía a Lila paseando con Carmela Peluso, que también había ido a una escuela para estudiar no sé qué y también la habían suspendido. Sentía que Lila ya no quería ser mi amiga y esa idea me producía cansancio, como si tuviera sueño. A veces, con la esperanza de que mi madre no me viera, me tumbaba en la cama y dormitaba.

Una tarde me quedé profundamente dormida y al despertar me noté mojada. Fui al retrete para ver qué me pasaba y descubrí que llevaba las bragas manchadas de sangre. Aterrorizada por no sé bien qué, tal vez por una posible reprimenda de mi madre por haberme hecho daño entre las piernas, lavé muy bien las bragas, las estrujé y volví a ponérmelas mojadas. Y así salí al calor del patio. El corazón me latía de miedo.

Me encontré con Lila y Carmela, di un paseo con ellas hasta la parroquia. Noté que volvía a mojarme, traté de calmarme pensando que se debía a la humedad de las bragas. Cuando el miedo se hizo insoportable, le susurré a Lila:

—Tengo que contarte una cosa.

—¿Qué?

—Quiero contártela solo a ti.

La aferré del brazo tratando de alejarla de Carmela, pero Carmela nos siguió. Era tal mi preocupación que al final se lo confesé a las dos, pero dirigiéndome solo a Lila.

—¿Qué podrá ser? —pregunté.

Carmela lo sabía todo. Ella sangraba todos los meses desde hacía un año.

—Es normal —dijo—. Por naturaleza, las mujeres tenemos el mes, sangras unos días, te duele la barriga y la espalda, y luego se te pasa.

—¿Seguro?

—Seguro.

El silencio de Lila me empujó hacia Carmela. La naturalidad con la que me había contado lo poco que sabía me tranquilizó, hizo que me resultara simpática. Pasé toda la tarde hablando con ella hasta la hora de cenar. Averigüé que por esa herida no te morías. Al contrario «significa que eres mayor y que puedes tener hijos, si un hombre te mete su cosa en la barriga».

Lila se quedó escuchando sin decir nada o casi nada. Le preguntamos si ella sangraba como nosotras, la vimos dudar y después, de mala gana, nos contestó que no. De pronto me pareció pequeña, más pequeña de lo que yo la había visto siempre. Era seis o siete centímetros más baja, toda piel y huesos, palidísima pese a que se pasaba el día al aire libre. Y la habían suspendido. Y ni siquiera sabía lo que era sangrar. Y ningún chico se le había declarado nunca.

—A ti también te vendrá —le dijimos las dos con fingido tono de consuelo.

—A mí me la trae floja —dijo—, no lo tengo porque no quiero que me venga, me da asco. Y me dan asco las que lo tienen.

Hizo ademán de irse pero se detuvo y me preguntó:

—¿Cómo es el latín?

—Lindo.

—¿Eres buena?

—Mucho.

Pensó un momento y farfulló:

—Yo dejé que me suspendieran a propósito. No quiero ir a ninguna escuela.

—¿Y qué vas a hacer?

—Lo que me gusta.

Nos dejó plantadas en medio del patio y se fue.

No volvimos a verle el pelo el resto del verano. Yo me hice muy amiga de Carmela Peluso, que, a pesar de su fastidiosa oscilación entre el exceso de risas y el exceso de quejas, había sufrido la influencia de Lila de un modo tan poderoso que, por momentos, se convertía en una especie de sucedáneo. Carmela hablaba imitando sus tonos, utilizaba algunas de sus muletillas, gesticulaba de un modo parecido y cuando caminaba trataba de moverse como ella, aunque físicamente era más parecida a mí: graciosa y regordeta, rebosante de salud. Esa especie de apropiación indebida me disgustaba y me atraía al mismo tiempo. Me debatía entre la irritación por aquella nueva versión que me parecía una caricatura y la fascinación porque, aunque diluidos, los modales de Lila me cautivaban. Y al final con esos modales Carmela consiguió ligarme a ella. Me contó que la nueva escuela había sido horrible: todos le hacían desprecios y los profesores no la podían ni ver. Me habló de cuando iban a Poggioreale con su madre y sus hermanos a visitar a su padre, y del hartón de llorar que se daban. Me contó que su padre era inocente, que quien había matado a don Achille era un ser negruzco, mitad macho pero sobre todo hembra, que vivía junto con las ratas y salía de las cloacas incluso de día, hacía las cosas terribles que debía hacer y después volvía a esconderse bajo tierra. Sin venir a cuento de nada, con una sonrisa fatua, me contó que se había enamorado de Alfonso Carracci. De la sonrisa pasó al llanto: era un amor que la atormentaba y la agotaba, la hija del asesino se había enamorado del hijo de la víctima. En cuanto lo veía cruzar el patio o se lo cruzaba en la avenida se sentía desfallecer.

Esta última fue una confidencia que me dejó muy asombrada y consolidó nuestra amistad. Carmela juró que no se lo había contado a nadie más, ni siquiera a Lila: si había decidido sincerarse conmigo era porque ya no aguantaba más con todo aquello dentro. Me gustaron sus tonos dramáticos. Analizamos todas las posibles consecuencias de esa pasión hasta que volvieron a abrir los colegios y yo ya no tuve tiempo de escucharla.

Vaya historia. Tal vez ni siquiera Lila habría sabido construir un cuento como aquel.

3

Comenzó una época de malestar. Engordé, en el pecho me asomaron bajo la piel dos brotes durísimos, florecieron los pelos en las axilas y el pubis, me volví triste y nerviosa a un tiempo. En el colegio me costaba avanzar más que en los años anteriores, los ejercicios de matemáticas casi nunca me daban el resultado previsto en el libro de texto, las frases de latín parecían no tener ni pies ni cabeza. En cuanto podía, me encerraba en el retrete y me miraba al espejo, desnuda. Ya no sabía quién era. Empecé a sospechar que iba a cambiar cada vez más, hasta que en mí asomara realmente mi madre, coja, con el ojo bizco, y que entonces nadie iba a quererme. Lloraba con frecuencia, así de repente. Entretanto, el pecho pasó de ser duro a hacerse más grande y más blando. Me sentí a merced de fuerzas oscuras que actuaban desde el interior de mi cuerpo, estaba siempre ansiosa.

Una mañana, a la salida del colegio, Gino, el hijo del farmacéutico, me siguió por la calle y me dijo que según sus compañeros, mis pechos no eran auténticos, que me los rellenaba con guata. Hablaba y reía. También me dijo que él creía que eran auténticos y que había apostado veinte liras. Dijo entonces que, si ganaba la apuesta, se quedaría con diez liras y me daría a mí las otras diez, pero que debía demostrarle que no llevaba relleno de guata.

Aquella petición me dio mucho miedo. Como no sabía qué comportamiento adoptar, a sabiendas recurrí al tono descarado de Lila:

—Dame las diez liras.

—¿Por qué, tengo razón yo?

—Sí.

Salió corriendo y me marché decepcionada. Pero poco después volvió a darme alcance con un compañero de su clase, un chico delgadísimo cuyo nombre no recuerdo, que lucía una pelusilla oscura en el labio. Gino me dijo:

—Él también debe estar presente, si no, los otros no creerán que he ganado.

Recurrí otra vez al tono de Lila:

—Antes quiero el dinero.

—¿Y si llevas guata?

—No llevo guata.

Me dio las diez liras y los tres subimos en silencio hasta el último piso de un edificio, a pocos metros de los jardincillos. Allí, al lado de una puertecita de hierro que daba a la terraza, adornada de forma nítida por delicados segmentos luminosos, me subí la camiseta y les enseñé los pechos. Los dos se quedaron quietos mirando como si no pudieran dar crédito a sus ojos. Después dieron media vuelta y salieron corriendo escaleras abajo.

Lancé un suspiro de alivio y me fui al bar Solara a comprarme un helado.

Aquel episodio me quedó grabado en la memoria: por primera vez experimenté la fuerza de atracción que mi cuerpo ejercía en los chicos, pero sobre todo me di cuenta de que Lila, como un fantasma exigente, no solo influía en Carmela sino también en mí. Si en una circunstancia como aquella hubiese tenido que tomar una decisión en pleno desorden de las emociones, ¿qué habría hecho yo? Salir corriendo. ¿Y si hubiese estado en compañía de Lila? La habría agarrado del brazo y le habría susurrado: vámonos, y después, como siempre, me habría quedado, solamente porque ella, como de costumbre, habría decidido quedarse. Sin embargo, en su ausencia, tras una breve vacilación, me había puesto en su lugar. O mejor aún, le había hecho un lugar en mí. Cuando volvía a pensar en el momento en que Gino me había planteado su petición, sentía con precisión cómo me había puesto freno a mí misma, cómo había imitado la mirada, el tono y el gesto de Cerullo en situaciones de conflicto desfachatado, y me alegraba de haberlo hecho. Pero por momentos me preguntaba un tanto inquieta: ¿hago como Carmela? Me parecía que no, me parecía que era diferente, pero no sabía explicarme en qué sentido y eso echaba a perder mi alegría. Cuando pasé con el helado delante del taller de Fernando y vi a Lila abstraída ordenando zapatos en una larga ménsula, sentí la tentación de llamarla y contárselo todo, para ver qué pensaba. Pero ella no me vio y seguí de largo.

4

Estaba siempre ocupada. Ese año Rino la obligó a reinscribirse en la escuela pero volvió a faltar mucho y a dejar que la suspendieran. Su madre le pedía que la ayudara en casa, su padre le pedía que se quedara en la tienda, y ella de buenas a primeras, en lugar de ofrecer resistencia, parecía incluso contenta de deslomarse para los dos. Las raras veces en que nos vimos de casualidad —los domingos después de misa o paseando entre los jardincillos y la avenida— no mostró ninguna curiosidad por mis estudios, enseguida se ponía a hablar por los codos del trabajo que hacían su padre y su hermano.

Se había enterado de que, de joven, su padre había querido emanciparse, había huido del taller de su abuelo, también zapatero remendón, para irse a trabajar a una fábrica de calzado de Casoria donde había hecho zapatos para todos, incluso para quienes iban a la guerra. Había descubierto que Fernando sabía fabricar un zapato a mano, de principio a fin, y que conocía a la perfección las máquinas y sabía utilizarlas todas, la cortadora, la ribeteadora, la esmeriladora. Me habló de cuero, de empellas, de marroquineros y marroquinerías, del tacón entero y del medio tacón, de la preparación del hilo, de las plantillas y de cómo se aplicaba la suela, se coloreaba y se le daba brillo. Usó todas aquellas palabras del oficio como si fueran mágicas y su padre las hubiese aprendido en un mundo encantado —Casoria, la fábrica— del que había regresado como un explorador ahíto, tan ahíto que ahora prefería el pequeño taller familiar, el banco tranquilo, el martillo, el pie de hierro, el buen olor a cola mezclado con el de los zapatos gastados. Y me arrastró al interior de aquel vocabulario con tan enérgico entusiasmo, que su padre y Rino, gracias a esa habilidad que tenían de encerrar los pies de la gente en unos zapatos sólidos, cómodos, me parecieron las mejores personas del barrio. Y después de cada una de estas conversaciones regresaba a mi casa con la impresión de que, como no pasaba mis días en el taller de un zapatero y tenía como padre a un simple conserje, se me excluía de un raro privilegio.

En clase empecé a sentirme inútilmente presente. Pasé meses y meses con la sensación de que los libros de texto habían perdido toda promesa, toda energía. A la salida del colegio, aturdida por la infelicidad, pasaba delante del taller de Fernando solo para ver a Lila en su lugar de trabajo, sentada a una mesita, en el fondo, con su torso delgadísimo sin un indicio de pecho, el cuello fino, la cara demacrada. No sé qué hacía exactamente, pero allí estaba, activa, tras el cristal de la puerta, engarzada entre la cabeza gacha de su padre y la cabeza gacha de su hermano, sin libros, sin clases, sin deberes para casa. A veces me paraba y miraba el escaparate con las cajas de betún, los zapatos viejos recién remendados, los nuevos colocados en la horma para estirar el cuero, ensancharlos y hacerlos más cómodos, como si fuera una clienta interesada en la mercancía. Me alejaba a regañadientes solo cuando ella me veía y me saludaba, yo respondía al saludo y ella volvía a concentrarse en el trabajo. A menudo era Rino el primero en advertir mi presencia y me hacía reír con muecas cómicas. Incómoda, me iba corriendo sin esperar la mirada de Lila.

Para mi sorpresa, un domingo me vi hablando apasionadamente de zapatos con Carmela Peluso. Ella compraba *Sogno* y devoraba fotonovelas. Al principio me parecía tiempo perdido, después yo también les echaba un vistazo, y entonces leíamos juntas en los jardincillos y comentábamos las historias y las frases de los personajes, escritas en letras blancas sobre fondo negro. Carmela tendía más que yo a pasar sin solución de continuidad de los comentarios sobre las historias de amor simuladas a los comentarios sobre la historia de su amor verdadero, el que sentía por Alfonso. Yo, para no ser menos, le hablé de Gino, el hijo del farmacéutico, y le dije que me quería. No se lo creyó. A sus ojos, el hijo del farmacéutico era una especie de príncipe inalcanzable, futuro heredero de la farmacia, un señor que jamás se habría casado con la hija de un conserje; estuve a punto de contarle de aquella vez en que me había pedido que le enseñara los pechos, que yo había accedido y ganado diez liras. Pero sobre las rodillas teníamos bien desplegada la fotonovela *Sogno* y mis ojos repararon en los preciosos zapatos de tacón de una de las actrices. Me pareció un tema impactante, más que la historia de las tetas, y no pude resistirme, empecé a alabarlos y a alabar a quien los había hecho tan bonitos y a fantasear con que si hubiésemos llevado unos zapatos como esos, ni Gino ni Alfonso se nos habrían resistido. Cuanto más hablaba más me daba cuenta con cierta turbación de que trataba de hacer mía la nueva pasión de Lila. Carmela me escuchó distraídamente y al cabo de un rato me dijo que debía irse. El calzado y los zapateros le importaban poco o nada. A diferencia de mí, aunque imitara los modales de Lila ella se ceñía solo a las cosas que la entusiasmaban: las fotonovelas, el amor.

5

Toda aquella época siguió ese mismo curso. Tuve que reconocer que lo que yo hacía por mí sola no conseguía acelerarme el corazón, solo lo que Lila tocaba se convertía en importante. Pero si ella se alejaba, si su voz se alejaba de las cosas, las cosas se manchaban, se cubrían de polvo. El bachillerato elemental, el latín, los profesores, los libros, la lengua de los libros me parecían definitivamente menos sugerentes que el acabado de un zapato; me deprimí.

Un domingo todo volvió a cambiar. Carmela, Lila y yo habíamos ido a catequesis, teníamos que prepararnos para la primera comunión. A la salida, Lila dijo que tenía que hacer y se fue. Pero vi que no se dirigía a su casa, ante mi enorme sorpresa, entró en el edificio de la escuela primaria.

Seguí caminando con Carmela, pero como me aburría, en un momento dado me despedí, rodeé el edificio y volví sobre mis pasos. Los domingos la escuela estaba cerrada, ¿cómo era posible que Lila hubiese entrado en el edificio? Tras mucho vacilar me aventuré a cruzar el portón y me metí en el vestíbulo. No había vuelto a poner los pies en mi vieja escuela y sentí una fuerte emoción, reconocí su olor, que me produjo una sensación de bienestar, un sentimiento de mí que había perdido. Traspasé la única puerta abierta de la planta baja. Me encontré en una sala amplia, iluminada por fluorescentes, las paredes estaban tapizadas de anaqueles cargados de viejos libros. Conté una decena de adultos, numerosos niños y muchachos. Cogían libros, los hojeaban, los dejaban otra vez en su sitio, elegían uno. Después hacían cola delante de un escritorio ante el que estaba sentado un viejo enemigo de la maestra Oliviero, el maestro Ferraro, flaco, con el cabello cano cortado a cepillo. Ferraro examinaba el texto elegido, apuntaba algo en el registro y las personas se marchaban llevándose uno o más libros.

Miré a mi alrededor: Lila no estaba, a lo mejor ya se había marchado. ¿Qué hacía, ya no iba a la escuela, se apasionaba con los zapatos y zapatones, y sin embargo, sin decirme nada, iba allí a buscar libros? ¿Le gustaba ese lugar? ¿Por qué no me invitaba a que la acompañase? ¿Por qué me había dejado con Carmela? ¿Por qué me hablaba de cómo se esmerilaban las suelas y no de lo que leía?

Me dio mucha rabia y salí corriendo.

Durante un tiempo la actividad escolar me pareció más insignificante que de costumbre. Después quedé sepultada bajo la avalancha de deberes y las pruebas de final de curso, temía sacar malas notas, estudiaba mucho pero sin orden ni concierto. Además me acosaban otras preocupaciones. Mi madre me dijo que era una indecente con esos pechos tan grandes que me habían salido y me llevó a comprar un sostén. Se mostraba más brusca de lo habitual. Parecía avergonzarse de que tuviera pechos y me hubiese venido el mes. Las rudas instrucciones que me daba eran rápidas e insuficientes, mascullladas entre dientes. No me daba a tiempo a hacerle una pregunta y ya me volvía la espalda y se alejaba con su paso sesgado.

El pecho se volvió más visible todavía con el sostén. En los últimos meses de clase me vi acosada por los chicos y no tardé en comprender por qué. Gino y su compañero habían corrido la voz de que yo dejaba que me vieran sin problemas y de vez en cuando se me acercaba alguno que me pedía que repitiese el espectáculo. Me escabullía, me comprimía los pechos bajo los brazos cruzados, me sentía misteriosamente culpable y sola con mi culpa. Los chicos insistían, incluso por la calle, incluso en el patio. Se reían, se burlaban de mí. Traté de ahuyentarlos una o dos veces con modales al estilo Lila, pero no me salieron bien, no pude resistirlo y me eché a llorar. Por miedo a que me importunaran me recluí en casa. Estudiaba muchísimo, salía únicamente para ir de mala gana a la escuela.

Una mañana de mayo Gino me persiguió y me preguntó sin arrogancia, más bien turbado, si quería que fuésemos novios. Le dije que no, por rencor, por venganza, por incomodidad, aunque orgullosa de que el hijo del farmacéutico me quisiera. Al día siguiente volvió a pedírmelo y no dejó nunca de pedírmelo hasta junio, cuando, con algo de retraso debido a la vida complicada de nuestros padres, hicimos la primera comunión, de blanco como las novias.

Así vestidas, nos demoramos en la explanada de la iglesia y enseguida empezamos a pecar hablando de amoríos. Carmela no podía creer que yo hubiese rechazado al hijo del farmacéutico y se lo comentó a Lila. Ella me sorprendió, porque en lugar de marcharse con el aire de quien dice a mí qué me importa, se interesó en la historia. Y las tres nos pusimos a hablar de ello.

—¿Por qué le dices que no? —me preguntó Lila en dialecto.

Le contesté así de pronto en italiano, para impresionarla, para que entendiera que, aunque dedicara mi tiempo a hablar de novios, no se me podía tratar como a Carmela:

—Porque no estoy segura de mis sentimientos.

Era una frase que había aprendido leyendo *Sogno* y creo que Lila se quedó impresionada. Como si se tratase de una de las competiciones de la primaria, iniciamos una conversación en la lengua de las historietas y los libros, cosa que redujo a Carmela a mera oyente. Esos momentos me inflamaron el corazón y la cabeza: ella y yo con todas esas palabras bien tramadas. En bachillerato elemental no ocurría nada semejante, ni con mis compañeros ni con los profesores; fue precioso. De episodio en episodio Lila me convenció de que en el amor se consigue un poco de seguridad únicamente si se somete al propio pretendiente a durísimas pruebas. Y retomando de golpe el dialecto, me aconsejó que me prometiera con Gino, pero con la condición de que durante todo el verano él aceptara invitarnos a helado a mí, a ella y a Carmela.

—Si no acepta, quiere decir que el suyo no es amor verdadero.

Hice lo que ella me había dicho y Gino desapareció. Por lo tanto, no era amor verdadero, de manera que no sufrí por ello. El intercambio con Lila me había dado un placer tan intenso que planeé dedicarme a ella por completo, sobre todo en verano, cuando dispondría de más tiempo libre. Entretanto, quería que esa conversación fuese el modelo de todos nuestros encuentros futuros. Había vuelto a sentirme capaz, como si algo me hubiese golpeado la cabeza haciendo brotar imágenes y palabras.

Sin embargo, aquel episodio no tuvo la consecuencia que yo esperaba. En lugar de consolidar y convertir en exclusiva mi relación con Lila, consiguió congregar a su alrededor a muchas otras chicas. La conversación, el consejo que ella me había dado, su efecto, impresionaron de tal manera a Carmela Peluso que se lo contó a todas. El resultado fue que la hija del zapatero, que no tenía pechos, no le había venido la menstruación y ni siquiera contaba con un pretendiente, a los pocos días pasó a ser la más acreditada en dispensar consejos sobre los asuntos del corazón. Y volvió a sorprenderme aceptando el papel. Si no estaba ocupada en su casa o el taller, la veía cuchicheando a veces con una, a veces con otra. Pasaba a su lado, la saludaba, pero estaba tan concentrada que no me oía. Captaba siempre frases sueltas que me parecían preciosas y sufría mucho.

6

Fueron días desoladores, cuando culminaron recibí una humillación que debería haber previsto pero, por el contrario, fingí no tener en cuenta: Alfonso Carracci aprobó con una nota media de ocho, Gigliola Spagnuolo aprobó con una nota media de siete; yo saqué seis en todo y suspendí latín con un cuatro. Tuve que volver a examinarme en septiembre de esa única asignatura.

En esta ocasión fue mi padre quien dijo que era inútil que yo siguiera estudiando. Los libros ya habían costado mucho. El diccionario de latín, el Campanini y Carboni, aunque de segunda mano había supuesto un gran gasto. No había dinero para pagarme las clases de repaso durante el verano. Pero sobre todo quedaba claro que yo no era capaz: el hijo menor de don Achille lo había conseguido y yo no, la hija de Spagnuolo, el pastelero, lo había conseguido y yo no: había que resignarse.

Lloré noche y día, me puse fea adrede para castigarme. Era la primogénita, después venían dos niños y otra niña, la pequeña Elisa: Peppe y Gianni, mis dos hermanos, se me acercaban por turnos para consolarme, a veces trayéndome algo de fruta, a veces pidiéndome que jugara con ellos. Pero yo me sentía igualmente sola, con un feo destino, y no conseguía tranquilizarme. Una tarde noté que mi madre se me acercaba por la espalda. Con su tono áspero de siempre me dijo en dialecto:

—No te podemos pagar clases particulares, pero puedes intentarlo y estudiar sola, a ver si apruebas el examen. —La miré, insegura. Era la de siempre: el pelo blanquecino, el ojo atravesado, la nariz grande, el cuerpo pesado. Y añadió—: No está escrito en ninguna parte que no puedas conseguirlo.

Dijo eso y nada más, al menos es lo que recuerdo. Al día siguiente me puse a estudiar y me impuse no pisar nunca el patio ni los jardincillos.

Pero una mañana oí que me llamaban desde la calle. Era Lila, que desde que terminamos la primaria había perdido por completo esa costumbre.

—Lenù —me llamaba.

Me asomé.

—Tengo que contarte una cosa.

—¿Qué?

—Baja.

Fui a regañadientes, me molestaba confesarle que había suspendido y que debía examinarme en septiembre. Vagamos un rato por el patio, bajo el sol. Le pregunté con desgana si había novedades en el tema de los noviazgos. Recuerdo que le pregunté específicamente si se habían producido avances entre Carmela y Alfonso.

—¿Qué avances?

—Ella lo quiere.

Entrecerró los ojos. Cuando lo hacía, seria, sin una sonrisa, como si al dejarles a las pupilas apenas una rendija le permitiera ver de forma más concentrada, me recordaba a las aves rapaces que había visto en las películas del cine de la parroquia. En esa ocasión me pareció identificar algo que la hacía enojar y al mismo tiempo la asustaba.

—¿Te ha dicho algo de su padre? —me preguntó.

—Que es inocente.

—¿Y quién sería el asesino?

—Alguien mitad macho y mitad hembra que se oculta en las cloacas y sale por las cloacas como las ratas.

—Entonces es verdad —dijo de pronto como apenada, y añadió que Carmela daba por bueno todo lo que ella decía y que en el patio todas hacían lo mismo—. No quiero hablar más con ella, no quiero hablar con nadie —farfulló enfurruñada y noté que no lo decía con desprecio, que la influencia que ejercía en nosotras no la enorgullecía, y al principio no lo entendí: yo en su lugar me habría ensoberbecido, pero en ella no había soberbia alguna, sino una especie de fastidio mezclado con el temor de la responsabilidad.

—Es bonito —murmuré—, hablar con los demás.

—Sí, pero solo si cuando hablas alguien te contesta.

Sentí un soplo de alegría en el pecho. ¿Qué petición encerraba aquella frase? ¿Me estaba diciendo que quería hablar solo conmigo porque no daba por bueno todo lo que salía de su boca sino que le contestaba? ¿Me estaba diciendo que únicamente yo sabía seguir el ritmo de las cosas que le pasaban por la cabeza?

Sí. Y me lo estaba diciendo con un tono que no le conocía, débil aunque brusco, como de costumbre. Le sugerí a Carmela, me contó, que en una novela o una película, la hija del asesino se enamoraría del hijo de la víctima. Era una posibilidad: para convertirse en un hecho verdadero, debería nacer un amor verdadero. Pero Carmela no lo entendió y al día siguiente fue por ahí diciéndoles a todos que se había enamorado de Alfonso; una mentira para aparecer agradable ante las demás, pero a saber las consecuencias que podía tener. Lo analizamos. Teníamos entonces doce años, y caminamos mucho rato por las calles ardientes del barrio, entre el polvo y las moscas que dejaban a su paso los viejos camiones, como dos viejecitas que hacen balance de sus vidas llenas de desilusiones, bien agarraditas del brazo. Nadie nos entendía, pensaba yo, solamente nosotras dos nos entendíamos. Nosotras, juntas, solo nosotras sabíamos de qué manera la capa que pesaba sobre el barrio desde siempre, es decir, desde que teníamos memoria, cedería un poquito si Peluso, el ex carpintero, no era el que había hundido el cuchillo en el cuello a don Achille, si el que lo había hecho había sido el habitante de las cloacas, si la hija del asesino se casaba con el hijo de la víctima. Había algo insostenible en las cosas, en las personas, en los edificios, en las calles, que se volvía aceptable únicamente si se reinventaba todo como en un juego. Sin embargo, era esencial saber jugar y ella y yo, solo ella y yo, sabíamos hacerlo.

Fue entonces cuando me preguntó, sin venir mucho a cuento, pero como si todos aquellos comentarios no pudieran conducir más que a esa pregunta:

—¿Seguimos siendo amigas?

—Sí.

—¿Entonces me haces un favor?

Por ella habría hecho cualquier cosa en aquella mañana de reconciliación: huir de casa, abandonar el barrio, dormir en las alquerías, alimentarnos de raíces, bajar a las cloacas por los sumideros, no regresar jamás, ni siquiera si hacía frío, ni siquiera si llovía. Pero lo que me pidió me pareció que no era nada y en un primer momento me decepcionó. Quería simplemente que nos viéramos una vez al día en los jardincillos, aunque fuera una hora, antes de cenar, y que le llevara los libros de latín.

—No te molestaré —dijo.

Ya se había enterado de que me habían suspendido y quería estudiar conmigo.

7

En aquellos años del bachillerato elemental muchas cosas cambiaron ante nuestros propios ojos, pero día tras día, de modo que no nos parecieron verdaderos cambios.

El bar Solara se amplió, pasó a ser una pastelería muy surtida —cuyo experto pastelero era el padre de Gigliola Spagnuolo— que los domingos se llenaba de hombres jóvenes y ancianos que compraban pastas para sus familias. Los hijos de Silvio Solara, Marcello, que tenía alrededor de veinte años, y Michele, un poco más joven, se compraron un Fiat 1100 blanco y azul y los domingos se pavoneaban recorriendo en coche las calles del barrio.

La antigua carpintería de Peluso, que una vez en manos de don Achille se había convertido en charcutería, se llenó de cosas deliciosas que ocuparon también parte de la acera. Cuando pasabas por delante flotaba en el aire un olor a especias, a aceitunas, a salamis, a pan fresco, a chicharrones y manteca de cerdo, que te abría el apetito. Poco a poco, la muerte de don Achille había alejado su sombra amenazante de aquel lugar y de toda la familia. Doña Maria, su viuda, había adoptado tonos muy cordiales y ahora era ella quien gestionaba personalmente la tienda junto con Pinuccia, su hija quinceañera, y Stefano, que ya no era el muchachito enfurecido que había intentado arrancarle la lengua a Lila, y se había vuelto moderado, de mirada cautivante y sonrisa apacible. La clientela había aumentado mucho. Hasta mi madre me mandaba a hacer la compra allí, y mi padre no se oponía, porque cuando el dinero no alcanzaba, Stefano lo apuntaba todo en una libretita y pagábamos a final de mes.

Assunta, que vendía fruta y verdura por las calles con Nicola, su marido, había tenido que retirarse a raíz de un feo dolor de espalda, y unos meses más tarde, una pulmonía a punto estuvo de acabar con su consorte. No obstante, esas dos desgracias resultaron un bien. Ahora, quien recorría todas las mañanas las calles del barrio con la carreta tirada por el caballo, en verano y en invierno, con lluvia o con sol, era Enzo, el hijo mayor, que ya no tenía casi nada del niño que nos tiraba piedras, se había convertido en un muchacho macizo, de aspecto fuerte y sano, pelo rubio desgreñado, ojos azules y una voz gruesa con la que pregonaba su mercancía. El muchacho tenía unos productos excelentes y solo con sus gestos transmitía una tranquilizadora y honesta disposición a servir a las clientas. Utilizaba la balanza con gran pericia. Me gustaba mucho la velocidad con la que deslizaba la pesa por la barra hasta encontrar el justo equilibrio y listo, roce veloz de hierro contra hierro, envolvía las patatas o la fruta y corría a echarlas en la cesta de la señora Spagnuolo, en la de Melina o en la de mi madre.

En todo el barrio florecían las iniciativas. En la mercería, donde hacía poco Carmela Peluso había empezado a trabajar de dependienta, de buenas a primeras una joven modista se había asociado al negocio y la tienda se había ampliado, aspiraba a transformarse en una ambiciosa casa de modas para señoras. El taller donde, gracias a Gentile Gorresio, hijo del antiguo propietario, trabajaba Antonio, el hijo de Melina, estaba tratando de convertirse en una pequeña fábrica de ciclomotores. En una palabra, todo oscilaba, se combaba como para cambiar de rasgos, no dejarse reconocer en los odios acumulados, en las tensiones, en las fealdades, y así mostrar una cara nueva. Mientras Lila y yo estudiábamos latín en los jardincillos, hasta el espacio puro y simple que nos rodeaba, la fuente, el arbusto, un bache al costado de la calle, cambiaron. Había un constante olor a brea, chisporroteaba la máquina humeante con el rodillo compresor que avanzaba lento sobre la calzada, los trabajadores con el torso desnudo o en camiseta asfaltaban las calles y la avenida. Se modificaron también los colores. A Pasquale, el hermano mayor de Carmela, lo contrataron para cortar las plantas que crecían a los lados de las vías. Cuántas cortó, durante días oímos el ruido de la aniquilación: las plantas se agitaban, soltaban un olor a madera fresca y a verde, hendían el aire, golpeaban la tierra tras un largo crujido semejante a un suspiro, y él y los demás segaban, partían, extirpaban raíces que desprendían un olor a subterráneo. El monte verde se esfumó y en su lugar apareció una explanada amarillenta. Pasquale había encontrado ese trabajo gracias a un golpe de suerte. Tiempo antes un amigo le había dicho que por el bar Solara habían pasado unas personas en busca de muchachos que pudieran ir por la noche a cortar los árboles de una plaza del centro de Nápoles. Como tenía que mantener a su familia había ido, aunque Silvio Solara y sus hijos no le gustaban y ese fuera el bar donde su padre se había arruinado. Había regresado al amanecer, exhausto, con el perfume de la madera viva, de las hojas machacadas y del mar metido en la nariz. Y como por algo se empieza, después lo habían llamado más veces para trabajos de ese tipo. Y ahora estaba en la obra cerca del ferrocarril y a veces lo veíamos encaramado a los andamios de los edificios nuevos en los que las pilastras subían planta tras planta, o con el sombrero de papel de diario, bajo el sol, comiendo pan con salchicha y *friarielli* durante la pausa de mediodía.

Lila se enojaba si miraba a Pasquale y me distraía. Pronto quedó claro, con gran asombro por mi parte, que ya sabía mucho latín. Las declinaciones, por ejemplo, se las sabía todas, y los verbos. Le pregunté, muy cauta, cómo era posible y ella, con su tono malvado de muchachita que no quiere perder el tiempo, reconoció que ya cuando yo iba a primero de bachillerato elemental había sacado una gramática de la biblioteca circulante, la que llevaba el maestro Ferraro, y por curiosidad se había puesto a estudiarla. Para ella la biblioteca era un gran recurso. De charla en charla, me enseñó orgullosa todos los carnés que tenía, cuatro: uno suyo, uno a nombre de Rino, uno al de su padre y otro al de su madre. Con cada uno de ellos sacaba un libro, para tener cuatro a la vez. Los devoraba y al domingo siguiente los devolvía y se llevaba otros cuatro.

Nunca le pregunté qué libros había leído ni qué libros leía, no hubo tiempo, debíamos estudiar. Me tomaba la lección y se enfurecía si no me la sabía. Una vez me pegó en el brazo, con fuerza, con sus manos largas y delgadas, y no me pidió perdón, al contrario, dijo que si me volvía a equivocar, me pegaría otra vez y mucho más fuerte. Estaba embelesada con el diccionario de latín, tan gordo y pesado, con tantas páginas, nunca había visto un libro así. Continuamente buscaba palabras en él, no solo las que aparecían en los ejercicios, sino todas las que le venían a la cabeza. Me ponía deberes con el tono que había aprendido de nuestra maestra Oliviero. Me mandaba traducir treinta frases al día, veinte del latín al italiano y diez del italiano al latín. Ella también las traducía, mucho más deprisa que yo. A finales del verano, cuando el examen estaba al caer, después de comprobar escéptica que yo buscaba en el diccionario las palabras que no conocía en el mismo orden en que las veía dispuestas en la frase por traducir, y me apuntaba los principales significados, y recién entonces me esforzaba por entender el sentido, me dijo cautamente:

—¿Te ha dicho la profesora que lo hicieras así?

La profesora nunca decía nada, se limitaba a poner los ejercicios. Era yo la que me organizaba de esa manera.

Guardó silencio un rato y después me aconsejó:

—Lee primero la frase en latín, después fíjate dónde está el verbo. Según sea la persona del verbo verás cuál es el sujeto. Cuando tengas el sujeto, busca los complementos: el complemento directo si el verbo es transitivo, y si no, los demás complementos. Prueba a ver qué tal.

Probé. Y de repente traducir me pareció fácil. En septiembre fui a examinarme, hice el escrito sin un solo error y en el oral supe contestar todas las preguntas.

—¿Quién te ha dado clases? —preguntó la profesora, medio ceñuda.

—Una amiga mía.

—¿Universitaria?

No sabía qué significaba. Le contesté que sí.

Lila me esperaba fuera, a la sombra. Cuando salí la abracé, le dije que me había ido muy bien y le pregunté si quería que estudiáramos juntas el resto del curso siguiente. Como había sido ella la primera en proponerme que nos viéramos solo para estudiar, invitarla a que siguiera me pareció una bonita manera de hacerla partícipe de mi alegría y mi gratitud. Se apartó con un gesto casi de disgusto. Dijo que lo único que quería era entender cómo era el latín que estudiaban los buenos alumnos.

—¿Y entonces?

—Ya está, ya lo he entendido.

—¿No te gusta?

—Sí. Sacaré algún libro de la biblioteca.

—¿En latín?

—Sí.

—Pero todavía queda mucho por estudiar.

—Estudia tú por mí, y si encuentro alguna dificultad, me ayudas. Yo ahora tengo que hacer una cosa con mi hermano.

—¿Qué?

—Ya te la enseñaré.

8

Empezó el nuevo curso y enseguida me fue bien en todas las materias. No veía la hora de que Lila me pidiera que la ayudara en latín o en alguna otra cosa, y por eso, creo, no estudiaba tanto para la escuela, como para ella. Pasé a ser la primera de la clase, ni siquiera en primaria había sido tan buena alumna.

Ese año tuve la sensación de dilatarme como la pasta para la pizza. Me fui volviendo más rellena de pecho, muslos y trasero. Un domingo mientras iba a los jardincillos, donde había quedado en encontrarme con Gigliola Spagnuolo, se me acercaron los hermanos Solara en el Fiat 1100. Marcello, el mayor, iba al volante, Michele, el más pequeño, estaba sentado a su lado. Los dos eran guapos, con el pelo muy negro y brillante, las sonrisas blancas. Pero el que más me gustaba era Marcello, se parecía al dibujo de Héctor tal como salía en el ejemplar escolar de *La Ilíada*. Me siguieron durante todo el trayecto, yo en la acera, ellos al lado, en el 1100.

—¿Has ido alguna vez en coche?

—No.

—Sube, te llevamos a dar una vuelta.

—Mi padre no quiere.

—No se lo vamos a decir. ¿Cuándo vas a tener otra oportunidad de subirte a un coche como este?

Nunca, pensé yo. Pero así y todo dije que no y seguí diciendo que no hasta que llegamos a los jardincillos; allí el coche aceleró y desapareció como un rayo más allá de los edificios en construcción. Dije que no porque si mi padre llegaba a enterarse de que me había subido a aquel coche, aunque era un hombre bueno y entrañable, aunque me quería mucho, me habría molido a palos sin pensárselo, y mis dos hermanitos, Peppe y Gianni, aunque estaban en su tierna edad, se habrían sentido obligados, ahora o en los años sucesivos, a tratar de matar a los hermanos Solara. No era una regla escrita pero se sabía que era así y punto. Los Solara también lo sabían, por ello habían sido amables, se habían limitado a invitarme a dar una vuelta en su coche.

Tiempo después no lo fueron con Ada, la hija mayor de Melina Cappuccio, es decir, la viuda loca que había montado un escándalo cuando los Sarratore se habían mudado. Ada tenía catorce años. El domingo, a escondidas de su madre, se pintaba los labios y con sus piernas largas y rectas, los pechos más grandes que los míos, aparentaba más edad y era muy guapa. Los hermanos Solara le dijeron vulgaridades, Michele la agarró del brazo, abrió la puerta del coche y la subió tirando de ella. Una hora más tarde la dejaron otra vez en el mismo lugar; Ada estaba medio enfadada pero se reía.

Entre los que la vieron cuando la metieron a la fuerza en el coche hubo quien fue a contárselo a Antonio, su hermano mayor, que trabajaba de mecánico en el taller de Gorresio. Antonio era muy trabajador, disciplinado, timidísimo, visiblemente herido por la muerte precoz de su padre y por los desequilibrios de su madre. Sin decir una sola palabra a sus amigos y parientes se plantó delante del bar Solara y esperó a Marcello y Michele, y cuando los dos hermanos aparecieron, se lió a puñetazos y patadas sin ningún tipo de preámbulos. En los primeros minutos se las arregló, pero después salieron Solara padre y uno de los camareros. Entre los cuatro le dieron a Antonio una paliza tremenda y ni un solo viandante, ni un solo parroquiano acudió en su ayuda.

En relación con aquel episodio, nosotras, las chicas, formamos dos bandos. Gigliola Spagnuolo y Carmela Peluso estaban de parte de los dos Solara, pero solo porque eran guapos y tenían un Fiat 1100. Yo dudaba. En presencia de mis dos amigas me ponía de parte de los Solara y competíamos por ver quién de nosotras los adoraba más, puesto que eran realmente guapos y nos resultaba imposible no imaginarnos cómo nos habríamos lucido en el coche, sentadas al lado de uno de ellos. Pero al mismo tiempo sentía que esos dos se habían comportado muy mal con Ada y que Antonio, aunque no fuera demasiado apuesto, aunque no fuera musculoso como ellos, que iban a diario al gimnasio a levantar pesas, había tenido el valor de enfrentarse a ellos. Por eso, en presencia de Lila, que manifestaba sin términos medios esa misma postura mía, yo planteaba ciertas reservas.

Un día la discusión fue tan encendida que Lila, tal vez porque no se había desarrollado como nosotras y no conocía el placer-miedo de sentirse recorrida por la mirada de los Solara, se puso más pálida que de costumbre y dijo que si a ella le hubiese ocurrido lo que a Ada, para que su padre y su hermano Rino no se metieran en líos, ella misma se habría ocupado de esos dos.

—Total, Marcello y Michele ni se fijan en ti —dijo Gigliola Spagnuolo, y pensamos que Lila se enfadaría. Pero no, se limitó a contestar seria:

—Mejor así.

Seguía delgada como siempre, y era puro nervio. Yo le miraba las manos con asombro: en poco tiempo se le habían puesto como las de Rino y las de su padre, la piel de las yemas era gruesa y amarillenta. Aunque nadie la obligaba —no era ese su cometido en el taller— se había puesto a hacer algunos trabajitos, preparaba el hilo, descosía, encolaba, ribeteaba incluso, y ya sabía manejar las herramientas de Fernando casi tan bien como Rino. Por eso aquel año no me preguntó nada de latín. En cambio, un buen día me habló del proyecto que tenía en mente; se trataba de algo que no guardaba ninguna relación con los libros: estaba tratando de convencer a su padre para que se pusiera a fabricar zapatos nuevos. Pero Fernando no quería saber nada. «Hacer zapatos a mano —le decía— es un arte sin futuro; hoy hay máquinas y las máquinas cuestan dinero y el dinero está en el banco o en manos de los usureros, no en los bolsillos de la familia Cerullo.» Ella insistía, lo cubría de sinceros elogios: «Nadie sabe hacer zapatos como tú, papá». Y él le contestaba que, aunque era cierto, todo se confeccionaba en las fábricas, en serie, a bajo costo, y como él había trabajado en las fábricas, sabía muy bien qué porquería de zapatos acababan en el mercado; pero no había nada que hacer, cuando la gente necesitaba zapatos nuevos ya no iba al zapatero del barrio sino a las tiendas del Rettifilo, de modo que aunque quisieras hacer un producto artesanal según las reglas del arte, no conseguías venderlo, malgastabas trabajo y dinero, te arruinabas.

Lila no se había dejado convencer y, como siempre, había puesto a Rino de su parte. Al principio, su hermano le había dado la razón al padre, molesto por el hecho de que ella se entrometiera en cosas de trabajo, donde ya no era cuestión de libros y el experto era él. Después, poco a poco, se había dejado embelesar y ahora se peleaba con Fernando día sí, día no, repitiendo lo que ella le había metido en la cabeza.

—Hagamos un intento al menos.

—No.

—¿Has visto el coche que tienen los Solara, has visto qué bien va la charcutería de los Carracci?

—He visto que la de la mercería, que quería meterse a modista, ha renunciado, y he visto que a Gorresio, con la tontería de su hijo y lo del taller, no le arriendo la ganancia.

—Pero los Solara están ampliando cada vez más su negocio.

—Piensa en tus asuntos y deja en paz a los Solara.

—Cerca de las vías del ferrocarril está naciendo el barrio nuevo.

—¿A mí qué carajo me importa?

—Papá, la gente gana y quiere gastar.

—La gente gasta en comida porque hay que comer todos los días. Pero los zapatos, en primer lugar, no se comen, y en segundo lugar, cuando se rompen los mandas a arreglar y pueden llegar a durarte veinte años. Hoy por hoy, nuestro trabajo es remendar zapatos y punto.

Me gustaba la manera en que aquel muchacho, siempre amable conmigo pero capaz de una dureza que a veces asustaba un poco también a su padre, apoyaba siempre y en cualquier circunstancia a su hermana. Le envidiaba a Lila ese hermano tan sólido y a veces pensaba que la verdadera diferencia entre ella y yo era que yo solo tenía hermanos pequeños, por tanto, no tenía a nadie con la fuerza de animarme y apoyarme ante mi madre para que pudiera pensar libremente, mientras que Lila podía contar con Rino, que era capaz de defenderla ante quien fuese, sin importar lo que se le ocurriera a su hermana. Dicho esto, yo pensaba que Fernando tenía razón, sentía que debía ponerme de su parte. Y hablando con Lila, descubrí que ella pensaba lo mismo.

En cierta ocasión me estaba enseñando los diseños de los zapatos que quería confeccionar con su hermano, calzado de señora y de caballero. Eran unos diseños preciosos, hechos en hojas cuadriculadas, con mucho detalle, coloreados con precisión, como si Lila hubiese tenido ocasión de examinar de cerca zapatos similares en algún mundo paralelo al nuestro y después los hubiese plasmado en el papel. En realidad los había inventado con todos sus detalles, como hacía en la escuela primaria cuando dibujaba princesas, hasta el punto de que, pese a ser unos zapatos normales, no se parecían a los que se veían por el barrio, y ni siquiera a los de las actrices de las fotonovelas.

—¿Te gustan?

—Son muy elegantes.

—Rino dice que son difíciles.

—¿Pero sabe hacerlos?

—Jura que sí.

—¿Y tu padre?

—Él seguramente es capaz de hacerlos.

—Entonces hacedlos.

—Papá no quiere.

—¿Por qué?

—Ha dicho que mientras yo sea la que juega, bien, pero que él y Rino no pueden perder el tiempo conmigo.

—¿Y eso qué quiere decir?

—Quiere decir que para hacer las cosas en serio hacen falta tiempo y dinero.

Estuvo a punto de enseñarme también las cuentas que había hecho, a escondidas de Rino, para saber cuánto dinero hacía falta realmente para confeccionar los zapatos. Después cambió de idea, dobló las hojas manoseadas y me dijo que era inútil perder el tiempo: su padre tenía razón.

—Pero ¿y entonces?

—Debemos intentarlo igualmente.

—Fernando se enojará.

—Si uno no lo intenta, no cambia nada.

Lo que debía cambiar, según ella, era siempre lo mismo: de pobres debíamos llegar a ricas, debíamos pasar de no tener nada al punto en que lo tendríamos todo. Traté de señalarle el antiguo proyecto de escribir novelas, como había hecho la autora de *Mujercitas*. Yo me había quedado con esa idea, me gustaba. Estaba aprendiendo latín expresamente y, en el fondo, estaba convencida de que ella sacaba muchos libros de la biblioteca circulante del maestro Ferraro únicamente porque, aunque ya no fuera al colegio, aunque ahora tuviera la obsesión de los zapatos, quería escribir una novela conmigo y ganar muchísimo dinero. Sin embargo, se encogió de hombros con ese gesto de indiferencia tan suyo, había dado otro valor a *Mujercitas*.

—Ahora —me explicó—, para que lleguemos a ser realmente ricas hace falta una actividad económica.

Por ello pensaba empezar con un único par de zapatos, para demostrarle a su padre qué cómodos y qué bonitos serían; después, una vez que Fernando estuviese convencido, hacía falta poner en marcha la producción: hoy dos pares de zapatos, mañana cuatro, en un mes treinta, en un año cuatrocientos, y así, al cabo de poco tiempo, ella, su padre, Rino, su madre y sus demás hermanos podrían llegar a abrir una fábrica con maquinaria y al menos cincuenta obreros: la fábrica de calzado Cerullo.

—¿Una fábrica de zapatos?

—Sí.

Me habló con mucha convicción, como sabía hacer ella, con frases en italiano que pintaban ante mis ojos el rótulo de la fábrica: Cerullo; la marca grabada en las empellas: Cerullo; y luego los zapatos Cerullo terminados, relucientes, elegantísimos como en sus diseños, de esos que, cuando te los calzas, dijo, son tan bonitos y tan cómodos que por la noche te vas a dormir sin quitártelos.

Nos reímos, nos divertimos.

Después Lila se interrumpió. Pareció darse cuenta de que estábamos jugando como hacíamos años antes con las muñecas, con Tina y con Nu delante del respiradero del sótano, e impulsada por una urgente necesidad de concretar, que acentuaba su aire de niña-vieja que ya estaba convirtiéndose en su rasgo característico, me dijo:

—¿Sabes por qué los hermanos Solara se creen los dueños del barrio?

—Porque son prepotentes.

—No, porque tienen dinero.

—¿Tú crees?

—Claro. ¿Te has fijado en que a Pinuccia Carracci no la han molestado nunca?

—Sí.

—¿Y sabes por qué se comportaron como se comportaron con Ada?

—No.

—Porque Ada no tiene padre, su hermano Antonio es un don nadie, y ella ayuda a Melina a limpiar escaleras.

En consecuencia, o ganábamos dinero nosotras también, más que los Solara, o para defendernos de los dos hermanos tendríamos que hacerles mucho daño. Me enseñó una chaira afiladísima que había sacado del taller de su padre.

—A mí no me tocan porque soy fea y no tengo el mes —dijo—, pero puede que a ti sí. Si te llega a pasar, dímelo.

La miré confusa. Con casi trece años no sabíamos nada de instituciones, leyes, justicia. Repetíamos y, si acaso, hacíamos con convicción aquello que habíamos visto y oído a nuestro alrededor desde nuestra primera infancia. ¿No se hacía justicia a golpes? ¿Acaso Peluso no había matado a don Achille? Me fui para mi casa. Me di cuenta de que con las últimas frases había reconocido que me tenía mucho aprecio y me sentí feliz.

9

Superé el examen de bachillerato elemental con ocho en todo, nueve en italiano y nueve en latín. Fui la mejor del colegio: mejor que Alfonso, que sacó una media de ocho, y mucho mejor que Gino. Durante días y días saboreé aquel récord absoluto. Recibí encendidos elogios de mi padre que, a partir de ese momento, en presencia de todos, empezó a jactarse de su primogénita que había sacado nueve en italiano y nueve nada menos que en latín. Mientras estaba en la cocina, de pie al lado del fregadero limpiando verdura, sin volverse, mi madre me dijo por sorpresa:

—Los domingos puedes ponerte mi brazalete de plata, pero no lo pierdas.

En el patio tuve menos éxito. Allí solo contaban los amoríos y los novios. Cuando le dije a Carmela Peluso que yo era la mejor del colegio, automáticamente se lanzó a hablarme de cómo la miraba Alfonso cuando pasaba. Gigliola Spagnuolo estaba muy afligida porque la habían suspendido en latín y matemáticas, por lo que trató de recuperar prestigio contando que Gino le iba detrás pero que ella no le daba pie porque estaba enamorada de Marcello Solara y que tal vez Marcello también la quería. Lila tampoco manifestó una especial alegría. Cuando le recité la lista de mis notas, materia por materia, dijo riéndose con su tono malévolo:

—¿No te han puesto ningún diez?

Me llevé un chasco. Solo te ponían diez en conducta, en las materias importantes los profesores no habían puesto diez a nadie. Bastó aquella frase para que un pensamiento hasta entonces latente se manifestara con toda claridad: si ella hubiese ido conmigo a la escuela, a mi misma clase, si se lo hubiesen permitido, ahora habría tenido diez en todo, y eso lo sabía yo de siempre, y ella también lo sabía, y ahora me lo hacía notar.

Me fui para mi casa atormentada por el dolor de ser la primera sin serlo realmente. Para colmo mis padres se pusieron a hablar entre ellos de dónde podían colocarme, ahora que tenía nada menos que el diploma del bachillerato elemental. Mi madre quería pedirle a la de la papelería que me contratara como ayudante: según ella, siendo yo tan buena, era la persona adecuada para vender plumas, lápices, cuadernos y libros de texto. Mi padre fantaseaba con la idea de hablar en el futuro con sus conocidos del ayuntamiento para que me consiguieran un puesto fijo de prestigio. Dentro de mí sentí una tristeza que, aunque indefinida, creció, creció y creció hasta el punto de que se me pasaron las ganas de salir incluso los domingos.

Ya no estaba contenta conmigo misma, todo me pareció empañado. Me miraba al espejo y no veía lo que me hubiera gustado ver. El pelo rubio se había vuelto castaño. Tenía la nariz ancha y aplastada. Todo mi cuerpo seguía creciendo a lo ancho pero no a lo alto. Y la piel también se me estaba estropeando: en la frente, el mentón, alrededor de las mejillas, se multiplicaban numerosas hinchazones rojizas que, tras ponerse violáceas, remataban en puntas amarillentas. Por decisión propia me puse a ayudar a mi madre a limpiar la casa, a cocinar, a recoger lo que mis hermanos dejaban tirado, a ocuparme de Elisa, la pequeña. En el tiempo libre no salía, me retiraba a un rincón y leía las novelas que sacaba de la biblioteca: Grazia Deledda, Pirandello, Chéjov, Gógol, Tolstói, Dostoievski. A veces sentía con fuerza la necesidad de ir a buscar a Lila al taller y hablarle de los personajes que me habían gustado tanto, de las frases que había aprendido de memoria, pero después desistía: habría hecho algún comentario malévolo; se habría puesto a hablar de sus proyectos con Rino, de los zapatos, la fábrica, el dinero, y poco a poco yo habría sentido que las novelas que leía eran inútiles y miserables mi vida, el futuro, lo que llegaría a ser: una empleada gorda y granujienta en la papelería enfrente de la parroquia o una empleada solterona del ayuntamiento, y tarde o temprano, también estrábica y coja.

Un domingo, después de recibir por correo una invitación a mi nombre, con la que el maestro Ferraro me convocaba a acudir a la biblioteca por la mañana, decidí reaccionar al fin. Traté de ponerme guapa como me parecía que era desde pequeña, como quería seguir siendo, y salí. Me pasé un buen rato reventándome los granitos y solo conseguí que la cara se me inflamara más; me puse el brazalete de plata de mi madre, me solté el pelo. Pero seguía sin gustarme. Deprimida, en medio del calor que en esa época descendía sobre el barrio desde la mañana como una mano hinchada de fiebre, recorrí el trayecto hasta la biblioteca.

Por la pequeña multitud de padres y niños de primaria y de bachillerato elemental que afluía a través de la entrada principal, comprendí enseguida que ocurría algo fuera de lo habitual. Entré. Me encontré con filas de sillas ya ocupadas, guirnaldas de colores, el párroco, Ferraro, incluso el director de la escuela primaria y la Oliviero. Me enteré de que al maestro se le había ocurrido premiar con un libro por persona a los lectores que, según sus registros, resultaban los más asiduos. Como el acto estaba a punto de comenzar y los préstamos habían quedado momentáneamente suspendidos, me senté en el fondo de la salita. Busqué a Lila, pero solo vi a Gigliola Spagnuolo en compañía de Gino y Alfonso. Me revolví en la silla, incómoda. Poco después, se sentaron a mi lado Carmela Peluso y su hermano Pasquale. Hola, hola. Me tapé mejor con el pelo las mejillas irritadas.

Comenzó el breve acto. Los premiados fueron: primera Raffaella Cerullo, segundo Fernando Cerullo, tercera Nunzia Cerullo, cuarto Rino Cerullo, quinta Elena Greco, o sea yo.

A mí y a Pasquale nos entró la risa. Nos miramos, ahogamos las carcajadas, mientras Carmela susurraba con insistencia: «¿De qué os reís?». No le contestamos: nos miramos otra vez y seguimos riendo tapándonos la boca con la mano. Así, notándome aún la risa en los ojos, con una inesperada sensación de bienestar, después de que el maestro preguntara varias veces e inútilmente si en la sala estaba presente algún miembro de la familia Cerullo, me llamaron a mí, la quinta clasificada, para que fuera a recoger el premio. Ferraro me entregó con muchos elogios un ejemplar de *Tres hombres en una barca* de Jerome K. Jerome. Le di las gracias y con un hilo de voz le pregunté:

—¿Puedo retirar también los premios de la familia Cerullo, así se los llevo?

El maestro me dio los libros con que habían sido premiados todos los Cerullo. Al salir, mientras Carmela alcanzaba con aire hostil a Gigliola, que charlaba feliz con Alfonso y Gino, Pasquale me dijo en dialecto cosas que me hicieron reír cada vez más: sobre Rino, que se quemaba las pestañas con los libros, sobre Fernando el zapatero remendón, que por las noches no dormía para poder leer, sobre la señora Nunzia, que leía de pie, al lado de los fogones, mientras cocinaba pasta con patatas, empuñando en una mano una novela, y en la otra, la cuchara de madera. En primaria había estado en la misma clase con Rino, en el mismo banco

—me dijo Pasquale con lágrimas de risa en los ojos— y entre los dos juntos, él y su amigo, incluso ayudándose, al cabo de seis o siete años de colegio, incluidos los cursos que repitieron, a duras penas conseguían leer: Tabaquería, Charcutería, Correos y Telégrafos. Me preguntó con qué libro habían premiado a su ex compañero de colegio.

—*Brujas, la muerta*.

—¿Va de fantasmas?

—No lo sé.

—¿Puedo ir contigo cuando se lo lleves? Y ya que estamos, ¿puedo dárselo yo, con mis propias manos?

Nos desternillamos de risa otra vez.

—Sí.

—Le han dado un premio a Rinuccio. Cosa de locos. Es Lina la que se lo lee todo, madre mía qué lista que es esa chica.

Para mí fueron un gran consuelo las atenciones de Pasquale Peluso, me gustó que me hiciera reír. Tal vez no sea tan fea, pensé, tal vez soy yo la que no sé verme.

En ese momento oí que me llamaban, era la maestra Oliviero. Me acerqué a ella, me lanzó su mirada estimativa y me dijo, como para confirmarme la legitimidad de un juicio más generoso sobre mi aspecto:

—Qué guapa estás, qué mayor te has hecho.

—No es cierto, señorita.

—Es cierto, eres un tesoro, rellenita y rebosante de salud. Y encima lista. Me he enterado de que has sido la mejor del colegio.

—Sí.

—¿Qué vas a hacer ahora?

—Ponerme a trabajar.

Le cambió la cara.

—De eso ni hablar, tú tienes que seguir estudiando.

La miré sorprendida. ¿Qué más se podía estudiar? Yo no tenía la menor idea sobre el sistema académico, no sabía bien qué venía después del diploma de bachillerato elemental. Palabras como curso preuniversitario, universidad carecían para mí de sustancia, como tantas otras que leía en las novelas.

—No puedo, mis padres no me van a mandar.

—¿Cuánto te puso en latín el profesor de letras?

—Nueve.

—¿Segura?

—Sí.

—Entonces ya me encargo yo de hablar con tus padres.

Hice ademán de alejarme, debo reconocer que estaba un poco asustada. Si la Oliviero iba a ver a mi padre y a mi madre para decirles que debían dejar que siguiera estudiando, provocaría nuevas peleas a las que no tenía ganas de enfrentarme. Prefería las cosas tal como estaban: ayudar a mi madre, trabajar en la papelería, aceptar la fealdad y los granos, seguir rellenita y rebosante de salud, como decía la Oliviero, y deslomarme en la miseria. ¿No era lo que había hecho Lila en los últimos tres años, aparte de sus sueños locos de hija y hermana de zapatero remendón?

—Gracias, señorita —dije—, hasta pronto.

Pero la Oliviero me retuvo aferrándome del brazo.

—No pierdas tiempo con ese —dijo señalando a Pasquale que me estaba esperando—. Es albañil y de ahí no pasará. Además viene de una mala familia, su padre es comunista y mató a don Achille. Bajo ningún concepto quiero volver a verte con él, que seguramente es comunista como su padre.

Asentí con la cabeza y me alejé sin saludar a Pasquale, que se quedó de piedra, pero después noté complacida que me seguía a diez pasos de distancia. No era un muchacho guapo, pero yo también había dejado de ser guapa. Tenía el pelo muy rizado y negro, la piel morena por el sol, la boca ancha, y era hijo de un asesino y, encima, quizá comunista.

Le di vueltas en la cabeza a la palabra «comunista», que para mí carecía de sentido, pero a la cual la maestra había puesto una carga de negatividad. Comunista, comunista, comunista. Me pareció fascinante. Comunista e hijo de un asesino.

Entretanto, al doblar la esquina, Pasquale me alcanzó. Recorrimos juntos el trayecto hasta pocos metros de mi casa, y mientras volvíamos a reírnos, quedamos en encontrarnos el día siguiente, para ir al taller del zapatero a entregar los libros a Lila y a Rino. Antes de separarnos, Pasquale me dijo que ese domingo él, su hermana y todo aquel que quisiera se reunirían en casa de Gigliola para aprender a bailar. Me preguntó si me apetecía ir, en todo caso con Lila. Me quedé boquiabierta, ya sabía que mi madre no me daría permiso. Pero de todos modos le contesté: de acuerdo, lo pensaré. Él me tendió la mano y yo, que no estaba acostumbrada a ese tipo de gestos, vacilé, rocé apenas la suya, dura, áspera, y me aparté.

—¿Sigues trabajando de albañil? —le pregunté, aunque ya sabía a qué se dedicaba.

—Sí.

—¿Y eres comunista?

Me miró perplejo.

—Sí.

—¿Y vas a ver a tu padre a Poggioreale?

Se puso serio:

—Cuando puedo.

—Adiós.

—Adiós.

10

Esa misma tarde, la maestra Oliviero se presentó en mi casa sin avisar, hundió a mi padre en la más profunda de las angustias y provocó la cólera de mi madre. Los hizo jurar a los dos que me matricularían en el instituto de bachillerato clásico más próximo. Se ofreció a conseguirme personalmente los libros que me hicieran falta. Le contó a mi padre, pero mirándome a mí con severidad, que me había visto sola con Pasquale Peluso, una compañía del todo inadecuada para mí, que tenía mucho futuro por delante.

Mis padres no se atrevieron a llevarle la contraria. Le juraron, solemnemente, además, que me harían cursar el bachillerato superior y mi padre me dijo furioso:

—Lenù, ni se te ocurra volver a hablar nunca más con Pasquale Peluso.

Antes de despedirse, siempre en presencia de mis padres, la maestra me preguntó por Lila. Le contesté que ayudaba a su padre y a su hermano, que llevaba las cuentas y la tienda. Con una mueca de desprecio me preguntó:

—¿Ya sabe que has sacado nueve en latín?

Asentí con la cabeza.

—Dile que ahora también vas a estudiar griego. Díselo.

Se despidió de mis padres toda tiesa.

—Esta muchacha —les soltó— nos dará grandísimas satisfacciones.

Esa misma noche, mientras mi madre, enfurecida, decía que no les quedaba más remedio que mandarme a la escuela de los ricos, de lo contrario, la Oliviero la atormentaría sin descanso y, en represalia, a saber cuántas veces suspendería a la pequeña Elisa; mientras mi padre, como si aquel fuese el problema principal, amenazaba con partirme las dos piernas si llegaba a enterarse de que seguía viéndome con Pasquale Peluso, se oyó un grito desaforado que nos dejó mudos. Era Ada, la hija de Melina, que pedía ayuda.

Fuimos corriendo a asomarnos a las ventanas, en el patio había una enorme confusión. Al parecer, a Melina, que después del traslado de los Sarratore, en general, se había comportado bien —un poco melancólica, eso sí, un poco distraída, pero en resumidas cuentas, sus rarezas se habían ido espaciando y hacía cosas inocuas, como cantar a voz en cuello mientras fregaba las escaleras de los edificios y echar cubos de agua sucia a la calle sin fijarse si pasaba alguien—, le había dado otra de sus crisis, una especie de locura de felicidad. Reía, saltaba en la cama de su casa, se subía la falda enseñando a sus hijos las piernas enjutas y las bragas. De esto se enteró mi madre después de interrogar desde la ventana a las mujeres asomadas a las ventanas de enfrente. Yo vi que Nunzia Cerullo y Lila iban a ver qué pasaba e intenté colarme por la puerta para reunirme con ellas, pero mi madre me lo impidió. Se arregló el pelo con la mano y, cojeando, salió a evaluar la situación.

Al regresar estaba indignada. Alguien le había entregado a Melisa un libro. Un libro, sí, un libro. A ella, que como mucho había llegado hasta segundo curso de la primaria, y en su vida había leído nada. En la cubierta del libro se leía el nombre de Donato Sarratore. Y en la primera página llevaba una dedicatoria para Melina manuscrita con pluma, y señalados con tinta roja, figuraban los poemas que había escrito para ella.

Al enterarse de aquella excentricidad, mi padre lanzó una serie de insultos muy obscenos contra el ferroviario-poeta. Mi madre dijo que alguien debería encargarse de partirle la cara de mierda a aquel hombre de mierda. Nos pasamos toda la noche oyendo a Melina cantar de felicidad, y las voces de sus hijos, especialmente las de Antonio y Ada, que trataban de calmarla sin conseguirlo.

Yo en cambio no cabía en mí del asombro. En un mismo día había llamado la atención de un joven tenebroso como Pasquale, ante mí se había abierto una nueva escuela a la que asistir y había descubierto que una persona, que hasta hacía poco había vivido en el barrio, justamente en el edificio frente al nuestro, había publicado un libro. Detalle este último que demostraba hasta qué punto había tenido razón Lila al pensar que a nosotras también podía ocurrirnos. Claro que Lila había renunciado a ello, pero tal vez yo, a fuerza de ir a esa escuela difícil que se llamaba bachillerato superior, apoyada por el amor de Pasquale, podría llegar a escribir un libro sola, como había hecho Sarratore. Quién sabe, si todo salía bien a lo mejor me hacía rica antes que Lila con sus diseños de zapatos y su fábrica de calzado.

11

Al día siguiente acudí en secreto a la cita con Pasquale Peluso. Él llegó sin aliento, con ropa de trabajo, sudado y cubierto de los pies a la cabeza de manchas blancas de cal. Durante el trayecto le conté la historia de Donato y Melina. Le dije que esos últimos acontecimientos probaban que Melina no estaba loca, que Donato se había enamorado realmente de ella y que la seguía amando. Mientras hablaba, mientras Pasquale me daba la razón demostrando sensibilidad por las cosas del amor, me di cuenta de que, de esos últimos acontecimientos, lo que más me entusiasmaba era que Donato Sarratore había publicado nada menos que un libro. Ese empleado de los Ferrocarriles se había convertido en autor de un volumen que el maestro Ferraro muy bien podía llegar a incluir en la biblioteca y darlo en préstamo. De manera que, le comenté a Pasquale, todos nosotros habíamos conocido no a un tipo cualquiera, frágil por la manera en que dejaba que Lidia, su esposa, le pusiera el pie encima, sino a un poeta. De manera que, ante nuestros propios ojos, había nacido su trágico amor, y se lo había inspirado Melina, una persona a la que conocíamos muy bien. Me entusiasmé mucho, el corazón me latía con fuerza. Pero me di cuenta de que Pasquale no conseguía seguirme en ese tema y asentía por no llevarme la contraria. De hecho, poco después empezó a irse por las ramas y a hacerme preguntas sobre Lila: cómo había sido en el colegio, qué pensaba de ella, si éramos muy amigas. Contesté con gusto: era la primera vez que alguien me preguntaba por mi amistad con ella y le hablé con gran entusiasmo el resto del trayecto. También fue la primera vez que caí en la cuenta de que, como no tenía a mano las palabras necesarias para hablar del tema y debía buscarlas, tendía a reducir la relación entre Lila y yo a afirmaciones exclamativas de un tono exageradamente positivo.

Cuando llegamos a la tienda del zapatero seguíamos hablando de ella. Fernando se había ido a casa a dormir la siesta, pero Lila y Rino estaban uno al lado del otro, con caras sombrías, inclinados sobre algo que miraban con hostilidad, y en cuanto nos vieron tras los cristales de la puerta, lo guardaron todo. Entregué a mi amiga los regalos del maestro Ferraro, mientras Pasquale le tomaba el pelo a su amigo y, abriendo el premio delante de su propia cara, le preguntaba: «Cuando te hayas leído la historia de esta Brujas, la muerta, me dices si te ha gustado y, si acaso, me la leo yo también». Se rieron mucho los dos y de vez en cuando se susurraban al oído frases sobre Brujas, seguramente obscenas. Noté entonces que, aunque bromeaba con Rino, Pasquale le lanzaba miradas furtivas a Lila. ¿Por qué la miraba de ese modo, qué buscaba, qué veía en ella? Eran miradas intensas y prolongadas de las que ella ni siquiera parecía percatarse; entretanto, me pareció que quien se estaba fijando mucho más que yo era Rino, quien no tardó en llevarse a Pasquale a la calle fingiendo impedir que oyéramos por qué lo divertía tanto Brujas, cuando en realidad estaba molesto por la forma en que su amigo miraba a su hermana.

Acompañé a Lila a la trastienda esforzándome por descubrir qué tenía para que Pasquale se sintiera atraído por ella. Me pareció la misma muchachita delgada de siempre, toda piel y huesos, cadavérica, salvo quizá por el corte más grande de los ojos y una pequeña ondulación del pecho. Ella colocó los libros junto a otros que guardaba entre los zapatos viejos y unos cuadernos con las tapas muy maltrechas. Aludí a las locuras de Melina, pero sobre todo traté de transmitirle mi entusiasmo porque por fin podíamos decir que conocíamos a alguien que acababa de publicar un libro, a Donato Sarratore. Y murmuré en italiano:

—Imagínate, su hijo Nino iba al colegio con nosotras; imagínate, quizá la familia Sarratore se haga rica.

Ella esbozó una sonrisa escéptica.

—¿Y con eso qué? —dijo. Tendió la mano y me enseñó el libro de Sarratore.

Se lo había dado Antonio, el hijo mayor de Melina, para apartarlo de la vista y de las manos de su madre. Cogí el librito y lo analicé. Se titulaba *Señales de calma*. Tenía una tapa rojiza con un dibujo de un sol resplandeciente en lo alto de una montaña. Fue emocionante leer justo encima del título: Donato Sarratore. Lo abrí y leí en voz alta la dedicatoria escrita con pluma: *A Melina, que alimentó mi canto. Donato. Nápoles, 12 de junio de 1958.* Me emocioné, noté un escalofrío en la nuca, en la raíz del pelo. Dije:

—Nino tendrá un coche más bonito que el de los Solara.

Lila lanzó una de sus miradas intensas y noté que la había clavado en el libro que sostenía en mis manos.

—Si llega a pasar lo sabremos —masculló—. Por ahora esos poemas no han causado más que daño.

—¿Por qué?

—Como Sarratore no tuvo valor de ir a ver a Melina personalmente le mandó el libro.

—¿Y no es un gesto bonito?

—Quién sabe. Ahora Melina lo espera y si Sarratore no viene sufrirá más de lo que ha sufrido hasta ahora.

Qué bien dicho. Observé su piel blanquísima, suave, sin una sola grieta. Observé sus labios, la forma delicada de sus orejas. Sí, pensé, tal vez esté cambiando, y no solo físicamente, sino también en la manera de expresarse. Dicho con palabras de hoy, me pareció que no solo sabía decir bien las cosas, sino que estaba desarrollando un don que yo conocía ya: con mayor destreza que cuando era niña, tomaba los hechos y los expresaba de forma natural, cargados de tensión; reforzaba la realidad mientras la traducía en palabras, le inyectaba energía. Y me di cuenta con placer de que en cuanto comenzaba a hacerlo, yo también notaba esa misma capacidad, lo intentaba y me salía bien. Y contenta pensé: esto me diferencia de Carmela y de todas las demás; yo me entusiasmo con ella, aquí, en el mismo momento en que me habla. Qué manos tan bonitas y fuertes tenía, qué bonitos gestos le salían, qué miradas.

Mientras Lila discurría sobre el amor, mientras yo reflexionaba sobre ello, el placer dio paso a la amargura cuando me asaltó un mal pensamiento. Comprendí de pronto que me había equivocado: Pasquale, el albañil, el comunista, el hijo del asesino, había querido acompañarme hasta la tienda no por mí, sino por ella, para tener la ocasión de verla.

12

Ese pensamiento me dejó un momento sin aliento. Cuando los dos jóvenes regresaron e interrumpieron nuestra conversación, Pasquale confesó riendo que se había escapado de la obra sin avisar al capataz, y que debía regresar enseguida al trabajo. Noté que miraba otra vez a Lila, mucho rato, intensamente, casi contra su voluntad, tal vez para indicarle: estoy corriendo el riesgo de que me despidan solo por ti. Y dirigiéndose a Rino, dijo:

—El domingo vamos todos a bailar a casa de Gigliola, vendrá también Lenuccia, ¿vendréis vosotros también?

—Falta mucho para el domingo, ya veremos —contestó Rino.

Pasquale lanzó una última mirada a Lila, que no le prestó ninguna atención, después se marchó sin preguntarme si quería irme con él.

Noté un malestar que me puso nerviosa. Empecé a pasarme los dedos por las mejillas, precisamente en las zonas más inflamadas, me di cuenta y me obligué a dejar de hacerlo. Mientras Rino sacaba de debajo del banco las cosas en las que estaba trabajando cuando llegamos, y las analizaba perplejo, traté de volver a hablar con Lila de libros, de historias de amor. Exageramos a más no poder la historia de Sarratore, la locura de amor de Melina, el papel de aquel libro. ¿Qué iba a ocurrir? ¿Qué reacciones desencadenarían no solo la lectura de los versos sino el objeto en sí, el hecho de que su tapa, el título, el nombre y el apellido habían vuelto a encender el corazón de aquella mujer? Hablamos tan apasionadamente que Rino perdió la paciencia y nos gritó:

—¿Queréis callar de una vez? Lila, tratemos de trabajar, que dentro de nada vuelve papá y ya no podremos hacer nada.

Callamos. Eché un vistazo a lo que estaban haciendo, una horma de madera rodeada de una maraña de plantillas, tiras de piel, trozos de cuero duro entre cuchillas, leznas y herramientas variadas. Lila me contó que ella y Rino estaban tratando de confeccionar un zapato de viaje para hombre y, enseguida, su hermano se puso nervioso y me hizo jurar por la vida de mi hermana Elisa que no se lo contaría a nadie. Estaban trabajando a escondidas de Fernando, Rino había conseguido el cuero y la piel a través de un amigo que se ganaba el jornal en una curtiduría de Ponte di Casanova. Dedicaban a la confección del zapato cinco minutos hoy, diez mañana, porque no había habido manera de convencer a su padre para que los ayudara, al contrario, cada vez que sacaban el tema, Fernando mandaba a Lila a casa gritando que no quería volver a verla por el taller y amenazaba con matar a Rino que con diecinueve años, le faltaba al respeto porque se le había metido en la cabeza que podía ser más que su padre.

Fingí interesarme en su empresa secreta, pero en realidad me amargué. Aunque los hermanos me habían hecho partícipe al elegirme como confidente, se trataba siempre de una experiencia en la que yo no podía participar más que como testigo: con aquella actividad Lila habría hecho grandes cosas sola, yo quedaba excluida. Pero sobre todo, ¿cómo era posible que, después de nuestras intensas conversaciones sobre el amor y la poesía, me acompañara a la puerta, como estaba haciendo, por considerar mucho más interesante ese clima de tensión en torno a un zapato? Habíamos hablado tan bien de Sarratore y Melina. No podía creer que, a pesar de mencionarme ese revoltijo de cueros, piel y herramientas, no le durara como a mí la inquietud por aquella mujer que sufría por amor. Qué me importaban a mí los zapatos. Notaba a mi alrededor, ante mis ojos, los movimientos más secretos de aquel ejemplo de fidelidad violada, de pasión, de canto que se convierte en libro, y era como si ella y yo hubiésemos leído juntas una novela, como si hubiésemos visto, allí en la trastienda y no en la sesión dominical del cine de la parroquia, una película muy dramática. Sentía tristeza por el derroche, porque estaba obligada a marcharme, porque ella prefería la aventura de los zapatos a nuestras conversaciones, porque sabía ser independiente mientras que yo la necesitaba, porque tenía cosas propias en las que yo no podía entrar, porque Pasquale, un muchacho ya mayor, no un chico, buscaría otras ocasiones para mirarla, para pretenderla e intentar convencerla de que se prometiera en secreto con él, de que se dejara besar, tocar, como decían que hacían los prometidos; en una palabra, porque me iba a considerar cada vez menos necesaria.

Quise sobreponerme a la sensación de repulsión que me causaban esos pensamientos y, como para subrayar mi valor y mi carácter indispensable, le dije de pronto que cursaría el bachillerato superior. Se lo dije en la puerta de la tienda, casi cuando ya estaba en la calle. Le conté que la maestra Oliviero se lo había impuesto a mis padres, que había prometido conseguirme gratis los libros usados. Lo hice porque quería que se diera cuenta de que yo era más única que rara y que, aunque se hubiese hecho rica fabricando zapatos con Rino, nunca iba a poder prescindir de mí como yo no podía prescindir de ella.

Me miró perpleja.

—¿Qué es el bachillerato superior? —preguntó.

—Un colegio importante que viene después del bachillerato elemental.

—¿Y tú qué vas a hacer allí?

—Estudiar.

—¿Qué?

—Latín.

—¿Y nada más?

—También griego.

—¿Griego?

—Sí.

Puso cara de quien se ha perdido y no sabe qué decir. Al final murmuró sin venir a cuento de nada:

—La semana pasada me vino el mes.

Y aunque Rino no la había llamado, entró en la tienda.

13

De manera que ahora ella también sangraba. Los movimientos secretos del cuerpo, que me habían ocurrido a mí primero, a ella también le habían llegado como la ola de un terremoto y la cambiarían, ya la estaban cambiando. Pasquale —pensé— se dio cuenta antes que yo. Él y probablemente otros muchachos. El hecho de que seguiría estudiando el bachillerato superior perdió rápidamente su aura. Durante días no pude pensar más que en la incógnita de los cambios que iban a asaltar a Lila. ¿Se pondría guapa como Pinuccia Carracci, Gigliola o Carmela? ¿O fea como yo? Me fui a casa y estudié mi imagen en el espejo. ¿Cómo era yo en realidad? Y tarde o temprano, ¿cómo sería ella?

Empecé a cuidarme más. Un domingo por la tarde, para el paseo habitual desde la avenida a los jardincillos, me puse mi traje de fiesta, un vestido azul con escote cuadrado, y también el brazalete de plata de mi madre. Cuando me encontré con Lila sentí un placer secreto al verla como iba todos los días, con el pelo negrísimo y revuelto, y un vestidito liso y desteñido. No había nada que la diferenciara de la Lila de siempre, una niña nerviosa y esquelética. Solo me pareció un poco más espigada, de bajita había llegado a ser tan alta como yo, apenas un centímetro menos. Pero ¿qué clase de cambio era ese? Yo tenía el pecho grande, formas de mujer.

Llegamos a los jardincillos, fuimos otra vez hacia la avenida y de ahí de vuelta a los jardincillos. Era temprano, todavía no se oían el trajín del domingo ni los vendedores de nueces y almendras tostadas y altramuces. Lila volvió a preguntarme cautamente por el bachillerato superior. Le conté lo poco que sabía pero exagerándolo al máximo. Quería despertar su curiosidad, que deseara participar en aquella aventura mía, aunque fuera un poco y desde fuera, que sintiera que se perdía algo de mí como yo temía siempre perder mucho de ella. Yo caminaba del lado de la calzada y ella del de la pared. Yo hablaba y ella escuchaba con mucha atención.

Se nos acercó el Fiat 1100 de los Solara, Michele conducía, a su lado iba Marcello, que empezó a soltarnos sus ocurrencias. Nos las decía a las dos, no solo a mí. Canturreaba en dialecto frases como: qué señoritas más guapas, no os cansáis de ir de aquí para allá, tened en cuenta que Nápoles es grande, la ciudad más bella del mundo, como vosotras, subid, damos un paseo, solo media hora y os dejamos otra vez aquí.

No debería haberlo hecho, pero lo hice. En lugar de seguir mi camino como si no existieran ni él ni el coche ni su hermano; en lugar de seguir charlando con Lila e ignorarlo, por una necesidad de sentirme atractiva, afortunada, a punto de ir a la escuela de los ricos, donde con toda probabilidad conocería muchachos con un coche más bonito que el de los Solara, me di la vuelta y dije en italiano:

—Gracias, pero no podemos.

Entonces Marcello alargó la mano. La vi ancha y corta, a pesar de que él era un joven alto y bien formado. Los cinco dedos cruzaron la ventanilla y me aferraron la muñeca, mientras su voz decía:

—Michè, frena, ¿has visto qué bonito brazalete lleva la hija del conserje?

El coche se detuvo. Los dedos de Marcello alrededor de mi muñeca me helaron la piel; retiré el brazo, horrorizada. El brazalete se rompió y fue a caer entre la acera y el coche.

—¡Dios mío, mira lo que has hecho! —exclamé, pensando en mi madre.

—Calma —dijo él, abrió la portezuela y se bajó del coche—. Ahora te lo arreglo.

Se lo veía alegre, cordial, intentó volver a sujetarme de la muñeca como para establecer una familiaridad que me calmara. Fue visto y no visto. Lila, la mitad de su tamaño, lo empujó contra el coche y le clavó la chaira debajo del cuello.

—Tócala otra vez y ya verás lo que te pasa —le dijo con calma, en dialecto.

Marcello no se movió, incrédulo. Michele se bajó enseguida del coche, diciendo con tono tranquilizador:

—No te hará nada, Marcè, la muy zorra no tendrá el valor.

—Ven —dijo Lila—, ven y ya veremos si no tengo el valor.

Michele rodeó el coche mientras yo me echaba a llorar. Desde donde yo estaba veía bien que la punta de la chaira había cortado la piel de Marcello, un arañazo del que manaba un hilillo de sangre. Tengo la escena grabada con claridad: todavía hacía mucho calor, pasaba poca gente. Lila estaba echada encima de Marcello como si acabara de verle un feo insecto en la cara y quisiera espantárselo. Conservo en la memoria la absoluta certeza de entonces: no habría vacilado en cortarle el cuello. Michele también se dio cuenta.

—De acuerdo, tranquila —le dijo, y siempre con la misma calma, casi divertido, se metió en el coche—. Sube, Marcè, pide disculpas a las señoritas y vámonos.

Lila apartó lentamente la punta de la cuchilla. Marcello sonrió tímidamente, tenía la mirada desorientada.

—Un momento —dijo.

Se arrodilló en la acera, delante de mí, como si quisiera disculparse sometiéndose a la máxima humillación. Hurgó debajo del coche, recuperó el brazalete, lo examinó y lo reparó apretando con las uñas el eslabón de plata que se había abierto. Me lo entregó sin mirarme a mí sino a Lila. Fue a ella a quien le dijo: «Perdón». Y después se subió al coche y arrancaron.

—He llorado por el brazalete, no por el miedo —dije.

14

Las fronteras del barrio se desvanecieron a lo largo de aquel verano. Una mañana mi padre me llevó con él. Quiso que, con motivo de matricularme en el instituto, aprendiera bien qué transportes debía usar y qué calles debía recorrer en octubre cuando empezara a ir a la nueva escuela.

Hacía un día magnífico, despejado y ventoso. Me sentí querida, mimada, al afecto que sentía por él no tardó en sumarse una creciente admiración. Mi padre conocía a la perfección el espacio enorme de la ciudad, sabía dónde coger el metro o un tranvía o un autobús. Durante el trayecto se comportaba con una afabilidad, una cortesía lenta que en casa casi nunca exhibía. Conversaba con todos, en los medios de transporte, en las oficinas, y siempre conseguía comentarle a su interlocutor que trabajaba en el ayuntamiento, que llegado el caso podría acelerar trámites, abrir puertas.

Pasamos juntos todo el día, el único de nuestra vida, no recuerdo otros. Me dedicó mucha atención, como si quisiera transmitirme en pocas horas todas las cosas útiles que había aprendido él a lo largo de su existencia. Me enseñó la piazza Garibaldi y la estación que estaban construyendo: según él era tan moderna que de Japón venían los japoneses expresamente para estudiarla y hacer otra idéntica en su país, sobre todo por las pilastras. Pero me confesó que la estación antigua le gustaba más, se había encariñado con ella. Paciencia. Según él, Nápoles era así desde siempre: se corta, se rompe y se reconstruye, así el dinero circula y se crea trabajo.

Me llevó por corso Garibaldi hasta el edificio donde estaba mi futura escuela. En la secretaría trajinó con una cordialidad extrema, tenía el don de caer simpático, don que en el barrio y en mi casa mantenía oculto. Se jactó de mi extraordinario boletín de calificaciones con un bedel cuyo padrino de boda conocía, tal como descubrió enseguida. Lo oí repetir con frecuencia: ¿todo en orden? O bien: lo que se puede hacer se hace. Me enseñó la piazza Carlo III, el albergue de los pobres, el jardín botánico, la via Foria, el museo. Me llevó por via Costantinopoli, por Port'Alba, por la piazza Dante, por Toledo. Me abrumaron tantos nombres, el ruido del tráfico, las voces, los colores, el aire de fiesta que se respiraba por doquier, el esfuerzo de retenerlo todo en la cabeza para poder contárselo después a Lila, la habilidad con la que mi padre conversó con el pizzero al que le había comprado una pizza con ricota calentísima, con el frutero al que le había comprado un melocotón muy amarillo. ¿Cómo era posible que solo nuestro barrio estuviera tan plagado de tensiones y violencias mientras que el resto de la ciudad era radiante y benévolo?

Me llevó a ver el lugar donde trabajaba, en la piazza Municipio. Allí también, dijo, todo era nuevo, habían cortado las plantas, lo habían destrozado todo: ya ves ahora cuánto espacio, lo único viejo es el Macho Angevino, pero qué hermoso, chiquita mía, en Nápoles hay dos machos verdaderos, tu papá y ese que ves ahí. Fuimos al ayuntamiento, saludó a unos y a otros, era muy conocido. Con algunos se mostró jovial, me presentó, repitió por enésima vez que en el colegio había sacado nueve en italiano y nueve en latín; con otros estuvo casi mudo, se limitó a decir de acuerdo, sí, usted mande que yo hago. Al final me dijo que iba a enseñarme el Vesubio de cerca y el mar.

Fue un momento inolvidable. Fuimos hacia via Caracciolo, había cada vez más viento, cada vez más sol. El Vesubio era una silueta delicada de color pastel a cuyos pies se amontonaban los guijarros blancuzcos de la ciudad, el corte color tierra de Castel dell'Ovo, el mar. Pero qué mar. Estaba muy embravecido y fragoroso, el viento cortaba la respiración, pegaba las prendas al cuerpo y apartaba el pelo de la frente. Nos quedamos en el otro lado de la calle, junto con una pequeña multitud que contemplaba el espectáculo. Las olas rodaban como tubos de metal azul llevando en lo alto la clara de huevo de la espuma, se rompían en mil fragmentos destellantes y llegaban hasta la calle arrancando un oh maravillado y provocando temor en cuantos las mirábamos. Qué pena que no estuviera Lila. Me sentí aturdida por las poderosas ráfagas, por el ruido. Tenía la impresión de que, aunque absorbiera gran parte de aquel espectáculo, muchísimas cosas, demasiadas se desperdigaban a mi alrededor sin dejarse aferrar.

Mi padre me estrechó la mano como si temiera que me escapara. De hecho tenía ganas de dejarlo, de echar a correr, salir de allí, cruzar la calle, dejarme embestir por las brillantes escamas del mar. En ese momento tan tremendo, tan lleno de luz y clamor, me imaginé sola en lo nuevo de la ciudad, nueva yo misma con toda la vida por delante, expuesta a la furia móvil de las cosas pero, sin duda, vencedora: yo, Lila y yo, nosotras dos con esa capacidad que juntas —solo juntas— teníamos de tomar la masa de colores, de ruidos, de cosas y personas para contárnosla y darle fuerza.

Regresé al barrio como si hubiese estado en un territorio lejano. Otra vez las calles conocidas, otra vez la charcutería de Stefano y su hermana Pinuccia, Enzo que vendía fruta, el Fiat 1100 de los Solara estacionado delante del bar: habría pagado lo que fuese con tal de verlo eliminado de la faz de la tierra. Menos mal que mi madre no se había enterado del episodio del brazalete. Menos mal que nadie le había contado a Rino lo sucedido.

Le hablé a Lila de las calles, de sus nombres, del fragor, de la luz extraordinaria. Pero no tardé en sentirme incómoda. Si el relato de ese día lo hubiese hecho ella, yo le habría proporcionado el contrapunto indispensable y, aunque no había estado presente, me habría sentido viva y activa, habría hecho preguntas, planteado dudas, habría tratado de demostrarle que debíamos hacer ese mismo recorrido juntas, necesariamente, porque así se lo habría enriquecido, mi compañía habría sido, con mucho, mejor que la de su padre. Pero ella me escuchó sin curiosidad y por un momento pensé que lo hacía por maldad, para restarle fuerza a mi entusiasmo. Tuve que convencerme de que no era así, sencillamente el curso de su pensamiento se alimentaba de cosas concretas, tanto de un libro como de una fuente. Con el oído me prestaba atención, sin duda, pero con los ojos, con la mente, estaba firmemente anclada a la calle, a las escasas plantas de los jardincillos, a Gigliola, que paseaba con Alfonso y Carmela, a Pasquale, que saludaba desde el andamio de la obra, a Melina, que hablaba en voz alta de Donato Sarratore mientras Ada intentaba llevársela para su casa, anclada a Stefano, el hijo de don Achille, que acababa de comprarse una furgoneta y a su lado llevaba a su madre y en el asiento posterior a su hermana Pinuccia, anclada a Marcello y Michele Solara, que pasaban en su Fiat 1100 mientras Michele fingía no vernos y Marcello no olvidaba lanzarnos una mirada cordial, anclada, sobre todo, a su trabajo secreto, hecho a escondidas de su padre, al que se dedicaba para sacar adelante el proyecto de los zapatos. Para ella, en ese momento mi relato era apenas un conjunto de señales inútiles de espacios inútiles. Ya se ocuparía de esos espacios únicamente si se le presentaba la ocasión de visitarlos. De hecho, después de pasarme mucho rato hablando, se limitó a decir:

—Tengo que decirle a Rino que el domingo debemos aceptar la invitación de Pasquale Peluso.

Ahí estaba, yo le describía el centro de Nápoles y ella colocaba en el centro de todo la casa de Gigliola, situada en uno de los edificios del barrio, donde Pasquale quería llevarnos a bailar. Me disgusté. Habíamos dicho que sí a las invitaciones de Peluso, pero todavía no habíamos ido nunca, yo por evitar discutir con mis padres, ella porque Rino no estaba de acuerdo. Pero los días de fiesta solíamos espiarlo cuando, de punta en blanco, esperaba a sus amigos, los mayores y los más jóvenes. Era un muchacho generoso, no hacía distinciones de edad, dejaba que lo acompañaran todos. En general, esperaba delante de la gasolinera; entretanto llegaban de uno en uno Enzo, Gigliola, Carmela, que ahora se hacía llamar Carmen, y a veces hasta al mismo Rino si no tenía nada que hacer, y Antonio, que cargaba con el peso de su madre Melina, y cuando Melina estaba tranquila, con el de su hermana

Ada, a la que los Solara habían subido a su coche y se la habían llevado durante más de una hora quién sabe adónde. Cuando hacía buen día, iban a la playa y regresaban con las caras enrojecidas por el sol. O bien, más a menudo, se reunían todos en casa de Gigliola, cuyos padres eran más complacientes que los nuestros, y allí el que sabía bailar bailaba y el que no sabía bailar aprendía.

Lila empezó a llevarme a esas fiestas, no sé cómo le entró interés por el baile. Para sorpresa de todos, tanto Pasquale como Rino resultaron ser magníficos bailarines y nosotras aprendimos con ellos a bailar el tango, el vals, la polca y la mazurca. Rino, todo hay que decirlo, era un maestro que enseguida se ponía nervioso, especialmente con su hermana, mientras que Pasquale tenía una paciencia infinita. Al principio nos hizo bailar subidas a sus pies, para que aprendiéramos bien los pasos, después, en cuanto nos hicimos más expertas, dábamos saltos por toda la casa.

Descubrí que me gustaba mucho bailar, me habría pasado la vida bailando. Lila, por su parte, tenía ese aire de quien quiere entender bien cómo funcionaba eso de bailar, y era como si su diversión consistiera únicamente en aprender, tanto es así que, con frecuencia, se quedaba sentada y miraba, nos estudiaba, aplaudía a las parejas más compenetradas. Un día fui a su casa y me enseñó un librito que había sacado de la biblioteca: describía los bailes y explicaba cada movimiento con siluetas negras del hombre y la mujer que daban vueltas. Lila era muy alegre en aquella época, una exuberancia sorprendente en ella. De buenas a primeras me agarró de la cintura y haciendo de hombre me obligó a bailar el tango mientras tarareaba la música. Se asomó Rino y cuando nos vio se echó a reír. Quiso bailar él también, primero conmigo y después con su hermana, aunque no hubiera música.

Mientras bailábamos me contó que a Lila le había entrado un afán perfeccionista que la obligaba a practicar continuamente, aunque no dispusieran de gramófono. En cuanto dijo la palabra —gramófono, gramófono, gramófono—, Lila me gritó desde un rincón del cuarto, entrecerrando los ojos:

—¿Sabes qué palabra es?

—No.

—Griega.

La miré confusa. Rino me soltó y se puso a bailar con su hermana, que lanzó un grito agudo, me entregó el manual de baile y empezó a dar vueltas con su hermano por el cuarto. Dejé el manual entre sus libros. ¿Qué había dicho? Gramófono era italiano, no griego. Entretanto vi que debajo de *Guerra y paz*, identificado con la etiqueta de la biblioteca del maestro Ferraro, asomaba un libro desencuadernado que se titulaba *Gramática griega*. Gramática. Griega.

—Después te escribo gramófono con letras griegas —oí que me prometía jadeante.

Dije que tenía cosas que hacer y me fui.

15

¿Se había puesto a estudiar griego incluso antes de que yo empezara el bachillerato superior? ¿Lo había hecho sola, mientras yo ni siquiera pensaba en ello, y además en verano, en vacaciones? ¿Hacía siempre las cosas que tenía que hacer yo, antes y mejor que yo? ¿Se me escapaba cuando la perseguía y después me pisaba los talones para ganarme?

Intenté dejar de verla durante un tiempo, estaba enfadada. Fui a la biblioteca a sacar yo también una gramática griega, pero no había más que una y la tenía en préstamo por turnos toda la familia Cerullo. Tal vez deba borrar a Lila de mí como un dibujo en la pizarra, pensé, y esa fue, creo, la primera vez. Me sentía frágil, expuesta a todo, no podía pasarme el tiempo siguiéndola o descubrir que ella me seguía, y, tanto en un caso como en el otro, sentirme inferior. No lo conseguí; poco después volví a buscarla. Dejé que me enseñara a bailar la cuadrilla. Dejé que me mostrara cómo sabía escribir todas las palabras italianas con el alfabeto griego. Quiso que yo también aprendiera ese alfabeto antes de ir al colegio, y me obligó a escribirlo y a leerlo. A mí me salieron más granos. Iba a los bailes en casa de Gigliola con una constante sensación de ineptitud y vergüenza.

Esperé que se me pasara, pero la ineptitud y la vergüenza se intensificaron. En cierta ocasión Lila se exhibió con su hermano bailando un vals. Bailaban tan bien los dos juntos que les dejamos todo el espacio. Quedé maravillada. Qué hermosos, qué compenetrados. Los miraba y comprendí definitivamente que en poco tiempo Lila perdería por completo su aire de niña-vieja, como se pierde un motivo musical muy conocido cuando se adapta con excesiva inspiración. Se había vuelto sinuosa. La frente alta, los ojos grandes que se entrecerraban de repente, la nariz pequeña, los pómulos, los labios, las orejas buscaban una nueva orquestación y parecían a punto de encontrarla. Cuando se recogía el pelo en una cola, el cuello se exhibía con una nitidez enternecedora. Sus pechos eran dos botones pequeños y agraciados cada vez más visibles. Su espalda describía una profunda curva, antes de rematar en el arco cada vez más tenso del trasero. Los tobillos eran todavía demasiado delgados, tobillos de niña; pero ¿cuánto iban a tardar en adaptarse a la figura de muchacha que ya lucía? Me di cuenta de que contemplándola mientras bailaba con Rino, los muchachos veían muchas más cosas que yo. Sobre todo Pasquale, pero también Antonio, también Enzo. Tenían los ojos clavados en ella, como si todas las demás hubiésemos desaparecido. Y eso que yo tenía más pecho. Y eso que Gigliola tenía el pelo de un rubio cegador, rasgos regulares, piernas perfectas. Y eso que Carmela tenía unos ojos preciosos y, sobre todo, unos andares cada vez más provocativos. Pero no había nada que hacer: del cuerpo en movimiento de Lila había comenzado a emanar algo que ellos notaban, una energía que los aturdía, como el ruido cada vez más cercano de la belleza que está por llegar. Tuvo que cesar la música para que volvieran en sí con sonrisas confusas y aplausos exagerados.

16

Lila era mala; en algún lugar secreto dentro de mí seguía pensándolo. No solo me había demostrado que sabía herir con las palabras, sino que habría sido capaz de matar sin vacilaciones; sin embargo, ese potencial suyo me parecía poca cosa. Me decía: soltará algo todavía más maligno, y recurría a la palabra maleficio, un término exagerado que me venía de los cuentos de hadas de mi infancia. Aunque fuese mi lado infantil el que me sugería esos pensamientos, en el fondo había algo de verdad. En efecto, que Lila emanaba un fluido que no era simplemente seductor sino peligroso, poco a poco nos resultó claro a todos, no solo a mí, que la vigilaba desde que íbamos a primer curso de la primaria.

Hacia finales del verano comenzaron a multiplicarse las presiones sobre Rino para que llevara también a su hermana en las salidas en grupo fuera del barrio a comer una pizza o dar un paseo. Pero Rino quería tener su espacio propio. A mi modo de ver, él también estaba cambiando, Lila había encendido su imaginación, alimentado sus esperanzas. Pero al verlo, al oírlo, el efecto no era de los mejores. Se había vuelto más fanfarrón, no perdía la oportunidad de comentar lo bueno que era en su trabajo y lo rico que llegaría a ser, repetía a menudo una frase que le gustaba: con un poco, solo un poco de suerte, voy a mearles en la cara a los Solara. Eso sí, para que hiciera esos alardes era indispensable que su hermana no estuviera. En presencia de Lila él se cohibía, soltaba alguna que otra frase, pero luego lo dejaba correr. Se daba cuenta de que ella le ponía mala cara como si él estuviese traicionando un pacto secreto de comedimiento, de desapego, y por eso prefería no tenerla cerca, que ya se pasaban todo el día juntos deslomándose en la zapatería. Se escabullía e iba a pavonearse con sus amigos. A veces se veía obligado a ceder.

Un domingo, después de discutir mucho con nuestros padres, salimos (Rino tuvo la generosidad de presentarse ante mis padres y hacerse también responsable de mi persona) por la noche, nada menos. Vimos la ciudad iluminada por los carteles, las calles atestadas, notamos el hedor del pescado estropeado por el calor pero también los aromas de los restaurantes, de las freidurías, de los bares pastelerías, mucho más suntuosos que el de los Solara. No recuerdo si Lila ya había visitado el centro con su hermano o con otros. Estaba claro que si había ido no me había dicho nada. En cambio me acuerdo de que aquella vez se pasó todo el rato callada. Cruzamos la piazza Garibaldi, y ella se quedaba rezagada, mirando a un limpiabotas, a una mujerona excéntrica, a unos hombres amenazantes, a los muchachos. Observaba a las personas con mucha atención, las miraba a la cara, hasta el punto de que algunas reían y otras le preguntaban con un gesto: ¿qué quieres? De vez en cuando yo le daba un tirón, la arrastraba por miedo a perder a Rino, Pasquale, Antonio, Carmela, Ada.

Esa noche fuimos a una pizzería del Rettifilo, donde comimos con alegría. A mí me pareció que Antonio, forzando su timidez, me cortejaba un poco, y me puse contenta, así se equilibraban las atenciones de Pasquale hacia Lila. En un momento dado el pizzero, un hombre de unos treinta años, empezó a lanzar al aire la pizza mientras la amasaba, con un virtuosismo excesivo, y a intercambiar sonrisas con Lila que lo contemplaba admirada.

—Basta ya —le dijo Rino.

—No hago nada —contestó ella y se obligó a mirar hacia otro lado.

Las cosas no tardaron en complicarse. Pasquale nos dijo entre risas que ese hombre, el pizzero —que a nosotras, las chicas, nos parecía un viejo y además llevaba alianza y seguramente tenía hijos—, le había lanzado disimuladamente un beso a Lila soplándose la punta de los dedos. Nos volvimos de inmediato y lo miramos: hacía su trabajo y nada más. Pero Pasquale le preguntó a Lila, sin dejar de reírse:

—¿Es cierto o me equivoco?

Lila, con una risita nerviosa que contrastaba con la sonrisa amplia de Pasquale, contestó:

—Yo no he visto nada.

—Déjalo estar, Pascà —dijo Rino, fulminando a su hermana con la mirada.

Pero Peluso se levantó, fue al mostrador del horno, se metió detrás y, con su sonrisa cándida en los labios, abofeteó al pizzero lanzándolo contra la boca del horno.

Acudió enseguida el dueño del local, un hombre sesentón, menudo y pálido, y Pasquale le explicó con calma que no debía preocuparse, que se había limitado a hacerle entender a su empleado algo que no le resultaba muy claro, y que ya no habría más problemas. Terminamos de comer la pizza en silencio, los ojos bajos, masticando despacio, como si estuviera envenenada. Y cuando salimos, Rino le echó a Lila un rapapolvo que concluyó con una amenaza: si sigues así no te traigo más.

¿Qué había pasado? Por la calle los hombres con los que nos cruzábamos nos miraban a todas, guapas, menos guapas, feas, y no tanto los jóvenes, sino los hombres hechos y derechos. Así era en el barrio y fuera del barrio, y Ada, Carmela y yo misma —sobre todo después del incidente con los Solara— habíamos aprendido instintivamente a no levantar la mirada, a fingir que no oíamos las cochinadas que nos decían y a seguir nuestro camino. Lila no. Salir con ella a pasear el domingo se convirtió en una fuente permanente de tensiones. Si la miraban, ella devolvía la mirada. Si le decían algo, ella se detenía perpleja, como si no creyese que se dirigían a ella, y a veces contestaba llena de curiosidad. Sobre todo porque ocurría algo fuera de lo común: a ella casi nunca le decían las obscenidades que nos reservaban a nosotras.

Una tarde de finales de agosto nos fuimos hasta el parque de la Villa Comunale y allí nos sentamos en un bar porque Pasquale, que en aquellos días se comportaba como un grande de España, nos quiso invitar a todos a un *spumone*. Sentada a una mesa, como nosotros, teníamos enfrente a una familia que tomaba helado: el padre, la madre y tres niños de entre doce y siete años. Parecía gente respetable: el padre, un hombre robusto, cincuentón, tenía aspecto de profesor. Puedo jurar que Lila no lucía nada vistoso: no llevaba los labios pintados, vestía las prendas de siempre que le cosía su madre, íbamos más llamativas nosotras, Carmela en especial. Pero ese señor —esa vez todos nos dimos cuenta— no podía quitarle los ojos de encima, y Lila, por más que trataba de contenerse, respondía a la mirada como si no pudiera creer que la admiraran tanto. Al final, mientras en nuestra mesa Rino, Pasquale y Antonio se ponían cada vez más nerviosos, el hombre, evidentemente sin darse cuenta del riesgo que corría, se levantó, se plantó delante de Lila y, dirigiéndose a los muchachos, dijo con gran cortesía:

—Son ustedes afortunados, tienen aquí a una muchacha que llegará a ser más hermosa que una Venus de Botticelli. Sabrán disculparme, pero se lo he dicho a mi esposa y a mis hijos, y he sentido la necesidad de decírselo también a ustedes.

Lila se echó a reír por la tensión. El hombre sonrió a su vez y, tras hacerle una sobria reverencia, se disponía a regresar a su mesa cuando Rino lo agarró del cogote, lo obligó a volver sobre sus pasos a la carrera, lo sentó a la fuerza y, delante de la esposa y los hijos, le soltó una retahíla de insultos muy propios de nuestro barrio. El hombre se enfadó, la esposa chilló y se interpuso entre ambos, Antonio apartó a Rino. Otro domingo echado a perder.

Lo peor ocurrió una vez en que Rino no estaba. Lo que me impresionó no fue el hecho en sí, sino la acumulación en torno a Lila de tensiones de distinta procedencia. Con motivo de su santo, la madre de Gigliola (si no recuerdo mal, se llamaba Rosa) dio una fiesta a la que asistieron personas de todas las edades. Como su marido era el pastelero de la pastelería Solara, hicieron las cosas a lo grande: abundaron los profiteroles, los *raffiuoli* rellenos, las *sfogliatelle*, las pastas de almendra, los licores, las bebidas para los niños y los discos con bailes, desde los más conocidos a los de última moda. Asistió gente que a nuestras fiestas de jóvenes no habría venido nunca. Por ejemplo, el farmacéutico con su esposa y Gino, el hijo mayor, que pronto cursaría el bachillerato superior como yo. También, el maestro Ferraro y toda su familia numerosa. Y además, Maria, la viuda de don Achille, y su hijo Alfonso y su hija Pinuccia, rojísima, y hasta Stefano.

Estas últimas presencias causaron al principio cierta tensión: en la fiesta estaban también Pasquale y Carmela Peluso, los hijos del asesino de don Achille. Pero la sangre no llegó al río. Alfonso era un chico amable (él también cursaría el bachillerato superior, en mi mismo colegio) que incluso llegó a intercambiar algún comentario con Carmela; Pinuccia estaba contenta de poder asistir a una fiesta, sacrificada como estaba todo el santo día en la charcutería; Stefano había comprendido prematuramente que el comercio se basa en la ausencia de obstáculos, consideraba a todos los vecinos del barrio como clientes potenciales que se gastarían el dinero en su tienda, de modo que, en general, lucía con todos su hermosa sonrisa apacible, y por eso se limitó a no cruzar ni una sola mirada con Pasquale; por último, Maria, que normalmente cuando veía a la señora Peluso le volvía la cara, no hizo ningún caso a los dos jóvenes y charló largo y tendido con la madre de Gigliola. Lo que más contribuyó a disipar la tensión fue que pronto empezamos a bailar, creció la algarabía y ya nadie hizo caso de nada.

Primero fueron los bailes tradicionales, después se pasó a un baile nuevo, el rock and roll, por el que todos, viejos y niños, sentían una gran curiosidad. Yo estaba acalorada y me retiré a un rincón. Sabía bailar el rock and roll, claro, lo había bailado a menudo en mi casa con Peppe, mi hermano, y en casa de Lila, los domingos, con ella, pero esos movimientos ágiles y veloces me hacían sentir torpe, y, muy a mi pesar, decidí ponerme a mirar. Por lo demás, no me había parecido que Lila lo bailase especialmente bien: se movía de un modo un tanto ridículo, incluso se lo había dicho, ella se había tomado la crítica como un desafío y se empeñó en practicar sola, puesto que Rino se negaba a bailarlo. Como era perfeccionista en todo, esa noche ella también, para satisfacción mía, decidió sentarse a mi lado y mirar lo bien que bailaban Pasquale y Carmela Peluso.

Pero entonces se le acercó Enzo. El niño que nos había tirado piedras, que por sorpresa había competido con Lila en aritmética, que una vez le había regalado una guirnalda de serbas. Con los años, había sido como engullido por un organismo de baja estatura pero poderoso, acostumbrado al trabajo duro. Al verlo aparentaba tener más años que Rino, que era el mayor de todos nosotros. Se notaba por cada uno de sus rasgos que se levantaba antes del amanecer, que tenía que vérselas con la camorra del mercado hortofrutícola, que en todas las estaciones del año, con frío o con lluvia, salía a recorrer las calles del barrio para vender fruta y verdura con su carreta. Pero en la cara de piel clara, las cejas y las pestañas rubias, los ojos azules, conservaba un residuo del niño rebelde con el que nos habíamos enfrentado. Por lo demás, Enzo era de hablar poco, con palabras tranquilas, todas en dialecto, y a ninguna de nosotras se nos habría ocurrido bromear ni entablar conversación con él. Fue él quien tomó la iniciativa. Le preguntó a Lila por qué no bailaba. Ella le contestó: porque este baile todavía no se me da bien. Él se quedó callado durante un rato, y luego dijo: a mí tampoco. Pero cuando pusieron otro rock and roll, la aferró del brazo con naturalidad y se la llevó al centro de la sala. Lila, que se apartaba de un salto como picada por una avispa cuando alguien se atrevía siquiera a rozarla, no reaccionó porque era evidente que se moría por bailar. Al contrario, lo miró agradecida y se abandonó a la música.

Se notó enseguida que Enzo no sabía hacer gran cosa. Se movía poco, de un modo serio y acompasado, y estaba muy pendiente de Lila, se veía a la legua que quería complacerla, permitirle que se exhibiera. Y ella, aunque no bailaba tan bien como Carmen, como siempre, consiguió atraer la atención de todos. A Enzo también le gusta, me dije desolada. Y no tardé en descubrir que también le gustaba a Stefano, el charcutero: no le quitaba los ojos de encima y la miraba como se mira a una diva del cine.

Y precisamente mientras Lila bailaba llegaron los hermanos Solara.

Fue verlos y empezar a ponerme nerviosa. Fueron a saludar al pastelero y a su esposa, le dieron una simpática palmada a Stefano y luego ellos también se pusieron a observar a los bailarines. Adoptando el aire de dueños del barrio, pues así se sentían, primero se comieron con los ojos a Ada, que miró para otro lado; después cuchichearon entre ellos y señalaron a Antonio al que saludaron con grandes aspavientos, pero él fingió no verlos; y por último se fijaron en Lila, la miraron durante mucho rato, se dijeron algo al oído y Michele asintió de un modo exagerado.

No los perdí de vista y no tardé nada en comprender que sobre todo Marcello —Marcello que nos gustaba a todas— no parecía en absoluto molesto por el incidente de la chaira. Al contrario. En pocos segundos quedó completamente subyugado por el cuerpo flexible y elegante de Lila, por su cara atípica en el barrio y, tal vez, en toda la ciudad de Nápoles. La miró sin apartar en ningún momento los ojos de ella, como si hubiese perdido el poco cerebro que tenía. No le quitó los ojos de encima ni siquiera cuando terminó la canción.

Fue un instante. Enzo hizo ademán de acompañar a Lila al rincón donde yo estaba y Stefano y Marcello se acercaron juntos para invitarla a bailar; pero Pasquale se les adelantó. Lila lo aceptó con un gracioso saltito y batió palmas feliz. A la figurilla de catorce años se aproximaron a la vez cuatro muchachos, de edades variadas, cada cual convencido de un modo distinto de su absoluta fuerza. La aguja rozó el disco y sonó la música. Stefano, Marcello, Enzo retrocedieron confusos. Pasquale empezó a bailar con Lila y, dada la destreza del bailarín, ella no tardó en soltarse.

En ese momento Michele Solara, tal vez por amor a su hermano, tal vez por el puro gusto de sembrar cizaña, decidió complicar la situación a su manera. Le dio un codazo a Stefano y le dijo en voz alta:

—¿Tú tienes sangre en las venas o no? Ese es el hijo del que mató a tu padre, un comunista de mierda, ¿y te quedas ahí mirando cómo baila con la muchacha a la que tú querías invitar?

Seguramente Pasquale no lo oyó, porque la música estaba muy alta y él seguía ocupado haciendo acrobacias con Lila. Pero yo lo oí, y lo oyó Enzo que estaba a mi lado, y naturalmente lo oyó Stefano. Esperamos que pasara algo, pero no pasó nada. Stefano era un muchacho que iba a la suya. La charcutería funcionaba muy bien, él tenía pensado comprar el local contiguo para ampliarla, en una palabra, se sentía afortunado, es más, tenía la plena certeza de que la vida le daría todo lo que deseaba. Con su sonrisa cautivadora le dijo a Michele:

—Dejemos que baile, baila bien. —Y siguió mirando a Lila como si en ese momento ella fuese lo único que le importara. Michele hizo una mueca de disgusto y fue a buscar al pastelero y a su esposa.

¿Qué más quería hacer? Vi que hablaba con los dueños de casa de un modo agitado, señalaba a Maria que estaba en un rincón y a Stefano, Alfonso y Pinuccia, señalaba también a Pasquale que bailaba y a Carmela que se exhibía con Antonio. En cuanto terminó la canción, la madre de Gigliola cogió amablemente a Pasquale del brazo, se lo llevó aparte y le dijo algo al oído.

—Adelante —le dijo riendo Michele a su hermano—, vía libre.

Y Marcello Solara volvió a la carga con Lila.

Estaba segura de que le diría que no, sabía cuánto lo detestaba. Pero no fue así. La música sonó de nuevo y ella, que no cabía en sí de las ganas de bailar, primero buscó con la mirada a Pasquale y, al no verlo, aferró la mano de Marcello como si fuera una mano y nada más, como si después no siguieran el brazo y todo el cuerpo de él, y, cubierta de sudor, siguió haciendo aquello que para ella era lo más importante en ese momento: bailar.

Miré a Stefano, miré a Enzo. El ambiente estaba cargado de tensión. Mientras el corazón me latía con fuerza por la inquietud, Pasquale se acercó a Carmela con gesto amenazante y le dijo algo de malos modos. Carmela protestó en voz baja, él en voz baja la mandó callar. Se les acercó Antonio y se puso a murmurar con

Pasquale. Los dos miraron hostiles a Michele Solara que se había puesto a cuchichear otra vez con Stefano, a Marcello que bailaba con Lila y la subía, la dejaba caer y le hacía dar vueltas. Antonio fue a sacar de la pista a Ada. La música cesó, Lila regresó a mi lado.

—Está pasando algo, tenemos que irnos —le dije.

Ella se echó a reír y exclamó:

—Aunque venga un terremoto yo bailo una pieza más. —Y miró a Enzo que estaba apoyado contra la pared. Entretanto volvió a sacarla Marcello y ella se dejó arrastrar otra vez al centro de la sala.

Pasquale se acercó a mí y me dijo ceñudo que nos teníamos que marchar.

—Esperemos a que Lila termine de bailar.

—No, ahora mismo —dijo él con un tono duro, descortés, que no admitía réplicas. Acto seguido se fue directo hacia Michele Solara y le dio un fuerte golpe de hombro. El otro se puso a reír, le dijo algo obsceno entre dientes. Pasquale se fue hacia la puerta de la calle, seguido a regañadientes por Carmela y por Antonio que se llevaba a Ada.

Yo me di la vuelta para ver qué hacía Enzo, pero él siguió apoyado contra la pared viendo bailar a Lila. La canción terminó. Lila vino hacia mí, perseguida por Marcello, al que le brillaban los ojos de gozo.

—Tenemos que marcharnos —le grité casi, nerviosísima.

Mi voz debió de sonar tan angustiada que ella, por fin, miró a su alrededor como si acabara de despertar.

—De acuerdo, vámonos —dijo perpleja.

Fui hacia la puerta sin esperar más, la música volvió a sonar.

Marcello Solara agarró a Lila del brazo y en tono entre risueño y suplicante le pidió:

—No te vayas, ya te llevo yo a tu casa luego.

Como si acabara de reconocerlo en ese momento, Lila lo miró incrédula y de pronto le pareció imposible que se tomara esas confianzas. Trató de soltarse pero Marcello le apretó el brazo con más fuerza y le dijo:

—Solo una pieza más.

Enzo se separó de la pared y sin pronunciar palabra aferró a Marcello de la muñeca. Es como si lo estuviera viendo: estaba tranquilo, y pese a ser más pequeño en edad y tamaño, parecía no hacer ningún esfuerzo. La fuerza de aquel apretón se reflejó únicamente en la cara de Marcello Solara, que soltó a Lila con una mueca de dolor y enseguida se frotó la muñeca con la otra mano. Nos marchamos mientras oía a Lila que le decía a Enzo indignada, en un dialecto cerrado:

—Me ha tocado, ¿lo has visto? A mí. Ese cabrón. Menos mal que no estaba Rino. Si vuelve a hacerlo, es hombre muerto.

¿Era posible que no se percatara siquiera de que había bailado con Marcello nada menos que dos veces? Era posible, así era ella.

Fuera nos encontramos con Pasquale, Antonio, Carmela y Ada. Pasquale estaba fuera de sí, nunca lo habíamos visto de aquella manera. Soltaba insultos a voz en cuello, los ojos enloquecidos, y no había forma de calmarlo. Estaba negro con Michele, sin duda, pero sobre todo con Marcello y Stefano. Decía cosas que nosotras no entendíamos porque nos faltaban elementos. Decía que el bar Solara siempre había sido un nido de camorristas usureros, que era la base del contrabando y la recogida de votos de Estrella y Corona, de los monárquicos. Decía que don Achille había sido espía de los nazifascistas, decía que el dinero con el que Stefano había sacado adelante la charcutería, lo había ganado su padre traficando en el mercado negro. Gritaba: «Papá hizo bien en matarlo». Gritaba: «En cuanto a los Solara, padre e hijos, me ocupo yo de degollarlos, y después me cargo también a Stefano y a toda su familia». Y por último, gritaba dirigiéndose a Lila, como si fuera lo más grave: «Y tú, tú has bailado con él, con ese desgraciado».

En ese momento, como si la furia de Pasquale le hubiese henchido el pecho de aliento, Antonio también se puso a gritar, y daba la impresión de que la hubiese tomado con Pasquale porque quería privarlo de una alegría: la alegría de matar él a los Solara por lo que le habían hecho a Ada. Y Ada se echó a llorar ahí mismo y Carmela ya no pudo contenerse, y también estalló en llanto. Enzo trató de convencernos a todos de que no siguiéramos en la calle. «Todos a casa», dijo. Pero Pasquale y Antonio lo mandaron callar, querían quedarse y enfrentarse a los Solara. Amenazantes, le repitieron a Enzo varias veces, con fingida calma: «Vete, vete, nos vemos mañana». Entonces Enzo dijo en voz baja: «Si os quedáis vosotros, yo también me quedo». En ese momento yo también me eché a llorar y poco después —algo que me conmovió aún más—, empezó a llorar Lila, a la que no había visto llorar nunca.

Éramos cuatro muchachas anegadas en lágrimas, lágrimas de desesperación. Pasquale se ablandó únicamente cuando la vio llorar a ella. Y dijo resignado: «De acuerdo, esta noche no, resolveré lo de los Solara otro día, vamos». De inmediato, entre sollozos, Lila y yo lo aferramos del brazo y nos lo llevamos de ahí. Durante un rato lo consolamos echando pestes de los Solara, y, al mismo tiempo, insistíamos en que lo mejor era hacer como si no existieran. Después, secándose las lágrimas con el dorso de la mano, Lila preguntó:

—¿Quiénes son los nazifascistas, Pascà? ¿Quiénes son los monárquicos? ¿Qué es el mercado negro?

17

Es difícil decir qué efecto tuvieron en Lila las respuestas de Pasquale, temo no contarlo bien, sobre todo porque por aquel entonces en mí no tuvieron ninguno. Pero en ella, tal como solía ocurrirle, calaron hondo y la modificaron de tal modo que hasta finales del verano me obsesionó con un único concepto, para mí bastante insoportable. Utilizo la lengua de hoy e intento resumirlo así: no hay gestos, palabras, suspiros que no contengan la suma de todos los crímenes que han cometido y cometen los seres humanos.

Naturalmente ella lo decía de otra manera. Lo que cuenta es que le entró el frenesí de la revelación absoluta. Cuando paseábamos me señalaba la gente, las cosas, las calles y decía:

—Ese hizo la guerra y mató, ese aporreó a la gente y obligó a tomar aceite de ricino, ese denunció a un montón de personas, ese le hizo pasar hambre hasta a su madre, en esa casa torturaron y mataron, por estas piedras marcharon e hicieron el saludo romano, en esta esquina repartieron palos, el dinero de estos viene del hambre de esos de ahí, este coche se lo compraron vendiendo en el mercado negro pan hecho con polvos de mármol y carne podrida, esa carnicería nació robando cobre y asaltando trenes de mercancías, ese bar existe gracias a la camorra, el contrabando y la usura.

Pronto dejó de conformarse con Pasquale. Era como si él le hubiese puesto en marcha un mecanismo en la cabeza y ahora ella tuviera la tarea de poner orden en una masa caótica de sugestiones. Cada vez más tensa, cada vez más obsesionada, probablemente impelida por la urgencia de sentirse encerrada en una visión compacta, sin grietas, fue a complicar los datos concisos de él con algún libro que descubrió en la biblioteca. De ese modo puso motivos concretos, caras comunes al clima de tensión abstracta que de niñas habíamos respirado en el barrio. El fascismo, el nazismo, la guerra, los aliados, la monarquía, la república, ella hizo que se convirtieran en calles, casas, caras, don Achille y el mercado negro, Peluso el comunista, el abuelo camorrista de los Solara, el padre Silvio, más fascista que Marcello y Michele, y Fernando, su padre zapatero, y mi padre, todos, todos, todos estaban ante sus ojos manchados hasta la médula por culpas tenebrosas, todos criminales contumaces o cómplices aquiescentes, todos comprados con migajas. Ella y Pasquale me encerraron en un mundo terrible del que no había escapatoria.

Después Pasquale empezó a callarse, vencido por la capacidad de Lila de soldar entre sí las cosas y formar una cadena que te sujetaba por todas partes. A menudo los veía pasear juntos y, si antes era ella quien estaba pendiente de sus labios, ahora era él quien la escuchaba con gran interés. Está enamorado, pensaba yo. Y también pensaba: Lila también se enamorará, se comprometerán, se casarán, hablarán siempre de política, tendrán hijos que, a su vez, hablarán de las mismas cosas. Cuando empezó el curso, por una parte sufrí mucho porque sabía que ya no tendría tiempo para

Lila, pero confié en que así podría sustraerme de su cálculo continuo de las fechorías, las aquiescencias y las canalladas de las personas que conocíamos, que amábamos, que llevábamos —yo, ella, Pasquale, Rino, todos— en la sangre.

18

Los dos años de bachillerato superior fueron más arduos que el bachillerato elemental. Fui a parar a una clase de cuarenta y dos alumnos, una de las rarísimas clases mixtas del colegio. Éramos poquísimas chicas y yo no conocía a ninguna. Gigliola, después de mucho alardear («Sí, yo también haré el bachillerato superior, seguro, nos sentaremos en el mismo banco»), terminó ayudando a su padre en la pastelería Solara. De los chicos conocía a Alfonso y a Gino, que se sentaron juntos en uno de los primeros bancos, codo con codo y con cara de susto, y casi fingieron no conocerme. El aula olía mal, un olor ácido a sudor, pies sucios, miedo.

Durante los primeros meses viví en silencio mi nueva vida escolar, los dedos siempre en la frente y las mejillas acribilladas por el acné. Sentada en una de las filas del fondo, desde donde veía poco, tanto a los profesores como lo que escribían en la pizarra, solo me conocía mi compañera de banco y ella era la única a la que yo conocía. Gracias a la maestra Oliviero conseguí enseguida los libros que necesitaba, sucios, desencuadernados. Me impuse la disciplina que había aprendido en el bachillerato elemental: estudiaba toda la tarde hasta las once de la noche y de las cinco de la mañana hasta las siete, la hora de irme al colegio. Cuando salía de casa, cargada de libros, solía encontrarme con Lila que se iba corriendo a la zapatería a abrir la tienda, a barrer, fregar y ordenar antes de que llegaran su padre y su hermano. Ella me preguntaba por las materias que tenía ese día, lo que había estudiado, y exigía respuestas precisas. Si no se las daba, me acosaba a preguntas que me angustiaban porque creía no haber estudiado suficiente, no estar en condiciones de contestar a los profesores del mismo modo que no estaba en condiciones de contestarle a ella. Algunas mañanas frías, cuando me levantaba al alba e iba a la cocina a repasar las lecciones, como siempre, tenía la impresión de que renunciaba al sueño tibio y profundo del amanecer más para quedar bien con la hija del zapatero que con los profesores de la escuela de los ricos. Incluso el desayuno lo hacía con prisas por su culpa. Me tomaba el café con leche y salía corriendo a la calle para no perderme un solo metro del trayecto que hacíamos juntas.

Yo esperaba en el portón. La veía salir del edificio donde vivía y comprobaba que seguía cambiando. Ya era más alta que yo. No caminaba como la niña huesuda que había sido hasta pocos meses antes, sino que lo hacía como si su cuerpo, al redondearse, le hubiese suavizado los andares. Hola, hola, y enseguida nos poníamos a hablar. Cuando nos deteníamos en el cruce y nos despedíamos, ella para ir a la zapatería, yo a la estación del metro, me volvía muchas veces para echarle un último vistazo. En un par de ocasiones vi a Pasquale, que llegaba jadeando, se ponía a su lado y la acompañaba.

El metro iba repleto de chicos y chicas sucios de sueño, del humo de los primeros cigarrillos. Yo no fumaba, no hablaba con nadie. En los pocos minutos de viaje repasaba aterrorizada las lecciones, me embutía frenéticamente la cabeza de lenguajes extraños, tonos distintos de los utilizados en el barrio. Me aterrorizaban el fracaso en los estudios, la sombra torcida de mi madre descontenta, la mirada amenazante de la maestra Oliviero. Pese a todo, ya no tenía más que un único pensamiento verdadero: encontrar novio, enseguida, antes de que Lila me anunciara que ella y Pasquale se habían hecho novios.

Cada día sentía con más fuerza la angustia de no llegar a tiempo. Al volver del colegio, temía encontrármela y enterarme por su voz cautivadora de que ya se habían hecho novios con Peluso. O si no era con él, era con Enzo. O si no era con Enzo, era con Antonio. O qué sé yo, Stefano Carracci, el charcutero, o incluso Marcello Solara: Lila era imprevisible. Los muchachos que zumbaban a su alrededor ya eran casi hombres, cargados de pretensiones. De modo que, entre el proyecto de los zapatos, las lecturas sobre el mundo horrible en el que habíamos acabado naciendo, y los novios, ya no le quedaría tiempo para mí. A veces, al volver del colegio, daba un largo rodeo para no pasar por delante de la zapatería. Y si llegaba a verla a ella de lejos, era tal mi angustia, que cambiaba de trayecto. Pero después no podía resistirme y volvía a buscarla como quien va al encuentro de una fatalidad.

A la entrada, a la salida del instituto, un enorme edificio gris y oscuro, en pésimas condiciones, miraba a los chicos. Los miraba con insistencia para que ellos notaran mi mirada y me miraran a su vez. Observaba a mis coetáneos, algunos todavía con pantalón corto, otros con pantalón bombacho, otros con pantalón largo. Miraba a los mayores, a los que iban al curso preuniversitario, que en general vestían chaqueta y corbata, jamás llevaban abrigo, debían demostrar a los demás, pero sobre todo a sí mismos, que no notaban el frío: el pelo cortado a cepillo, las nucas blancas y rapadas. Prefería a esos, pero me hubiera conformado con alguno de segundo de bachillerato superior, lo esencial era que llevara pantalón largo.

Un buen día un alumno me impresionó con su paso ondulante, su delgadez, su cabello moreno y desgreñado, y su cara, que me pareció hermosísima y me resultaba familiar. ¿Cuántos años tendría, dieciséis, diecisiete? Lo examiné a fondo, volví a mirarlo y se me heló el corazón: era Nino Sarratore, el hijo de Donato Sarratore, el ferroviario-poeta. Correspondió a mi mirada pero distraídamente, no me reconoció. Llevaba una chaqueta con los codos deformados que le iba estrecha de hombros; los pantalones estaban raídos, los zapatos gastados y llenos de bultos. No mostraba ninguno de los signos de bienestar de los que hacían gala Stefano y, sobre todo, los Solara. Era evidente que su padre, pese a haber escrito un libro de poemas, aún no se había hecho rico.

Me sentí muy turbada por aquella aparición inesperada. A la salida pensé en ir corriendo a contárselo a Lila, el impulso fue muy fuerte, pero cambié de idea. Si se lo hubiese dicho, seguramente habría querido acompañarme al colegio para verlo. Y ya sabía lo que iba a ocurrir. Como Nino no se había fijado en mí, como no había reconocido a la niña rubia y delgada de la escuela primaria en la gorda granujienta de catorce años en que me había convertido, a Lila la habría reconocido enseguida y se habría quedado prendado de ella. Decidí gozar en silencio de la imagen de Nino Sarratore cuando salía del colegio y, con la cabeza gacha y sus andares descoyuntados, enfilaba hacia corso Garibaldi. A partir de ese día fui al colegio como si verlo, o atisbarlo apenas, fuera el único motivo para ir.

El otoño pasó deprisa. Una mañana me tomaron la lección sobre *La Eneida*, era la primera vez que me llamaban para que saliera a la tarima. El profesor, un tal Gerace, un sesentón desganado, puro bostezos ruidosos, rió a carcajadas en cuanto pronuncié oraculo en lugar de oráculo. Ni se le pasó por la cabeza que, aunque supiera el significado de la palabra, yo vivía en un mundo en el que nadie había tenido jamás necesidad de usarla. Se rieron todos, especialmente Gino, sentado en el primer banco al lado de Alfonso. Me sentí humillada. Pasaron los días y entregamos los primeros deberes de latín. Cuando Gerace los trajo corregidos, preguntó:

—¿Quién es Greco?

Levanté la mano.

—Ven.

Me hizo una serie de preguntas sobre las declinaciones, los verbos, la sintaxis. Contesté aterrorizada, en especial porque me dedicaba una atención que hasta ese momento no había manifestado por ninguno de nosotros. Después me entregó la hoja sin comentar nada más. Había sacado un nueve.

A partir de ese momento todo fue un crescendo. En el ejercicio de italiano me puso ocho, en historia no fallé una sola fecha, en geografía supe a la perfección superficies, poblaciones, riquezas del subsuelo, agricultura. Pero, sobre todo, en griego lo dejé boquiabierto. Gracias a lo aprendido con Lila, demostré una familiaridad con el alfabeto, una destreza en la lectura, una desenvoltura en la fonación que al final arrancaron al profesor una alabanza pública. Mi habilidad se impuso como un dogma al resto del cuerpo docente. Hasta el profesor de religión me llamó aparte, una mañana, y me preguntó si quería inscribirme en un curso gratuito de teología por correspondencia. Dije que sí. Al acercarnos a Navidad todos me llamaban Greco, algunos Elena. Gino empezó a demorarse en la salida, a esperarme para volver juntos al barrio. Y un día, por sorpresa, me preguntó otra vez si quería que nos hiciéramos novios, y yo, aunque fuera un chico rechoncho, lancé un suspiro de alivio: mejor eso que nada, y acepté.

Toda esa tensión apasionante tuvo una pausa durante las vacaciones navideñas. El barrio volvió a tragarme, dispuse de más tiempo, vi a Lila con más frecuencia. Había descubierto que yo estudiaba inglés y, naturalmente, se había agenciado una gramática. Ya conocía muchas palabras que pronunciaba de una forma muy aproximada, y, naturalmente, yo no le iba a la zaga. Pero ella me apremiaba diciéndome: cuando vuelvas al colegio, pregúntale al profesor cómo se pronuncia esto, cómo se pronuncia esto otro. Un día me llevó a la tienda, me enseñó una caja de metal repleta de papelitos, en cada uno había escrito de un lado una palabra y del otro el equivalente inglés: lápiz/*pencil*, entender/*to understand*, zapato/*shoe*. El maestro Ferraro era quien le había aconsejado que lo hiciera así, una magnífica forma de aprender vocabulario. Me leía la palabra y quería que le dijera el equivalente en inglés. Pero yo sabía poco o nada. Me di cuenta de que en todo parecía más adelantada que yo, como si fuera a un colegio secreto. Noté también una tensión en ella, las ganas de demostrarme que estaba a la altura de lo que yo estudiaba. Yo hubiera preferido hablar de otra cosa, pero me preguntó las declinaciones griegas, y no tardó en deducir que yo seguía con la primera, mientras que ella ya se había estudiado la tercera. Me preguntó también sobre *La Eneida*, le había apasionado. Se la había leído entera en unos días, mientras que yo, en el colegio, iba por la mitad del libro segundo. Me habló con todo detalle de Dido, figura de la que yo no sabía nada, ese nombre lo oí por primera vez no en el colegio sino cuando ella lo citó. Y una tarde, como quien no quiere la cosa, hizo una observación que me impresionó mucho. Dijo: «Sin amor, no solo se seca la vida de las personas, sino también la de las ciudades». No recuerdo exactamente cómo lo expresó, pero el concepto era ese, y yo lo asocié a nuestras calles sucias, a los jardincillos polvorientos, al campo estragado por los nuevos edificios, a la violencia en cada casa, en cada familia. Temí que volviera a hablarme del fascismo, el nazismo, el comunismo. No pude resistirme, quise que entendiera que a mí me estaban ocurriendo cosas bonitas, se lo conté todo de un tirón, primero, que me había hecho novia de Gino, y segundo, que a mi colegio iba Nino Sarratore, y estaba más buen mozo que en primaria.

Entornó los ojos, temí que fuera a decirme: yo también me he ennoviado. Pero no, empezó a tomarme el pelo: «Te has hecho novia del hijo del farmacéutico —dijo—, muy bien, has cedido, te has enamorado como la novia de Eneas». Y bruscamente, de Dido pasó a Melina y se estuvo un buen rato hablándome de ella, puesto que yo sabía poco o nada de lo que ocurría en los edificios vecinos porque por la mañana iba a clase y al regresar estudiaba hasta la noche. Me habló de su pariente como si nunca la perdiera de vista. A ella y a sus hijos se los comía la miseria, de modo que seguía fregando las escaleras de los edificios junto con Ada (el dinero que Antonio llevaba a casa no alcanzaba). Pero ya no tenía ganas de cantar, se le había pasado la euforia, ahora se deslomaba con gestos de máquina. Me la describió con todo detalle: doblada en dos, empezaba desde la última planta y pasaba el trapo mojado a mano, un tramo de escalera tras otro, peldaño a peldaño, con una energía y una agitación que habrían quebrado a personas mucho más robustas que ella. Si alguien bajaba o subía, se ponía a gritar insultos, les lanzaba el trapo. Ada le había contado que una vez, en plena crisis porque le habían estropeado el trabajo con las pisadas, vio a su madre beberse el agua sucia del cubo, y tuvo que arrancárselo de las manos. ¿Qué tal? Saltó de un tema a otro, de Gino pasó a Dido, luego habló de Eneas que la abandonaba y terminó refiriéndose a la viuda loca. Y solo entonces sacó a colación a Nino Sarratore, señal de que me había escuchado con atención. Y me sugirió:

—Cuéntale lo de Melina, y dile que se lo tiene que contar a su padre. —Y añadió con malicia—: Si no, es demasiado fácil escribir poemas.

Y al final, se echó a reír y prometió con cierta solemnidad:

—Yo nunca me enamoraré de nadie y nunca, nunca, nunca escribiré un poema.

—No me lo creo.

—Es así.

—Pero los demás se enamorarán de ti.

—Peor para ellos.

—Sufrirán como esa tal Dido.

—No, se prometerán con otra, como hizo Eneas, que al final se hizo novio de la hija de un rey.

Me mostré poco convencida. Me fui, pero regresé; esas conversaciones sobre novios, ahora que tenía uno, me gustaban. En cierta ocasión le pregunté cautamente:

—¿Qué hace Marcello Solara, va detrás de ti?

—Sí.

—¿Y tú?

Esbozó una sonrisa de desprecio que significaba: Marcello Solara me da asco.

—¿Y Enzo?

—Somos amigos.

—¿Y Stefano?

—Según tú, ¿todos piensan en mí?

—Sí.

—Stefano me despacha siempre la primera, aunque la tienda esté llena.

—¿Lo ves?

—No hay nada que ver.

—¿Y Pasquale, se te ha declarado?

—¿Estás loca?

—He visto que por las mañanas te acompaña a la tienda.

—Porque me explica las cosas que pasaron antes.

Y así volvió al tema del «antes», no como en la escuela primaria, era distinto. Dijo que no sabíamos nada, ni de pequeñas ni ahora, que todas las cosas del barrio, cada piedra o cada pedazo de madera, lo que fuera, ya existía antes que nosotras, pero que nosotras nos habíamos criado sin darnos cuenta, sin siquiera pensar en ello. No solo nosotras. Su padre fingía que antes nunca había habido nada. Lo mismo les pasaba a su madre, a mi madre, a mi padre, incluso a Rino. Sin embargo, la charcutería de Stefano antes había sido la carpintería de Peluso, el padre de Pasquale. Sin embargo, don Achille había ganado dinero antes. Y lo mismo podía decirse del dinero de los Solara. Ella había hecho la prueba con sus padres. No sabían nada, no querían hablar de nada. Ni del fascismo, ni del rey. Ni de los atropellos ni de las vejaciones ni de la explotación. Odiaban a don Achille y temían a los Solara. Pero tragaban e iban a gastarse el dinero tanto en el local del hijo de don Achille como en la tienda de los Solara, y nos mandaban nada menos que a nosotras. Y votaban a los fascistas, a los monárquicos, como los Solara querían que hiciesen. Y pensaban que lo que había ocurrido antes ya había pasado, y, por no complicarse la vida, le ponían una piedra encima, y sin embargo, estaban metidos dentro de las cosas de antes y nos tenían también metidos a nosotros, y así, sin saberlo, las perpetuábamos.

Esa reflexión sobre el «antes» me impresionó más que las reflexiones tenebrosas a las que me había arrastrado durante el verano. Nos pasamos las vacaciones de Navidad hablando sin parar, en la zapatería, en la calle, en el patio. Nos lo contamos todo, incluso las pequeñeces, y qué bien lo pasamos.

19

En aquella época me sentí fuerte. En el colegio me había comportado de un modo perfecto; le hablé a la maestra Oliviero de mis éxitos y ella me elogió. Veía a Gino, todos los días dábamos un paseo hasta el bar Solara: él me compraba una pasta, nos la comíamos entre los dos, regresábamos. A veces llegaba a tener la impresión de que era Lila quien dependía de mí y no al revés. Había cruzado las fronteras del barrio, cursaba el bachillerato superior, estaba en compañía de muchachos que estudiaban latín y griego y no de albañiles, mecánicos, zapateros remendones, verduleros, charcuteros, vendedores de zapatos, como ella. Cuando me hablaba de Dido o de su método para aprender palabras en inglés o de la tercera declinación o de los temas sobre los que conjeturaba con Pasquale, percibía cada vez con más claridad que lo hacía no sin cierta sumisión, como si finalmente fuera ella quien sentía la necesidad de demostrarme todo el tiempo que cuando discurría estaba a mi misma altura. Una tarde, cuando se decidió al fin, con cierta vacilación, a enseñarme en qué fase se encontraba el zapato secreto que confeccionaba con Rino, dejé de sentir que Lila vivía sin mí en un territorio maravilloso. Me pareció que tanto ella como su hermano dudaban en hablarme de cosas tan poco dignas de mí.

O quizá era yo quien empezaba a sentirse más que ellos. Cuando hurgaron en un armario y sacaron un envoltorio, los animé de un modo afectado. Pero el par de zapatos de caballero que me enseñaron me pareció realmente fuera de lo común, un número 43, el de Rino y Fernando, marrón, tal como los recordaba en los diseños de Lila, con un aspecto ligero y resistente a la vez. En mi vida había visto a nadie calzado con nada semejante. Mientras me dejaban tocarlos e iban hablándome de sus cualidades, empecé a elogiarlos con entusiasmo.

—Toca aquí —decía Rino, animado por mis elogios—, y dime si se nota la costura.

—No —contestaba yo—, no se nota.

Entonces me quitaba los zapatos de las manos, los doblaba, los estiraba, me demostraba su resistencia. Yo aprobaba, les decía muy bien, como hacía la maestra Oliviero cuando nos quería animar. Pero Lila no parecía satisfecha. Cuantas más cualidades enumeraba su hermano, más defectos me hacía notar ella y le decía a Rino:

—¿Cuánto tarda papá en ver estos errores?

Y siguió así hasta que en un momento dado dijo muy seria:

—Probemos otra vez con agua.

Su hermano se mostró contrariado. Ella llenó de todos modos

la palangana, metió la mano dentro de uno de los zapatos como si fuera un pie y lo hizo caminar un rato en el agua.

—Tiene que jugar —me dijo Rino con aire de hermano mayor que se aburre de las niñerías de la hermana pequeña. Pero en cuanto vio que Lila sacaba el zapato, puso cara de preocupación y preguntó—: ¿Y?

Lila sacó la mano, se restregó los dedos y le tendió el zapato.

—Toca.

Rino metió la mano dentro y dijo:

—Está seco.

—Está húmedo.

—Solo tú notas la humedad. Toca, Lenù.

Toqué el zapato.

—Está un poco húmedo —dictaminé.

Lila hizo una mueca de disgusto.

—¿Has visto? Lo dejas un minuto en el agua y se humedece, no sirve. Tenemos que despegarlo y descoserlo todo otra vez.

—¿Qué carajo pasa por un poco de humedad?

Rino se enfadó. No solo eso: ante mis ojos sufrió una especie de transformación. Se puso colorado, se le hincharon los pómulos y la zona alrededor de los ojos, no supo contenerse y estalló en una serie de imprecaciones e insultos contra su hermana. Se lamentó de que así no terminarían nunca. Le reprochó a Lila porque primero lo animaba y después lo desanimaba. Gritó que él no quería pasarse el resto de su vida metido en ese asco de sitio siendo el siervo de su padre mientras veía a los demás enriquecerse. Agarró el pie de hierro e hizo ademán de lanzárselo; si lo hubiese hecho de veras la habría matado.

Yo me fui, en parte desorientada por la furia de un joven en general amable, y en parte orgullosa de que mi opinión hubiese resultado tan autorizada y definitiva.

En los días siguientes descubrí que me estaba desapareciendo el acné.

—Te veo realmente bien, es la satisfacción que te da el colegio, es el amor —me dijo Lila y la noté algo triste.

20

Al acercarse la fiesta de Nochevieja, a Rino le entró el afán de lanzar más fuegos artificiales que todos, especialmente más que los Solara. Lila le tomaba el pelo, pero en ocasiones se ponía dura con él. Me comentó que según ella su hermano, que al principio se mostraba escéptico sobre la posibilidad de ganar mucho dinero con los zapatos, ahora había empezado a obstinarse en exceso, se veía propietario de la fábrica de calzado Cerullo y no quería volver a ser zapatero remendón. Eso la preocupaba, era un aspecto de Rino que desconocía. Siempre le había parecido en exceso impetuoso, por momentos agresivo, pero no fanfarrón. Y ahora se las daba de lo que no era. Se sentía cerca de la riqueza. Un pequeño empresario. Alguien capaz de exhibir ante el barrio entero una primera muestra de la fortuna que el año nuevo le traería lanzando fuegos artificiales en abundancia, más, muchos más que los hermanos Solara, convertidos a sus ojos en el modelo de hombre joven que imitar, que superar incluso. Gente a la que envidiaba y sentía como enemigos a los que derrotar para poder asumir su papel.

Lila nunca dijo, como había hecho en el caso de Carmela y las demás muchachas del patio: a lo mejor yo le he metido en la cabeza una fantasía que no sabe controlar. Ella misma creía en esa fantasía, sentía que era realizable, y su hermano era una pieza importante de su realización. Además sentía por él un gran cariño, era seis años mayor que ella, no quería dar de él la imagen de un niño que no sabe manejar sus sueños. Pero con frecuencia repetía que a Rino le faltaba pragmatismo, que no sabía enfrentarse a las dificultades con los pies en la tierra, que tendía a excederse. Como con esa competición con los Solara, por ejemplo.

—A lo mejor tiene celos de Marcello —sugerí yo una vez.

—¿Qué quieres decir?

Se rió haciéndose la tonta, pero ella misma me lo había contado. A diario, Marcello Solara pasaba y volvía a pasar por delante de la zapatería, tanto a pie, como en el Fiat 1100, y Rino debía de haberse dado cuenta, hasta el punto de que en más de una ocasión le había dicho a su hermana: «Ni se te ocurra darle cuerda a ese cabrón». Tal vez, como no podía partirle la cara a los Solara porque se fijaban en su hermana, quería demostrarles su fuerza con los fuegos artificiales.

—Si es así, ¿ves cómo tengo razón?

—¿En qué?

—En que se ha vuelto un fanfarrón. ¿De dónde va a sacar el dinero para los fuegos artificiales?

Era verdad. La Nochevieja era una noche de enfrentamientos, en el barrio y en toda Nápoles. Luces cegadoras, explosiones. El humo densísimo de la pólvora lo volvía todo nebuloso, se colaba en las casas, provocaba picores en los ojos, tos. Pero el chisporroteo de los triquitraques, el silbido de los petardos, el cañoneo de los truenos tenía un costo y, como de costumbre, lanzaba más fuegos artificiales quien más dinero tenía. Nosotros, los Greco, no teníamos dinero, en mi casa la contribución a los fuegos artificiales de Nochevieja era modesta. Mi padre compraba una caja de bengalas, una de girándulas y una de cohetes pequeños. A medianoche me ponía en la mano a mí, que era la mayor, el alambre de las estrellitas o el de las girándulas, las encendía y yo me quedaba inmóvil, emocionada y asustada, mirando fijamente las chispas móviles, los breves remolinos de fuego a poca distancia de los dedos. Entretanto, él corría a introducir el asta de los cohetes en una botella de vidrio dispuesta en el mármol de la ventana, prendía la mecha con el ascua del cigarrillo y, entusiasmado, lanzaba al cielo el silbido luminoso. Al final tiraba la botella a la calle.

En casa de Lila compraban pocos petardos o ninguno, tanto es así, que Rino se había rebelado muy pronto. Desde los doce años había tomado por costumbre pasar la medianoche con personas más audaces que su padre, y eran famosas sus empresas de recuperador de truenos sin estallar; salía en su busca en cuanto terminaba el caos de la fiesta. Los juntaba todos en la zona de los pantanos, los prendía y disfrutaba de la alta llamarada, trac trac trac y la explosión final. Todavía tenía una cicatriz oscura en la mano, una mancha ancha, que se hizo aquella vez en que no la había apartado a tiempo.

Entre las muchas razones conocidas y secretas de aquel desafío de Nochevieja de 1958, hay que incluir también el hecho de que tal vez Rino quería vengarse de su infancia pobre. Por eso puso todo su empeño en reunir dinero aquí y allá para comprar cohetes. Pero se sabía —lo sabía él también pese al delirio de grandeza que le había dado— que con los Solara no había forma de competir. Como todos los años, los dos hermanos iban de aquí para allá en su Fiat 1100, con el maletero repleto de fuegos artificiales con los que en Nochevieja iban a matar pájaros, asustar a perros, gatos y ratones, sacudir los edificios desde el sótano a la azotea. Rino los observaba con inquina desde el taller y mientras tanto trajinaba con Pasquale, con Antonio y, sobre todo, con Enzo, que disponía de algo más de dinero, para reunir un arsenal con el que hacer un buen papel.

Las cosas sufrieron un pequeño e inesperado cambio cuando nuestras madres nos mandaron a Lila y a mí a la charcutería de Stefano Carracci a hacer la compra para la cena de Nochevieja. La tienda estaba a rebosar de gente. Detrás del mostrador, además de Stefano y Pinuccia, atendía también Alfonso, que nos sonrió incómodo. Nos preparamos para la larga espera. Pero Stefano me saludó a mí, inequívocamente a mí, con la mano y le dijo algo al oído a su hermano. Mi compañero de colegio salió de detrás del mostrador y me preguntó si llevábamos la lista de lo que precisábamos. Se la dimos y él se fue. A los cinco minutos teníamos la compra hecha.

Metimos todo en las bolsas, pagamos lo que debíamos a la señora Maria y nos marchamos. Nos habíamos alejado unos cuantos pasos cuando no Alfonso, sino Stefano, precisamente Stefano, me llamó con su hermosa voz de hombre hecho y derecho:

—Lenù.

Nos alcanzó. Tenía una expresión tranquila, la sonrisa cordial. Lo único que la echaba a perder un poco era la bata blanca manchada de grasa. Nos habló a las dos, en dialecto, pero mirándome a mí:

—¿Queréis venir a celebrar el fin de año a mi casa? A Alfonso le haría mucha ilusión.

La esposa y los hijos de don Achille, incluso después del asesinato del padre, llevaban una vida muy apartada: iglesia, charcutería, casa, como mucho alguna fiestecita a la que no se podía faltar. Esa invitación era una novedad. Contesté indicando a Lila:

—Ya estamos ocupadas, con su hermano y un montón de amigos.

—Decídselo también a Rino y a vuestros padres: la casa es grande y subiremos a la terraza a lanzar cohetes.

Lila se entrometió con tono categórico:

—También vienen a celebrarlo con nosotros Pasquale y Carmen Peluso con su madre.

Debía ser un comentario destinado a eliminar toda charla posterior: Alfredo Peluso estaba en Poggioreale porque había matado a don Achille, y el hijo de don Achille no podía invitar a su casa a los hijos de Alfredo para brindar por el año nuevo. Stefano se limitó a mirarla fijamente como si la viese en ese momento, y, con el tono de quien dice lo obvio, dejó caer:

—Está bien, venid todos: nos tomamos un vino espumoso, bailamos, año nuevo vida nueva.

Me conmovieron esas palabras. Miré a Lila, ella también estaba descolocada. Murmuró:

—Tenemos que hablar con mi hermano.

—Ya me diréis.

—¿Y los fuegos artificiales?

—¿Qué quieres decir?

—Nosotros traeremos los nuestros, ¿y tú?

Stefano sonrió:

—¿Cuántos quieres?

—Muchísimos.

El muchacho se dirigió otra vez a mí:

—Venid todos a mi casa y os prometo que cuando haya amanecido seguiremos tirando petardos.

21

Durante todo el trayecto no hicimos más que desternillarnos de risa diciéndonos cosas como:

—Lo hace por ti.

—No, por ti.

—Se ha enamorado y para que vayas a su casa invita también a los comunistas y a los asesinos de su padre.

—Pero ¿qué dices? No me ha mirado siquiera.

Rino escuchó la propuesta de Stefano y enseguida dijo que no. Pero eran tantas sus ganas de ganarle a los Solara que dudó; habló entonces con Pasquale, que se enojó muchísimo. Enzo se limitó a murmurar: «De acuerdo, si puedo, voy». En cuanto a nuestros padres, se mostraron encantados con la invitación porque para ellos don Achille ya no existía y sus hijos y su esposa eran personas de bien, acomodadas, era un honor tenerlas como amigas.

Al principio, Lila pareció aturdida, como si se hubiese olvidado del lugar donde se encontraba, de las calles, el barrio, la zapatería. Y un día se presentó en mi casa a últimas horas de la tarde con el aire de quien lo ha entendido todo y me dijo:

—Nos hemos equivocado. Stefano no te quiere ni a ti ni a mí.

Analizamos la situación como hacíamos siempre, mezclando los datos reales con las fantasías. Si no nos quería a nosotras, ¿qué pretendía? Supusimos que también Stefano tenía pensado darle una lección a los Solara. Nos acordamos de cuando Michele había conseguido que echaran a Pasquale de la fiesta de la madre de Gigliola, entrometiéndose de ese modo en los asuntos de los Carracci y haciendo que Stefano quedara como alguien que no sabe defender la memoria de su padre. Bien mirado, en esa ocasión los dos hermanos no solo le habían puesto el pie encima a Pasquale, sino a él también. Por eso ahora se cobraba con creces, como para fastidiarlos: hacía definitivamente las paces con los Peluso nada menos que invitándolos a su casa por Nochevieja.

—¿Y qué gana con eso? —le pregunté a Lila.

—No lo sé. Quiere hacer un gesto que nadie haría aquí en el barrio.

—¿Perdonar?

Lila sacudió la cabeza, escéptica. Trataba de entender, las dos tratábamos de entender, y entender era algo que nos gustaba muchísimo. Stefano no parecía una persona capaz de perdonar. Según Lila tenía en mente otra cosa. Y poco a poco, basándose en una de sus ideas fijas de los últimos tiempos que nacieron en el momento en que se había puesto a discutir con Pasquale, le pareció haber dado con la solución.

—¿Te acuerdas de cuando le dije a Carmela que podía prometerse con Alfonso?

—Sí.

—Stefano tiene en mente algo así.

—¿Casarse con Carmela?

—Algo más.

Según Lila, Stefano quería empezar de cero. Quería tratar de salir del «antes». No quería fingir que no había pasado nada, como nuestros padres, sino plantear algo más o menos así: ya lo sé, mi padre era lo que era, pero ahora estoy yo, estamos nosotros, así que se acabó. En una palabra, quería que todo el barrio entendiera que él no era don Achille y que tampoco los Peluso eran el ex carpintero que lo había matado. Esa hipótesis nos gustó, se convirtió enseguida en una certeza y nos entró un arrebato de simpatía por el joven Carracci. Decidimos ponernos de su parte.

Fuimos a explicarles a Rino, Pasquale y Antonio que la invitación de Stefano era algo más que una invitación, que ocultaba significados importantes, que era como si estuviera diciendo: antes de nosotros hubo cosas feas; nuestros padres, cada cual a su manera, no se comportaron bien; de ahora en adelante, y una vez reconocido este punto, demostremos que nosotros, los hijos, somos mejores que ellos.

—¿Mejores? —preguntó Rino, interesado.

—Mejores —dije yo—, todo lo contrario que los Solara, que son peores que su abuelo y su padre.

Hablé muy emocionada, en italiano, como si estuviera en el colegio. Incluso Lila me lanzó una mirada de asombro y Rino, Pasquale y Antonio comentaron algo entre bisbiseos, incómodos. Pasquale incluso trató de contestarme en italiano pero se dio por vencido enseguida. Y dijo sombrío:

—El dinero con el que Stefano está ganando más dinero es el que su padre ganó en el mercado negro. En el local donde tiene la charcutería antes estaba la carpintería de mi padre.

Lila entrecerró los ojos, casi no se le veían.

—Es cierto. Pero ¿preferís poneros de parte de alguien que quiere cambiar o de parte de los Solara?

Pasquale contestó con orgullo, un poco por convicción, un

poco porque se lo notaba visiblemente celoso ante la inesperada importancia que Stefano adquiría en las palabras de Lila:

—Yo estoy de mi parte y punto.

Pero era un buen muchacho, lo pensó, le dio muchas vueltas. Fue a hablar con su madre, lo examinó con toda la familia. Giuseppina, trabajadora incansable, de buen carácter, desenvuelta, exuberante que, tras la encarcelación de su marido se había convertido en una mujer destruida, entristecida por la mala suerte, lo consultó con el párroco. El párroco pasó por la tienda de Stefano, habló largo y tendido con Maria, después volvió a hablar con Giuseppina Peluso. Al final todos se convencieron de que la vida ya era muy difícil y, si con motivo del año nuevo, se conseguía reducir las tensiones, mejor para todos. De modo que el 31 de diciembre, después de la cena de fin de año, a las 23.30, familias tan distintas como la del ex carpintero, la del conserje, la del zapatero, la del verdulero y la de Melina —que para la ocasión cuidó mucho su aspecto— subieron una tras otra a la cuarta planta, hasta la vieja y odiada casa de don Achille, para celebrar juntas el año nuevo.

22

Stefano nos recibió con gran cordialidad. Recuerdo que se había peinado con esmero, tenía la cara un poco roja por los nervios, llevaba camisa blanca con corbata y chaleco de color azul. Lo encontré sumamente apuesto, con modales de príncipe. Calculé que tendría casi siete años más que Lila y yo, y pensé que ser la novia de Gino, de mi misma edad, era muy poca cosa: cuando le pedí que se reuniera conmigo en casa de los Carracci me dijo que no podía porque sus padres no lo dejaban salir después de medianoche, porque era peligroso. Yo quería un novio mayor, no un muchachito, alguien como esos jóvenes, Stefano, Pasquale, Rino, Antonio, Enzo. Me pasé toda la noche mirándolos y acercándome mucho a ellos. Me tocaba nerviosamente los pendientes y el brazalete de plata de mi madre. Había vuelto a sentirme guapa y quería captar la prueba de ello en sus ojos. Pero todos parecían abstraídos con la fiesta de los fuegos artificiales de medianoche. Esperaban su guerra entre hombres y ni siquiera parecían prestarle atención a Lila.

Stefano se mostró amable, en especial con la señora Peluso y con Melina, que no decía palabra, tenía los ojos enloquecidos, la nariz larga, pero iba bien peinada, con sus pendientes y su viejo vestido negro de viuda parecía una gran dama. A medianoche el dueño de casa llenó con vino espumoso primero la copa de su madre e inmediatamente después la de la madre de Pasquale. Brindamos por las cosas maravillosas que llegarían con el año nuevo y enfilamos hacia la azotea, viejos y niños con abrigos y bufandas, porque hacía mucho frío. Me di cuenta de que el único que se rezagaba desganado en el piso de abajo era Alfonso. Por educación lo llamé, no me oyó o fingió no oírme. Subí corriendo las escaleras. Me encontré encima de la cabeza un cielo tremendo, oscuro y frío, tachonado de estrellas.

Los muchachos iban con pullover, Pasquale y Enzo directamente en mangas de camisa. Lila y yo, Ada y Carmela lucíamos unos vestiditos finos que nos poníamos para los bailes; temblábamos de frío y de nervios. Ya se oían los primeros silbidos de los cohetes que surcaban el cielo y estallaban en flores multicolores.

Ya se oían los golpetazos de los trastos viejos que salían volando por las ventanas, los gritos, las carcajadas. Todo el barrio alborotaba, tiraba petardos. Yo prendí las estrellitas y las girándulas de los niños, me gustaba observar en sus ojos el estupor y el susto que había sentido yo de niña. Lila convenció a Melina para que encendieran juntas la mecha de una bengala grande, saltó el chorro de fuego con un crujido coloreado. Las dos gritaron de alegría y al final se abrazaron.

Rino, Stefano, Pasquale, Enzo y Antonio transportaron cajones, cajas y envoltorios de explosivos, orgullosos de haber podido acumular tanta munición. Alfonso también colaboró, pero sin entusiasmo, reaccionó a las presiones de su hermano con muestras de fastidio. A mi modo de ver se sentía intimidado por Rino, que parecía realmente excitado, lo empujaba de mala manera, le quitaba las cosas, lo trataba como si fuera un niño. Al final, en lugar de enfadarse, Alfonso se fue apartando y terminó por mezclarse cada vez menos con los demás. Brillaron las llamas de los fósforos, los mayores se encendían los cigarrillos los unos a los otros entre las manos ahuecadas, hablándose serios y cordiales. Si estallara una guerra civil, pensé, como entre Rómulo y Remo, o entre Mario y Sila, o entre César y Pompeyo, ellos tendrían estas mismas caras, estas mismas miradas, estas mismas poses.

Excepto Alfonso, todos los muchachos se llenaron las camisas con triquitraques y truenos, metieron los cohetes dentro de botellas vacías dispuestas en fila. Cada vez más agitado y vociferante, Rino nos encargó a Lila, a Ada, a Carmela y a mí la tarea de reabastecer velozmente a todos de munición. Después, los pequeños, los jóvenes y los menos jóvenes —mis hermanos Peppe y Gianni, para entendernos, pero también mi padre, el zapatero, que era el mayor de todos— empezaron a moverse en la oscuridad y el frío, encendiendo mechas y lanzando los fuegos artificiales al otro lado del antepecho o hacia el cielo, en un clima alegre, de creciente excitación, de gritos —del tipo has visto qué colores, madre mía qué bombazo, dale, dale—, apenas echado a perder por los gemidos aterrados y a un tiempo lánguidos de Melina, por Rino que les arrancaba los triquitraques a mis hermanos para usarlos él mientras vociferaba que ellos los desperdiciaban al lanzarlos sin esperar a que la mecha hubiese prendido del todo.

La furia centelleante de la ciudad se fue atenuando poco a poco hasta apagarse y dejó oír el ruido de los coches, de las bocinas. Reaparecieron amplias zonas de cielo negro. Pese al humo y a los destellos, el balcón de los Solara se hizo más visible.

Estaban a poca distancia, los veíamos. El padre, los hijos, los parientes y amigos, abstraídos como nosotros por el afán de caos. En el barrio todos sabían que lo que había ocurrido hasta ese momento era bien poco, ellos se habrían desmadrado de verdad solo cuando los pelagatos hubiesen terminado con sus fiestecitas, sus estallidos mezquinos y sus lluviecitas de oro y plata, solo en el momento en que ellos quedaran como amos absolutos de la fiesta.

Y así fue. En el balcón el fuego se intensificó bruscamente, el cielo y la calle estallaron de nuevo. Con cada lanzamiento, sobre todo si el petardo hacía un ruido de aniquilación, desde el balcón llegaban obscenidades cargadas de entusiasmo. Entonces, por sorpresa, Stefano, Pasquale, Antonio y Rino respondieron con otros lanzamientos y obscenidades equivalentes. A los cohetes de los Solara ellos contestaban con otros cohetes, a los triquitraques con triquitraques, mientras en el cielo se desplegaban prodigiosas corolas, y abajo, la calle ardía, temblaba; en un momento dado Rino llegó a subirse al antepecho gritando insultos y lanzando truenos potentísimos mientras su madre chillaba de miedo y gritaba: «¡Bájate de ahí, que te vas a caer!».

En ese momento, el pánico se apoderó de Melina, que empezó a proferir gritos agudos y prolongados. Ada bufó, le tocaba a ella llevársela, pero Alfonso le hizo una señal, se ocupó él y desapareció con la mujer escaleras abajo. Poco después mi madre los siguió cojeando, y las demás mujeres se fueron llevando a los niños. Las explosiones causadas por los Solara se hacían cada vez más potentes, en vez de subir al cielo, uno de sus cohetes estalló contra el antepecho de nuestra terraza produciendo un fragoroso resplandor rojo y un humo sofocante.

—Lo han hecho a propósito —le gritó Rino a Stefano, fuera de sí.

Stefano, un perfil oscuro en el frío helado, le indicó por señas que se calmara. Corrió hacia un rincón donde él mismo había depositado una caja que a las chicas nos habían prohibido tocar, y empezó a servirse invitando a los demás.

—Enzo —gritó sin asomo de su tono suave de comerciante—, Pascà, Rino, Antò, vamos, ánimo, vamos, vamos a enseñarles lo que tenemos.

Todos se acercaron riendo. Repetían: sí, vamos a enseñarles, toma, cabrón, toma, y hacían gestos obscenos hacia el balcón de los Solara. Nosotras contemplábamos sus negras siluetas coléricas mientras temblábamos cada vez más por el frío. Nos habíamos quedado solas, sin papel alguno. Mi padre también había bajado con el zapatero. Lila no sé, estaba muda, abstraída por el espectáculo como por un enigma.

Le estaba sucediendo eso que ya he mencionado y que después

ella llamó desbordamiento. Fue —me dijo— como si en una noche de luna llena en el mar, la masa negrísima de una tempestad avanzara por el cielo, tragara toda claridad, desgastara el borde de la luna y deformara el disco luminoso reduciéndolo a su verdadera naturaleza de insensata materia bruta. Lila imaginó, vio, sintió —como si fuera real— que su hermano se rompía. Ante sus ojos, Rino perdió la fisonomía que había tenido siempre desde que ella lo recordaba, la fisonomía del muchacho generoso, honrado, los rasgos agradables de la persona de fiar, el perfil amado de quien siempre da, desde que ella tenía memoria, de quien la había divertido, ayudado, protegido. Allí, en medio de las violentas explosiones, del frío, entre el humo que irritaba la nariz y el olor penetrante del azufre, algo violó la estructura orgánica de su hermano, ejerció en él una presión tan intensa que quebró sus contornos, y la materia se expandió como un magma mostrándole de qué estaba realmente hecho. Cada segundo de aquella noche de fiesta le causó horror, tuvo la impresión de que cuando Rino se movía, cuando se expandía a su alrededor, todos los bordes caían y los de ella también se hacían cada vez más débiles y blandos. Pugnó por mantener el control, pero no lo consiguió, desde fuera su angustia se apreció poco o nada. Aunque he de reconocer que en el tumulto de explosiones y colores no me fijé mucho en ella. Me impresionó, creo, su expresión cada vez más espantada. Me di cuenta de que miraba fijamente la sombra de su hermano —el más activo, el más bravucón, el que profería de forma más exagerada insultos feroces en dirección a la terraza de los Solara— con repulsión. Ella, que en general no tenía miedo de nada, parecía espantada por todo aquello. Pero fueron impresiones que analicé más tarde. En ese momento no le hice mucho caso, me sentía cercana a Carmela, a Ada, más que a ella. Como de costumbre no parecía necesitar de las atenciones masculinas. Nosotras, en cambio, en aquel frío, en medio del caos, sin las atenciones no lográbamos encontrarnos un sentido. Hubiéramos preferido que Stefano o Enzo o Rino abandonaran la guerra, nos pusieran el brazo alrededor de los hombros, se apretaran a nuestro costado, y nos dijeran palabras obsequiosas. No ocurrió así; nos apretamos entre nosotras para darnos calor, mientras ellos se afanaban aferrando cilindros con gruesas mechas, estupefactos ante la infinita reserva de fuegos artificiales de Stefano, admirados por su generosidad, turbados ante la cantidad de dinero que era posible transformar en estelas, chispas, explosiones, humo, por la pura satisfacción de salirse con la suya.

Compitieron con los Solara durante no sé cuánto tiempo, explosiones de un lado y del otro como si la terraza y el balcón fueran trincheras, y todo el barrio se sacudió, vibró. No se entendía nada, estruendos, vidrios hechos añicos, cielo roto. Incluso cuando Enzo gritó: «Han terminado, no les queda nada», los nuestros siguieron, sobre todo Rino, hasta que no le quedó una sola mecha por prender. Y entre saltos y abrazos todos entonaron un coro victorioso. Al final se calmaron, llegó el silencio.

Duró poco, fue interrumpido por el llanto lejano de un niño, por gritos e insultos, por coches que avanzaban en las calles cubiertas de basura. Y en el balcón de los Solara luego vimos fogonazos, nos llegaron ruidos secos, pam, pam. Rino gritó decepcionado: «Empiezan otra vez». Pero Enzo, que entendió al vuelo lo que sucedía, fue el primero en meternos para dentro, y después de él entraron también Pasquale y Stefano. Solo Rino siguió profiriendo insultos soeces, asomado al antepecho de la terraza, hasta que Lila esquivó a Pasquale y corrió a hacer entrar a su hermano cubriéndolo a su vez de insultos. Nosotras, las chicas, bajamos gritando. Con tal de ganar, los Solara nos estaban disparando.

23

Ya he dicho que de esa noche se me escaparon muchas cosas. Pero sobre todo, arrastrada por el ambiente de fiesta y peligro, por el torbellino de los muchachos cuyos cuerpos emitían llamaradas más ardientes que los fuegos en el cielo, descuidé a Lila. Y fue entonces cuando se produjo su primer cambio interior.

Como ya he dicho, no me di cuenta de lo que le había sucedido, se trató de un cambio difícil de percibir. Aunque de las consecuencias me di cuenta casi enseguida. Se volvió más perezosa. Dos días más tarde, aunque no había colegio, me levanté temprano para acompañarla a abrir la tienda y ayudarla a limpiar, pero ella no se presentó. Llegó tarde, enfurruñada, y paseamos por el barrio evitando la zapatería.

—¿No vas a trabajar?

—No.

—¿Y por qué?

—Ya no me gusta.

—¿Y los zapatos nuevos?

—Les queda mucho por delante.

—¿Y entonces?

Tuve la impresión de que ni ella misma sabía lo que quería. Lo único seguro es que parecía muy preocupada por su hermano, mucho más de cuanto la había visto en los últimos tiempos. Y precisamente a raíz de esa preocupación comenzó a modificar sus comentarios sobre la riqueza. Seguía en pie la urgencia de hacernos ricas, eso era indiscutible, pero la finalidad ya no era la de la niñez: se acabaron las cajas de caudales, el fulgor de las monedas y las piedras preciosas. Ahora era como si en su cabeza el dinero se hubiese convertido en cemento: consolidaba, reforzaba, arreglaba esto y aquello. El dinero arreglaba sobre todo la cabeza de Rino. El par de zapatos que habían hecho juntos, según él, ya estaba terminado y quería enseñárselo a Fernando. Pero Lila sabía muy bien (y según ella también lo sabía Rino) que el trabajo estaba lleno de fallos, que tras examinar los zapatos, su padre los habría tirado. Por eso le decía que era necesario probar una y otra vez, que el camino para llegar a la fábrica de zapatos era duro de recorrer; pero él no quería esperar más, le urgía convertirse en alguien como los Solara, como Stefano, y Lila no conseguía hacer que entrara en razón. De pronto tuve la sensación de que había perdido todo interés por la riqueza en sí misma. Hablaba de dinero sin aquel toque luminoso, no era más que un remedio para evitar que su hermano se metiera en líos. «Yo tengo la culpa de todo —comenzó a reconocer al menos conmigo—, le hice creer que la buena suerte está a la vuelta de la esquina.» Pero como no estaba a la vuelta de la esquina, se preguntaba con una mirada aviesa qué debía inventarse para sedarlo.

Rino estaba muy inquieto. Fernando, por ejemplo, nunca le reprochaba a Lila el que hubiese dejado de ir a la zapatería, al contrario: le dio a entender que se alegraba si se quedaba en casa a ayudar a su madre. En cambio, su hermano se enfadó y en los primeros días de enero fui testigo de una agria discusión. Rino se aproximó con la cabeza gacha, nos detuvo por la calle y le dijo:

«Ven ahora mismo a trabajar». Lila le contestó que mejor se fuera olvidando. Entonces él la agarró de un brazo y le dio un tirón, ella se rebeló con un feo insulto, Rino le soltó una bofetada y le gritó: «Entonces vete a casa a ayudar a mamá». Ella obedeció y se fue sin despedirse de mí.

El conflicto alcanzó su punto culminante el día de Reyes. Según parece, cuando ella se despertó, encontró al lado de la cama un calcetín lleno de carbón. Entendió que había sido Rino, y a la hora del desayuno, puso la mesa para todos menos para él. Apareció la madre: el hijo le había dejado colgada de una silla un calcetín con caramelos y chocolate; aquello la conmovió, se desvivía por aquel muchacho. Por ello, cuando se dio cuenta de que el sitio de Rino en la mesa no estaba preparado, intentó hacerlo ella y Lila se lo impidió. Mientras madre e hija discutían, entró el hermano y, de inmediato, Lila le lanzó un trozo de carbón. Rino rió pensando que se trataba de un juego, que ella había apreciado la broma, pero cuando comprendió que su hermana iba en serio, trató de agarrarla para pegarle. En ese momento apareció Fernando, en calzoncillos y camiseta de lana, con una caja de cartón en la mano.

—Mirad lo que me han traído los Reyes —dijo y se notaba que estaba muy enfadado.

Sacó de la caja los zapatos nuevos elaborados en secreto por sus dos hijos. Lila se quedó de una pieza. No sabía nada de aquella iniciativa, Rino había decidido por su cuenta enseñarle al padre el trabajo de ambos como si se tratara de un regalo de Reyes.

Cuando vio en la cara de su hermano una sonrisita divertida y al mismo tiempo angustiada, cuando descubrió la mirada alarmada reflejada en la cara de su padre, le pareció que se confirmaba eso que la había asustado en la terraza, en medio del humo y los estallidos: Rino había perdido su perfil habitual, ella tenía ahora un hermano desbordado del que podía salir lo irremediable. En esa sonrisa, en esa mirada vio algo insoportablemente mezquino, más insoportable cuanto más seguía queriendo a su hermano, y sentía la necesidad de estar a su lado para ayudarlo y que la ayudara.

—Qué bonitos —dijo Nunzia, que no sabía nada de la historia de los zapatos.

Sin decir una palabra, con la expresión de un Randolph Scott colérico, Fernando se sentó y se calzó primero el zapato derecho y luego el izquierdo.

—Los Reyes —dijo— los hicieron justo para mis pies.

Se levantó, los probó, se paseó por la cocina bajo la mirada de sus familiares.

—Realmente cómodos —comentó.

—Son zapatos de ricos —dijo su esposa lanzando miradas apasionadas a su hijo.

Fernando volvió a sentarse. Se quitó los zapatos, los examinó por arriba, por abajo, por dentro y por fuera.

—El que hizo estos zapatos es un maestro —dijo, pero sin que se le iluminara la cara ni una pizca—. Hábiles, los Reyes.

En cada una de sus palabras se notaba cuánto sufría y hasta qué punto su sufrimiento lo estaba cargando de ganas de destrozarlo todo. Rino no parecía percatarse. Con cada palabra sarcástica de su padre se henchía más de orgullo, sonreía muy colorado, formulaba frases entrecortadas: lo hice así, papá, añadí esto, he pensado que. Lila, por su parte, quería salir de la cocina, eludir la reprimenda inminente de su padre, pero no se decidía, no quería dejar solo a su hermano.

—Son livianos y al mismo tiempo resistentes —prosiguió Fernando—, no tienen nada de chapucero. Y sobre todo no he visto a nadie calzado con unos así, con esta punta ancha son muy originales. —Se sentó, volvió a calzárselos, se los ató. Le dijo al hijo—: Vuélvete de espaldas, Rinù, que tengo que darle las gracias a los Reyes.

Rino pensó que era una broma que definitivamente habría puesto fin a la larga controversia con su padre y se dio la vuelta, feliz y al mismo tiempo incómodo. En cuanto hizo ademán de volverse de espaldas, su padre le asestó una violenta patada en el trasero, lo llamó bestia, gilipollas, le lanzó cuanto caía en sus manos, y al final, hasta los zapatos.

Lila se interpuso entre los dos solo cuando vio que su hermano, que al principio se limitó a protegerse de los puñetazos y las patadas, se puso a gritar también y a lanzar sillas, a romper platos, mientras lloraba y juraba que se quitaría la vida con tal de no seguir trabajando gratis para su padre, aterrorizando así a su madre, a sus otros hermanos y a los vecinos. Todo fue inútil. Padre e hijo tuvieron que desahogarse hasta agotar sus fuerzas. Después volvieron a trabajar juntos, mudos, encerrados en el pequeño taller con sus desesperaciones.

Durante un tiempo no se habló más de los zapatos. Lila decidió definitivamente que su papel era ayudar a su madre, hacer la compra, cocinar, lavar la ropa, tenderla al sol; nunca más pisó la zapatería. Ceñudo y triste, Rino se lo tomó como un agravio incomprensible y empezó a exigir que su hermana se ocupara de ordenar calcetines, calzoncillos y camisas en su cajón, que lo sirviera y atendiera al regresar del trabajo. Si algo no era de su agrado protestaba, decía cosas desagradables como: ni una camisa sabes planchar, cretina. Ella se encogía de hombros, no protestaba, se dedicó a hacer sus tareas con atención y cuidado.

Naturalmente, el muchacho no se alegraba de comportarse de ese modo, se afligía, trataba de calmarse, hacía no pocos esfuerzos para volver a ser el de antes. En sus días buenos, los domingos por la mañana, por ejemplo, le iba detrás bromeando, adoptaba tonos amables. «¿La tienes tomada conmigo porque me he atribuido todo el mérito de los zapatos? Que sepas que lo hice —mentía— para evitar que papá se enojara contigo.» Y después le pedía: «Ayúdame, ¿qué debemos hacer ahora? No podemos quedarnos mano sobre mano, yo tengo que salir de esta situación». Lila callaba: cocinaba, planchaba, a veces le daba un beso en la mejilla para hacerle entender que ya no estaba enojada. Entretanto, él había vuelto a enfadarse y siempre terminaba rompiendo algo. Le gritaba que ella lo había traicionado, y que seguiría traicionándolo, puesto que tarde o temprano acabaría casándose con algún imbécil para marcharse dejando que él siguiera viviendo en la miseria el resto de su vida.

A veces, cuando no había nadie en casa, Lila se iba al cuartito donde había escondido los zapatos y los palpaba, los miraba, maravillada de que mal que bien existieran y hubiesen nacido gracias a un dibujito en una hoja de cuaderno. Cuánto trabajo desperdiciado.

24

Volví al colegio y me vi arrastrada por los ritmos vertiginosos que nos imponían los profesores. Muchos de mis compañeros empezaron a abandonar, la clase fue menguando. Gino coleccionó insuficientes y me pidió ayuda. Intenté ayudarlo pero en realidad solo quería que le dejase copiar los deberes. Lo dejé copiar pero estaba apático: ni cuando copiaba ponía atención, no se esforzaba por entender. Aunque muy disciplinado, Alfonso también estaba en dificultades. Un día se echó a llorar cuando le tomaban la lección de griego, algo que para un chico resultaba muy humillante. Se vio con claridad que habría preferido morirse antes que derramar una sola lágrima enfrente de la clase, pero no pudo contenerse. Nos quedamos todos callados, muy turbados, menos Gino que, tal vez por la tensión, tal vez por la satisfacción de ver que a su compañero de banco también se le complicaban las cosas, se echó a reír. A la salida del colegio le dije que por haberse reído ya no éramos novios. Reaccionó preguntándome con preocupación: «¿Te gusta Alfonso?». Le expliqué, simplemente, que él ya no me gustaba. Balbuceó que llevábamos poco tiempo de novios, que no era justo. Mientras duró el noviazgo entre nosotros no había pasado gran cosa: nos habíamos besado pero sin lengua, había intentado tocarme los pechos y yo me había enfadado y lo había rechazado. Me suplicó que siguiéramos un poco más, me mantuve firme en mi decisión. Supe que no me costaría nada prescindir de su compañía al ir al colegio y al volver a casa.

A los pocos días de haber roto con Gino, Lila me confesó que había recibido dos declaraciones casi al mismo tiempo, las primeras de su vida. Una mañana, Pasquale se le había acercado mientras ella iba a la compra. Llevaba la ropa sucia del trabajo, estaba nerviosísimo. Le dijo que se había preocupado cuando dejó de verla en la zapatería, había pensado que estaba enferma. Pero que se alegraba de ver que gozaba de buena salud. Mientras hablaba, en la cara no se le reflejó ni una pizca de esa alegría. Se interrumpió entonces, como si se atragantara, y para despejarse la garganta, le dijo casi a gritos que la quería. Que la quería tanto que, si ella estaba de acuerdo, iría a hablar con su hermano, con sus padres, con quien fuese, enseguida, para solicitar un compromiso formal. Ella se había quedado sin palabras, por un momento pensó que bromeaba. Yo ya le había dicho mil veces que Pasquale le tenía echado el ojo, pero ella nunca me había creído. Y al final, un precioso día de primavera, se le presentó, casi con lágrimas en los ojos, para suplicarle y decirle que su vida no valdría nada si ella le decía que no. Qué difícil era desenmarañar los sentimientos de amor. Con mucha cautela, sin decir nunca que no, Lila había encontrado las palabras para rechazarlo. Le dijo que ella también lo quería, pero no como se debe querer a un novio. Le dijo que le estaría siempre agradecida por todo lo que le había explicado: el fascismo, la resistencia, la monarquía, la república, el mercado negro, el comandante Lauro, los missini del Movimiento Social Italiano, la Democracia Cristiana, el comunismo. Pero prometerse, no, no iba a prometerse nunca con nadie. Y había concluido: «A todos, a Antonio, a ti, a Enzo, os quiero como quiero a Rino». Pasquale había murmurado: «Pero yo no te quiero como quiero a Carmela». Y se había ido corriendo de vuelta a su trabajo.

—¿Y la otra declaración? —le pregunté llena de curiosidad y un tanto nerviosa.

—No te lo imaginarías nunca.

La otra declaración se la había hecho Marcello Solara.

Al oír aquel nombre noté una punzada en el estómago. Si el amor de Pasquale era una señal de cuánto podía llegar a gustar

Lila, el amor de Marcello, un joven apuesto, rico, con coche, duro, violento, camorrista, acostumbrado a tener las mujeres que quería era, a mis ojos, a los ojos de todas mis coetáneas, y a pesar de su pésima fama, o quizá precisamente por eso, una promoción, el paso de muchachita esmirriada a mujer capaz de doblegar a quien fuera.

—¿Y cómo ocurrió?

Marcello iba conduciendo el Fiat 1100, solo, sin su hermano, y la había visto cuando regresaba a su casa por la avenida. No se acercó al bordillo, no le habló a través de la ventanilla. Detuvo el coche en medio de la calzada, se bajó dejando la puerta abierta y fue hacia ella. Lila siguió andando, y él detrás. Le suplicó que lo perdonara por como se había comportado tiempo atrás, reconoció que ella habría hecho muy bien si lo hubiese matado con la chaira. Conmovido, le recordó lo bien que habían bailado el rock en la fiesta de la madre de Gigliola, señal de hasta qué punto podían estar compenetrados. Y al final se puso a dirigirle muchos cumplidos: «Qué mayor te has hecho, qué hermosos ojos tienes, qué guapa estás». Después le contó lo que había soñado la noche anterior: él le pedía que fuese su prometida, ella le decía que sí, él le regalaba un anillo de compromiso idéntico al anillo de compromiso de su abuela, con tres diamantes incrustados en la tira del engarce. Sin dejar de andar, Lila le contestó al fin. Le preguntó: «¿En ese sueño te decía que sí? —Marcello se lo confirmó y ella añadió—: Entonces se trataba realmente de un sueño, porque eres un animal, tú y tu familia, tu abuelo, tu padre, tu hermano, y no sería tu novia aunque me mataras».

—¿Eso le dijiste?

—Y más cosas.

—¿Cuáles?

Cuando Marcello le contestó ofendido que los suyos eran sentimientos muy delicados, que noche y día pensaba con amor solo en ella, que por eso no era un animal sino alguien que la amaba, ella le dijo que si una persona se comportaba como había hecho él con Ada, si esa misma persona la Nochevieja se ponía a dispararle a la gente con una pistola, llamarlo animal era una ofensa para los animales. Marcello comprendió finalmente que Lila hablaba en serio, que de verdad lo consideraba mucho menos que una rana, una salamandra, y de improviso se deprimió. Y con un hilo de voz murmuró: «Mi hermano fue el que disparó». Mientras lo decía comprendió que después de aquella confesión ella lo habría despreciado todavía más. Una verdad como un templo. Lila apuró el paso y cuando él intentó seguirla, le gritó: «Vete» y echó a correr. Marcello se detuvo entonces como si no recordara dónde estaba ni qué debía hacer, tras lo cual regresó cabizbajo al Fiat 1100.

—¿Eso le hiciste a Marcello Solara?

—Sí.

—Estás loca: no le cuentes a nadie que lo trataste así.

En ese momento me pareció una recomendación superflua, se lo dije más que nada para demostrarle que me tomaba a pecho su experiencia. Por su carácter, Lila era alguien que disfrutaba razonando e imaginando los hechos, pero a diferencia de nosotras, que no parábamos de cotillear, no era en absoluto dada a los chismorreos. De hecho, del amor de Pasquale solo me habló a mí, nunca me enteré de que se lo hubiese contado a nadie más. Pero le contó a todo el mundo lo de Marcello Solara. Tanto es así que cuando me crucé con Carmela, me preguntó: «¿Te has enterado de que tu amiga rechazó a Marcello Solara?». Cuando me crucé con Ada, me comentó: «Tu amiga le dijo que no nada menos que a Marcello Solara». En la charcutería, Pinuccia Carracci me susurró al oído: «¿Es cierto que tu amiga rechazó a Marcello Solara?». Un día, en el colegio, incluso Alfonso me preguntó estupefacto: «¿Tu amiga le dijo que no a Marcello Solara?».

Cuando vi a Lila, le dije:

—Has hecho mal en contárselo a todo el mundo, Marcello se enojará.

Ella se encogió de hombros. Estaba ocupada con sus hermanos, la casa, su madre, su padre, no tenía mucho tiempo para quedarse hablando conmigo. Después de Nochevieja ya solo se ocupó de las tareas domésticas.

25

Y así fue. Durante el resto del año académico Lila se desinteresó por completo de lo que yo hacía en el colegio. Y cuando le pregunté qué libros sacaba de la biblioteca, qué leía, contestó malévola: «Ya no saco nada más, los libros me dan dolor de cabeza».

Por mi parte, yo estudiaba, y leía casi como una placentera costumbre. Pero no tardé en comprobar que, desde que Lila había dejado de apremiarme, de aventajarme en el estudio y las lecturas, el colegio, e incluso la biblioteca del maestro Ferraro, habían dejado de ser una especie de aventura para convertirse únicamente en algo que se me daba bien y por lo que recibía muchos elogios.

Me di cuenta con claridad en dos ocasiones.

Una vez fui a buscar unos libros a la biblioteca con mi carné lleno de préstamos y devoluciones, y el maestro, primero se congratuló por mi asiduidad y luego me preguntó por Lila, mostrando una gran pena porque ella y toda su familia habían dejado de sacar libros. Es difícil explicar por qué, pero esa pena me hizo sufrir. Me pareció señal de un verdadero y profundo interés por Lila, algo mucho más fuerte que los cumplidos por mi disciplina de lectora asidua. Me dio por pensar que aunque Lila hubiese sacado un solo libro al año, habría dejado su huella en ese libro y el maestro la habría notado en el momento de su devolución, mientras que yo no dejaba señal alguna, solo encarnaba el tesón con que iba sumando en desorden un volumen tras otro.

La otra circunstancia tuvo que ver con el ritual académico. El profesor de literatura devolvió corregidos los deberes de italiano (aún recuerdo el tema: «Las distintas fases del drama de Dido»), y mientras en general se limitaba a decir dos palabras para justificar el ocho o el nueve que yo solía sacar, en esa ocasión me alabó de forma articulada frente a la clase y solo al final reveló que me había puesto nada menos que un diez. Al terminar la clase me llamó en el pasillo, francamente admirado por como había tratado el tema y cuando asomó el profesor de religión, lo detuvo y le resumió entusiasmado mi redacción. Pasaron unos días y supe que Gerace no se había limitado a contárselo al cura sino que había hecho circular ese trabajo mío entre los demás profesores, y no solo entre los de mi sección. Ahora algún profesor de preuniversitario me sonreía por los pasillos, e incluso dejaba caer un comentario. Una profesora de primero A, por ejemplo, la profesora Galiani a la que todos apreciaban y eludían por tener fama de ser comunista y porque con dos frases conseguía desmontar cualquier argumentación mal fundada, me paró en el vestíbulo y se entusiasmó sobre todo por la idea, fundamental en mi trabajo, de que cuando el amor queda desterrado de las ciudades, las ciudades cambian su naturaleza benéfica en naturaleza maligna. Me preguntó:

—¿Qué significa para ti una ciudad sin amor?

—Un pueblo privado de felicidad.

—Dame un ejemplo.

Pensé en las discusiones que habíamos tenido con Lila y Pasquale durante el mes de septiembre, y, de pronto, las sentí como una auténtica escuela, más auténtica que esa a la que asistía a diario.

—Italia bajo el fascismo, Alemania bajo el nazismo, todos nosotros, los seres humanos, en el mundo de hoy.

Me escrutó con renovado interés. Me dijo que escribía muy bien, me aconsejó algunas lecturas, se ofreció a prestarme sus libros. Al final me preguntó a qué se dedicaba mi padre, contesté: «Es conserje en el ayuntamiento». Se alejó con la cabeza gacha.

Ese interés de la Galiani naturalmente me enorgulleció, pero no pasó de ahí, todo volvió a ser rutina escolar. En consecuencia, el hecho de ser desde el bachillerato elemental una estudiante con su pequeña fama de buena alumna, no tardó en parecerme poca cosa. ¿Al final qué probaba? Probaba sobre todo lo fructífero que había sido estudiar y conversar con Lila, tenerla como estímulo y sostén para salir a ese mundo que había fuera del barrio, entre las cosas, las personas, los paisajes y las ideas de los libros. Sin duda, me decía, seguramente la redacción sobre Dido es mía, la capacidad de formular bonitas frases es algo que sale de mí; sin duda, lo que escribí sobre Dido me pertenece; pero ¿acaso no lo elaboré con ella, no nos estimulamos mutuamente, acaso mi pasión no creció al calor de la suya? ¿Y esa idea de la ciudad sin amor, que tanto había gustado a los profesores, no me había venido de Lila, aunque después la hubiese desarrollado yo con mi capacidad? ¿Qué debía deducir de todo aquello?

Comencé a esperar nuevos elogios que testimoniaran una habilidad solo mía. Pero cuando Gerace nos puso otro trabajo sobre la reina de Cartago («Eneas y Dido: encuentro entre dos prófugos»), no se entusiasmó y se limitó a ponerme un ocho. De la profesora Galiano conseguí, en cambio, cordiales gestos de saludo y el agradable descubrimiento de que era profesora de latín y griego de Nino Sarratore, alumno de primero A. Como tenía una apremiante necesidad de atención y estima corroborantes, esperé que al menos me vinieran de él. Esperé que, si su profesora de literatura llegaba a elogiarme en público, pongamos por caso en su clase, él se acordaría de mí y, finalmente, me habría dirigido la palabra. Pero no pasó nada, seguí atisbándolo a la salida, a la entrada, siempre con su aire ensimismado, sin que nunca me lanzara una mirada. En cierta ocasión llegué a seguirlo por corso Garibaldi y via Casanova, confiando en que notara mi presencia y me dijese: hola, veo que hacemos el mismo camino, he oído hablar mucho de ti. Pero avanzaba veloz, cabizbajo, sin volverse nunca. Me cansé, me desprecié. Deprimida, doblé por corso Novara y regresé a casa.

Avancé día tras día, empeñada en confirmar cada vez más a los profesores, a mis compañeros, a mí misma, mi asiduidad y mi diligencia. Entretanto creció en mi interior una sensación de soledad, sentía que aprendía sin energía. Intenté entonces hablarle a Lila de la pena del maestro Ferraro, le pedí que volviera a ir a la biblioteca. Le mencioné también la buena acogida que había tenido mi trabajo sobre Dido, sin decirle qué había escrito, pero dándole a entender que el éxito se debía en parte a ella. Me escuchó sin entusiasmo, tal vez ni siquiera se acordaba de lo que habíamos comentado sobre ese personaje, tenía otros problemas. En cuanto hice una pausa me dijo que Marcello Solara no se había resignado como Pasquale, todavía iba detrás de ella. Si salía a hacer la compra, la seguía sin molestarla hasta la tienda de Stefano, hasta la carreta de Enzo, solo para mirarla. Si se asomaba a la ventana lo encontraba apostado en la esquina, esperando a que ella se asomara. La inquietaba aquella constancia. Temía que su padre se diera cuenta y, sobre todo, que Rino se diera cuenta. Estaba asustada por la posibilidad de que comenzara una de esas historias entre hombres en las que se acababa a golpes un día sí y otro no; en el barrio había muchas. «¿Qué me pasa?», preguntaba. Se veía flaca, fea: ¿por qué Marcello se había obsesionado con ella? «¿Hay algo malo en mí? —decía—. Hago que la gente haga cosas equivocadas.»

Por esa época solía repetir con frecuencia aquella idea. Su convicción de haberle causado a su hermano más mal que bien se había consolidado. «No tienes más que verlo», decía. Al desaparecer el proyecto de la fábrica de zapatos Cerullo, Rino había quedado atrapado por el afán de enriquecerse como los Solara, como Stefano, todavía más, y no lograba resignarse a la cotidianidad del trabajo del taller. Tratando de avivar el antiguo entusiasmo, le decía: «Somos inteligentes, Lina, a ti y a mí, juntos, no nos para nadie, dime qué debemos hacer». Él también quería comprarse un coche, un televisor, y detestaba a Fernando que no entendía la importancia de esas cosas. Pero sobre todo, cuando Lila demostraba que ya no quería apoyarlo, la trataba peor que a una sirvienta. Tal vez él ni siquiera se daba cuenta de que se había consumido, pero ella, que lo tenía ante los ojos a diario, estaba alarmada. Un día me dijo:

—¿Te has fijado en que la gente cuando se despierta es fea, está deformada, tiene la mirada perdida?

Según ella, Rino se había vuelto así.

26

Un domingo de abril, por la noche, recuerdo que salimos cinco de nosotros: Lila, Carmela, Pasquale, Rino y yo. Nosotras, las chicas, nos vestimos lo mejor que pudimos y en cuanto salimos de casa nos pintamos los labios y nos maquillamos un poco los ojos. Cogimos el metro, repleto de gente, y Rino y Pasquale se mantuvieron alerta, a nuestro lado. Temían que alguien nos tocara, pero nadie lo hizo, nuestros acompañantes tenían caras demasiado peligrosas.

Bajamos andando por Toledo. Lila insistía en que fuéramos por via Chiaia, via Filangieri y después via dei Mille, hasta la piazza Amedeo, las zonas donde se sabía que estaba la gente rica y elegante. Rino y Pasquale se mostraron contrarios, pero no supieron o no quisieron explicarse, se limitaron a refunfuñar respuestas en dialecto y a lanzar insultos a personas no identificadas a las que tachaban de pisaverdes. Nosotras tres nos aliamos e insistimos. En ese momento oímos unos bocinazos. Nos dimos la vuelta y vimos el Fiat 1100 de los Solara. Apenas nos fijamos en los dos hermanos, tal era nuestro asombro al ver a las muchachas que, asomadas a las ventanillas, agitaban los brazos: eran Gigliola y Ada. Parecían divinas, llevaban unos vestidos divinos, divinos peinados, divinos pendientes destellantes, movían las manos y nos saludaban felices, a gritos. Rino y Pasquale miraron para otro lado, Carmela y yo estábamos tan sorprendidas que no contestamos. Lila fue la única que gritó algo con entusiasmo y las saludó con grandes alharacas, mientras el coche desaparecía en dirección a la piazza Plebiscito.

Estuvimos un rato callados, y entonces Rino le dijo a Pasquale con tono sombrío que se sabía desde siempre que Gigliola era una zorra; Pasquale asintió con seriedad. Ninguno de los dos mencionó a Ada, Antonio era amigo de ambos y no querían ofenderlo. Ya se ocupó Carmela de hablar muy mal también de Ada. Yo sentí más que nada amargura. En un abrir y cerrar de ojos había pasado la imagen del poderío, cuatro jóvenes en coche, la forma adecuada de salir del barrio y divertirse. El nuestro era el modo equivocado: a pie, mal vestidos, muertos de hambre. Me entraron ganas de volverme enseguida a mi casa. Pero Lila, como si aquel encuentro no se hubiera producido nunca, reaccionó insistiendo en que quería pasear por donde estaba la gente elegante. Se agarró del brazo de Pasquale, chilló, rió, hizo la parodia que, según ella, representaba la gente acomodada, es decir, se contoneó, se prodigó en amplias sonrisas y gestos delicados. Nosotras tuvimos un instante de vacilación y después la apoyamos, exasperadas por la idea de que Gigliola y Ada lo pasaran en grande en el Fiat 1100 con los guapísimos Solara mientras nosotras íbamos a pie, acompañadas de Rino que remendaba zapatos y de Pasquale que era albañil.

Esa insatisfacción nuestra, naturalmente no expresada con palabras, debió de llegar por caminos secretos hasta los dos jóvenes, que se miraron, suspiraron y cedieron. De acuerdo, dijeron y enfilamos via Chiaia.

Fue como cruzar una frontera. Recuerdo un paseo atestado y una especie de diversidad humillante. No miraba a los muchachos, sino a las chicas, a las señoras: eran completamente distintas de nosotras. Como si hubiesen respirado otro aire, como si hubiesen tomado otros alimentos, como si se hubiesen vestido en algún otro planeta, como si hubiesen aprendido a caminar sobre hilos de viento. Me quedé boquiabierta. Hasta tal punto que, mientras que yo me paraba para contemplar a gusto trajes, zapatos, el tipo de gafas que llevaban si llevaban gafas, ellas pasaban y era como si no me vieran. No nos veían a ninguno de los cinco. Éramos imperceptibles. O no les interesábamos. Es más, si en alguna ocasión nos echaban una mirada, volvían la cara enseguida como molestas. Se miraban únicamente entre ellas.

De eso nos dimos cuenta todos. Nadie lo comentó, pero entendimos que Rino y Pasquale, mayores que nosotras, en aquellas calles solo encontraban la confirmación de cosas que ya sabían, y eso los ponía de malhumor, los enfurecía, los volvía torvos, porque tenían la certeza de estar fuera de lugar, mientras que nosotras, las chicas, lo descubríamos en ese momento y con sentimientos ambiguos. Nos sentimos incómodas y embelesadas, feas pero al mismo tiempo dispuestas a imaginarnos cómo seríamos si hubiésemos encontrado el modo de reeducarnos, vestirnos, maquillarnos y emperifollarnos como era debido. Entretanto, para no estropearnos la velada, reaccionamos riendo socarronamente, ironizando.

—¿Tú te pondrías ese vestido?

—Ni aunque me pagaran.

—Yo sí.

—Mira qué bien, parecerías un tonel como esa que va ahí.

—¿Y has visto qué zapatos?

—¿A eso llamas tú zapatos?

Seguimos andando hasta la altura del Palazzo Cellamare sin dejar de reír y bromear. Pasquale, que evitaba por todos los medios caminar al lado de Lila, y cuando ella lo había cogido del brazo se había soltado enseguida con amabilidad (le dirigía la palabra con frecuencia, eso sí, experimentaba un evidente placer al oír su voz, al mirarla, pero se notaba que el menor contacto lo trastornaba, tal vez hasta el punto de hacerlo llorar) y manteniéndose cerca de mí, me preguntó sarcástico:

—¿En el colegio tus compañeras son así?

—No.

—Eso significa que no es un buen colegio.

—Es un instituto de bachillerato clásico —dije yo, ofendida.

—No es bueno —insistió él—, ten por seguro que si no hay gente así no es bueno, ¿verdad, Lila, que no es bueno?

—¿Bueno? —dijo Lila y señaló a una muchacha rubia que venía hacia nosotros acompañada de un joven alto y moreno, que lucía un pullover inmaculado con escote en V—: Si no va una como esa, tu colegio es un asco. —Y soltó la carcajada.

La chica iba toda de verde: zapatos verdes, falda verde, chaqueta verde y en la cabeza —era eso sobre todo lo que hizo reír a Lila— lucía un bombín como el de Chaplin, también de color verde.

Su hilaridad nos contagió a todos. Cuando la pareja pasó a nuestro lado, Rino hizo un comentario muy basto sobre lo que la señorita de verde debía hacer con el bombín, y fue tal el ataque de risa que le dio a Pasquale que tuvo que detenerse y apoyar un brazo en la pared. La muchacha y su acompañante avanzaron unos cuantos pasos y se detuvieron. El muchacho del pullover blanco se dio la vuelta y la chica lo sujetó enseguida del brazo. Él se soltó, volvió sobre sus pasos, se dirigió directamente a Rino con una serie de frases insultantes. Fue un segundo. Rino lo derribó de un puñetazo en la cara gritando:

—¿Cómo me has llamado? No lo he entendido, repítelo, ¿cómo me has llamado? ¿Has oído, Pascà, cómo me ha llamado?

Nosotras, las chicas, pasamos bruscamente de la risa al susto. Lila fue la primera en abalanzarse sobre su hermano antes de que la emprendiera a patadas con el joven que estaba en el suelo, y lo apartó de allí con una expresión incrédula, como si mil fragmentos de nuestra vida, desde la niñez hasta nuestro decimocuarto año, compusieran por fin una imagen nítida que en ese momento le pareció inverosímil.

Apartamos a Rino y a Pasquale, mientras la muchacha del bombín ayudaba a su novio a incorporarse. Entretanto, la incredulidad de Lila se estaba convirtiendo en furia desesperada. Al tiempo que apartaba a su hermano, lo cubrió de insultos vulgarísimos, lo tiró del brazo, lo amenazó. Con una sonrisa nerviosa en la cara, Rino levantó una mano para contenerla y se dirigió a Pasquale:

—Mi hermana se cree que esto es un juego, Pascà —dijo en dialecto, con ojos enloquecidos—, mi hermana se cree que si yo digo que es mejor que no vayamos allí, ella puede hacerse la que siempre lo sabe todo, la que siempre lo entiende todo, como de costumbre, y hacer que vayamos a la fuerza. —Tras una breve pausa para controlar la respiración, añadió—: ¿Has oído que ese cabrón me ha llamado palurdo? ¿Palurdo yo? ¿Palurdo? —Y casi sin aliento, prosiguió—: Mi hermana me ha traído aquí y ahora se va a enterar si dejo que me llamen palurdo, ahora se va a enterar de lo que soy capaz de hacer cuando me llaman palurdo.

—Cálmate, Rino —le contestó Pasquale, taciturno, volviendo de vez en cuando la vista atrás, alarmado.

Rino siguió agitado, pero bajó la voz. Lila en cambio se calmó. Nos detuvimos en la piazza dei Martiri. Pasquale se dirigió a Carmela y dijo casi con frialdad:

—Ahora vosotras os vais para casa.

—¿Nosotras solas?

—Sí.

—No.

—Carmè, no voy a discutir, a casa.

—No sabemos cómo volver.

—No mientas.

—Vete —le dijo Rino a Lila, tratando de contenerse—, toma algo de dinero, para que os compréis un helado por el camino.

—Hemos salido juntos y volvemos juntos.

Rino perdió otra vez la paciencia y le dio un empujón:

—¿Quieres callarte? Soy tu hermano mayor y harás lo que yo te diga. Anda, muévete, vete, que estoy a esto de partirte la cara.

Vi que hablaba en serio, tiré a Lila del brazo. Ella también entendió que corría peligro:

—Se lo diré a papá.

—¿A mí qué carajo me importa? Anda, vete, que ni el helado te mereces.

Nos alejamos inseguras por Santa Caterina. Al cabo de un trecho, Lila se lo pensó mejor, se detuvo y dijo que volvía con su hermano. Tratamos de convencerla para que se quedara con nosotras, no quiso saber nada. Y mientras discutíamos vimos a un grupo de cinco, tal vez seis muchachos que se parecían a los piragüistas que a veces habíamos admirado en nuestros paseos de los domingos por Castel dell'Ovo. Todos eran altos, bien plantados, iban bien vestidos. Algunos llevaban bastón, otros no. Pasaron junto a la iglesia a paso ligero y fueron en dirección a la plaza. Con ellos iba el joven al que Rino había golpeado en la cara, tenía el jersey con escote en V manchado de sangre.

Lila se soltó y salió corriendo, Carmela y yo fuimos tras ella. Llegamos justo a tiempo para ver a Rino y Pasquale que retrocedían hacia el monumento en el centro de la plaza, uno al lado del otro, mientras el grupo de los bien vestidos corría hacia ellos y los golpeaban con los bastones. Pedimos socorro a gritos, nos echamos a llorar, a detener a los transeúntes, pero los bastones asustaban y la gente no hacía nada. Lila agarró del brazo a uno de los agresores pero fue derribada. Vi a Pasquale de rodillas, la emprendieron con él a patadas, vi a Rino que se escudaba de los golpes con un brazo. Se detuvo un coche; era el Fiat 1100 de los Solara.

Marcello se bajó enseguida, primero levantó a Lila y luego, azuzado por ella que chillaba de rabia y llamaba a su hermano, se sumó a la pelea repartiendo y recibiendo castañazos. Fue en ese momento cuando del coche bajó Michele, abrió con tranquilidad el maletero, sacó algo que parecía un trozo de hierro reluciente y se sumó a la pelea golpeando con una fría ferocidad que espero no volver a ver en mi vida. Rino y Pasquale se incorporaron enfurecidos, ahora repartían golpes, patadas y puñetazos, tan transformados por el odio que me parecieron dos desconocidos. Los jóvenes bien vestidos se dieron a la fuga. Michele se acercó a Pasquale que sangraba por la nariz, pero Pasquale lo rechazó de malos modos y se limpió la cara con la manga de la camisa blanca, después vio que estaba empapada de rojo. Marcello recogió del suelo un manojo de llaves y se lo entregó a Rino, que le dio las gracias visiblemente incómodo. La gente que antes se había alejado ahora se acercaba llena de curiosidad. Yo estaba paralizada de miedo.

—Llevaos a las chicas —dijo Rino a los dos Solara, con el tono agradecido de quien hace una petición que sabe ineludible.

Marcello nos obligó a subirnos al coche, en primer lugar a Lila, que ofreció más resistencia. Nos metimos todas en el asiento posterior, una encima del regazo de la otra, y el coche arrancó. Me volví para mirar a Pasquale y Rino que se alejaban hacia la Riviera, Pasquale cojeaba. Sentí como si el barrio se hubiese ensanchado hasta abarcar toda Nápoles, incluidas las calles de la gente bien. En el coche, no tardaron en comenzar las tensiones. Gigliola y Ada estaban muy disgustadas, protestaron por lo incómodas que íbamos. «No es posible», decían. «Entonces bajad y seguid a pie», gritó Lila y estuvieron a punto de llegar a las manos. Marcello frenó divertido. Gigliola se bajó y, con paso lento de princesa, fue a sentarse delante, en el regazo de Michele. Hicimos el viaje así, con Gigliola y Michele que se besaban sin parar ante nuestros ojos. Yo la miraba y ella, mientras daba unos besos apasionados, me miraba a mí. Yo apartaba enseguida la vista.

Lila no dijo nada más hasta que llegamos al barrio. Marcello hizo algún comentario, buscándola con la mirada en el retrovisor, pero ella no le contestó. Pedimos que nos dejaran lejos de nuestras casas para evitar que nos vieran en el coche de los Solara. El resto del camino lo hicimos andando, las cinco. Excepto Lila, que parecía atormentada por la furia y las preocupaciones, estábamos todas muy admiradas por el comportamiento de los dos hermanos. Han hecho muy bien, decíamos. Gigliola no paraba de repetir: «Pues claro», «¿Qué os pensabais?», «Seguro», con el aire de quien, al trabajar en la pastelería, sabía bien que los Solara eran gente de calidad. En un momento dado, con tono de guasa, me preguntó:

—¿Qué tal el colegio?

—Bien.

—Pero no te diviertes como me divierto yo.

—Es otro tipo de diversión.

Cuando ella, Carmela y Ada nos dejaron para cruzar los portones de sus casas, le dije a Lila:

—La verdad es que los ricos son peores que nosotros. —Ella no contestó. Añadí, circunspecta—: Los Solara serán gente de mierda, pero menos mal que estaban; esos de via dei Mille podían haber matado a Rino y a Pasquale.

Ella sacudió la cabeza con energía. Estaba más pálida de lo habitual y tenía profundas ojeras de color violeta. No estaba de acuerdo pero no me dijo por qué.

27

Aprobé todas las asignaturas con nueve, incluso me iban a dar una cosa que se llamaba beca. De los cuarenta que éramos quedamos treinta y dos. A Gino lo suspendieron, a Alfonso le quedaron tres asignaturas para septiembre. Animada por mi padre fui a casa de la maestra Oliviero —mi madre no estaba de acuerdo, no le gustaba que la Oliviero se entrometiera en su familia y se arrogara el derecho de tomar decisiones sobre sus hijos en su lugar— con los dos paquetes de siempre, uno de azúcar y uno de café, comprados en el bar Solara, para agradecerle su interés por mí.

Ella no se encontraba bien, le dolía la garganta, pero me alabó mucho, se congratuló por la forma en que me había esforzado, dijo que me veía demasiado pálida y que tenía intención de telefonear a una prima suya que vivía en Ischia para enterarse de si podía pasar con ella una temporada. Le di las gracias y a mi madre no le hablé de aquella posibilidad. Sabía de antemano que no me dejaría ir. ¿Yo a Ischia? ¿Yo sola en barco haciendo un viaje por mar? ¿Yo, nada menos que en la playa, metiéndome en el agua en traje de baño?

Tampoco se lo conté a Lila. En pocos meses su vida había perdido el halo aventurero de la fábrica de zapatos, y no tenía ganas de jactarme de mis notas, de la beca, de mis posibles vacaciones en Ischia. En apariencia las cosas habían mejorado: Marcello Solara había dejado de ir detrás de ella. Pero después de los sucesos violentos de la piazza dei Martiri se había producido un hecho del todo inesperado que la había dejado perpleja. El joven, provocando la agitación sobre todo de Fernando por el honor que le hacían, se había presentado en el taller para informarse por el estado de Rino. Pero Rino, que se había cuidado mucho de contarle al padre lo ocurrido (para justificar los cardenales en la cara y el cuerpo, inventó como excusa que se había caído de la Lambretta de un amigo), y temiendo que Marcello se fuera de la lengua, se lo había llevado enseguida a la calle. Caminaron un trecho. A regañadientes, Rino le agradeció a Solara su intervención y su amabilidad al interesarse por su estado. Un par de minutos y se despidieron. Al regresar al taller, su padre le había dicho:

—Por fin estás haciendo algo bueno.

—¿Qué?

—Hacer amistad con Marcello Solara.

—No hay ninguna amistad, papá.

—Eso significa que tonto eras y tonto te quedas.

Fernando quería decir que algo se estaba cocinando, y que fuera cual fuese el nombre que su hijo quisiera ponerle a eso que tenía con los Solara, le convenía fomentarlo. Tenía razón. Marcello había regresado al cabo de un par de días con los zapatos de su abuelo para hacerle unas suelas nuevas; después había invitado a Rino a dar un paseo en coche; después había querido enseñarle a conducir; después lo había animado a hacer las prácticas para sacarse el permiso, asumiendo el compromiso de que practicara con su Fiat 1100. Tal vez no se trataba de amistad, pero seguramente los Solara le habían tomado aprecio a Rino.

Lila, excluida de ese trato que tenía lugar en torno a la zapatería, donde ella ya no ponía pie, cuando lo comentaban, a diferencia de su padre, sentía una preocupación creciente. Al principio se había acordado de la batalla de los fuegos artificiales y había pensado: Rino odia demasiado a los Solara, no puede ser que se deje engatusar. Después tuvo que reconocer que las atenciones de Marcello estaban seduciendo a su hermano mayor mucho más que a sus padres. Conocía bien la fragilidad de Rino, pero se enfadaba igualmente por la forma en que los Solara se le estaban metiendo en la cabeza, convirtiéndolo en una especie de macaco contento.

—¿Qué tiene de malo? —objeté en una ocasión.

—Son peligrosos.

—Aquí todo es peligroso.

—¿Tú viste lo que sacó Michele del coche en la piazza dei Martiri?

—No.

—Una barra de hierro.

—Los demás llevaban bastones.

—Tú no ves nada, Lenù, la barra tenía la punta afilada; de haber querido podía clavársela a uno de esos en el pecho o en el estómago.

—Bueno, tú amenazaste a Marcello con la chaira.

Se mosqueó, dijo que yo no entendía. Probablemente tenía razón. Se trataba de su hermano, no del mío; y a mí me gustaban los razonamientos, pero ella tenía otras necesidades, quería apartar a Rino de aquella relación. En cuanto Lila hacía algún comentario crítico, Rino la mandaba callar, la amenazaba, a veces incluso le pegaba. Al final, por ce o por be, las cosas siguieron adelante, tan adelante que una noche de finales de junio —yo estaba en casa de Lila, ayudándola a doblar las sábanas secas, o a otra cosa, no lo recuerdo—, se abrió la puerta y entró Rino seguido de Marcello.

El muchacho había invitado a cenar a Solara, y Fernando, que acababa de regresar muy cansado del taller, de entrada se molestó, pero después se sintió encantado y se comportó con cordialidad. De Nunzia mejor no hablar: le entró la agitación, agradeció a Marcello las tres botellas de buen vino que le entregó, se llevó a la cocina a sus otros hijos para que no molestaran.

Lila y yo tuvimos que ayudar a preparar la cena.

—Le pongo veneno para las cucarachas —decía Lila, furiosa, delante de los fogones, y nos reíamos, mientras Nunzia nos mandaba callar.

—Ha venido para casarse contigo —la provocaba yo—, le pedirá tu mano a tu padre.

—Que no se haga ilusiones.

—¿Por qué —preguntó Nunzia, nerviosa—, si te quiere le dices que no?

—Mamá, ya le he dicho que no.

—¿En serio?

—Sí.

—¿Tú qué dices?

—Es cierto —confirmé yo.

—Que no se entere tu padre o te matará.

Durante la cena solo habló Marcello. Era evidente que se había invitado y Rino, que no había sabido negarse, en la mesa estuvo casi todo el rato callado, o reía sin motivo. Solara habló dirigiéndose casi siempre a Fernando pero sin olvidarse nunca de servirnos agua o vino a Nunzia, a Lila, a mí. Le dijo al dueño de casa cuánto lo apreciaban en el barrio por su habilidad como zapatero. Le contó que su padre hablaba siempre muy bien de esa gran habilidad. Le dijo que Rino lo admiraba inmensamente por ser un zapatero tan competente.

Fernando, por efecto del vino, incluso se conmovió. Farfulló una frase para elogiar a Silvio Solara, y llegó a decir que Rino era muy trabajador y que cada día hacía mejor su trabajo. Entonces Marcello se puso a insistir sobre la necesidad de mejorar. Dijo que su abuelo había empezado con un semisótano, después su padre había ampliado el negocio y hoy el bar-pastelería Solara era lo que era, lo conocían todos, la gente iba desde todas partes de Nápoles a tomar un café, a comer una pasta.

—¡Qué exageración! —exclamó Lila, y su padre la fulminó con la mirada.

Marcello le sonrió humilde y reconoció:

—Sí, a lo mejor he exagerado un poco, pero lo que quiero decir es que el dinero tiene que circular. Se empieza con un sótano y de generación en generación, se puede llegar muy lejos.

Dicho lo cual, ante la manifiesta incomodidad sobre todo de Rino, se puso a ensalzar la idea de hacer zapatos nuevos. Y a partir de ese momento, empezó a mirar a Lila como si al alabar la energía de las generaciones la estuviese alabando a ella. Decía: si uno se anima, si es hábil, si sabe inventar cosas buenas, que gustan, ¿por qué no debería probar? Habló en un dialecto bonito y cautivador, y mientras hablaba no dejó de mirar fijamente a mi amiga. Yo sentía, veía que estaba enamorado de ella como dicen las canciones, que le hubiera gustado besarla, que hubiera querido respirar su mismo aliento, que ella habría podido hacer con él cuanto se le antojara, que a sus ojos encarnaba todas las posibles cualidades femeninas.

—Sé que sus hijos hicieron un par de zapatos —concluyó Marcello—, muy bonitos, número cuarenta y tres, justamente el que yo calzo.

Se hizo un largo silencio. Rino tenía la vista clavada en el plato y no se atrevía a mirar a su padre. Solo se oía el alboroto del jilguero junto a la ventana. Fernando dijo despacio:

—Sí, es justamente un número cuarenta y tres.

—Me gustaría mucho verlos, si no es molestia.

Fernando farfulló.

—No sé dónde están. Nunzia, ¿tú lo sabes?

—Los tiene ella —dijo Rino señalando a la hermana.

Lila miró a la cara a Solara y luego dijo:

—Los tenía yo, sí, los había guardado en el cuartito. Pero mamá me pidió el otro día que hiciera limpieza y los tiré. Total, a nadie le gustaban.

Rino se enfadó y dijo:

—Eres una mentirosa, ve ahora mismo a traer los zapatos.

Fernando también insistió irritado:

—Anda, ve a traer los zapatos.

Dirigiéndose a su padre, Lila estalló:

—¿Y cómo es que ahora los quieres? Los he tirado porque dijiste que no te gustaban.

Fernando golpeó la mesa con la palma de la mano; tembló el vino en los vasos.

—Levántate ahora mismo y trae esos zapatos.

Lila apartó la silla, se levantó.

—Los he tirado —repitió con un hilo de voz y salió del cuarto.

No regresó.

El tiempo pasó en silencio. El primero en alarmarse fue precisamente Marcello. Realmente inquieto dijo:

—Tal vez me he equivocado, no sabía que hubiera problemas.

—No hay problemas —dijo Fernando y por lo bajo le ordenó a su esposa—: Ve a ver qué trama tu hija.

Nunzia salió del cuarto. Cuando regresó estaba muy avergonzada, Lila había desaparecido. La buscamos por toda la casa, no estaba. La llamamos por la ventana: nada. Desolado, Marcello se despidió. En cuanto se hubo marchado, Fernando le gritó a su mujer:

—Como que hay un Dios te juro que esta vez a tu hija la mato.

Rino se sumó a las amenazas de su padre, Nunzia se echó a llorar. Yo me fui casi de puntillas, asustada. En cuanto salí al rellano y cerré la puerta, Lila me llamó. Estaba en la última planta, subí de puntillas. La encontré en la penumbra, hecha un ovillo al lado de la puerta de la terraza. Tenía en el regazo los zapatos, era la primera vez que los veía completamente terminados. Brillaban bajo la luz débil de la bombilla colgada de un cable.

—¿Qué te costaba dejar que los viese? —le pregunté, desorientada.

Sacudió con fuerza la cabeza:

—No quiero ni que los toque.

Parecía como vencida por su propia reacción extrema. Le temblaba el labio inferior, algo que jamás le ocurría.

Poco a poco la convencí para que regresara, no podía quedarse allí escondida eternamente. La acompañé a su casa contando con que mi presencia la habría protegido. Pero de todas maneras hubo gritos, insultos, alguna bofetada. Fernando le gritó que por un capricho le había hecho hacer un papelón con un invitado importante. Rino le arrancó los zapatos de la mano, le dijo que eran suyos, que el trabajo lo había puesto él. Ella se echó a llorar murmurando: «Yo también he puesto mi trabajo, pero más me hubiera valido no haberlos hecho nunca, te has convertido en una bestia enloquecida». Nunzia fue quien terminó con aquel tormento. Se puso de color térreo, y, con una voz que no era la suya de siempre, ordenó a los hijos e incluso al marido —ella que era siempre sumisa— que callaran de una vez, que le dieran a ella los zapatos sin una sola palabra de protesta si no querían que los arrojara por la ventana. Rino le entregó los zapatos enseguida y por esa vez las cosas quedaron ahí. Yo me fui con disimulo.

28

Rino no se dio por vencido, en los días siguientes continuó agrediendo a su hermana verbalmente y a golpes. Cada vez que Lila y yo nos veíamos le descubría un nuevo moretón. Al cabo de un tiempo la noté resignada. Una mañana él la obligó a que salieran juntos y lo acompañara a la zapatería. Durante el trayecto, con actitudes cautas los dos buscaron la manera de poner fin a la guerra. Rino le dijo que la quería mucho pero que ella no deseaba el bien de nadie, ni de sus padres ni de sus hermanos. Lila murmuró:

—¿Cuál es tu bien, cuál es el bien de nuestra familia? Dímelo.

Mientras iban caminando, él le reveló lo que tenía en mente.

—Si a Marcello le gustan los zapatos, papá cambiará de idea.

—No creo.

—Seguro. Y si Marcello llega a comprarlos, papá entenderá que tus modelos son buenos, que pueden dar sus frutos y dejará que nos pongamos a trabajar.

—¿Los tres?

—Él y yo, y a lo mejor tú también. Papá es capaz de terminar un par de zapatos en cuatro días, como máximo cinco. Y yo, si me empeño, te demuestro que puedo hacer lo mismo que él. Los confeccionamos, los vendemos y nos autofinanciamos; los confeccionamos, los vendemos y nos autofinanciamos.

—¿A quién se los vendemos, siempre a Marcello Solara?

—Los Solara hacen negocios, conocen a gente de peso. Nos harán propaganda.

—¿Y nos la harán gratis?

—Si quieren un pequeño porcentaje, se lo damos.

—¿Y por qué iban a conformarse con un pequeño porcentaje?

—Porque me tienen aprecio.

—¿Los Solara?

—Sí.

Lila suspiró:

—Hagamos una cosa: se lo digo a papá y vemos qué opina.

—Ni se te ocurra.

—O así o nada.

Rino calló, muy nervioso.

—De acuerdo. De todos modos, habla tú que se te da mejor.

Esa misma noche, durante la cena, delante de su hermano, que tenía la cara roja como un tomate, Lila le dijo a Fernando que Marcello no solo había expresado mucha curiosidad por la iniciativa de los zapatos, sino que tal vez estuviera interesado en comprárselos, y además, si llegaba a entusiasmarse con el asunto desde el punto de vista comercial, le habría hecho mucha publicidad al producto en los ambientes que frecuentaba a cambio, obviamente, de un pequeño porcentaje sobre las ventas.

—Eso lo he dicho yo —aclaró Rino con los ojos bajos—, no Marcello.

Fernando miró a su esposa: Lila comprendió que habían hablado de aquello y que, en secreto, ya habían llegado a una conclusión.

—Mañana —dijo—, pongo vuestros zapatos en el escaparate de la tienda. Si alguien quiere verlos, si se los quiere probar, si se los quiere comprar, no importa qué carajo quiera hacer con ellos, tiene que hablar conmigo, soy yo quien decide.

Días más tarde pasé por el taller. Rino trabajaba, Fernando

trabajaba, los dos doblados, con la cabeza gacha. En el escaparate, entre cajas de betún y cordones, vi los elegantes y armoniosos zapatos marca Cerullo. Un cartel pegado en el cristal, seguramente escrito por Rino, anunciaba pomposamente: «Se hacen zapatos marca Cerullo». Padre e hijo esperaban que llegase la buena suerte.

Pero Lila estaba escéptica, de morros. No daba crédito alguno a las ingenuas hipótesis de su hermano y le temía al indescifrable acuerdo entre su padre y su madre. En una palabra, esperaba cosas feas. Pasó una semana y nadie demostró el menor interés por los zapatos del escaparate, ni siquiera Marcello. Solo cuando Rino lo abordó, mejor dicho, casi lo arrastró a la fuerza al interior de la tienda, Solara les echó un vistazo, como si tuviera otra cosa que pensar. Se los probó, claro, pero dijo que le apretaban un poco, se los quitó enseguida y desapareció sin pronunciar una sola palabra elogiosa, como si le doliera la barriga y tuviera que irse a su casa corriendo. Decepción para el padre y el hijo. Pero Marcello reapareció a los dos minutos. Rino se levantó de un salto, radiante, y le tendió la mano como si con esa simple reaparición estuvieran sellando un acuerdo ya estipulado. Marcello no le hizo caso y dirigiéndose directamente a Fernando, dijo de un tirón:

—Mis intenciones son muy serias, don Fernà, quisiera la mano de su hija Lina.

29

Rino reaccionó a ese giro de los acontecimientos con una fiebre muy alta que lo mantuvo alejado del trabajo durante días. Cuando la fiebre remitió bruscamente, tuvo unos síntomas inquietantes: en plena noche se levantaba de la cama y, sin despertarse, mudo y muy agitado, iba a la puerta, trataba de abrirla, la forcejeaba con los ojos en blanco. Asustadas, Nunzia y Lila lo arrastraban de vuelta a la cama.

Fernando, por su parte, que junto con su esposa habían intuido enseguida las verdaderas intenciones de Marcello, habló con su hija de un modo calmado. Le explicó que la propuesta de Marcello Solara era importante no solo para su futuro, sino para el de toda la familia. Le dijo que ella todavía era una niña y que no estaba obligada a decir que sí enseguida, pero añadió que él, como padre, le aconsejaba que aceptara. Un largo noviazgo en casa la habría acostumbrado poco a poco al matrimonio.

Lila le contestó con la misma calma que antes de prometerse y después casarse con Marcello Solara, prefería ir a los pantanos y ahogarse. Siguió una enconada pelea, que no la hizo cambiar de opinión.

La noticia me dejó de piedra. Sabía muy bien que Marcello quería prometerse con Lila a toda costa, pero jamás hubiera imaginado que a nuestra edad se pudiera recibir una petición de matrimonio. Sin embargo, Lila la había recibido sin haber cumplido los quince, nunca había tenido novio en secreto, nunca había intercambiado un beso con nadie. Me puse de inmediato de su parte. ¿Casarse? ¿Con Marcello Solara? ¿E incluso tener hijos con él? No, de ninguna manera. La animé a que luchara en esa nueva guerra contra su padre y juré que la iba a apoyar, aunque él ya había perdido la calma y ahora la amenazaba, decía que por su bien le iba a romper los huesos si se negaba a aceptar a semejante buen partido.

No tuve manera de estar a su lado. A mediados de julio ocurrió algo que debería haber previsto y que, pese a todo, me tomó por sorpresa y me conmocionó. Una tarde, a última hora, después de dar el paseo habitual por el barrio junto con Lila para razonar sobre lo que le estaba sucediendo y buscar cómo salir del embrollo, regresé a casa y salió a abrirme mi hermana Elisa. Dijo emocionada que en el comedor estaba su maestra, es decir, la Oliviero. Estaba hablando con nuestra madre.

Me asomé tímidamente a la habitación y mi madre masculló enfadada:

—La maestra Oliviero dice que necesitas reposo, que te has cansado demasiado.

Miré a la Oliviero sin comprender. La que parecía necesitar reposo era ella, estaba pálida, con la cara hinchada. Me dijo:

—Mi prima me contestó precisamente ayer, puedes ir a su casa en Ischia y quedarte hasta finales de agosto. Te hospedará con gusto a cambio de que la ayudes con las tareas de la casa.

Se dirigió a mí como si ella fuera mi madre y como si mi madre, la verdadera, la de la pierna dañada y el ojo atravesado, no fuera más que un ser vivo de desecho y, como tal, no había que tomar en cuenta. Para colmo, después de comunicarnos la noticia, no se marchó enseguida sino que se entretuvo casi una hora más enseñándome uno por uno los libros que me había traído en préstamo. Me explicó cuáles debía leer primero y cuáles después, me hizo jurar que antes de leerlos los iba a forrar, me conminó a devolvérselos todos antes de finales del verano sin doblar una sola esquina. Mi madre aguantó paciente. Permaneció sentada, atenta, aunque el ojo bizco le diera un aire alucinado. Estalló cuando la maestra, por fin, se despidió con un saludo desdeñoso para ella y ni siquiera una caricia para mi hermana, que la esperaba con gran ilusión y de la que se hubiera sentido orgullosa. Trastornada por el rencor de la humillación que creía haber recibido por mi culpa, me dijo:

—La señorita debe ir a descansar a Ischia, la señorita está muy fatigada. Ve a preparar la cena, muévete, que si no, te doy un bofetón.

Dos días más tarde, después de tomarme las medidas y coserme deprisa y corriendo un traje de baño copiado de no sé dónde, ella misma me acompañó al barco. De camino al puerto, mientras me compraba el billete y luego mientras esperábamos el momento de embarcar, me machacó con sus recomendaciones. Lo que más la asustaba era la travesía. «Espero que el mar no esté movido», decía casi para sus adentros, y juraba que de pequeña, con tres o cuatro años, me había llevado a Coroglio todos los días para que se me curase un catarro y que el mar estaba en calma y que yo había aprendido a nadar. Pero yo no me acordaba ni de Coroglio, ni del mar, ni de que sabía nadar y se lo dije. Ella adoptó un tono hostil, como queriendo decir que si llegaba a ahogarme no sería por culpa de ella, que ya había hecho lo que debía para evitarlo, sino que debía achacarse exclusivamente a mi desmemoria. Después me rogó que no me alejara de la orilla ni siquiera con el mar en calma, que me quedara en casa si estaba agitado o había bandera roja. Y me dijo: «Sobre todo, si tienes el estómago lleno o te ha venido el mes, no se te ocurra mojarte nada, ni los pies». Antes de dejarme le pidió a un viejo marinero que me vigilara. Cuando el barco zarpó del muelle me sentí aterrada y feliz a un tiempo. Por primera vez salía de mi casa, hacía un viaje, un viaje por mar. El cuerpo ancho de mi madre, junto con el barrio y la historia de Lila se alejaron cada vez más hasta perderse de vista.

30

Volví a florecer. La prima de la maestra se llamaba Nella Incardo y vivía en Barano. Llegué al pueblo en el coche de línea, encontré fácilmente la casa. Nella resultó ser una mujerona amable, muy alegre, charlatana, soltera. Alquilaba sus habitaciones a los veraneantes y se reservaba un cuartito y la cocina. Yo dormiría en la cocina. Me tenía que hacer la cama por la noche y desmontarla por completo (armazón, travesaños, colchón) por la mañana. Me enteré de que tenía unas obligaciones ineludibles: levantarme a las seis y media, preparar el desayuno para ella y sus huéspedes —cuando llegué había una pareja de ingleses con dos niños—, recoger y lavar tazas y cuencos, poner la mesa para la cena, fregar los platos antes de acostarme. Tenía el resto del día libre. Podía quedarme en la terraza, leyendo frente al mar, o bajar andando por un sendero blanco y escarpado hasta una playa larga, ancha, oscura, que se llamaba playa dei Maronti.

Al principio, después de todos los miedos que me había metido mi madre y con todos los problemas que tenía con mi cuerpo, me pasaba el tiempo libre en la terraza, vestida; a diario le escribía a Lila unas cartas plagadas de preguntas, ocurrencias, descripciones de la isla hechas con estridentes entusiasmos. Pero una mañana Nella me tomó el pelo y me dijo: «¿Qué haces así? Ponte el traje de baño». Cuando me lo puse, estalló en carcajadas, le pareció de vieja. Me cosió otro, según ella más moderno, con un escote pronunciado, más ceñido en el trasero, de un bonito color azul. Me lo probé y se entusiasmó, dijo que ya era hora de que fuera a la playa, basta de terraza.

Al día siguiente, con mil prevenciones y mil curiosidades, equipada con una toalla y un libro me fui hacia la playa dei Maronti. El trayecto se me hizo larguísimo, no encontré a nadie que subiera o bajara. La playa era inmensa y estaba desierta, con una arena granulosa que crujía a cada paso. El mar despedía un olor intenso, un sonido seco, monótono.

Me quedé largo rato de pie, mirando aquella inmensa masa de agua. Después me senté en la toalla, sin saber bien qué hacer. Al final me levanté y fui a mojarme los pies. ¿Cómo era posible que viviera en una ciudad como Nápoles y que ni una sola vez se me hubiese ocurrido bañarme en el mar? Sin embargo, así era. Avancé con cuidado, dejando que el agua me subiera de los pies hasta las pantorrillas y de ahí a los muslos. Después pisé en falso y me hundí. Braceé aterrorizada, tragué agua, volví a la superficie, al aire. Me di cuenta de que espontáneamente movía los pies y los brazos de un modo determinado y que me mantenía a flote. De modo que sabía nadar. Era cierto, de pequeña mi madre me había llevado a la playa, mientras ella se hacía sus baños de arena, yo había aprendido. Como un rayo me vino su imagen, estaba más joven, menos deshecha, sentada en una playa negra bajo el sol del mediodía, llevaba un vestido blanco con estampado de florecillas, la pierna buena cubierta hasta la rodilla por el vestido, la dañada enterrada en la arena hirviente.

El agua de mar y el sol borraron rápidamente de mi cara la inflamación del acné. Me quemé, me bronceé. Esperé las cartas de Lila, al despedirnos habíamos prometido que nos escribiríamos, pero no llegó ninguna. Practiqué un poco el inglés con la familia que hospedaba Nella. Comprendieron que quería aprender y hablaban conmigo cada vez con más frecuencia y con simpatía, avancé mucho. Nella, que siempre estaba alegre, me animó, empecé a hacerle de intérprete. Entretanto, no perdía ocasión para cubrirme de elogios. Me preparaba unos platos enormes, cocinaba muy bien. Decía que había llegado hecha un trapo y que ahora, gracias a sus cuidados, estaba preciosa.

En una palabra, en los últimos diez días de julio sentí un bienestar hasta entonces desconocido. Experimenté una sensación que después se repetiría más veces en mi vida: la alegría de lo nuevo. Me gustaba todo: levantarme temprano, preparar el desayuno, recoger, pasear por Barano, cubrir el trayecto hasta la playa dei Maronti de subida y de bajada, leer tumbada al sol, zambullirme en el agua, volver a leer. No echaba de menos a mi padre, a mis hermanos, a mi madre, las calles del barrio, los jardincillos. Solo echaba de menos a Lila, Lila que no contestaba mis cartas. Temía que en mi ausencia le ocurrieran cosas, buenas o malas. Era un temor antiguo, un temor que no había superado: el miedo de que al perderme trozos de su vida, la mía perdiera intensidad e importancia. El hecho de que no me contestara acentuaba esa preocupación. Por más que en mis cartas me esforzara en comunicarle el privilegio de los días transcurridos en Ischia, me parecía que mi río de palabras y su silencio demostraban que mi vida era espléndida pero pobre en acontecimientos, tanto era así que me daba tiempo a escribirle a diario, mientras que la suya era negra pero plena.

A finales de julio Nella me dijo que tras marcharse los ingleses, el primero de agosto llegaba una familia napolitana. Era el segundo año que iban. Gente muy respetable, señores amabilísimos, exquisitos, especialmente el marido, un auténtico caballero que siempre le dirigía palabras hermosísimas. Y el hijo mayor, un muchacho apuesto: alto, delgado pero fuerte, este año cumplía diecisiete años. «Ya no estarás sola», me dijo, y yo me sentí incómoda, enseguida me entró la ansiedad por ese joven que llegaría, temía que no consiguiéramos decirnos ni dos palabras, no gustarle.

En cuanto se marcharon los ingleses, que me dejaron un par de novelas para que practicara con la lectura y su dirección —si algún día decidía ir a Inglaterra, debía ir a visitarlos—, Nella me pidió que la ayudara a limpiar a fondo las habitaciones, cambiar sábanas y toallas, rehacer las camas. Lo hice con gusto, y mientras fregaba el suelo, ella me gritó desde la cocina:

—Qué aplicada eres, también sabes leer en inglés. ¿No tienes bastante con los libros que has traído?

Y no hizo más que alabarme a distancia, en voz alta, por lo disciplinada que era, por lo juiciosa que era, por cómo me pasaba el día leyendo y también la noche. Cuando me reuní con ella en la cocina, la encontré con un libro en la mano. Dijo que se lo había regalado el señor que llegaría al día siguiente, lo había escrito él en persona. Nella lo guardaba en su mesita de noche, y todos los días antes de dormirse leía un poema, primero para sus adentros y luego en voz alta. Ya casi se los sabía todos de memoria.

—Fíjate lo que me ha escrito —dijo, y me tendió el libro.

Era *Señales de calma*, de Donato Sarratore. La dedicatoria decía: «A Nella, que es un azucarillo, y a sus mermeladas».

31

Escribí a Lila enseguida: páginas y páginas de aprensión, alegría, ganas de huir, anticipo apasionado del momento en que vería a Nino Sarratore, haría el trayecto a la playa dei Maronti con él, nos bañaríamos juntos, contemplaríamos la luna y las estrellas, dormiríamos bajo el mismo techo. No hice más que pensar en los momentos intensos en que, mientras él aferraba de la mano a su hermano, un siglo antes —ay, cuánto tiempo había pasado—, me había declarado su amor. Entonces éramos unos niños, ahora me sentía mayor, casi vieja.

Al día siguiente fui a la parada del coche de línea para ayudar a los huéspedes con el equipaje. Estaba muy intranquila, no había pegado ojo en toda la noche. El coche de línea llegó, se detuvo, bajaron los pasajeros. Reconocí a Donato Sarratore, reconocí a Lidia, su esposa, reconocí a Marisa, aunque estaba muy cambiada, reconocí a Clelia, siempre en su mundo, reconocí al pequeño Pino, que ahora era un chico serio, e imaginé que el niño caprichoso que atormentaba a su madre debía de ser el que iba en el cochecito bajo los proyectiles lanzados por Melina, la última vez que había visto a la familia Sarratore. Pero no vi a Nino.

Marisa me echó los brazos al cuello con un entusiasmo que jamás hubiera esperado: en todos esos años nunca, jamás me había acordado de ella, mientras que ella dijo haber pensado en mí con nostalgia en muchas ocasiones. Cuando se refirió a la época del barrio y le comentó a sus padres que yo era hija de Greco, el conserje, Lidia, su madre, hizo una mueca de fastidio y salió corriendo enseguida a aferrar a su hijo pequeño para reprocharle no sé qué cosa, mientras Donato Sarratore se ocupó del equipaje sin una frase del estilo: ¿cómo está tu padre?

Me deprimí. Los Sarratore se acomodaron en sus habitaciones, yo me fui a la playa con Marisa, que conocía muy bien los Maronti y toda Ischia, y andaba desatada, quería ir al puerto, donde había más animación, y a Forio, y a Casamicciola, a cualquier parte con tal de no quedarse en Barano que, según ella, era un cementerio. Me contó que estudiaba para secretaria de dirección y tenía un novio al que yo ya conocería porque vendría a verla, pero a escondidas. Por último me contó algo que hizo que me diera un vuelco el corazón. Lo sabía todo sobre mí, que cursaba el bachillerato superior, que era muy buena alumna y que era la novia de Gino, el hijo del farmacéutico.

—¿Quién te lo ha dicho?

—Mi hermano.

De modo que Nino me había reconocido, de modo que sabía quién era yo, de modo que lo suyo no era desconsideración, sino tal vez timidez, tal vez incomodidad, tal vez vergüenza por la declaración que me había hecho cuando era niño.

—Gino y yo rompimos hace mucho —dije—, tu hermano no está bien informado.

—Huy, ese solo piensa en los estudios, hace mucho que me habló de ti, porque casi siempre está con la cabeza en las nubes.

—¿No vendrá?

—Sí, cuando papá se marche.

Me contó cosas de Nino con aire muy crítico. Era una persona sin sentimientos. Nunca se entusiasmaba con nada, no se enfadaba pero tampoco era amable. Estaba siempre encerrado en sí mismo, solo se interesaba por los estudios. No le gustaba nada, era de sangre fría. El único que conseguía turbarlo un poquitín era su padre. No es que se pelearan, era un hijo respetuoso y obediente. Pero a Marisa le constaba que Nino no lo soportaba. Ella, en cambio, lo adoraba. Era el hombre más bueno y más inteligente del mundo.

—¿Y se va a quedar muchos días, tu padre? ¿Cuándo se va? —le pregunté con un interés tal vez excesivo.

—Solo tres días. Tiene que trabajar.

—¿Y Nino llega dentro de tres días?

—Sí. Se ha inventado que tenía que ayudar con la mudanza a la familia de un amigo suyo.

—¿Y no es verdad?

—No tiene amigos. Y sería incapaz de mover esa piedra de aquí hasta allí, ni siquiera por mi madre, la única a la que quiere un poco, imagínate si va a ayudar a un amigo.

Nos bañamos, nos secamos dando un largo paseo por la orilla. Me señaló entre risas algo en lo que yo no me había fijado. Al final de la playa negruzca había unas siluetas blancas, inmóviles. Me arrastró riendo por la arena hirviente hasta que resultó evidente que se trataba de personas. Personas vivas y cubiertas de barro. Se curaban así, no se sabía de qué. Nos tumbamos en la arena y echamos a rodar, empujándonos, jugando a hacernos las momias como esas personas. Nos divertimos mucho, después nos dimos otro baño.

Por la noche la familia Sarratore cenó en la cocina y nos invitaron a Nella y a mí a compartir la mesa con ellos. Fue una bonita velada. Lidia no mencionó nunca el barrio, y, pasada la primera reacción de hostilidad, se informó sobre mí. Cuando Marisa le dijo que yo era muy estudiosa y que iba al mismo colegio que

Nino se volvió especialmente amable. No obstante, el más cordial de todos fue Donato Sarratore. Colmó de cumplidos a Nella, me alabó por las notas que había sacado, tuvo muchas atenciones con Lidia, jugó con Ciro, el pequeño, quiso recoger él la mesa, no me permitió fregar los platos.

Lo analicé a fondo y me pareció una persona distinta de la que recordaba. Estaba más delgado, claro, y se había dejado bigote, pero aparte del aspecto había algo más que no conseguía entender y que dependía de su comportamiento. Quizá me pareció más paternal que mi padre y de una cortesía fuera de lo común.

Esa sensación se acentuó en los dos días siguientes. Cuando íbamos a la playa, Sarratore no dejaba que Lidia y nosotras, las dos chicas, lleváramos nada. Se ocupaba él de cargar con la sombrilla, las bolsas con la comida y las toallas tanto a la ida como a la vuelta, cuando el camino era todo cuesta arriba. Nos cedía la carga a nosotras únicamente cuando Ciro lloriqueaba y pretendía que lo llevaran en brazos. Tenía un cuerpo delgado, con poco vello. Lucía un traje de baño de un color indefinido, no era de tela, parecía de lana ligera. Nadaba mucho, pero sin alejarse, quería mostrarnos a Marina y a mí como era el estilo libre. Su hija nadaba como él, con las mismas brazadas muy meditadas, lentas, y yo no tardé en imitarlos. Se expresaba más en italiano que en dialecto y, sobre todo conmigo, ponía especial empeño en formular frases enrevesadas y perífrasis insólitas. Nos invitaba alegremente a mí, a Lidia, a Marisa, a correr con él de aquí para allá en la rompiente para tonificar los músculos, mientras nos hacía reír con muecas, vocecitas, andares cómicos. Cuando se bañaba con su mujer se quedaban flotando muy apretados, se hablaban en voz baja, se reían con frecuencia. El día en que se marchó me dio pena, como le dio pena a Marisa, como le dio pena a Lidia, como le dio pena a Nella. La casa, pese a llenarse con el sonido de nuestras voces, pareció silenciosa, un cementerio. El único consuelo era que por fin llegaría Nino.

32

Traté de sugerirle a Marisa que fuéramos a esperarlo al puerto, pero ella se negó, dijo que su hermano no merecía esas atenciones. Nino llegó por la noche. Alto, delgadísimo, camisa azul, pantalón oscuro, sandalias, un macuto al hombro, no manifestó la menor emoción al verme en Ischia, en aquella casa, hasta tal punto que pensé que en Nápoles tenían teléfono y que Marisa había encontrado el modo de avisarle. En la mesa habló con monosílabos, a la hora del desayuno no apareció. Se despertó tarde, fuimos a la playa tarde, se ocupó de llevar poco o nada. Se zambulló enseguida, con decisión, y nadó hacia mar abierto sin el virtuosismo exhibido por su padre, con naturalidad. Desapareció, temí que se hubiese ahogado, pero ni Marisa ni Lidia se mostraron preocupadas. Reapareció casi dos horas más tarde y se puso a leer y a fumar un cigarrillo tras otro. Se pasó todo el día leyendo, sin dirigirnos nunca la palabra y colocando las colillas en fila de dos en dos en la arena. Yo también me puse a leer y rechacé la invitación de Marisa para pasear por la rompiente. A la hora de la cena comió deprisa y salió. Recogí la mesa, lavé los platos pensando en él. Me hice la cama en la cocina y me puse a leer otra vez esperando que regresara. Leí casi hasta la una, después me dormí con la luz encendida y el libro abierto sobre el pecho. Por la mañana, al despertarme, la luz estaba apagada y el libro cerrado. Pensé que había sido él y por primera vez sentí una oleada de amor que me recorría las venas.

A los pocos días las cosas mejoraron. Noté que de vez en cuando me observaba y enseguida apartaba la vista. Le pregunté qué leía, le dije lo que leía yo. Hablamos de nuestras lecturas, aburriendo a Marisa. Al principio daba la impresión de que me escuchaba atentamente, después, como hacía Lila, se puso a hablar sin parar, cada vez más entusiasmado por sus razonamientos. Como quería que se percatara de mi inteligencia tendía a interrumpirlo, a dar mi opinión, pero era difícil, parecía contento de mi presencia solo si me quedaba callada y escuchaba, algo que pronto me resigné a hacer. Por lo demás, decía unas cosas que yo me sentía incapaz de pensar, o de expresar con la misma seguridad, y las decía en un italiano notable, fascinante.

A veces Marisa nos lanzaba bolas de arena, a veces irrumpía en la conversación gritando: «Basta ya, a quién cuernos le importa ese Dostoievski, a quién cuernos le importan los Karamazov». Nino se interrumpía bruscamente y se alejaba por la orilla con la cabeza gacha, hasta convertirse en un puntito. Yo pasaba un rato con Marisa hablando de su novio, que ya no podía venir a verla en secreto, y eso la hacía llorar. Entretanto, yo me sentía cada vez mejor, no podía creer que la vida pudiera ser así. Tal vez, pensaba, las muchachas de via dei Mille —esa que iba toda de verde, por ejemplo— llevan una vida como esta.

Cada tres o cuatro días regresaba Donato Sarratore, pero como mucho se quedaba veinticuatro horas y volvía a marcharse. Decía que no hacía más que pensar en el 13 de agosto, cuando podría quedarse en Barano dos semanas seguidas. En cuanto aparecía su padre, Nino se convertía en una sombra. Comía, desaparecía, reaparecía de madrugada y no pronunciaba una sola palabra. Escuchaba a su padre con una media sonrisa dócil, y dijera lo que dijese, él no asentía pero tampoco se oponía. La única vez que hacía algún comentario decidido y explícito era cuando Donato mencionaba el tan ansiado 13 de agosto. Entonces, a los dos minutos, le recordaba a su madre, a su madre, no a Donato, que inmediatamente después de la Asunción debía regresar a Nápoles porque había quedado en encontrarse con algunos compañeros del colegio —contaban con reunirse en una casa de campo en la zona de Avelino— para ponerse a hacer los deberes de las vacaciones. «Es mentira —me susurraba Marisa—, no tiene deberes.» Pero su madre lo alababa, también su padre. Es más, Donato aprovechaba esos momentos para exponer uno de sus argumentos preferidos: Nino tenía suerte de poder estudiar; él solo había podido cursar hasta el segundo año de la escuela industrial, después había tenido que ir a trabajar; pero si hubiera podido cursar los mismos estudios que su hijo, a saber dónde habría llegado. Y concluía: «Estudia, Ninù, tesoro de papá, haz lo que yo no he podido hacer».

Aquel tono molestaba a Nino más que cualquier otra cosa. Con tal de pirárselas algunas veces llegaba incluso a invitarnos a Marisa y a mí a salir con él. Y, ceñudo, les decía a sus padres, como si no hiciéramos más que atormentarlo: «Quieren tomar un helado, quieren dar un paseo, las acompaño».

En esas ocasiones Marisa corría a prepararse encantada de la vida y yo me amargaba porque tenía los mismos cuatro trapos de siempre. Pero me parecía que a él le importaba poco si yo era guapa o fea. En cuanto salíamos de casa, se ponía a charlar, y eso sumía a Marisa en la desesperación, decía que más le hubiera valido quedarse en casa. En cambio yo estaba pendiente de los labios de Nino. Me maravillaba que, entre el gentío del puerto, entre jóvenes y menos jóvenes que nos miraban a Marisa y a mí con intención, y reían, y trataban de entablar conversación, él no mostrara ni por asomo esa disposición a la violencia tan propia de Pasquale, Rino, Antonio, Enzo, cuando salían con nosotras y alguien nos lanzaba una mirada demasiado insistente. Como guardaespaldas de nuestra virtud valía bien poco. Tal vez porque tenía tantas cosas en la cabeza y ese afán tan grande de hablarme de ellas, dejaba que a nuestro alrededor ocurriera de todo.

Así fue como Marisa entabló amistad con unos muchachos de Forio, que luego fueron a verla a Barano, y ella los llevó con nosotros a la playa dei Maronti, hasta que al final acabó saliendo con ellos todas las noches. Íbamos los tres al puerto, y una vez allí, ella se marchaba con sus nuevos amigos (¿dónde se había visto que Pasquale se mostrara tan liberal con Carmela, y Antonio con Ada?) y nosotros paseábamos por la playa. Después, alrededor de las diez, nos reuníamos y regresábamos a casa.

Una noche, en cuanto nos quedamos solos, Nino me dijo de repente que de niño había envidiado mucho la relación que había entre Lila y yo. Nos veía de lejos, siempre juntas, siempre charlando, y le hubiera gustado hacer amistad con nosotras, pero nunca había tenido el valor. Sonrió y dijo:

—¿Te acuerdas de la declaración que te hice?

—Sí.

—Me gustabas muchísimo.

Se me encendieron las mejillas y susurré estúpidamente:

—Gracias.

—Pensaba que nos haríamos novios y así podríamos estar siempre los tres juntos, tú, tu amiga y yo.

—¿Juntos?

Sonrió al recordar cómo era de niño.

—No entendía nada de noviazgos.

Después me preguntó por Lila.

—¿Siguió estudiando?

—No.

—¿Y qué hace?

—Ayuda a sus padres.

—Era muy buena, no había manera de seguirle el ritmo, me obnubilaba la mente.

Lo dijo con esas mismas palabras —me obnubilaba la mente—, y si antes me había sentado mal el hecho de que dijese que su declaración de amor solo había sido un pretexto para inmiscuirse en la relación entre Lila y yo, esta vez sufrí abiertamente, noté un dolor en el pecho.

—Ya no es así —dije—, ha cambiado.

Sentí el impulso de añadir: «¿Has oído a los profesores, cómo hablan de mí en el colegio?». Menos mal que conseguí dominarme. A partir de esa conversación, dejé de escribir a Lila: me costaba contarle lo que me estaba sucediendo, de todos modos, no me contestaba. Me dediqué a cuidar de Nino. Sabía que se despertaba tarde y busqué todo tipo de excusas para no desayunar con los demás. Lo esperaba, iba con él a la playa, me ocupaba de preparar sus cosas, cargaba yo con ellas, nos bañábamos juntos. Pero cuando nadaba mar adentro, no me atrevía a seguirlo, volvía a la orilla y desde allí vigilaba con aprensión la estela que dejaba y el puntito negro de su cabeza. Me entraba el desespero si lo perdía de vista, me sentía feliz cuando lo veía regresar. En una palabra, lo quería, sabía que lo quería y estaba contenta.

Entretanto, el día de la Asunción se iba acercando. Una noche le dije que no quería ir al puerto. Prefería dar un paseo hasta la playa dei Maronti, había luna llena. Confiaba en que viniese conmigo y renunciara a acompañar a su hermana, que insistía en ir al puerto donde ya tenía una especie de novio con el que, me contaba, intercambiaba besos y abrazos, traicionando así a su otro novio de Nápoles. Pero él se fue con Marisa. Por una cuestión de principios, yo enfilé el camino pedregoso que llevaba a la playa. La arena estaba fría, de color negro grisáceo a la luz de la luna, el mar apenas respiraba. No había un alma y me puse a llorar de soledad. ¿Qué era yo, quién era yo? Me sentía otra vez hermosa, ya no tenía granos, el sol y el mar me habían estilizado, y sin embargo, la persona que me gustaba y a quien quería gustarle no mostraba ningún interés por mí. ¿Qué marcas llevaba encima, qué destino? Pensé en el barrio como en un torbellino del que era ilusorio tratar de salir. Después oí crujir la arena, me volví, vi la sombra de Nino. Se sentó a mi lado. Tenía que ir a recoger a su hermana al cabo de una hora. Lo noté nervioso, golpeaba la arena con el talón izquierdo. No habló de libros, de repente se puso a hablar de su padre.

—Dedicaré toda mi vida —dijo como si fuera una misión— a tratar de no parecerme a él.

—Es un hombre simpático.

—Eso dicen todos.

—¿Y entonces?

Hizo una mueca sarcástica que afeó su cara un instante.

—¿Cómo está Melina?

Lo miré llena de asombro. Había puesto mucho cuidado en no mencionar nunca a Melina en nuestras animadas conversaciones, y ahora era él quien sacaba el tema.

—Así así.

—Fue su amante. Él sabía que era una mujer frágil, pero se lió con ella de todos modos, por pura vanidad. Por vanidad haría daño a quien fuera, y no se sentiría responsable. Como está convencido de que hace feliz a la gente, se cree que hay que perdonárselo todo. Va a misa todos los domingos. A sus hijos nos trata con consideración. Colma de atenciones a mi madre. Pero la traiciona continuamente. Es un hipócrita, me da asco.

No supe qué decirle. En el barrio podían ocurrir cosas terribles, padres e hijos que a menudo llegaban a las manos, como Rino y Fernando, por ejemplo. Pero la violencia de esas pocas frases, construidas con cuidado, me hizo daño. Nino odiaba a su padre con todas sus fuerzas, por eso hablaba tanto de los hermanos Karamazov. Pero no era esa la cuestión. Lo que me turbó profundamente fue que Donato Sarratore, por lo que había comprobado con mis propios ojos, escuchado con mis oídos, no tenía nada que fuera tan repelente, era el padre que cualquier muchacha, cualquier muchacho hubiera deseado, de hecho, Marisa lo adoraba. Para colmo, si su pecado era la capacidad de amar, yo no veía nada de especialmente malvado, cuando hasta mi madre decía que a saber la de fechorías que habría hecho mi padre. Por tanto, esas frases cáusticas, ese tono cortante me parecieron terribles. Murmuré:

—Melina y él se vieron arrastrados por la pasión, como Dido y Eneas. Esas cosas hacen daño, pero también son muy conmovedoras.

—Ante Dios juró fidelidad a mi madre —exclamó de pronto, levantando la voz—. No la respeta a ella ni a Dios. —Se levantó de un salto, completamente alterado, tenía los ojos preciosos y brillantes—. Ni siquiera tú me entiendes —dijo, alejándose a grandes zancadas.

Lo alcancé, el corazón me palpitaba con fuerza.

—Te entiendo —murmuré y lo aferré con cautela del brazo.

Nunca nos habíamos rozado siquiera, aquel contacto me quemó los dedos, los aparté enseguida. Él se inclinó y me besó en los labios, un beso levísimo.

—Me voy mañana —dijo.

—Pero el trece es pasado mañana.

No contestó. Regresamos a Barano hablando de libros, después fuimos a buscar a Marisa al puerto. Notaba sus labios en los míos.

33

Me pasé la noche llorando en la cocina silenciosa. Me dormí al amanecer. Vino Nella a despertarme y me regañó, dijo que Nino había querido desayunar en la terraza para no molestarme. Se había marchado.

Me vestí a toda prisa, ella se dio cuenta de mi sufrimiento. Y al final cedió: «Anda, vete, a lo mejor llegas a tiempo». Fui corriendo al puerto esperando llegar antes de que zarpara el barco, pero ya estaba mar adentro.

Pasé unos días malos. Cuando limpiaba las habitaciones encontré un punto de lectura de cartulina azul que pertenecía a

Nino y lo escondí entre mis cosas. Por la noche, cuando me acostaba en mi cama en la cocina, lo olía, lo besaba, lo lamía con la punta de la lengua y lloraba. Me conmovía mi propia pasión desesperada y el llanto se autoalimentaba.

Después llegó Donato Sarratore y empezaron sus quince días de vacaciones. Lamentó que su hijo se hubiese marchado, pero se alegró de que se reuniera a estudiar con sus compañeros en la zona de Avelino. «Es un muchacho realmente serio —me comentó—, como tú. Estoy orgulloso de él, como imagino que tu padre está orgulloso de ti.»

La presencia tranquilizadora de ese hombre me calmó. Quiso conocer a los nuevos amigos de Marisa, los invitó una noche a hacer una gran hoguera en la playa. Él mismo se afanó en amontonar toda la leña que pudo encontrar y se quedó con nosotros, los jóvenes, hasta tarde. El muchacho con el que Marisa estaba medio de novia rasgueaba la guitarra y Donato cantó, tenía una voz preciosa. Ya avanzada la noche se puso a tocar él, y lo hacía bien, interpretó piezas bailables. Hubo quien se lanzó a bailar, Marisa la primera.

Miraba a ese hombre y pensaba: él y su hijo no tienen un solo rasgo en común. Nino es alto, con un rostro delicado, la frente cubierta de negros cabellos, la boca siempre entreabierta, de labios incitantes; Donato, en cambio, es de estatura media, con unos rasgos marcados, entradas pronunciadas y la boca concentrada, casi sin labios. Nino mira siempre enfurruñado, sus ojos ven más allá de las cosas y las personas y parecen asustarse; Donato siempre tiene una mirada dispuesta a adorar la apariencia de las cosas o las personas y no hace más que sonreír. Nino tiene algo que lo reconcome por dentro, como Lila, se trata de un don y un sufrimiento, no están contentos, no se sueltan, temen lo que ocurre a su alrededor; este hombre, no, parece amar todas las manifestaciones de la vida, como si cada segundo vivido fuera de una limpidez absoluta.

A partir de esa noche, el padre de Nino me pareció un remedio sólido no solo contra la oscuridad en la que me había sumido su hijo al marcharse después de un beso casi imperceptible, sino también —me di cuenta con asombro— contra la oscuridad en la que me había sumido Lila al no contestar nunca mis cartas. Ella y Nino apenas se conocen, pensé, nunca se han tratado, y, sin embargo, ahora los encuentro muy parecidos: no necesitan de nada ni de nadie y siempre saben qué está bien y qué está mal. Pero ¿y si se equivocan? ¿Qué tiene de especialmente terrible Marcello Solara, qué tiene de especialmente terrible Donato Sarratore? No lo entendía. Quería a Lila y a Nino, y ahora, aunque de forma distinta, los echaba de menos, pero le estaba agradecida a ese padre odiado que a mí, a todos nosotros, los jóvenes, nos daba importancia, nos regalaba alegría y tranquilidad esa noche en la playa dei Maronti. De pronto me alegré de que ninguno de los dos estuviera en la isla.

Retomé la lectura, le mandé una última carta a Lila en la que le decía que, puesto que ella no había contestado ninguna de mis cartas, dejaría de escribirle. Estreché lazos con la familia Sarratore, me sentí hermana de Marisa, de Pinuccio y del pequeño Ciro, que ahora me quería mucho y conmigo, solo conmigo, no era caprichoso y jugaba tranquilo, juntos buscábamos conchillas. Lidia, cuya hostilidad hacia mí se había convertido definitivamente en simpatía y afecto, me elogiaba a menudo por la precisión con que lo hacía todo: poner la mesa, ordenar las habitaciones, fregar los platos, entretener al niño, leer y estudiar. Una mañana me hizo probar un vestido playero suyo que le iba estrecho y como Nella y también Sarratore, convocado de urgencia para emitir su opinión, se entusiasmaron por lo bien que me sentaba, me lo regaló. Había momentos en que daba incluso la impresión de que me prefería a Marisa. Decía: «Es holgazana, vanidosa, la he educado mal, no estudia; en cambio tú lo haces todo con mucho juicio». Y en una ocasión añadió: «Igual que Nino, pero tú eres radiante mientras que él está siempre nervioso». Al oír aquellas críticas Donato intervino y se puso a elogiar a su hijo mayor. «Es un muchacho que vale mucho», dijo y me pidió con la mirada una confirmación, y yo asentí con gran convicción.

Después de los largos baños en el mar, Donato se tendía a mi lado a secarse al sol y leía el periódico *Roma*, su único material de lectura. Me sorprendía que alguien que escribía poemas, que incluso los había reunido y publicado en una antología, no abriese nunca un libro. No se había llevado ninguno y los míos tampoco le llamaban la atención. A veces me declamaba un párrafo de algún artículo, palabras y frases que habrían hecho enfurecer a Pasquale y seguramente también a la profesora Galiani. Pero yo me callaba, no tenía ganas de ponerme a discutir con una persona tan cortés, destruyendo así la gran estima que me tenía. En cierta ocasión me leyó un artículo entero, del principio al final, y cada dos líneas miraba a Lidia sonriendo, y Lidia le respondía con una sonrisa cómplice. Al terminar me preguntó:

—¿Te ha gustado?

Era un artículo que hablaba de la velocidad de los viajes en tren y la comparaba con la de los viajes de antes, en calesa o a pie, por los senderos del campo. Estaba escrito con frases altisonantes que leía conmovido.

—Sí, muchísimo —contesté.

—Fíjate quién lo ha escrito. ¿Qué pone aquí?

Se inclinó hacia mí y desplegó el diario ante mis ojos. Leí emocionada:

—Donato Sarratore.

Lidia y él estallaron en carcajadas. Me dejaron en la playa vigilando a Ciro mientras ellos se bañaban como tenían costumbre, abrazados y hablándose al oído. Los observé y pensé: pobre Melina, pero sin rencor hacia Sarratore. Suponiendo que Nino tuviera razón y que entre los dos hubiese habido realmente algo; suponiendo que Sarratore hubiese traicionado de veras a Lidia, ahora que lo conocía lo suficiente, se me hacía más difícil que antes considerarlo culpable, máxime porque me parecía que ni siquiera su esposa lo consideraba culpable, aunque después de aquella historia lo hubiese obligado a abandonar el barrio. En cuanto a Melina, a ella también la comprendía. Había experimentado la alegría del amor por aquel hombre tan alejado de la media —revisor del ferrocarril, pero también poeta y periodista— y su mente frágil no había conseguido readaptarse a la cruda normalidad de la vida sin él. Me complacían estos pensamientos. En aquellos días estaba contenta por todo, por mi amor por Nino, por mi tristeza, por el afecto del que me sentía rodeada, por mi propia capacidad de leer, pensar, reflexionar en soledad.

34

A finales de agosto, cuando estaba a punto de agotarse esa época extraordinaria, ocurrieron dos cosas importantes, de repente, el mismo día. Era el 25, lo recuerdo con claridad porque era mi cumpleaños. Me levanté, preparé el desayuno para todos y en la mesa anuncié: «Hoy cumplo quince años», y mientras lo decía me acordé de que Lila los había cumplido el día 11, pero con tantas emociones, se me había olvidado. Aunque la costumbre dictaba que se celebraran sobre todo las onomásticas —por entonces los cumpleaños se consideraban irrelevantes—, los Sarratore y Nella insistieron en organizar una fiestecita para esa misma noche. Me alegré. Ellos se fueron a preparar para ir a la playa, yo me puse a recoger y en eso llegó el cartero.

Me asomé a la ventana, el cartero dijo que traía una carta para Greco. Bajé corriendo con el corazón galopándome en el pecho. Excluí la posibilidad de que me hubiesen escrito mis padres. ¿Sería una carta de Lila, de Nino? Era de Lila. Rasgué el sobre. Salieron cinco hojas escritas con letra apretada, las devoré, pero no entendí casi nada de lo que leí. Hoy puede parecer anómalo, sin embargo, ocurrió exactamente así: antes de sentirme turbada por el contenido, me sorprendió el hecho de que la escritura contuviese la voz de Lila. Y no solo eso. Desde las primeras líneas me vino a la cabeza *El hada azul*, el único texto suyo que había leído antes de aquella carta, exceptuando las redacciones sencillas de la escuela primaria, y comprendí qué era lo que entonces me había gustado tanto. *El hada azul* tenía la misma cualidad que ahora me llamaba la atención: Lila sabía hablar a través de la escritura; a diferencia de mí cuando escribía, a diferencia de Sarratore en sus artículos y poemas, a diferencia incluso de muchos escritores que había leído y que leía, ella se expresaba con frases cuidadas, sin errores pese a no haber seguido estudiando, pero, además, no dejaba ni rastro de afectación, no se notaba el artificio de la palabra escrita. Al leerla la estaba viendo, la estaba oyendo a ella. La voz engarzada en la escritura me conmocionó, me cautivó mucho más que cuando discutíamos cara a cara: estaba por completo despojada de los desechos de cuando se habla, de la confusión de lo oral; poseía el orden vivo que me imaginaba en el discurso si uno había tenido la suerte de nacer de la cabeza de Zeus y no de los Greco, de los Cerullo. Me avergoncé de las páginas infantiles que le había escrito, de los tonos excesivos, de las frivolidades, de la alegría fingida, del dolor fingido. A saber qué habría pensado Lila de mí. Sentí desprecio y rencor por el profesor Gerace que me había ilusionado poniéndome nueve en italiano. A los quince años, el día en que los cumplía, aquella carta tuvo como primer efecto el hacerme sentir una impostora. Conmigo la escuela había cometido un error y la prueba estaba allí, en la carta de Lila.

Después, poco a poco, me enteré de los contenidos. Lila me felicitaba por mi cumpleaños. No me había escrito antes porque se alegraba de que me divirtiera tanto al sol, de que me encontrara cómoda con los Sarratore, de que amara a Nino, de que me gustara tanto Ischia, la playa dei Maronti, y no quería estropearme las vacaciones con sus amargas historias. Pero ahora había sentido la urgencia de romper el silencio. Inmediatamente después de mi partida Marcello Solara, con el consentimiento de Fernando, había empezado a presentarse todas las noches en su casa para cenar. Llegaba a las veinte y treinta y se marchaba a las veintidós y treinta en punto. Siempre llevaba algo: pastas, chocolatinas, azúcar, café. Ella no probaba nada, no le daba confianzas, él la miraba en silencio. Al cabo de una semana de aquella tortura, en vista de que Lila hacía como si él no existiera, había decidido sorprenderla. Se había presentado por la mañana, acompañado de un tipo gordo, todo sudado, que depositó en el comedor una enorme caja de cartón. De la caja salió un objeto de todos conocido, pero que en el barrio muy pocos teníamos en nuestras casas: un televisor, es decir, un aparato en cuya pantalla se veían imágenes, exactamente como en el cine, pero que no llegaban a través de un proyector, sino del aire, y en cuyo interior había un misterioso tubo que se llamaba catódico. A causa de ese tubo, mencionado sin cesar por el hombre gordo y sudado, el aparato no había funcionado durante días. Después, a fuerza de probar una y otra vez, se había encendido y ahora, medio barrio, incluidos mi madre, mi padre y mis hermanos, iban a casa de los Cerullo a ver ese milagro. Rino no. Estaba mejor, la fiebre se le había pasado definitivamente, pero dejó de dirigirle la palabra a Marcello. Cuando este se presentaba, Rino se ponía a echar pestes del televisor y al cabo de un rato se iba a dormir sin probar bocado o salía a dar vueltas por ahí en compañía de Pasquale y Antonio hasta bien entrada la noche. Lila, en cambio, decía que le encantaba la televisión. Lo que más le gustaba era ver los programas con Melina, que se presentaba todas las noches y se quedaba largo rato en silencio, concentradísima. Era el único momento de paz. Por lo demás, todos descargaban en ella sus rabias: su hermano porque lo había abandonado a su destino de sirviente del padre mientras ella iba hacia un matrimonio que le permitiría vivir como una señora; Fernando y Nunzia porque no era amable con Solara, al contrario, lo trataba como una basura; y el propio Marcello que, sin que ella lo hubiese aceptado nunca, se sentía cada vez más prometido, mejor dicho, cada vez más amo y señor, y tendía a pasar de la muda devoción a los intentos de besarla, a preguntas suspicaces sobre dónde iba durante el día, a quién veía, si había tenido otros novios, si alguien se había atrevido a tocarla siquiera. Y como ella no le contestaba, o peor aún, le tomaba el pelo hablándole de los besos y abrazos intercambiados con novios inexistentes, una noche él le había dicho muy serio al oído: «Anda, búrlate de mí, pero ¿te acuerdas de aquella vez que me amenazaste con la chaira? Si me entero de que te gusta otro, que no se te olvide, yo no me limito a amenazarte, te mato y punto». De modo que ella no sabía cómo salir de aquella situación y, por si acaso, seguía llevando encima su arma. Pero estaba aterrorizada. En las últimas páginas escribía que notaba a su alrededor todo el mal del barrio. Es más, dejaba caer sombríamente: el mal y el bien están mezclados y se refuerzan mutuamente. Pensándolo bien, Marcello era realmente un buen partido, pero lo bueno olía a malo y lo malo olía a bueno, una amalgama que la dejaba sin aliento. Un par de noches antes le había ocurrido algo que le había dado mucho miedo. Marcello acababa de marcharse, la televisión estaba apagada, la casa, vacía. Rino había salido, sus padres se disponían a acostarse. Ella se encontraba en la cocina, fregando platos, estaba cansada, sin fuerzas, cuando oyó una explosión. Se volvió de golpe y se dio cuenta de que había explotado la olla grande de cobre. Así, sola. Colgaba de su clavo de siempre, pero en el centro tenía un corte largo, con los bordes levantados y retorcidos, y la olla se había deformado por completo, como si no lograra conservar su apariencia de olla. Su madre entró corriendo en camisón y le echó la culpa de haberla dejado caer, de haberla estropeado. Pero una olla de cobre, aunque se caiga, no se rompe y no se deforma de esa manera. «Estas son las cosas —concluía Lila— que me asustan. Más que Marcello, más que nadie. Y siento que debo encontrar una solución, de lo contrario, poco a poco, acabará rompiéndose todo, todo, todo.»

Se despedía de mí, me felicitaba otra vez y, aunque deseaba lo contrario, aunque no veía la hora de volver a verme, aunque necesitaba urgentemente mi ayuda, me deseaba que pudiera quedarme en Ischia con la amable señora Nella y que no volviera al barrio nunca más.

35

La carta me turbó muchísimo. El mundo de Lila, como de costumbre, se superpuso rápidamente al mío. Todo lo que le había escrito entre julio y agosto me pareció banal y me entró el ansia de redimirme. No fui a la playa, enseguida traté de contestarle con una carta seria, que tuviera el mismo desarrollo esencial, limpio y a la vez coloquial que la suya. Si me había resultado fácil escribir las otras cartas —llenaba páginas y páginas en unos minutos, sin corregir nada— esa la escribí, la reescribí, volví a reescribirla, y, pese a todo, el odio de Nino a su padre, el papel que había desempeñado la historia de Melina en el nacimiento de ese feo sentimiento, toda la relación con la familia Sarratore, incluso mi ansiedad por lo que le estaba ocurriendo a Lila, me salieron mal. Donato, que en realidad era un hombre notable, en el papel resultó un padre de familia banal; y en cuanto a Marcello, solo fui capaz de darle unos consejos superficiales. Al final solo me pareció auténtica la contrariedad por el hecho de que ella tuviera televisión y yo no.

No conseguí contestarle, aunque me privé de la playa, del sol, del placer de estar con Ciro, con Pino, con Clelia, con Lidia, con Marisa, con Sarratore. Menos mal que en un momento dado Nella salió a la terraza a traerme una horchata y hacerme compañía. Menos mal que, cuando regresaron de la playa, los Sarratore lamentaron que me hubiese quedado en casa y reanudaron sus agasajos. Lidia quiso encargarse personalmente de preparar una tarta rellena de crema pastelera, Nella abrió una botella de vermut, Donato se puso a cantar canciones napolitanas, Marisa me regaló un caballito de mar de estopa que había comprado para ella la noche anterior en el puerto.

Me tranquilicé, pero entretanto no conseguía quitarme de la cabeza a Lila metida en problemas mientras yo me sentía tan bien, tan agasajada. De un modo un tanto dramático comenté que había recibido una carta de una amiga, que esa amiga me necesitaba y que pensaba marcharme antes de lo previsto. «Pasado mañana a más tardar», anuncié sin mucha convicción. En realidad, lo dije únicamente para oír cómo lo lamentaba Nella, cómo se apenaba Lidia porque Ciro iba a sufrir mucho, cómo se desesperaba Marisa, cómo exclamaba Sarratore desolado: «¿Y qué vamos a hacer nosotros sin ti?». Eran cosas que me conmovieron e hicieron que mi fiesta fuese aún más agradable.

Después, Pino y Ciro empezaron a adormecerse y Lidia y Donato los acostaron. Marisa me ayudó a lavar los platos, Nella me dijo que si quería descansar un poco más, ya se levantaba ella a preparar el desayuno. Protesté, era mi trabajo. De uno en uno se retiraron todos, me quedé sola. Me hice la cama en el rincón de siempre, revisé la cocina para ver si había cucarachas y mosquitos. Mi mirada cayó en las ollas de cobre.

Qué sugestiva era la escritura de Lila, contemplé las ollas con creciente inquietud. Me acordé de que siempre le había gustado su brillo, cuando las lavaba se dedicaba a lustrarlas con mucho cuidado. No era casualidad que, cuatro años antes, hubiese hecho caer sobre ellas el chorro de sangre brotado del cuello de don Achille cuando fue apuñalado. Y en aquellas ollas había depositado la nueva sensación de amenaza, la angustia ante la difícil elección que la esperaba, haciendo explotar una a modo de señal, como si su forma hubiese decidido ceder de buenas a primeras. ¿Sabía yo imaginar esas cosas sin ella? ¿Sabía dotar de vida a los objetos, hacer que se torcieran al unísono con la mía? Apagué la luz. Me desvestí y me metí en la cama con la carta de Lila y el punto de lectura azul de Nino, las cosas más valiosas que creía poseer en ese momento.

Por el ventanal entraba a raudales la luz blanca de la luna. Besé el punto de lectura como hacía todas las noches; en aquel débil resplandor intenté releer la carta de mi amiga. Brillaban las ollas, crujía la mesa, pesaba el techo allá en lo alto, comprimían las paredes el aire nocturno y el mar. Volví a sentirme humillada por la capacidad de escribir de Lila, por lo que ella sabía plasmar y yo no; se me empañaron los ojos. Claro que me alegraba de que ella fuera tan buena sin haber ido a la escuela, sin los libros de la biblioteca, pero esa alegría me hacía culpablemente infeliz.

Oí pasos. Vi entrar en la cocina la silueta de Sarratore, iba descalzo, con su pijama azul. Me tapé con la sábana. Fue al grifo, se sirvió un vaso de agua, bebió. Se quedó de pie unos segundos delante del fregadero, dejó el vaso, se acercó a mi cama. Se acurrucó a mi lado, apoyó los codos en el borde de la cama.

—Sé que estás despierta —dijo.

—Sí.

—No pienses en tu amiga, quédate.

—Lo está pasando mal, me necesita.

—Soy yo quien te necesita —dijo, se estiró, me besó en la boca sin la ligereza de su hijo, separándome los labios con la lengua.

Me quedé inmóvil.

Él apartó apenas la sábana sin dejar de besarme con cuidado, con pasión, y con la mano buscó mis pechos, me los acarició debajo del camisón. Después bajó hasta mis piernas, apretó con fuerza dos dedos contra la braguita. No dije ni hice nada, me sentía aterrada por su comportamiento, por el asco que me daba y el placer que, pese a todo, sentía. Sus bigotes me pinchaban el labio superior, su lengua era áspera. Se separó de mi boca despacio, apartó la mano.

—Mañana por la noche tú y yo daremos un largo paseo por la playa —dijo con voz ronca—, te quiero mucho y sé que tú también me quieres muchísimo. ¿No es así?

No dije nada. Él me rozó otra vez los labios con sus labios, murmuró un buenas noches, se levantó y salió de la cocina. Seguí sin moverme, no sé durante cuánto tiempo. Por más que tratara de alejar la sensación de su lengua, de sus caricias, de la presión de su mano, no lo conseguía. Nino había querido avisarme, ¿sabría acaso que ocurriría? Sentí un odio incontenible hacia Donato Sarratore y repugnancia hacia mí misma, por el placer que me había quedado en el cuerpo. Aunque hoy pueda parecer inverosímil, desde que tenía memoria hasta esa noche, yo nunca me había dado placer, no lo conocía, me sorprendió notármelo en el cuerpo. Me quedé en la misma postura durante no sé cuántas horas. Después, con las primeras luces del alba, me levanté, recogí todas mis cosas, deshice la cama, escribí unas líneas de agradecimiento para Nella y me marché.

En la isla casi no había sonidos, el mar estaba en calma, solo los olores eran muy intensos. Con el dinero justo que me había dejado mi madre hacía más de un mes, me subí al primer barco que zarpaba. En cuanto la embarcación se movió y la isla, con sus colores tiernos de primeras horas de la mañana, se hubo alejado lo suficiente, pensé que por fin tenía algo para contarle a Lila que ella no habría podido equiparar con otro relato igualmente memorable. Pero supe de inmediato que el disgusto que me inspiraba Sarratore y la repugnancia que yo misma me daba iban a impedirme abrir la boca. De hecho esta es la primera vez que busco las palabras para aquel final inesperado de mis vacaciones.

36

Encontré Nápoles sumida en un bochorno maloliente y devastador. Mi madre, sin decir una sola palabra sobre mi nuevo aspecto —sin acné, morena por el sol—, me regañó por haber regresado antes de lo previsto.

—¿Qué has hecho —preguntó—, te has comportado mal, te ha echado la amiga de la maestra?

No ocurrió lo mismo con mi padre; le brillaron los ojos y me cubrió de elogios, entre los cuales, repetido cien veces, destacaba: «Virgen santa, qué hermosa hija tengo». En cuanto a mis hermanos, dijeron con cierto desprecio:

—Pareces una negra.

Me miré al espejo y yo también me maravillé: el sol me había dejado un rubio resplandeciente, pero la cara, los brazos, las piernas estaban como teñidos de oro oscuro. Mientras estuve inmersa en los colores de Ischia, entre caras morenas, mi transformación me había parecido a tono con el ambiente; ahora, de vuelta en el contexto del barrio, donde todas las caras, todas las calles seguían luciendo una palidez enfermiza, me pareció excesiva, casi una anomalía. La gente, los edificios, la avenida muy transitada y polvorienta, me dieron la impresión de una foto mal impresa como las de los periódicos.

En cuanto pude, fui a buscar a Lila. La llamé desde el patio, se asomó, apareció por el portón. Me abrazó, me besó, me colmó de elogios como jamás había hecho, hasta el punto de que me sentí abrumada por todo aquel afecto tan explícito. Era la misma y sin embargo, en poco más de un mes, había vuelto a cambiar. Ya no parecía una muchacha sino una mujer, una mujer de al menos dieciocho años, una edad que por entonces se me antojaba muy avanzada. Las viejas prendas le quedaban cortas y estrechas, como si en pocos minutos hubiera crecido con ellas puestas, ceñían su cuerpo más de lo aconsejable. Estaba aún más alta, tenía los hombros rectos, era sinuosa. Y su rostro palidísimo sobre el cuello delgado me pareció de una belleza delicada, anómala.

Noté que estaba nerviosa, en la calle miró a su alrededor, a su espalda, varias veces, pero no me dio explicaciones. Se limitó a decir: «Ven conmigo», y quiso que la acompañara a la charcutería de Stefano. Y cogiéndome del brazo, añadió: «Es algo que solo puedo hacer contigo, menos mal que has vuelto, creí que iba a tener que esperar hasta septiembre».

Jamás habíamos recorrido el trayecto a los jardincillos tan apretadas, tan compenetradas, tan felices de volver a vernos. Me contó que las cosas empeoraban cada día más. La noche anterior Marcello se había presentado con pastas y vino espumoso y le había regalado un anillo cubierto de brillantes. Ella lo había aceptado, se lo había puesto para evitar problemas en presencia de sus padres, pero poco antes de que él se marchara, ya en la puerta, se lo había devuelto de malas maneras. Marcello había protestado, la había amenazado como hacía con más frecuencia en los últimos días, después se había echado a llorar. Fernando y Nunzia se dieron cuenta enseguida de que algo no iba bien. Su madre se había encariñado con Marcello, le gustaban las cosas buenas que él llevaba todas las noches, estaba orgullosa de ser propietaria de un televisor; y Fernando se sentía como si hubieran acabado sus tribulaciones porque, gracias al próximo parentesco con los Solara, podía mirar el futuro sin inquietudes. De manera que en cuanto Marcello se hubo marchado, los dos la habían atormentado más que de costumbre para averiguar qué ocurría. Consecuencia: por primera vez, después de tanto tiempo, Rino la había defendido, había gritado que si su hermana no quería a un imbécil como Marcello, estaba en su santo derecho a rechazarlo y que, si ellos insistían en imponérselo, él, él personalmente, le prendería fuego a todo, la casa y la zapatería, con él y la familia entera dentro. Padre e hijo habían llegado a las manos, Nunzia se había interpuesto, se habían despertado todos los vecinos. No solo eso: tras echarse en la cama, nerviosísimo, Rino se había quedado profundamente dormido, y una hora más tarde había tenido otro de sus episodios de sonambulismo. Se lo encontraron en la cocina mientras encendía un fósforo tras otro y los pasaba cerca de la llave del gas, como para comprobar que no perdiera. Asustada, Nunzia había despertado a Lila y le había dicho: «Rino nos quiere quemar vivos a todos», y ella había salido corriendo para ver qué pasaba. Entonces había tranquilizado a su madre: Rino dormía y en sueños, a diferencia de cuando estaba despierto, se preocupaba realmente de que no hubiera fugas de gas. Lo había acompañado a su cuarto y lo había acostado.

—Ya no aguanto más —concluyó—, no te imaginas por lo que estoy pasando, tengo que salir de esta situación.

Se apretó contra mí como si pudiera cargarla de energía.

—Tú estás bien —dijo—, todo te va bien, tienes que ayudarme.

Le contesté que podía contar conmigo para lo que fuese y se mostró aliviada, me apretó el brazo y susurró:

—Mira.

A lo lejos vi una especie de mancha roja que irradiaba luz.

—¿Qué?

—¿No lo ves?

No veía bien.

—El nuevo coche que se ha comprado Stefano.

El automóvil estaba aparcado enfrente de la charcutería, que había sido ampliada y disponía de dos entradas; la tienda estaba repleta de gente. Las clientas que esperaban ser atendidas lanzaban miradas de admiración a ese símbolo de bienestar y prestigio: en el barrio nunca se había visto un vehículo de esas características, todo vidrio y metal, con el techo que se abría. Un coche de ricachones, nada que ver con el Fiat 1100 de los Solara.

Di vueltas a su alrededor mientras Lila permanecía en la sombra y vigilaba la calle como si esperara de un momento a otro alguna violencia. Stefano se asomó a la puerta de la charcutería con la bata manchada; la cabeza grande y la frente alta daban idea de cierta desproporción, aunque no era desagradable. Cruzó la calle, me saludó con cordialidad y dijo:

—Estás estupenda, pareces una actriz.

Él también estaba estupendo: había tomado el sol, como yo, quizá éramos los únicos de todo el barrio con un aspecto tan sano. Le dije:

—¡Qué moreno estás!

—Me tomé una semana de vacaciones.

—¿Dónde?

—En Ischia.

—Yo también estuve en Ischia.

—Lo sé, Lina me lo dijo; te busqué pero no te vi.

Señalé el coche.

—Es bonito.

Stefano adoptó una expresión de moderada conformidad. Apuntando a Lila, dijo con ojos pícaros:

—Lo he comprado para tu amiga, pero ella no se lo cree. —Miré a Lila que seguía seria, en la sombra, con expresión tensa. Dirigiéndose a ella, Stefano dijo vagamente irónico—: Lenuccia ya ha regresado, ¿qué vas a hacer?

Como si se hubiese disgustado, Lila dijo:

—Vámonos. Pero acuérdate de que la has invitado a ella, no a mí: yo me he limitado a acompañaros.

Él sonrió y entró en la tienda.

—¿Qué pasa? —le pregunté, desorientada.

—No lo sé —contestó, y quería decir que no sabía con certeza dónde se estaba metiendo. Tenía la expresión de cuando debía hacer mentalmente un cálculo difícil, pero sin la expresión descarada de siempre, la noté visiblemente preocupada, como si estuviese haciendo un experimento de dudoso resultado—. Todo empezó con la llegada de este coche.

Al principio en broma y después cada vez más en serio, Stefano le juró que había comprado el coche para ella, por el placer de abrirle la portezuela para que se subiera aunque fuera una sola vez. «Aquí dentro solo tú quedarás bien», le había dicho. Y desde que se lo habían entregado, a finales de julio, la había invitado continuamente, pero sin agobiarla, con amabilidad, a dar un paseo con él y Alfonso, después con él y Pinuccia, después incluso con él y su madre. Pero ella se había negado siempre hasta que acabó prometiéndole: «Daremos un paseo cuando Lenuccia vuelva de Ischia». Y allí estábamos, y lo que debía pasar, pasaría.

—¿Sabe él lo de Marcello?

—Claro que lo sabe.

—¿Y entonces?

—Entonces, insiste.

—Tengo miedo, Lila.

—¿Te acuerdas cuántas cosas hicimos que nos daban miedo? Te esperaba a ti justamente por eso.

Stefano regresó sin la bata; lucía cabello negro, cara morena, ojos negros y brillantes, camisa blanca y pantalón oscuro. Abrió el coche, se sentó al volante, subió la capota. Hice ademán de meterme en el exiguo espacio posterior, pero Lila me detuvo y ella se sentó detrás. A disgusto me acomodé al lado de Stefano, él arrancó enseguida en dirección a los edificios nuevos.

El calor bochornoso se dispersó con el viento. Me sentí bien, embriagada por la velocidad y las tranquilas certezas que desprendía el cuerpo de Carracci. Me pareció que Lila me lo había explicado todo sin explicarme nada. Sí, ahí estaba ese flamante coche deportivo que había sido comprado únicamente para llevarla a dar el paseo que acababa de comenzar. Sí, ahí estaba el joven que, pese a saber lo de Marcello Solara, violaba las normas viriles sin una inquietud visible. Sí, ahí estaba yo, metida deprisa y corriendo en esa historia para ocultar con mi presencia palabras secretas entre ellos, tal vez incluso una amistad. Pero ¿qué tipo de amistad? Seguramente con aquel paseo en coche estaba ocurriendo algo importante, sin embargo, Lila no había sabido o querido darme los elementos necesarios para entender. ¿Qué tramaba? No podía no saber que estaba iniciando un terremoto peor que cuando había lanzado trocitos de papel secante empapados en tinta. Y sin embargo, era probable que en verdad no apuntara a nada en concreto. Ella era así, rompía los equilibrios únicamente para ver de qué manera recomponerlos. De modo que ahí estábamos, corriendo con el cabello al viento, Stefano que conducía con satisfecha pericia, yo que iba a su lado como si fuese su novia. Pensé en cómo me había mirado al decirme que parecía una actriz. Pensé en la posibilidad de poder gustarle más que mi amiga. Pensé con horror en la posibilidad de que Marcello Solara le pegara un tiro. Su hermosa persona, de gestos seguros, habría perdido consistencia como el cobre de la olla descrita por Lila en su carta.

El paseo hasta los edificios nuevos sirvió para no pasar por delante del bar Solara.

—A mí no me importa que Marcello nos vea —dijo Stefano sin énfasis—, pero si a ti sí, por mí no hay problema.

Entramos en el túnel y enfilamos hacia el puerto deportivo. Era el camino que habíamos recorrido Lila y yo muchos años antes, cuando nos había sorprendido la lluvia. Cuando me referí a aquel episodio, ella sonrió, Stefano quiso que se lo contáramos. Lo hicimos con todo detalle, nos divertimos y entretanto llegamos a la zona de Granili.

—¿Qué os parece? Corre, ¿eh?

—Es muy veloz —dije yo, entusiasmada.

Lila no hizo ningún comentario. Miraba a su alrededor, a veces me tocaba el hombro para señalarme las casas, la andrajosa pobreza que se veía en las calles, como si se tratara de la confirmación de algo y yo tuviera que captarlo al vuelo. Después, sin preámbulos, seria, le preguntó a Stefano:

—¿Tú eres realmente distinto?

Él buscó sus ojos en el retrovisor.

—¿De quién?

—Ya lo sabes.

No contestó enseguida. Después, dijo en dialecto:

—¿Quieres que te diga la verdad?

—Sí.

—Esa es la intención, pero no sé en qué terminará.

En ese momento tuve la confirmación de que Lila me había ocultado no pocos detalles. Aquel tono alusivo probaba que entre ellos había confianza, que habían hablado otras veces y no en broma, sino con toda seriedad. ¿Qué me había perdido durante mi estancia en Ischia? Me volví para mirarla, tardaba en contestar, pensé que la respuesta de Stefano la había puesto nerviosa por su vaguedad. La vi bañada por el sol, los ojos entornados, la camisa henchida por el pecho y el viento.

—Aquí la miseria es peor que en nuestro barrio —dijo. Y después, sin ilación, añadió riendo—: No creas que me he olvidado de cuando me querías pinchar la lengua.

Stefano asintió.

—Eran otros tiempos —dijo.

—Nunca se deja de ser canalla, me doblabas en tamaño.

Él sonrió abochornado y sin contestar aceleró en dirección al puerto. El paseo duró algo menos de media hora, regresamos por el Rettifilo y la piazza Garibaldi.

—Tu hermano no está bien —dijo Stefano cuando nos acercábamos a los límites del barrio. Volvió a buscar su mirada en el retrovisor y le preguntó—: ¿Los zapatos que hicisteis son los del escaparate?

—¿Qué sabrás tú de zapatos?

—Rino no hace más que hablar de ellos.

—¿Y?

—Son muy bonitos.

Ella entornó los ojos, guiñó hasta cerrarlos casi del todo.

—Cómpratelos —dijo con su tono provocativo.

—¿Cuánto valen?

—Habla con mi padre.

Stefano hizo un decidido giro en U que me lanzó contra la portezuela, y enfilamos la calle de la zapatería.

—¿Qué haces? —preguntó Lila, alarmada.

—Has dicho que me los compre y voy a comprármelos.

37

Detuvo el coche delante de la zapatería, fue a abrirme la portezuela, me tendió la mano para ayudarme a salir. No se ocupó de Lila, que se las arregló sola y nos siguió. Él y yo nos detuvimos delante del escaparate ante los ojos de Rino y Fernando, que desde el interior de la tienda nos miraban con hosca curiosidad.

Cuando Lila nos alcanzó, Stefano abrió la puerta de la tienda, me cedió el paso y entró sin cedérselo a ella. Fue extremadamente cordial con el padre y el hijo, pidió ver los zapatos. Rino se precipitó a sacarlos del escaparate, Stefano los examinó, los elogió:

—Son ligeros, pero resistentes, tienen una línea realmente bonita. —Y me preguntó—: ¿Qué te parecen, Lenù?

—Son preciosos —contesté, abochornadísima.

Se dirigió a Fernando:

—Su hija dice que los tres han trabajado mucho en este par y que tienen pensado hacer más, también de señora.

—Sí —contestó Rino, mirando maravillado a su hermana.

—Sí —dijo Fernando, perplejo—, pero no enseguida.

—¿Y no hay, yo qué sé, un diseño, algo para que yo me haga una idea mejor?

Ligeramente alterado porque temía que se negara, Rino le pidió a su hermana:

—Ve a buscar los diseños.

Lila, que siguió sorprendiéndolo, no opuso resistencia. Fue a la trastienda, regresó y le tendió las hojas a su hermano, que se las pasó a Stefano. Estaban todos los modelos que había diseñado casi dos años antes.

Stefano me enseñó el diseño de un par de zapatos de señora de tacón muy alto.

—¿Tú te los comprarías?

—Sí.

Volvió a examinar los diseños. Se sentó en un taburete, se quitó el zapato derecho.

—¿Qué número es?

—Cuarenta y tres, pero podría ser un cuarenta y cuatro —mintió Rino.

Lila, que siguió sorprendiéndonos, se arrodilló delante de Stefano y con un calzador lo ayudó a deslizar el pie en el zapato nuevo. Después le quitó el otro zapato y repitió la operación.

Stefano, que hasta ese momento había interpretado el papel de hombre práctico y expeditivo, se quedó visiblemente turbado. Esperó que Lila se levantara, él siguió sentado un momento más como para recuperar la compostura. Luego se puso en pie, dio unos cuantos pasos.

—Me aprietan —dijo.

Rino se ensombreció, decepcionado.

—Podemos ponértelos en la horma y ensancharlos —intervino Fernando, con tono vacilante.

Stefano me miró y preguntó:

—¿Qué tal me quedan?

—Bien —dije.

—Entonces me los llevo.

Fernando se quedó impasible, a Rino se le iluminó la cara.

—Mira, Ste', que son un modelo exclusivo Cerullo, te costarán caros.

Stefano sonrió, adoptó un tono afectuoso:

—¿Y si no fueran un modelo exclusivo Cerullo, tú crees que me los compraría? ¿Cuándo estarán listos?

Rino miró a su padre, radiante.

—Dejémoslos en la horma por lo menos tres días —dijo Fernando, pero estaba claro que habría podido decir diez, veinte, un mes, de las ganas que tenía de ganar tiempo ante aquella novedad inesperada.

—Estupendo, pensad en un precio de amigos y vuelvo dentro de tres días para llevármelos.

Ante nuestras miradas perplejas dobló las hojas con los diseños y se las metió en el bolsillo. Después le estrechó la mano a Fernando, a Rino y fue hacia la puerta.

—Los diseños —dijo Lila fríamente.

—¿Te los puedo devolver dentro de tres días? —preguntó Stefano con tono cordial, y sin esperar su respuesta, abrió la puerta. Me dejó pasar y salió detrás de mí.

Me había acomodado ya en el coche, al lado de él, cuando Lila nos alcanzó. Estaba enojada:

—¿Te has creído que mi padre es tonto o que mi hermano es tonto?

—¿Qué quieres decir?

—Si piensas hacerte el gracioso con mi familia y conmigo, estás muy equivocado.

—Me ofendes: yo no soy Marcello Solara.

—¿Y quién eres?

—Un comerciante. Los zapatos que has dibujado no se han visto nunca. Y no me refiero solo a los que he comprado, sino a todos.

—¿Y entonces?

—Entonces, déjame pensar y nos vemos dentro de tres días.

Lila lo miró fijamente como si quisiera leerle el pensamiento, pero no se alejó del coche. Al final dijo una frase que yo jamás hubiera tenido el valor de pronunciar:

—Mira que Marcello ya ha intentado comprarme de todas las maneras, pero a mí no me compra nadie.

Stefano la miró a los ojos durante un buen rato.

—Yo no gasto una lira si no pienso que puedo conseguir cien.

Arrancó y nos fuimos. Ahora estaba segura: el paseo en coche había sido una especie de acuerdo alcanzado al final de varios encuentros y de mucho hablar. Dije débilmente, en italiano:

—Por favor, Stefano, ¿me dejas en la esquina? Si mi madre me ve contigo en coche me parte la cara.

38

Durante ese mes de septiembre la vida de Lila cambió de forma decisiva. No fue fácil, pero cambió. En cuanto a mí, había regresado de Ischia enamorada de Nino, marcada por los labios y las manos de su padre, convencida de que iba a llorar noche y día a causa de la mezcla de felicidad y horror que sentía dentro de mí. Ni siquiera tuve que tratar de encontrarle forma a mis emociones, todo se reorganizó en unas horas. Arrinconé la voz de Nino, el fastidio de los bigotes de su padre. La isla se desdibujó, se perdió en algún recoveco secreto de mi cabeza. Le hice sitio a lo que le estaba pasando a Lila.

En los tres días que siguieron al asombroso paseo en el descapotable, ella, con la excusa de las compras, fue a menudo a la charcutería de Stefano, pero siempre me pidió que yo la acompañara. Lo hice con el corazón en la boca, asustada de la posible irrupción de Marcello, pero también contenta de mi papel de confidente pródiga en consejos, de cómplice en la concepción de tramas, de destinataria aparente de las atenciones de Stefano. Éramos jovencitas, aunque nos imagináramos pérfidamente emancipadas. Con nuestra pasión habitual, poníamos de nuestra cosecha al interpretar los hechos —Marcello, Stefano, los zapatos—, y nos creíamos capaces de hacer que todo cuadrase. «Le diré esto», planteaba ella, y yo le sugería una pequeña variación: «No, mejor díselo así». Después ella y Stefano hablaban sin parar en un rincón, detrás del mostrador, mientras Alfonso intercambiaba algún comentario conmigo; Pinuccia, enfadada, atendía a los clientes, y en la caja, Maria espiaba con aprensión a su hijo mayor que en los últimos tiempos se ocupaba poco del trabajo y alimentaba los chismorreos de las comadres.

Como es natural, improvisábamos. Durante aquel ir y venir traté de comprender qué le pasaba realmente a Lila por la cabeza, y así poder estar en sintonía con sus objetivos. Al principio tuve la impresión de que su único propósito era que su padre y su hermano ganaran algo de dinero vendiéndole a Stefano, a un precio alto, el par de zapatos confeccionado por los Cerullo, pero enseguida me pareció que apuntaba más que nada a quitarse de encima a Marcello sirviéndose del joven charcutero. En este sentido, fue decisiva la respuesta que me dio cuando le pregunté:

—¿Cuál te gusta más de los dos?

Se encogió de hombros.

—Marcello nunca me ha gustado, me da asco.

—¿Te prometerías con Stefano con tal de echar a Marcello de tu casa?

Lo pensó un instante y contestó que sí.

A partir de ese momento, el fin último de toda nuestra intriga nos pareció ese: luchar por todos los medios contra la intrusión de Marcello en su vida. El resto no hizo más que agolparse alrededor de aquella idea por casualidad y nosotras nos limitamos a darle un curso, en ocasiones, una auténtica orquestación. O eso creímos. El único que actuó fue siempre Stefano.

A los tres días, puntualmente, se presentó en la tienda y compró los zapatos, a pesar de que le quedaban estrechos. Tras muchas vacilaciones, los dos Cerullo le pidieron veinticinco mil liras, pero estaban dispuestos a rebajar a diez mil. Stefano no pestañeó y pagó veinticinco mil liras más a cambio de los diseños de Lila que, dijo, le gustaban y quería enmarcar.

—¿Enmarcar? —preguntó Rino.

—Sí.

—¿Cómo el cuadro de un pintor?

—Sí.

—¿Y le has dicho a mi hermana que también le compras sus diseños?

—Sí.

Stefano fue más allá. En los días siguientes apareció otra vez por la zapatería y anunció al padre y al hijo que había alquilado un local adyacente a la tienda de ambos y añadió:

—Por ahora lo dejo así, pero si un día decide ampliar la tienda, estoy a su disposición, no lo olvide.

En casa de los Cerullo se habló mucho, en voz baja, sobre el significado de aquella frase: «¿Ampliar la tienda?». En vista de que ellos solos no llegaban a ninguna conclusión, Lila dijo:

—Os está proponiendo transformar la zapatería en un taller para confeccionar los zapatos Cerullo.

—¿Y el dinero? —preguntó Rino con cautela.

—Lo pone él.

—¿Te lo ha dicho a ti? —se alarmó Fernando, incrédulo, tras el apremio de Nunzia.

—Os lo ha dicho a vosotros dos —dijo Lila, señalando a su padre y a su hermano.

—Pero ¿sabe que los zapatos hechos a mano cuestan mucho?

—Se lo habéis demostrado.

—¿Y si no se venden?

—Vosotros perderéis el trabajo invertido y él, su dinero.

—¿Y nada más?

—Nada más.

Toda la familia vivió días de desasosiego. Marcello pasó a segundo plano. Llegaba por la noche a las ocho y media y la cena no estaba lista. A menudo se encontró con Melina y Ada delante del televisor, mientras los Cerullo confabulaban en otro cuarto.

Naturalmente, el más entusiasta era Rino, que recuperó la energía, el color, la alegría, y así como había sido amigo íntimo de los Solara, empezó a hacerse amigo íntimo de Stefano, Alfonso, Pinuccia, incluso de la señora Maria. Cuando por fin Fernando abandonó todas sus reservas, Stefano fue a la tienda y, tras una breve discusión, llegaron a un acuerdo verbal según el cual se haría cargo de todos los gastos y los dos Cerullo pondrían en marcha la producción tanto del modelo que Lila y Rino habían ya elaborado, como de todos los demás, con la condición de repartir los posibles beneficios al cincuenta por ciento. Sacó las hojas del bolsillo y se las enseñó de una en una.

—Mandará que hagan este, este, este —dijo—, pero espero que no tarden dos años como ocurrió con el otro par.

—Mi hija es una chica —se justificó Fernando, incómodo—, y Rino todavía no ha aprendido bien el oficio.

Stefano sacudió la cabeza con gesto cordial.

—A Lina déjenla en paz. Tendrán que contratar unos operarios.

—¿Y quién los va a pagar? —preguntó Fernando.

—Yo, claro. Elijan dos o tres, libremente, según su criterio.

La idea de contar nada menos que con unos operarios hizo

que a Fernando le entrara el entusiasmo y se le soltara la lengua, ante la evidente contrariedad de su hijo. Habló de cuando había aprendido el oficio de su difunto padre. Habló de lo malo que había sido trabajar con máquinas en Casoria. Habló de que su error había sido casarse con Nunzia, tenía las manos débiles y pocas ganas de trabajar, pero si se hubiese casado con Ines, una novia muy trabajadora que había tenido en su juventud, ya llevaría mucho tiempo con empresa propia, mejor que la de Campanile, con un muestrario digno de exponerse en la Muestra de Oltremare. Habló también de que tenía en mente unos zapatos magníficos, material perfecto, y que si Stefano no se hubiera obsesionado con esas locuras de Lina, ahora habrían podido confeccionarlos y a saber cuántos habrían podido vender. Stefano escuchó con paciencia, pero al final recalcó que, por ahora, a él solo le interesaba ver confeccionados a la perfección los diseños de Lila. Rino cogió entonces las hojas de su hermana, las examinó a fondo y le preguntó con un leve tono de guasa:

—¿Cuando te los hayamos enmarcado dónde los vas a colgar?

—Aquí dentro.

Rino miró a su padre, que había vuelto a adoptar su cara sombría y no dijo palabra.

—¿Mi hermana está de acuerdo en todo? —preguntó.

Stefano sonrió:

—¿Y a quién se le ocurre hacer algo si tu hermana no está de acuerdo?

Se levantó, estrechó con fuerza la mano a Fernando y fue hacia la puerta. Rino lo acompañó y, súbitamente vencido por una preocupación, le gritó desde el umbral, mientras el charcutero iba hacia su descapotable rojo:

—Pero la marca de los zapatos será Cerullo.

Stefano le hizo un gesto con la mano sin volverse:

—Los ha creado una Cerullo y se llamarán Cerullo.

39

Esa misma noche, antes de salir a dar un paseo con Pasquale y Antonio, Rino dijo:

—Marcè, ¿has visto el coche que se ha comprado Stefano?

Atontado por el televisor encendido y la tristeza, Marcello ni siquiera contestó.

Entonces Rino sacó el peine del bolsillo, se peinó y comentó, alegre:

—¿Sabes que ha comprado nuestros zapatos por cuarenta y cinco mil liras?

—Se ve que tiene dinero para tirar —respondió Marcello, y Melina se echó a reír, no se supo si por aquella respuesta o por lo que daban en la televisión.

A partir de ese momento, noche tras noche, Rino encontró la manera de poner nervioso a Marcello, y el clima se hizo cada vez más tenso. Para colmo, en cuanto llegaba Solara, siempre bien recibido por Nunzia, Lila desaparecía, decía que estaba cansada y se iba a dormir. Una noche en que Marcello estaba muy de capa caída habló con Nunzia.

—Si su hija siempre se va a dormir en cuanto llego, ¿qué vengo yo a hacer aquí?

Evidentemente, esperaba que ella lo consolara diciéndole algo que lo animase a perseverar en el intento de ganarse el amor de la muchacha. Pero Nunzia no supo qué decirle y entonces él masculló:

—¿Le gusta otro?

—Qué va.

—Sé que hace la compra en la tienda de Stefano.

—¿Y dónde tendría que hacer la compra, hijo mío?

Marcello calló y bajó la vista.

—La han visto en el coche con el charcutero.

—Iba también Lenuccia: Stefano va detrás de la hija del conserje.

—Lenuccia no me parece una buena compañía para su hija. Dígale que no la vea más.

¿Yo no era una buena compañía? ¿Lila debía dejar de verme? Cuando mi amiga me refirió aquella solicitud de Marcello, me puse definitivamente de parte de Stefano y empecé a alabar sus modales discretos, su calmada determinación.

—Es rico —concluí.

Y mientras pronunciaba aquella frase, me di cuenta de que la riqueza con la que habíamos soñado de niñas sufría una ulterior modificación. Los cofres llenos de monedas de oro, que una procesión de sirvientes de librea depositaría en nuestro castillo cuando hubiésemos publicado un libro como *Mujercitas* —fama y riqueza—, se habían desvanecido definitivamente. Tal vez perduraba la idea del dinero como el cemento que consolidaría nuestra existencia e impediría que se desbordara junto con las personas que queríamos. Sin embargo, el rasgo fundamental que se mantenía firme era lo concreto, el gesto cotidiano, la negociación. Esta riqueza de la adolescencia provenía, sin duda, de una iluminación fantástica todavía infantil —los diseños de unos zapatos nunca vistos—, pero se había materializado en la pendenciera insatisfacción de Rino, que quería gastar como un ricachón, en el televisor, en las pastas, y el anillo de Marcello que intentaba comprar un sentimiento y, en fin, de modificación en modificación, en aquel joven cortés, Stefano, que vendía embutidos, era dueño de un descapotable rojo, gastaba cuarenta y cinco mil liras como si nada, enmarcaba dibujitos, quería comerciar no solo con quesos provolone sino también con zapatos, invertía en cuero y mano de obra, parecía convencido de saber inaugurar una nueva época de paz y bienestar para el barrio: en una palabra, era riqueza que estaba en los hechos cotidianos, y por eso mismo, carente de esplendor y de gloria.

—Es rico —oí repetir a Lila, y nos echamos a reír. Pero después añadió—: Y también simpático y bueno.

Yo me manifesté inmediatamente de acuerdo; eran esas unas cualidades que Marcello no poseía, un motivo más para ponerse de parte de Stefano. Ahora bien, aquellos dos adjetivos me confundieron, sentí que daban el golpe de gracia al fulgor de las fantasías infantiles. Me pareció entender que ya no habría castillos ni cofres que tuvieran que ver solo con Lila y conmigo, inclinadas y escribiendo una historia como *Mujercitas*. Al encarnarse en Stefano, la riqueza estaba tomando los rasgos de un hombre joven con bata manchada de aceite, adquiría aspecto, olor, voz, manifestaba simpatía y bondad, era un muchacho al que conocíamos de siempre, el hijo mayor de don Achille.

Me inquieté.

—Acuérdate de que quería pincharte la lengua —dije.

—Era un crío —contestó ella, conmovida, almibarada como jamás la había oído, hasta el punto de que justo en ese momento advertí que, de hecho, había llegado mucho más lejos de cuanto me había referido en palabras.

En los días siguientes todo resultó cada vez más claro. Vi cómo le hablaba a Stefano y cómo él parecía modelado por la voz de Lila. Me adapté al pacto que estaban fraguando, pues no quería que me dejaran de lado. Conspiramos durante horas —nosotras dos, los tres juntos—, para conseguir que cambiaran deprisa las personas, los sentimientos, la disposición de las cosas. Al local adyacente a la zapatería llegó un albañil que echó abajo la pared divisoria. Se reorganizó la zapatería. Aparecieron tres aprendices, muchachos de provincia, venían de Melito, eran casi mudos. En un rincón siguieron cambiando suelas, pero en el resto del espacio, Fernando distribuyó bancos, anaqueles, sus herramientas, sus hormas de madera ordenadas por números y, con inesperada energía, insospechada en un hombre tan delgado y devorado siempre por un rencoroso descontento, empezó a discurrir sobre lo que debía hacerse.

Precisamente el día en que el nuevo trabajo iba a comenzar, apareció Stefano. Llevaba un paquete envuelto en papel de embalaje. Se levantaron todos de un salto, Fernando incluido, como si se hubiese presentado para una inspección. Stefano abrió el paquete en cuyo interior había un número considerable de cuadritos del mismo tamaño, enmarcados con una moldura marrón. Eran las hojas de cuaderno de Lila, cubiertas por un vidrio como si fueran valiosas reliquias. Pidió permiso a Fernando para colgarlos en las paredes; Fernando masculló algo y Stefano pidió a Rino y a los aprendices que lo ayudaran a poner los clavos. Cuando uno de los cuadritos estuvo colgado, Stefano dijo a los tres ayudantes que salieran a tomar un café y les dio unas liras. En cuanto estuvo a solas con el zapatero remendón y su hijo, anunció en voz baja que quería casarse con Lila.

Se hizo un silencio insoportable. Rino se limitó a esbozar una sonrisita pedante. Fernando dijo al fin, con un hilo de voz:

—Stefano, Lina está prometida con Marcello Solara.

—Su hija no lo ve así.

—¿Qué dices?

Intervino Rino, muy contento:

—Dice la verdad: mamá y tú invitáis a casa a ese cabrón, pero Lina no lo quiere y nunca lo ha querido.

Fernando lanzó una mirada feroz a su hijo. El charcutero dijo con amabilidad, mirando a su alrededor:

—Ya tenemos el trabajo en marcha, no nos hagamos mala sangre. Yo solo le pido una cosa, don Fernà: deje que decida su hija. Si elige a Marcello Solara, me resigno. La quiero tanto que si es feliz con otro, me retiro, y entre nosotros tres las cosas siguen como están. Pero si me elige a mí... Si me elige a mí, no hay Cristo que valga, usted me tiene que dar la mano de su hija.

—Me estás amenazando —dijo Fernando, pero tibio, con tono de resignada confirmación.

—No, le estoy rogando que vele por el bien de su hija.

—Ya sé yo cuál es su bien.

—Sí, pero ella lo sabe mejor que usted.

Dicho lo cual, Stefano se levantó, abrió la puerta, me llamó, a mí, que esperaba fuera con Lila.

—Lenù.

Entramos. Cómo nos gustaba sentirnos el centro de aquellos hechos, las dos juntas, y conducirlos hacia su buen fin... Recuerdo la tensión sobreexcitada de aquel momento. Stefano le dijo a Lila:

—Te lo digo delante de tu padre, te quiero mucho, más que a mi vida. ¿Quieres casarte conmigo?

Lila respondió seria:

—Sí.

Fernando gesticuló un poco, después murmuró con la misma sumisión que en otros tiempos había manifestado respecto de don Achille:

—Le estamos haciendo una gran afrenta no solo a Marcello, sino a todos los Solara. ¿Quién se lo dice ahora al pobre muchacho?

—Yo —dijo Lila.

40

Dos noches más tarde, delante de toda la familia, menos Rino que había salido a dar un paseo, antes de sentarse a la mesa, antes de que se encendiera el televisor, Lila le pidió a Marcello:

—¿Me llevas a tomar un helado?

Marcello no dio crédito a sus oídos.

—¿Un helado? ¿Antes de cenar? ¿Tú y yo? —Y enseguida le preguntó a Nunzia—: ¿Señora, quiere venir usted también?

Nunzia encendió el televisor y contestó:

—No, gracias, Marcè. Pero no tardéis. Diez minutos como mucho, el tiempo de ir y volver.

—Sí —prometió él, feliz—, gracias.

Repitió «gracias» por lo menos cuatro veces. Imaginaba que había llegado el momento esperado, Lila se disponía a decirle que sí.

En cuanto salieron del edificio, ella lo miró de frente y recalcó con la gélida maldad que tan bien se le daba desde los primeros años de vida:

—Nunca te he dicho que te quería.

—Lo sé. Pero ¿me quieres ahora?

—No.

Marcello, que era grande y fornido, un muchachote sano e impetuoso de veintitrés años, se apoyó en una farola con el corazón destrozado.

—¿O sea que no?

—No. Quiero a otro.

—¿Quién es?

—Stefano.

—Ya lo sabía, pero no me lo podía creer.

—Tienes que creerlo, es así.

—Os mataré a ti y a él.

—Conmigo puedes intentarlo ahora mismo.

Marcello se apartó de la farola, enfurecido, y con una especie de estertor se mordió hasta hacerse sangre la mano derecha cerrada en un puño.

—Te quiero demasiado y no puedo hacerlo.

—Entonces pídeselo a tu hermano, a tu padre, a algún amigo vuestro, a lo mejor ellos sí pueden. Pero aclárales a todos que primero tienen que matarme a mí. Porque si tocáis a cualquier otro mientras yo esté viva, seré yo quien os mate, y sabes que voy a hacerlo, empezando por ti.

Marcello siguió mordiéndose el dedo con saña. Soltó una especie de sollozo contenido que le sacudió el pecho, se dio media vuelta y se marchó.

Ella le gritó:

—Envía a alguien a recoger el televisor, no nos hace falta.

41

Todo ocurrió en poco más de un mes y al final me pareció que Lila era feliz. Había encontrado una salida al proyecto de los zapatos, le había dado una oportunidad a su hermano y a toda su familia, se había librado de Marcello Solara y era la novia del joven acomodado más estimable del barrio. ¿Qué más podía pedir? Nada. Lo tenía todo. Cuando reanudaron las clases, todo me resultó más mediocre que de costumbre. Los estudios volvieron a absorberme y, para evitar que los profesores pudieran pillarme desprevenida, volví a hincar los codos en la mesa hasta las once de la noche y a ponerme el despertador a las cinco y media de la mañana. Vi a Lila cada vez menos.

Como compensación, se reforzaron las relaciones con Alfonso, el hermano de Stefano. A pesar de haber trabajado todo el verano en la charcutería, había aprobado con brillantez los exámenes de recuperación, con siete en cada una de las asignaturas que había suspendido: latín, griego e inglés. Gino, que había deseado que lo suspendieran para que su amigo pudiese repetir el curso con él, se quedó de una pieza. Cuando descubrió que nosotros dos, ya en el último año del bachillerato superior, todos los días íbamos y regresábamos juntos del colegio, se volvió más irritable y mezquino. No nos dirigió más la palabra ni a mí, su ex novia, ni a Alfonso, su ex compañero de pupitre, a pesar de que él estaba en el aula contigua a la nuestra y nos cruzábamos con frecuencia en los pasillos y en las calles del barrio. No se conformó con eso, no tardé en enterarme de que contaba cosas desagradables sobre nosotros. Decía que yo me había enamorado de Alfonso y que durante las clases me dedicaba a toquetearlo pese a que Alfonso no me correspondía, porque, como él muy bien sabía tras haberse sentado a su lado durante un año, no le gustaban las mujeres, prefería a los hombres. Se lo conté al pequeño de los Carracci esperando que fuera a partirle la cara a Gino, como era obligatorio en esos casos, pero él se limitó a decir en dialecto con tono despreciativo: «Todo el mundo sabe que el maricón es él».

Alfonso fue un descubrimiento agradable y providencial. Desprendía una sensación de limpio y educado. Aunque sus rasgos eran muy similares a los de Stefano, los mismos ojos, la misma nariz, la misma boca; aunque al crecer su cuerpo estuviera adoptando una constitución idéntica, cabeza grande, piernas un tanto cortas respecto del torso; aunque su mirada y sus gestos destilaran la misma mansedumbre, percibía en él una total ausencia de la determinación que se agazapaba en cada célula de Stefano y que, al final, en mi opinión, reducía su amabilidad a una especie de escondite del que salía de improviso. Alfonso era un muchacho tranquilizador, ese tipo de ser humano, raro en el barrio, del que sabes que no puedes esperar nada malo. Hacíamos el mismo trayecto y aunque hablábamos no nos sentíamos incómodos. Siempre tenía lo que yo necesitaba, y si no lo tenía, corría a buscarlo. Me amaba sin tensión alguna y yo le tomé cariño sosegadamente. El primer día de clase terminamos sentándonos en el mismo banco, algo audaz en aquellos tiempos, y aunque los demás chicos le tomaban el pelo porque siempre estaba a mi lado, y las chicas no paraban de preguntarme si éramos novios, los dos decidimos no cambiar de sitio. Era una persona de fiar. Si notaba que necesitaba tiempo para mí, me esperaba a cierta distancia o se despedía y se marchaba. Si notaba que quería que se quedara a mi lado, se quedaba aunque tuviera otras cosas que hacer.

Lo utilicé a él para huir de Nino Sarratore. La primera vez que nos vimos de lejos después de Ischia, Nino se me acercó muy amigablemente, pero lo despaché con dos frases frías. Y eso que me gustaba mucho, con solo ver asomar su figura alta y delgada me ponía colorada y el corazón me latía desbocado. Sin embargo, ahora que Lila estaba prometida en serio, prometida oficialmente —y con qué novio, un hombre amable, decidido, valiente, de veintidós años, no un muchachito—, era más urgente que nunca que yo también tuviera un novio envidiable para reequilibrar así nuestra relación. Qué bonito hubiera sido salir los cuatro, Lila con su novio, yo con el mío. Claro que Nino no tenía un descapotable rojo. Claro que era estudiante de bachillerato y no tenía una lira. Pero me sacaba casi dos cabezas, mientras que Stefano era algo más bajo que Lila. Y si Nino se lo proponía, hablaba un italiano de libro. Y leía y discutía sobre cualquier tema y era sensible a las grandes cuestiones de la condición humana, mientras que Stefano vivía encerrado en su charcutería, hablaba casi exclusivamente en dialecto, solo había cursado la escuela profesional, de la caja de la tienda se ocupaba su madre porque hacía las cuentas mejor que él y, pese a su buen carácter, tenía sensibilidad más que nada para sacarle rendimiento al dinero. No obstante, aunque me devorara la pasión, aunque viera con claridad todo el prestigio que podría adquirir a ojos de Lila si me relacionaba con él, por segunda vez desde que lo había visto y me había enamorado de él, no tuve valor de iniciar una relación. El motivo me pareció mucho más fundado que el de mi infancia. Cuando lo veía enseguida me venía a la cabeza la imagen de Donato Sarratore, aunque no se parecieran en nada. Y el asco, la rabia que me producía el recuerdo de lo que su padre me había hecho sin que yo hubiese sido capaz de rechazarlo lo abarcaba también a él. Claro que lo amaba. Deseaba hablar con él, pasear con él, y a veces me atormentaba pensando: por qué te comportas así, el padre no es el hijo, el hijo no es el padre, haz como hizo Stefano con los Peluso. Pero no podía. En cuanto imaginaba que lo besaba, sentía la boca de Donato, y una oleada de placer y asco confundía al padre y al hijo en una única persona.

Un episodio que me alarmó vino a complicar más la situación. Alfonso y yo ya teníamos la costumbre de regresar andando a casa. Íbamos hasta la piazza Nazionale y de ahí llegábamos al corso Meridionale. Era un largo paseo, pero hablábamos de los deberes, de los profesores, de nuestros compañeros, y resultaba agradable. En uno de esos trayectos, poco después de los pantanos, a la entrada de la avenida, me volví y en el terraplén del ferrocarril me pareció ver a Donato Sarratore con su uniforme de revisor. Me estremecí de rabia y horror y aparté la vista. Cuando volví a mirar, ya no estaba.

Fuera cierta o falsa aquella aparición, me quedó grabado el ruido del corazón en el pecho, como un disparo, y no sé por qué me vino a la cabeza el párrafo de la carta de Lila en el que describía el ruido de la cacerola de cobre al partirse. Ese ruido se repitió idéntico al día siguiente, en cuanto atisbé a Nino. Muerta de miedo, me refugié en el afecto por Alfonso, y tanto al entrar como al salir del colegio me mantuve siempre a su lado. En cuanto aparecía la silueta larguirucha del muchacho que amaba, me dirigía al hijo menor de don Achille como si tuviera cosas muy urgentes que contarle y nos alejábamos charlando.

En una palabra, fue una época confusa, me habría gustado acercarme a Nino, en cambio, procuraba no separarme de Alfonso. Además, por temor a que se aburriera y me dejara por otras compañías, siempre fui con él muy amable, a veces llegaba incluso a hablarle con voz aflautada. En cuanto notaba que me arriesgaba a alentar su afición por mí, cambiaba de tono. «¿Y si me malinterpreta y me declara su amor?», pensaba, preocupada. Habría sido bochornoso, me habría visto obligada a rechazarlo: Lila, que tenía mi edad, ya estaba prometida con un hombre hecho y derecho como Stefano; para mí habría sido humillante aceptar a un chico, el hermano pequeño de su novio. No obstante, mi cabeza levantaba fabulosos castillos en el aire, fantaseaba. Una vez en que regresaba con Alfonso por corso Meridionale y lo sentía a mi lado como un escudero que me escoltaba entre los mil peligros de la ciudad, me pareció bonito que a dos Carracci, Stefano y él, les hubiese tocado la función de protegernos, aunque de formas distintas, a Lila y a mí del mal negrísimo del mundo, del mismo mal que habíamos experimentado por primera vez justamente cuando subimos la escalera que llevaba a la casa de ambos, para recuperar las muñecas que nos había robado su padre.

42

Me gustaba descubrir nexos de ese tipo, especialmente si guardaban relación con Lila. Trazaba líneas entre momentos y hechos alejados entre sí, establecía convergencias y divergencias. En aquella época se convirtió en un ejercicio cotidiano: así como yo lo había pasado bien en Ischia, Lila lo había pasado mal en la desolación del barrio; así como yo había sufrido al abandonar la isla, ella se había sentido cada vez más feliz. Era como si por obra de un embrujo, la dicha o el dolor de una supusieran el dolor o la dicha de la otra. A mi entender, el aspecto físico también estaba sujeto a ese vaivén. En Ischia me había sentido guapa y la impresión no había desaparecido al regresar a Nápoles, al contrario, durante la diligente maquinación al lado de Lila para ayudarla a librarse de Marcello, hubo incluso momentos en que había llegado a creerme más guapa que ella, y en algunas miradas de Stefano había intuido la posibilidad de gustarle. Pero ahora Lila había recuperado la ventaja, la satisfacción había multiplicado su belleza, mientras que yo, agobiada por las fatigas del colegio, consumida por la pasión frustrada por Nino, volví a ser fea. Me desapareció el color sano, me brotó otra vez el acné. Y una mañana, así de golpe, surgió también el espectro de las gafas.

El profesor Gerace me hizo una pregunta sobre algo que había escrito en la pizarra y se dio cuenta de que yo apenas veía. Me indicó que debía ir inmediatamente a un oculista, me escribió una nota en el cuaderno, exigió que al día siguiente se la llevara firmada por mis padres. Regresé a casa, enseñé el cuaderno, sintiéndome culpable por el gasto que supondría la compra de unas gafas. Mi padre se ensombreció, mi madre me gritó: «¡Claro, de tanto estar encima de los libros, te has estropeado la vista!». Me sentí muy mortificada. ¿Había sido castigada por la soberbia de querer estudiar? ¿Y Lila? ¿Acaso no había leído mucho más que yo? ¿Entonces por qué ella tenía una vista perfecta y yo veía cada vez menos? ¿Por qué yo tenía que usar gafas el resto de mi vida y ella no?

La necesidad de llevar gafas aumentó mi preocupación por encontrar un designio que, tanto en el bien como en el mal, mantuviera unido mi destino al de mi amiga: yo ciega, ella un lince; yo con la pupila opaca, ella que desde siempre entornaba los ojos y lanzaba miradas que veían más; yo ceñida a su brazo, entre las sombras, ella que me guiaba con mirada rigurosa. Al final, gracias a sus tejemanejes en el ayuntamiento, mi padre reunió el dinero. Las quimeras se atenuaron. Fui al oculista, me diagnosticaron una fuerte miopía, las gafas se materializaron. Cuando me miré al espejo, para mí fue un duro golpe ver mi imagen tan nítida: impurezas en la piel, cara ancha, boca grande, ojos prisioneros tras la montura, nariz gruesa que parecía trazada con saña por un dibujante rabioso debajo de las cejas de por sí demasiado pobladas. Me sentí definitivamente fea y decidí ponerme las gafas únicamente en casa o, como mucho, si tenía que copiar algo de la pizarra. Pero una mañana, al salir de clase, me las olvidé encima del pupitre. Regresé al aula corriendo, lo peor ya había pasado. Con las prisas que nos entraban a todos al oír sonar el último timbrazo, se habían caído al suelo y tenían una patilla partida y una lente rota. Me eché a llorar.

No tuve valor de ir a mi casa, me refugié en la de Lila en busca de ayuda. Le conté lo ocurrido, me ordenó que le diera las gafas, las examinó. Me pidió que se las dejara. Se expresó con una determinación distinta de la que exhibía habitualmente, más tranquila, como si ya no fuera necesario batirse hasta el final por las cosas más nimias. Imaginé alguna intervención milagrosa de Rino con sus herramientas de zapatero y me fui para mi casa con la esperanza de que mis padres no notaran que iba sin gafas.

Días después, a últimas horas de la tarde, oí que me llamaban desde el patio. Lila estaba abajo, llevaba mis gafas sobre la nariz, y en ese momento, apenas me fijé en que se veían como nuevas, sino en lo bien que le quedaban. Bajé corriendo mientras pensaba: ¿por qué a ella que no las necesita le quedan tan bien las gafas y a mí, que no puedo prescindir de ellas, me hacen parecer un adefesio? En cuanto me asomé por el portón, se quitó las gafas divertida y parpadeó repetidas veces.

—Me hacen daño a los ojos —dijo, y me las calzó en la nariz exclamando—: ¡Si supieras lo bien que te sientan, debes llevarlas siempre!

Le había dado las gafas a Stefano, que las había hecho arreglar en una óptica del centro. Incómoda, murmuré que nunca iba a poder pagarle, y me contestó irónica, tal vez con un toque de perfidia:

—¿Pagarme en qué sentido?

—Darte el dinero.

Sonrió y luego dijo con orgullo:

—No hace falta, ahora con el dinero hago lo que me da la gana.

43

El dinero hizo que cobrara más fuerza la impresión de que lo que me faltaba a mí lo tenía ella y viceversa, en un juego continuo de intercambios y vuelcos que, a veces con alegría, a veces con sufrimiento, nos hacía indispensables la una a la otra.

Tras el episodio de las gafas me pregunté: «Ella tiene a Stefano, chasca los dedos y enseguida me manda a reparar las gafas, ¿y yo qué tengo?».

Me contesté que tenía la escuela, privilegio que ella había perdido para siempre. Traté de convencerme de que esa es mi riqueza. De hecho, ese año todos los profesores volvieron a elogiarme. Los boletines de calificaciones eran cada vez más brillantes, incluso en el curso de teología por correspondencia me fue estupendamente, recibí como premio una Biblia de tapas negras.

Exhibí mis éxitos como si se tratara del brazalete de plata de mi madre; sin embargo, no sabía qué hacer con aquella habilidad mía. En clase no había nadie con quien pudiera discutir sobre las cosas que leía, las ideas que se me ocurrían. Alfonso era un chico diligente; después del contratiempo del curso anterior, se había vuelto a encarrilar y en todas las asignaturas aprobaba con algo menos que notable. Pero cuando trataba de reflexionar con él sobre *Los novios*, o sobre las maravillosas novelas que yo seguía sacando de la biblioteca del maestro Ferraro, o incluso sobre el Espíritu Santo, se limitaba a escuchar y, por timidez o ignorancia, no decía nada que estimulara en mí ulteriores pensamientos. Para colmo, si cuando le hacían preguntas en clase utilizaba un buen italiano, cara a cara no abandonaba nunca el dialecto, y en dialecto resultaba difícil discurrir sobre la corrupción de la justicia terrenal, tal como se desprendía claramente de la comida en casa de don Rodrigo, o de las relaciones entre Dios, el Espíritu Santo y Jesús, que, pese a ser una sola persona, al dividirse en tres, en mi opinión, debían a la fuerza ordenarse con arreglo a una jerarquía, y entonces, ¿quién iba primero y quién último?

No tardó en venirme a la cabeza lo que Pasquale me había dicho una vez: el mío, aunque fuese un instituto de bachillerato clásico, no debía de ser de los mejores. Concluí que tenía razón. Rara vez veía a mis compañeras de colegio bien vestidas como las muchachas de via dei Mille. Y al salir de clase, jamás de los jamases iban a recogerlas unos jóvenes con trajes elegantes, en automóviles más lujosos que los de Marcello o Stefano. También escaseaban las cualidades intelectuales. El único muchacho que gozaba de una fama similar a la mía era Nino, pero a esas alturas, en vista de la frialdad con que lo había tratado, se alejaba con la cabeza gacha sin mirarme siquiera. Entonces, ¿qué hacer?

Necesitaba expresarme, tenía la cabeza hecha un lío. Recurría a Lila, especialmente cuando en el colegio había vacaciones. Nos veíamos, hablábamos las dos. Le describía con detalle las clases, los profesores. Ella me escuchaba con atención, yo esperaba despertar su curiosidad, que regresara a aquella época en que secreta o abiertamente corría a conseguir los libros que le permitirían seguir mi ritmo. No ocurrió nunca, era como si una parte de ella tuviese firmemente controlada a la otra. No tardó en manifestarse su tendencia a intervenir de sopetón, casi siempre con ironía. Por poner un ejemplo, cierta vez le hablé de mi curso de teología y, para impresionarla con las cuestiones con las que me devanaba los sesos, le solté que no sabía qué pensar del Espíritu Santo, porque no tenía clara su función. Y razoné en voz alta:

—¿Qué es, un ente subordinado, al servicio de Dios y de Jesús, como un mensajero? ¿O una emanación de las primeras dos personas, un fluido milagroso de ambas? Ahora bien, en el primer caso, ¿cómo es posible que un ente que hace de mensajero se convierta después en uno solo con Dios y su hijo? ¿No sería acaso como decir que mi padre, que trabaja de conserje en el ayuntamiento, forma una unidad con el alcalde y el comandante Lauro? Por el contrario, si tenemos en cuenta el segundo caso, es decir, si lo consideramos un fluido, el sudor, la voz forman parte de la persona de la que emanan: ¿qué sentido tiene entonces considerar al Espíritu Santo separado de Dios o de Jesús? O el Espíritu Santo es la persona más importante y las otras dos son una de sus formas de ser, o no entiendo cuál es su función.

Recuerdo que Lila se estaba preparando para salir con Stefano: iban a ir a un cine del centro con Pinuccia, Rino y Alfonso. La observaba mientras se ponía una falda nueva, una chaqueta nueva; era ya otra persona, pero si incluso sus tobillos habían dejado de ser dos palitos. Sin embargo, vi que entrecerraba los ojos como cuando trataba de captar algo evasivo. Dijo en dialecto:

—¿Sigues perdiendo el tiempo con esas cosas, Lenù? Estamos volando encima de una bola de fuego. La parte que se ha enfriado flota sobre la lava. En esa parte construimos los edificios, los puentes y las calles. De vez en cuando la lava sale del Vesubio o provoca un terremoto que lo destruye todo. Hay microbios por todas partes que nos hacen enfermar y morir. Hay guerras. Mires donde mires hay una miseria que nos vuelve malvados. A cada instante puede ocurrir algo capaz de hacerte sufrir tanto que nunca tendrás lágrimas suficientes para lamentarlo. ¿Y qué haces tú? ¿Un curso de teología en el que te esfuerzas por entender qué es el Espíritu Santo? Déjalo estar, fue el diablo quien se inventó el mundo, no el Padre, el Hijo y el Espíritu Santo. ¿Quieres ver la sarta de perlas que me ha regalado Stefano?

Habló más o menos en esos términos, y me confundió. Y no solo en esa circunstancia, sino cada vez con mayor frecuencia, hasta que ese tono se estabilizó y pasó a ser su forma de desafiarme. Si yo hacía algún comentario sobre la Santísima Trinidad, ella, con unas cuantas frases apresuradas, casi siempre amables, echaba por tierra toda conversación posible y, acto seguido, se ponía a enseñarme los regalos de Stefano, el anillo de compromiso, el collar, un vestido nuevo, un sombrerito, mientras las cosas que me apasionaban, con las que me congraciaba con los profesores hasta el punto de que me consideraban una excelente alumna, perdían fuerza y quedaban arrinconadas, despojadas de sentido. Me olvidaba de mis ideas, de los libros. Me ponía a admirar todos esos regalos que chocaban con la casa pobre de Fernando, el zapatero remendón; me probaba los vestidos y los objetos de valor; enseguida me percataba de que a mí nunca iban a quedarme tan bien como a ella; y entonces me largaba.

44

En el papel de novia, Lila fue muy envidiada y provocó no poco descontento. Por lo demás, si su forma de ser había irritado cuando era una niña demacrada, no hablemos ahora, que había pasado a ser una muchacha muy afortunada. Ella misma me habló de la creciente hostilidad de la madre de Stefano y, sobre todo, de Pinuccia. Las dos mujeres llevaban los malos pensamientos nítidamente grabados en la cara. ¿Quién se creía que era la hija del zapatero? ¿Qué pócima embrujada le había dado a beber a Stefano? ¿Cómo era posible que en cuanto ella abría la boca, él sacaba de inmediato la billetera? ¿Es que quiere venir a mandar en nuestra casa?

Si Maria se limitaba a ponerse de morros y callar, Pinuccia no se contenía, estallaba y se dirigía a su hermano con comentarios como este: «¿Por qué a ella le regalas de todo y a mí no solo no me has regalado nunca nada, sino que en cuanto me compro algo bonito, siempre me criticas diciendo que hago gastos inútiles?».

Stefano desplegaba su media sonrisa tranquila y no contestaba. Pero pronto, coherente con su talante acomodaticio, comenzó a hacerle regalos también a su hermana. Se inició así una competición entre las dos muchachas: iban juntas a la peluquería, se compraban vestidos idénticos. Aquello solo sirvió para encolerizar más a Pinuccia. No era fea, tenía unos años más que nosotras, tal vez estaba mejor formada, pero el efecto que cualquier objeto o prenda tenían cuando se los ponía Lila no era en absoluto comparable con el que tenía en ella. La primera en darse cuenta fue su madre. Cuando Maria veía a Lila y a Pinuccia emperifolladas para salir, con peinados similares, vestidos similares, siempre encontraba la manera de irse por las ramas y, de forma solapada, con tonos fingidamente cordiales, acababa criticando a su futura nuera por algo que había hecho días antes, dejar la luz de la cocina encendida o el grifo abierto después de servirse un vaso de agua. Hecho el comentario, se daba media vuelta como si tuviera mucho que hacer y mascullaba rabiosa:

—Volved temprano.

Nosotras, las muchachas del barrio, no tardamos en tener problemas no muy distintos. Los días de fiesta, a Carmela, que insistía en hacerse llamar Carmen, a Ada y a Gigliola, les dio por acicalarse y competir con Lila, sin decirlo, sin decírselo. En especial Gigliola, que trabajaba en la pastelería y que, aunque no de forma oficial, salía con Michele Solara, se compraba y se hacía comprar expresamente cosas bonitas para lucir cuando paseaba o iba en coche. Pero no había competición posible, Lila parecía inalcanzable, una figurilla cautivante a contraluz.

Al principio intentamos retenerla, imponerle las viejas costumbres. Conseguimos que Stefano se uniera a nuestro grupo, lo mimamos, lo embaucamos, y él parecía contento, tanto es así que un sábado, tal vez impulsado por la simpatía que sentía por Antonio y Ada, le dijo a Lila:

—Pregunta si Lenuccia y los hijos de Melina pueden venir mañana por la noche a cenar algo con nosotros.

Por «nosotros» se refería a ellos dos más Pinuccia y Rino, para quien a esas alturas era muy importante pasar el tiempo libre en compañía de su futuro cuñado. Aceptamos, pero fue una velada complicada. Ada, temerosa de hacer mal papel, le pidió a Gigliola que le prestara un vestido. Stefano y Rino no eligieron una pizzería sino un restaurante en Santa Lucia. Como Antonio, Ada y yo nunca habíamos pisado un restaurante, cosa de ricos, nos entró el nerviosismo: ¿cómo debíamos vestirnos, cuánto iba a costarnos? Mientras ellos cuatro salieron con la furgoneta, nosotros llegamos en autobús hasta la piazza Plebiscito y de allí hicimos juntos el resto del trayecto. Una vez en el restaurante, ellos pidieron con desenvoltura muchos platos, nosotros, casi nada, por miedo a que la cuenta subiera mucho y no tuviéramos para pagar. Estuvimos casi todo el rato callados, porque Rino y Stefano hablaron más que nada de dinero y no se les ocurrió otros temas de conversación para que participara al menos Antonio. Ada, que no se resignó a la marginación, se pasó toda la velada tratando de llamar la atención de Stefano, haciéndole un montón de melindres que incomodaron a su hermano. Al final, cuando llegó la hora de pagar, descubrimos que el charcutero se había ocupado de la cuenta; aquello no molestó en absoluto a Rino, pero Antonio regresó a su casa enfadado porque, pese a tener la misma edad que Stefano y el hermano de Lila, pese a trabajar como ellos, se sintió tratado como un pobre pelagatos. Pero lo más significativo fue que Ada y yo, con sentimientos distintos, nos dimos cuenta de que en un lugar público, fuera de la relación amistosa cara a cara, no sabíamos cómo tratar a Lila ni qué decirle. Iba tan bien maquillada, tan bien vestida, que en la furgoneta, en el descapotable, en el restaurante de Santa Lucia no desentonaba, pero físicamente no era adecuada para subirse al metro con nosotras, viajar en autobús, dar un paseo a pie, tomar una pizza en corso Garibaldi, ir al cine de la parroquia o a bailar a casa de Gigliola.

Esa noche resultó evidente que Lila estaba cambiando de estado. Pasaron los días, los meses y se transformó en una señorita que imitaba a las modelos de las revistas de moda, las muchachas de la televisión, las chicas que había visto pasear por via Chiaia. Cuando la veías, desprendía un fulgor que era como una violenta bofetada a la miseria del barrio. El cuerpo de muchachita del que todavía conservaba huellas cuando habíamos tejido juntas la trama que había desembocado en su noviazgo con Stefano fue desterrado muy pronto y enviado a oscuros territorios. Bajo la luz del sol surgió una joven mujer que, cuando salía los domingos del brazo de su novio, parecía aplicar las cláusulas de un acuerdo suscrito con su pareja, y Stefano, con sus regalos, parecía querer demostrar al barrio que, si Lila era hermosa, podía serlo cada vez más; y ella parecía haber descubierto la dicha de recurrir a la fuente inagotable de su belleza y sentir y exhibir que ningún perfil bien diseñado podía contenerla definitivamente, hasta el punto de que un nuevo peinado, un nuevo traje, un nuevo maquillaje de los ojos o de la boca no eran más que fronteras cada vez más avanzadas que borraban las anteriores. Stefano parecía buscar en ella el símbolo más evidente del futuro de bienestar y poder al que aspiraba; y ella parecía utilizar el sello que él le imprimía para ponerse a salvo a sí misma, y a su hermano, a sus padres, a los demás parientes, de todo aquello a lo que se había enfrentado desde pequeña.

Yo aún no sabía nada de eso que, en secreto, para sus adentros, después de la desagradable experiencia de año nuevo, ella llamaba desbordamiento. Pero conocía la historia de la olla que había explotado, permanecía siempre agazapada en algún rincón de mi cabeza, y le daba vueltas y más vueltas. Y recuerdo que una noche, en mi casa, releí expresamente la carta que me había enviado a Ischia. Qué seductora era su forma de contar cosas sobre sí misma y qué lejano parecía aquello. Tuve que reconocer que la Lila que me había escrito esas palabras había desaparecido. En la carta seguía estando la que había escrito *El hada azul*, la muchachita que había aprendido sola latín y griego, la que había devorado media biblioteca del maestro Ferraro, incluso la que había hecho los diseños de zapatos cuyos cuadritos colgaban en la zapatería. Pero en la vida diaria ya no la veía, ya no la oía más. La Cerullo nerviosa y agresiva estaba como inmolada. Aunque ella y yo seguíamos viviendo en el mismo barrio, aunque habíamos tenido la misma infancia, aunque celebrábamos las dos nuestro decimoquinto cumpleaños, de repente habíamos ido a parar a dos mundos distintos. A medida que pasaban los meses, yo me transformaba en una muchacha abandonada, desgreñada, gafuda, encorvada sobre unos libros sobados que despedían el tufo de los volúmenes comprados con grandes sacrificios en el mercado de segunda mano o conseguidos por la maestra Oliviero. Ella se paseaba del brazo de Stefano peinada como una diva, vestida con trajes que la hacían parecer una actriz o una princesa.

La contemplaba desde la ventana, sentía que su forma anterior se había roto y me acordaba de aquel párrafo precioso de la carta, del cobre partido y deformado. Era una imagen que utilizaba ya continuamente, cada vez que notaba una fractura dentro de ella o dentro de mí. Sabía —tal vez esperaba— que ninguna forma habría podido contener jamás a Lila y que tarde o temprano lo destrozaría todo otra vez.

45

Después de la desagradable velada en el restaurante de Santa Lucia no hubo otras ocasiones como aquellas, y no porque los novios no volvieran a invitarnos, sino porque nosotros fuimos dando largas, primero con una excusa, luego con otra. No obstante, cuando los deberes no acababan con todas mis energías, me dejaba convencer y asistía a algún baile en alguna casa, iba a comer una pizza con todo el grupo de antes. Aunque prefería salir únicamente cuando estaba segura de que vendría también Antonio, que en los últimos tiempos se dedicaba a mí de forma exclusiva, me hacía la corte con discreción y muchas atenciones. Claro, tenía el cutis reluciente y cubierto de puntos negros, los dientes con algunas manchas azules, las manos macizas, unos dedos robustos con los que en cierta ocasión había desatornillado sin esfuerzo los pernos de la rueda pinchada de un coche viejísimo que Pasquale se había comprado. Pero tenía un pelo ondulado tan negro que te daban ganas de acariciárselo, y aunque fuese muy tímido, las raras veces en que abría la boca, decía cosas ocurrentes. Por lo demás, era el único que se fijaba en mí. Enzo aparecía muy de vez en cuando, llevaba una vida de la que sabíamos poco o nada, pero cuando aparecía se dedicaba a Carmela sin exagerar demasiado, a su manera distante y calmada. En cuanto a Pasquale, después del rechazo de Lila parecía haber perdido el interés por las muchachas. Le hacía muy poco caso incluso a Ada, que con él era toda remilgos, aunque ella no dejaba de repetir sin parar que estaba harta de ver siempre nuestras feas caras.

Naturalmente, tarde o temprano, en aquellas veladas acabábamos siempre hablando de Lila, aunque diera la impresión de que nadie tenía ganas de nombrarla: los muchachos se sentían un tanto decepcionados, todos ellos hubieran querido estar en el lugar de Stefano. Pero el más infeliz era Pasquale: si los Solara no le hubiesen inspirado un odio que venía de muy lejos, probablemente se habría puesto públicamente del lado de Marcello, en contra de la familia Cerullo. Sus penas de amor lo carcomían por dentro; bastaba con que atisbara apenas a Lila y Stefano juntos para que se le quitaran las ganas de vivir. Pese a todo, era por naturaleza un muchacho de buenos sentimientos y buenos pensamientos, de manera que ponía mucho cuidado en controlar sus reacciones y tomar partido por la justicia. Cuando se supo que Marcello y Michele habían desafiado a Rino una noche, y, sin ponerle un dedo encima, lo habían cubierto de insultos, Pasquale había apoyado sin reservas los motivos de Rino. Cuando se supo que Silvio Solara, el padre de Michele y Marcello, se había presentado en la zapatería reformada de Fernando y le había reprochado tranquilamente el no haber sabido educar bien a su hija, y luego, tras echar una mirada a su alrededor, había comentado que el zapatero podría confeccionar todos los zapatos que quisiera, pero después a saber dónde iba a venderlos, nunca encontraría una tienda que se los comprara, por no mencionar toda la cola, el hilo, la brea, las hormas de madera y las suelas y medias suelas que, al menor despiste se podían prender fuego y adiós muy buenas, Pasquale había prometido que, en caso de que la zapatería Cerullo se incendiara, él y unos cuantos compañeros de confianza iban a encargarse de quemar el bar-pastelería Solara. Pero con Lila era crítico. Decía que debería haber huido de casa antes que aceptar que Marcello fuera todas las noches a hacerle la corte. Decía que debería haber roto a martillazos el televisor en lugar de verlo en compañía de quien se sabía que lo había comprado para tenerla a ella. Decía, en fin, que era una muchacha demasiado inteligente para enamorarse de verdad de un merluzo hipócrita como Stefano Carracci.

En esas ocasiones yo era la única que no se callaba la boca y censuraba abiertamente las críticas de Pasquale. Le rebatía con argumentos del tipo: no es fácil huir de casa; no es fácil oponerse a la voluntad de las personas que quieres; nada es fácil, lo cierto es que la criticas a ella en lugar de tomarla con tu amigo Rino: fue él quien la metió en ese lío con Marcello, y si Lila no hubiese encontrado la manera de salir de él, tendría que haberse casado con Marcello. Yo concluía con un panegírico de Stefano, que de todos ellos, los muchachos que conocían a Lila desde niña y la querían, había sido el único con el valor de apoyarla y ayudarla. Seguía entonces un desagradable silencio y yo me sentía muy orgullosa de haber refutado todas las críticas con un tono y en una lengua que, entre otras cosas, los había dejado cohibidos.

Pero una noche terminamos peleándonos a muerte. Habíamos ido todos, incluido Enzo, a comer una pizza al Rettifilo, a un local donde por una margarita y una cerveza cobraban cincuenta liras. En esa ocasión fueron las chicas las que empezaron: Ada, me parece, dijo que, en su opinión, Lila hacía el ridículo paseándose siempre como recién salida de la peluquería y vistiéndose como Soraya hasta para espolvorear la entrada de su casa con veneno para cucarachas; y quien más quien menos, todos nos echamos a reír. Después, una cosa lleva a la otra, Carmela llegó a decir claramente que, en su opinión, Lila se había prometido con Stefano por el dinero y para colocar al hermano y al resto de su familia. Yo estaba comenzando la acostumbrada defensa de oficio cuando Pasquale me interrumpió y dijo:

—No es esa la cuestión. La cuestión es que Lina sabe de dónde viene ese dinero.

—¿Otra vez quieres sacar a relucir a don Achille, el mercado negro, los trapicheos, la usura y las indecencias de antes y después de la guerra? —pregunté yo.

—Sí, y si tu amiga estuviera aquí, me daba la razón.

—Stefano no es más que un comerciante que sabe vender.

—¿Y el dinero que ha puesto en la zapatería de los Cerullo lo saca de la charcutería?

—¿Por qué, dices que no?

—Ese dinero viene del oro de las madres de familia que don Achille guardaba debajo del colchón. Lina se hace la señora con la sangre de toda la gente pobre de este barrio. Y se hace mantener, ella y toda su familia, antes de haberse casado.

Iba a contestarle cuando se entrometió Enzo con su indiferencia habitual:

—Perdona, Pascà, ¿qué significa «se hace mantener»?

No tuve más que oír la pregunta para comprender que la cosa tomaba mal cariz. Pasquale se puso colorado, se mostró incómodo:

—Mantener significa mantener. Perdona, pero ¿quién paga

cuando Lina va a la peluquería, cuando se compra trajes y bolsos? ¿Quién ha puesto el dinero en la zapatería para que el remendón pueda jugar a ser fabricante de zapatos?

—¿O sea que estás diciendo que Lina no se ha enamorado, no se ha prometido, no se casará pronto con Stefano, sino que se ha vendido?

Nos quedamos todos callados. Antonio farfulló:

—Que no, Enzo, que no es eso lo que quiere decir Pasquale; tú sabes que quiere a Lina como la queremos todos nosotros.

Enzo le hizo señas para que callara.

—Calla, Anto', deja que conteste Pasquale.

Pasquale dijo sombrío:

—Sí, se ha vendido. Y le importa un carajo el olor del dinero que gasta todos los días.

A esas alturas traté otra vez de expresar mi opinión, pero Enzo me tocó el brazo.

—Perdona, Lenù, quiero que Pasquale me diga cómo llama él a una mujer que se vende.

Pasquale tuvo un impulso violento que todos vimos reflejado en sus ojos y dijo lo que desde hacía meses tenía en mente decir, gritar a todo el barrio:

—Furcia, la llamo furcia. Lina se ha comportado y se comporta como una furcia.

Enzo se levantó y dijo con un hilo de voz:

—Sal fuera.

Antonio se levantó de un salto, aferró de un brazo a Pasquale que quería salir y dijo:

—Vamos, no exageremos, Enzo. Lo que Pasquale dice no es una acusación, es una crítica en la que todos estamos de acuerdo.

Enzo contestó, esta vez en voz bien alta:

—Yo no. —Fue hacia la salida recalcando—: Os espero fuera a los dos.

Impedimos a Pasquale y a Antonio que salieran tras él, no pasó nada. Se limitaron a estar de morros unos cuantos días, y después, todo volvió a ser como antes.

46

He contando esta pelea para dar una idea de cómo pasó ese año y qué clima rodeó las elecciones de Lila, en especial entre los jóvenes que abierta o secretamente la habían amado, la habían deseado, y que, con toda probabilidad la amaban y la deseaban todavía. En cuanto a mí, resulta difícil explicar la maraña de sentimientos que bullían en mi interior. En todas las ocasiones defendía a Lila, y me gustaba hacerlo, me gustaba oírme hablar con la autoridad de quien cursa unos estudios difíciles. Pero sabía también que habría contado con el mismo entusiasmo, en todo caso con alguna exageración, cómo Lila había estado detrás de cada movimiento de Stefano, y yo con ella, encadenando un paso tras otro como si se tratara de un problema de matemáticas, hasta llegar a ese resultado: colocarse, colocar al hermano, tratar de llevar a cabo el proyecto de la fábrica de zapatos e incluso coger el dinero para hacer reparar mis gafas rotas.

Pasaba delante del viejo taller de Fernando y experimentaba un sentimiento de victoria por persona interpuesta. Era evidente que Lila lo había logrado. La zapatería, que nunca había tenido un rótulo, ahora lucía en lo alto de la vieja puerta una especie de placa en la que se leía: «Cerullo». Fernando, Rino y los tres aprendices trabajaban encolando, orillando, martillando, lijando desde la mañana hasta bien entrada la noche, inclinados sobre sus mesas. Se sabía que padre e hijo discutían mucho. Se sabía que Fernando sostenía que los zapatos, sobre todo los de señora, no se podían confeccionar como los había diseñado Lila, que no eran más que una fantasía de niña. Se sabía que Rino sostenía lo contrario y que iba a ver a Lila a pedirle su intervención. Se sabía que Lila decía que no quería saber nada, y que entonces Rino iba a ver a Stefano y lo arrastraba al taller para que le diera a su padre unas órdenes claras. Se sabía que Stefano iba y que se quedaba mirando los diseños de Lila enmarcados en las paredes, mientras sonreía para sus adentros y con tranquilidad decía que los zapatos los quería exactamente como se veían en esos cuadritos, que los había colgado allí precisamente para eso. Se sabía, en fin, que todo avanzaba muy despacio y que los trabajadores primero recibían unas instrucciones de Fernando, que después Rino cambiaba, se paraba todo y se volvía a empezar, entonces Fernando se daba cuenta de los cambios y volvía a cambiarlo todo, y llegaba Stefano y vuelta a empezar, terminaban a los gritos, rompiendo cosas.

Yo lanzaba una mirada y pasaba de largo. Pero me quedaban grabados los cuadritos colgados de las paredes. Pensaba: «Para Lila esos dibujos han sido un sueño, el dinero no tiene nada que ver, lo de venderse no tiene nada que ver. Todo este trabajo es el producto final de una inspiración suya, celebrada por Stefano solo por amor. Dichosa ella que es tan amada, que ama. Dichosa ella que es adorada por lo que es y por lo que sabe inventar. Ahora que le ha dado a su hermano lo que quería, ahora que lo ha alejado de los peligros, seguramente se inventará alguna otra cosa. Por eso no quiero perderla de vista. Algo pasará».

Pero no pasó nada. Lila se estabilizó en su papel de novia de Stefano. Y por las conversaciones que manteníamos, cuando yo encontraba tiempo, me pareció siempre satisfecha de haberse convertido en lo que era, como si no viera nada más allá, como si no quisiera ver nada más que el matrimonio, una casa, hijos.

Me llevé una decepción. Parecía dulcificada, sin las asperezas de siempre. Me di cuenta tiempo después, cuando a través de Gigliola Spagnuolo me llegaron comentarios infamantes sobre ella.

Gigliola me dijo con rabia, en dialecto:

—Ahora tu amiga vive como una princesa. Pero ¿sabe Stefano que cuando Marcello iba a verla a su casa, todas las noches ella le hacía un francés?

Yo no tenía ni idea de lo que era un francés. Conocía la expresión desde niña pero su sonido me remitía únicamente a una especie de insulto, a algo muy humillante.

—No es cierto.

—Lo dice Marcello.

—Miente.

—¿Sí? ¿O sea que también le miente a su hermano?

—¿A ti te lo ha dicho Michele?

—Sí.

Esperé que esas habladurías no llegaran a oídos de Stefano. Cada vez que volvía del colegio me decía: quizá debería avisar a Lila antes de que ocurra algo malo. Pero temía que se enfureciera y que, por como se había criado, por como era ella, fuese a ver directamente a Marcello Solara chaira en mano. De todos modos, al final me decidí: era mejor que le contara lo que sabía para que se preparara y enfrentara la situación. Pero descubrí que ya estaba al tanto de todo. Y no solo eso: estaba más informada que yo sobre lo que era un francés. Lo supe por el hecho de que utilizó una fórmula más clara para decirme que, con el asco que le daba, ella jamás le iba a hacer eso a ningún hombre, y mucho menos a Marcello Solara. Después me contó que Stefano ya se había enterado y que él le había preguntado qué tipo de relaciones había habido entre ella y Marcello en la época en que frecuentaba la casa de los Cerullo. Ella le había contestado con rabia: «Ninguna, ¿estás loco?». Y Stefano se había apresurado a contestarle que la creía, que nunca había dudado, que se lo había preguntado únicamente para que supiera que Marcello contaba esas guarradas de ella. Entretanto se le había puesto la expresión distraída de quien sin quererlo persigue imágenes de matanza que se le forman en la cabeza. Lila se había dado cuenta y habían discutido largo rato, le había confesado que sus manos también estaban sedientas de sangre. Pero ¿de qué servía? Y de tanto hablar, al final, de común acuerdo, habían decidido situarse un peldaño por encima de los Solara, de la lógica del barrio.

—¿Un peldaño por encima? —le pregunté, maravillada.

—Sí, ignorarlos, a Marcello, a su hermano, al padre, al abuelo, a todos. Hacer como si no existieran.

De modo que Stefano había seguido con su trabajo sin defender el honor de su novia, Lila había seguido con su vida de prometida sin recurrir a la chaira u otra cosa, los Solara habían seguido difundiendo obscenidades. La dejé, estaba estupefacta. ¿Qué estaba pasando? No lo entendía. Me parecía más claro el comportamiento de los Solara, coherente con el mundo que conocíamos desde niños. Pero ¿qué tenían en mente ella y Stefano, dónde se creían que vivían? Se comportaban de una manera que no se veía siquiera en los poemas que estudiaba en la escuela, en las novelas que leía. Estaba perpleja. No reaccionaban a las ofensas, ni siquiera a la francamente insoportable que les hacían los Solara. Hacían gala de gentileza y cortesía con todos, como si fuesen John y Jacqueline Kennedy de visita en un barrio de pordioseros. Cuando salían a pasear juntos y él le rodeaba siempre los hombros con el brazo, daba la impresión de que ninguna de las viejas reglas valiera para ellos: reían, bromeaban, se abrazaban, se besaban en los labios. Los veía pasar zumbando en el descapotable, solos, incluso de noche, vestidos siempre como actores de cine, y pensaba: a saber adónde van sin vigilancia, y no a escondidas, sino con el consentimiento de sus padres, con el consentimiento de Rino, a hacer sus cosas sin dar importancia a las murmuraciones de la gente. ¿Era Lila quien convencía a Stefano de que adoptara esos comportamientos que los convertía en la pareja más admirada y criticada del barrio? ¿Era esa la última novedad que se había inventado? ¿Quería salir del barrio quedándose en el barrio? ¿Quería arrastrarnos fuera de nosotros mismos, arrancarnos la antigua piel e imponernos una nueva, adecuada a la que ella se estaba inventando?

47

Todo volvió bruscamente a los cauces habituales cuando Pasquale se enteró de las habladurías sobre Lila. Ocurrió un domingo, mientras Carmela, Enzo, Pasquale, Antonio y yo paseábamos por la avenida. Antonio dijo:

—Me han dicho que Marcello Solara le cuenta a todo el mundo que Lina estuvo con él.

Enzo ni pestañeó. Pasquale se encendió enseguida:

—¿Estuvo cómo?

Antonio se sintió incómodo por mi presencia y la de Carmela y contestó:

—Ya me has entendido.

Se alejaron de nosotras, hablaron entre ellos. Vi y oí que Pasquale se enfurecía cada vez más, que físicamente Enzo se volvía cada vez más compacto, como si ya no tuviera brazos, piernas, cuello, y fuese un bloque de materia dura. ¿Por qué, me preguntaba, cómo es posible que se enfaden tanto? Lila no es hermana de ninguno de ellos, ni siquiera prima. Sin embargo, se sienten obligados a indignarse, los tres, más que Stefano, mucho más que Stefano, como si fueran los verdaderos novios. Pasquale sobre todo me pareció ridículo. En un momento dado, él que hacía apenas unos días había dicho lo que había dicho, se puso a gritar, y lo oímos bien, con estos oídos:

—Le parto la cara a ese cabrón, la está haciendo quedar como una furcia. Pero si Stefano se lo permite, un servidor no se lo va a permitir.

Siguió un silencio, regresaron junto a nosotras y callejeamos sin ganas, yo charlaba con Antonio, Carmela caminaba entre su hermano y Enzo. Al cabo de un rato nos acompañaron a casa. Los vi alejarse, Enzo que era el más bajo iba en el centro, y Antonio y Pasquale, a los lados.

En los días que siguieron se habló mucho del Fiat 1100 de los Solara. Había quedado destrozado. No solo eso: los dos hermanos habían sido salvajemente golpeados, aunque no supieron decir quién había sido. Juraban que habían sido atacados en un callejón oscuro por al menos diez personas, gente venida de fuera. Carmela y yo sabíamos muy bien que los agresores habían sido solo tres y nos preocupamos mucho. Esperamos las inevitables represalias durante un día, dos, tres. Evidentemente habían hecho bien las cosas. Pasquale siguió trabajando de albañil, Antonio de mecánico, Enzo con su carreta. Los Solara, en cambio, maltrechos y despistados, se pasaron una temporada moviéndose solo a pie, siempre acompañados de cuatro o cinco amigos. Reconozco que verlos en esas condiciones me alegró. Me sentí orgullosa de mis amigos. Con Carmen y Ada critiqué a Stefano y también a Rino porque habían hecho como que no se enteraban de nada. Pasó el tiempo, Marcello y Michele se compraron un Giulietta verde y volvieron a dárselas de amos y señores del barrio. Vivitos y coleando, más prepotentes que antes. Tal vez era señal de que Lila tenía razón: a la gente de esa ralea se la combatía conquistando una vida superior propia, de esas que ellos eran incapaces de imaginar siquiera. Mientras me examinaba de segundo de bachillerato superior, me anunció que se casaba en primavera, con poco más de dieciséis años.

48

La noticia me conmocionó. Cuando Lila me contó lo de su boda estábamos en junio, a pocas horas de los exámenes orales. Era lo previsible, claro, pero ahora que la fecha estaba fijada, el 12 de marzo, tuve la sensación de haberme distraído y dado contra una puerta. Me vinieron pensamientos mezquinos. Conté los meses:

nueve. Tal vez nueve meses eran lo bastante largos para que el pérfido rencor de Pinuccia, la hostilidad de Maria, las habladurías de Marcello Solara que seguían volando de boca en boca por todo el barrio como la Fama en *La Eneida*, cansaran a Stefano llevándolo a romper el compromiso. Me avergoncé de mí misma, pero ya no podía reconocer un plan coherente en la bifurcación de nuestros destinos. Lo concreto de esa fecha hizo que cobrara forma la encrucijada que separaría nuestras vidas. Y, lo que es peor, di por descontado que su suerte sería mejor que la mía. Sentí con mayor fuerza que nunca la insignificancia del camino de los estudios, tuve claro que años antes lo había emprendido con el solo fin de provocar la envidia de Lila. En cambio ella, ahora, no atribuía ninguna importancia a los libros. Dejé de prepararme para el examen, por las noches no dormía. Pensé en mi escasísima experiencia amorosa: había besado una vez a Gino, había rozado apenas los labios de Nino, había padecido los fugaces y repugnantes contactos de su padre: eso era todo. En cambio Lila a partir de marzo, con dieciséis años, iba a tener un marido y al cabo de un año, con diecisiete, un hijo, y después otro más, y otro, y otro. Me sentí una sombra, lloré con desesperación.

Al día siguiente fui sin muchas ganas a hacer el examen. Pero me ocurrió algo que me hizo sentir mejor. El profesor Gerace y la profesora Galiani, que formaban parte del tribunal, elogiaron muchísimo mi trabajo de italiano. En particular Gerace dijo que había mejorado aún más la exposición. Quiso leer un párrafo a los demás miembros del tribunal. Y solo cuando lo oí, me di cuenta de lo que había tratado de hacer en los últimos meses cada vez que me ponía a escribir: librarme de mis tonos artificiosos, de las frases demasiado rígidas; tratar de conseguir una escritura fluida e irresistible como la de Lila en la carta de Ischia. Cuando oí mis palabras en la voz del profesor, mientras la profesora Galiani escuchaba y asentía en silencio, me di cuenta de que lo había conseguido. Naturalmente, no era la forma de escribir de Lila, era la mía. Y a mis profesores les parecía algo francamente fuera de lo común.

Aprobé todo con diez y pasé a primero del curso preuniversitario, pero en mi casa nadie se asombró ni lo celebró. Vi que estaban satisfechos, eso sí, y me alegré, pero no le dieron al hecho ninguna importancia. Al contrario, mi madre consideró que mi éxito escolar era algo del todo natural, mi padre me dijo que fuera enseguida a casa de la maestra Oliviero para animarla a que me consiguiera con tiempo los libros del curso siguiente. Y mientras salía, mi madre me gritó:

—Y si quiere mandarte otra vez a Ischia, dile que yo no me siento bien y que tienes que ayudar en casa.

La maestra me elogió, pero con desgana, en parte porque ella también ya daba por sentadas mis habilidades, en parte porque no se encontraba bien, la enfermedad que tenía en la boca le causaba mucho malestar. No mencionó nunca mi necesidad de descanso, ni a su prima Nella de Ischia. Aunque se puso a hablar por sorpresa de Lila. La había visto de lejos, en la calle. Dijo que iba con su novio, el charcutero. Después añadió una frase que siempre recordaré: «La belleza que Cerullo llevaba en la cabeza desde niña no ha encontrado salidas, Greco, y le ha ido a parar toda en la cara, el pecho, los muslos y el culo, sitios donde se pasa muy pronto y después es como si nunca la hubiese tenido».

Desde que la conocía nunca la había oído decir palabrotas. En esa ocasión dijo «culo» y después masculló: «Perdona». Pero no fue eso lo que me impresionó. Fue su amargura, como si la maestra se estuviera dando cuenta de que algo en Lila se había echado a perder porque ella, como maestra, no lo había protegido y desarrollado bien. Me sentí su alumna más lograda y me fui aliviada.

El único que me felicitó sin medias tintas fue Alfonso, que también aprobó todo con siete. Sentí que la suya era una admiración genuina y eso me encantó. Delante de las listas con las notas, presa del entusiasmo, en presencia de nuestros compañeros y sus padres, hizo algo inconveniente, como si se hubiese olvidado de que yo era una chica y no debía tocarme: me estrechó con fuerza entre sus brazos, me dio un beso ruidoso en la mejilla. Después se mostró confundido, me soltó enseguida, se disculpó, y, a pesar de todo, sin poder contenerse, gritó: «Todos dieces, imposible, todos dieces». En el camino de regreso a casa hablamos mucho de la boda de su hermano, de Lila. Como me sentía particularmente cómoda, por primera vez le pregunté qué pensaba de su futura cuñada. Se tomó su tiempo antes de contestarme. Luego dijo:

—¿Te acuerdas de la competición que nos obligaron a hacer en la escuela?

—¿Cómo iba a olvidarla?

—Yo estaba seguro de ganar, todos le teníais miedo a mi padre.

—Lina también, de hecho, durante un rato trató de no vencerte.

—Sí, pero después decidió ganar y me humilló. Volví a casa llorando.

—Es feo perder.

—No fue por eso: me pareció insoportable que todos le tuvieran pavor a mi padre, yo el primero, y que esa niña, no.

—¿Te enamoraste de ella?

—¿Bromeas? Siempre me ha dado mucho respeto.

—¿En qué sentido?

—En el sentido de que mi hermano es muy atrevido al casarse con ella.

—¿Qué dices?

—Digo que tú eres mejor y que si yo hubiese tenido que elegir, me habría casado contigo.

Eso también me encantó. Nos echamos a reír y seguíamos riendo cuando nos despedimos. Él estaba condenado a pasar el verano en la charcutería, yo, por decisión de mi madre más que de mi padre, debía buscarme un trabajo para el verano. Prometimos vernos, ir a la playa juntos aunque fuese una vez. No ocurrió.

En los días siguientes recorrí con desgana el barrio. Le pregunté a don Paolo, el de la tienda de comestibles, si necesitaba una dependienta. Nada. Le pregunté al vendedor de periódicos: a él tampoco le servía para nada. Pasé por la papelería, la dueña se echó a reír: necesitaba a alguien, sí, pero no en ese momento; debía regresar en otoño, cuando empezaran las clases. Me disponía a marcharme cuando ella me llamó y me dijo:

—Eres una muchacha muy seria, Lenù, me fío de ti: ¿serías capaz de llevarme a las niñas a la playa?

Salí de la tienda encantada de la vida. La dueña de la papelería iba a pagarme —y muy bien— por llevar a la playa a sus tres niñas durante todo el mes de julio y los primeros diez días de agosto. Playa, sol y dinero. Debía ir a diario a un lugar entre Mergellina y Posillipo del que no sabía nada, tenía un nombre raro, se llamaba Sea Garden. Me fui para casa entusiasmada como si mi vida hubiese experimentado un vuelco decisivo. Ganaría dinero para mis padres, me bañaría en el mar, volvería a tener la piel tersa y dorada por el sol como el verano de Ischia. Qué dulce es todo, pensé, cuando luce un día hermoso y parece que todas las cosas buenas solo te esperan a ti.

Tras andar un breve trecho esa impresión de horas afortunadas se consolidó. Antonio me alcanzó, venía con su mono de mecánico, sucio de grasa. Me puse contenta, no importaba con quién me hubiese encontrado en ese momento de alegría, habría sido bien recibido. Me había visto pasar y había corrido para alcanzarme. Le conté enseguida lo de la dueña de la papelería, debió de ver por mi cara que se trataba de un momento feliz. Me había pasado meses deslomándome, sola y fea. Aunque estaba segura de querer a Nino Sarratore, lo había evitado siempre y ni siquiera había ido a ver si había aprobado y con qué notas. Lila se disponía a dar un salto definitivo que la alejaría de mi vida y ya no podría seguirle el ritmo. Pero ahora me sentía bien y quería sentirme aún mejor. Al intuir que estaba en la disposición adecuada, Antonio me preguntó si quería ser su novia, le dije que sí enseguida, aunque amara a otro, aunque por él no sintiera más que algo de simpatía. Tenerlo de novio a él, mayor, coetáneo de Stefano, trabajador, me pareció algo no muy distinto de haber aprobado todo con dieces, de la tarea remunerada de llevar al Sea Garden a las hijas de la dueña de la papelería.

49

Empecé con mi trabajo y mi noviazgo. La dueña de la papelería me sacó una especie de abono, y todas las mañanas cruzaba la ciudad con las tres niñas en autobuses atestados, para llevarlas a aquel lugar alegre y multicolor, sombrillas, mar azul, plataformas de cemento, estudiantes, mujeres acomodadas con mucho tiempo libre, mujeres vistosas con caras voraces. Trataba con amabilidad a los socorristas que intentaban pegar la hebra conmigo. Vigilaba a las niñas, me daba largos baños con ellas, luciendo el traje de baño que Nella me había cosido el año anterior. Les daba de comer, jugaba con ellas, las dejaba beber mucho rato en el surtidor de una fuente de piedra procurando que no resbalaran y se partieran los dientes en la pila.

Regresábamos al barrio a última hora de la tarde. Llevaba a las niñas a la dueña de la papelería, corría a la cita secreta con Antonio, quemada por el sol, salada por el agua de mar. Íbamos a los pantanos por calles secundarias, temía que me viera mi madre o quizá, todavía peor, la maestra Oliviero. Los primeros besos los intercambié con él. No tardé en permitirle que me tocara los pechos y entre las piernas. Una noche yo misma le apreté el pene oculto en los pantalones, tenso, grueso, y cuando él se lo sacó, lo tuve de buena gana en una mano mientras nos besábamos. Acepté esas prácticas con dos preguntas bien claras en mente. La primera era: ¿hacía Lila esas cosas con Stefano? La segunda era: ¿el placer que siento con este muchacho es el mismo que sentí la noche en que Donato Sarratore me tocó? En ambos casos, Antonio terminaba siendo solo un fantasma útil para evocar, por una parte, los amores entre Lila y Stefano, y por la otra, la emoción fuerte, difícil de digerir, que me había provocado el padre de Nino. Pero nunca me sentí culpable. Me resultaba tan grato, me demostraba una dependencia tan absoluta por esos pocos contactos en los pantanos, que no tardé en convencerme de que quien estaba en deuda conmigo era él, que el placer que le daba era muy superior al que él me daba a mí.

Algunos domingos nos acompañaba a las niñas y a mí al Sea Garden. Gastaba mucho dinero con fingida desenvoltura, a pesar de que ganaba muy poco, y para colmo detestaba quemarse al sol. Pero lo hacía por mí, para estar a mi lado, sin ningún resarcimiento inmediato, puesto que durante todo el día no había manera de besarnos o tocarnos. Además entretenía a las niñas con bromas dignas de un payaso y zambullidas de atleta. Mientras él jugaba con las pequeñas, yo me tumbaba al sol a leer y me disolvía en las páginas como una medusa.

En una de esas ocasiones levanté la vista un momento y vi a una muchacha alta, delgada, elegante, con un hermosísimo dos piezas rojo. Era Lila. Acostumbrada ya a atraer las miradas de los hombres, se movía como si en aquel lugar atestado no hubiese nadie, ni siquiera el joven socorrista que la precedía para acompañarla a la sombrilla. No me vio y yo dudé si debía llamarla. Llevaba gafas de sol y un bolso de tela multicolor. Todavía no le había hablado de mi trabajo ni de Antonio: es probable que temiera su juicio sobre una cosa y la otra. Esperemos que me llame ella, pensé y volví a centrarme en el libro, pero ya no pude seguir leyendo. Volví a mirar en su dirección. El socorrista le había desplegado la tumbona, ella se había sentado al sol. Entretanto, llegó Stefano, blanquísimo, en traje de baño azul, en la mano llevaba un portafolios, el encendedor, los cigarrillos. Besó a Lila en los labios como hacen los príncipes con las bellas durmientes, se sentó en otra tumbona.

Traté de concentrarme otra vez en la lectura. Hacía tiempo me había acostumbrado a la disciplina y esa vez, durante unos minutos, conseguí realmente volver a capturar el sentido de las palabras, recuerdo que la novela era *Oblómov*. Cuando volví a levantar la vista, Stefano seguía sentado contemplando el mar, Lila ya no estaba a su lado. La busqué con la mirada y vi que estaba hablando con Antonio, y Antonio me estaba señalando. La saludé con alborozo, ella respondió con el mismo alborozo y de inmediato se volvió para llamar a Stefano.

Nos bañamos los tres juntos, mientras Antonio se ocupaba de las hijas de la dueña de la papelería. Fue un día en apariencia alegre. En un momento dado Stefano nos arrastró a los cinco al bar y pidió de todo: bocadillos, bebidas, helados y las niñas abandonaron a Antonio para dedicar toda su atención a Stefano. Cuando los dos jóvenes se pusieron a hablar de no sé qué problemas con el descapotable, una conversación en la que Antonio hizo muy buen papel, me llevé a las niñas para que no molestaran. Lila me acompañó.

—¿Cuánto te paga la de la papelería? —me preguntó.

Se lo dije.

—Es poco.

—Según mi madre me paga demasiado.

—Tienes que hacerte valer, Lenù.

—Me haré valer cuando tenga que llevar a la playa a tus hijos.

—Te daré cofres de monedas de oro, ya sé yo cuánto vale pasar el tiempo contigo.

La miré para comprobar si bromeaba. No bromeaba, bromeó a continuación cuando, señalando a Antonio me preguntó:

—¿Él sabe lo que vales?

—Llevamos veinte días de novios.

—¿Lo quieres?

—No.

—¿Y entonces?

La desafié con la mirada.

—¿Tú quieres a Stefano?

—Muchísimo —contestó seria.

—¿Más que a tus padres y que a Rino?

—Más que a todos, pero no más que a ti.

—Me tomas el pelo.

Pero mientras tanto pensé: aunque me tome el pelo, es bonito que hablemos así, al sol, sentadas en el cemento caliente, con los pies en el agua; paciencia si no me ha preguntado qué libro estoy leyendo; paciencia si no se ha informado sobre cómo me han ido los exámenes de segundo de bachillerato superior; tal vez no todo haya terminado, incluso después de que se haya casado, algo perdurará entre las dos.

—Vengo todos los días. ¿Por qué no vienes tú también? —le sugerí.

Se entusiasmó ante esa posibilidad, habló con Stefano, que se mostró de acuerdo. Fue un día magnífico en el que todos, milagrosamente, nos sentimos a gusto. Después el sol comenzó a descender, era hora de llevar a las niñas a su casa. Stefano fue a la caja y descubrió que Antonio ya había pagado la cuenta. Se afligió muchísimo y se lo agradeció calurosamente. En cuanto Stefano y Lila partieron raudos en el descapotable, se lo reproché. Melina y Ada fregaban escaleras en los edificios y él ganaba cuatro liras en el taller.

—¿Por qué has pagado tú? —le pregunté en dialecto, casi a gritos, enfadada.

—Porque tú y yo somos más guapos y más señores —contestó él.

50

Me encariñé con Antonio casi sin darme cuenta. Nuestros juegos sexuales se hicieron un poco más audaces, un poco más placenteros. Pensé que si Lila continuaba yendo al Sea Garden le preguntaría qué pasaba entre ella y Stefano cuando se alejaban solos en el coche. ¿Hacían lo mismo que hacíamos Antonio y yo o algo más, por ejemplo, las cosas que le atribuían las murmuraciones que difundían los dos Solara? Ella era la única con la que podía compararme. Pero no tuve ocasión de plantearle esas preguntas, no apareció más por el Sea Garden.

Poco antes del día de la Asunción terminó mi trabajo y terminó también la dicha de la playa y el sol. La dueña de la papelería se mostró sumamente satisfecha por cómo había cuidado a las niñas y, aunque a pesar de mis recomendaciones, las pequeñas le contaron a su madre que a veces venía a la playa un muchacho amigo mío con el que se zambullían de lo lindo, en lugar de reprochármelo, me dijo:

—Menos mal, desmelénate un poco, por favor, eres demasiado juiciosa para tu edad. —Y añadió con perfidia—: Piensa en la de cosas que hace Lina Cerullo.

A última hora de la tarde, en los pantanos, le dije a Antonio:

—Siempre ha sido así, desde que éramos niñas: todos creen que ella es mala y yo, buena.

Él me besó y murmuró irónico:

—¿Por qué, no es así?

Su respuesta me enterneció e impidió que le dijese que debíamos romper. Era una decisión que me parecía urgente, el afecto no era amor, yo amaba a Nino, sabía que siempre lo amaría. Había preparado un discurso sereno para Antonio, quería decirle: ha sido una época bonita, me has ayudado mucho en un momento en que estaba triste, pero ahora empiezan otra vez las clases y este año hago el primero de preuniversitario, tengo asignaturas nuevas, es un curso difícil, tendré que estudiar mucho; lo siento, pero debemos dejarlo. Sentía que era necesario y todas las tardes acudía a nuestra cita de los pantanos con mi discursito preparado. Pero él era tan afectuoso, tan apasionado, que me faltaba valor y lo iba posponiendo. Para la Asunción. Para después de la Asunción. Antes de final de mes. Me decía: no se puede besar, tocar a una persona, dejar que te toque y solo estar un poco encariñada; Lila quiere muchísimo a Stefano, yo a Antonio, no.

Pasó el tiempo y nunca encontré el momento adecuado para hablarle. Estaba preocupado. En general, cuando llegaba el calor Melina empeoraba, pero en la segunda mitad de agosto, el empeoramiento se hizo más visible. Había vuelto a pensar en Sarratore, al que ella llamaba Donato. Decía que lo había visto, decía que había ido a buscarla, sus hijos no sabían cómo calmarla. A mí me entró el miedo de que, en realidad, Sarratore hubiese vuelto a recorrer las calles del barrio no para buscar a Melina sino a mí. Por la noche me despertaba sobresaltada con la impresión de que había entrado en mi cuarto colándose por la ventana. Después me tranquilicé, pensé: estará de vacaciones en Barano, en la playa dei Maronti, con este calor, las moscas y el polvo, seguro que aquí no está.

Pero una mañana, mientras iba a hacer la compra, oí que me llamaban. Me di la vuelta y en un primer momento no lo reconocí. Después distinguí mejor el bigote negro, los rasgos agradables dorados por el sol, la boca de finos labios. Pasé de largo, él me siguió. Dijo que el verano anterior había sufrido al no encontrarme en casa de Nella, en Barano. Dijo que no hacía más que pensar en mí, que sin mí no podía vivir. Dijo que para dar forma a nuestro amor había escrito muchos poemas y que le hubiera gustado regalármelos. Dijo que quería verme, hablarme con calma, y que si me negaba, se quitaba la vida. Entonces me detuve y le dije entre dientes que no quería verlo nunca más. Se desesperó. Murmuró que me esperaría para siempre, que todos los días a mediodía se apostaría a la entrada del túnel en la avenida. Negué enérgicamente con la cabeza: jamás iba a verme. Se inclinó para besarme, di un salto y me aparté con un gesto de repugnancia, sonrió contrariado. Y murmuró:

—Eres una chica buena y sensible, te traeré los poemas que más me gustan. —Y se marchó.

Estaba asustadísima, no sabía qué hacer. Decidí recurrir a Antonio. Esa misma tarde, en los pantanos, le dije que su madre tenía razón, Donato Sarratore merodeaba por el barrio. Me había parado en la calle. Me había pedido que le dijese a Melina que él la iba a esperar siempre, todos los días al mediodía, en la entrada del túnel. Antonio frunció el ceño y murmuró: «¿Qué hago?». Le dije que yo misma lo acompañaría a la cita y que juntos le hablaríamos claramente a Sarratore sobre el estado de salud de su madre.

No pude pegar ojo en toda la noche por la preocupación. Al día siguiente fuimos al túnel. Antonio estaba taciturno, caminaba sin prisa, yo notaba como si llevara encima un peso que lo frenaba. Una parte de él estaba furiosa y la otra cohibida. Pensé con rabia: fue capaz de enfrentarse a Solara por su hermana Ada, por Lila, pero ahora se siente intimidado; a sus ojos, Donato Sarratore es una persona importante, con prestigio. Verlo de ese modo me dio más valor todavía, me hubiera gustado sacudirlo, gritarle: tú no habrás escrito ningún libro, pero eres mucho mejor que ese hombre. Me limité a aferrarme de su brazo.

Cuando Sarratore nos vio de lejos trató de adentrarse a toda prisa en la oscuridad del túnel. Yo lo llamé:

—Señor Sarratore.

Se volvió a regañadientes.

Tratándolo de usted, algo realmente fuera de lo común por aquel entonces en nuestro ambiente, le dije:

—No sé si se acuerda de Antonio, es el hijo mayor de la señora Melina.

Sarratore hizo gala de una voz chillona, muy afectuosa:

—Claro que me acuerdo, hola, Antonio.

—Él y yo nos hemos prometido.

—Ah, qué bien.

—Y hemos hablado mucho, ahora le explicará.

Antonio comprendió que había llegado su turno y, tenso y muy pálido, esforzándose por expresarse en italiano, dijo:

—Me alegro mucho de verlo, señor Sarratore, yo no me olvido. Siempre le estaré agradecido por lo que hizo por nosotros al morir mi padre. Sobre todo le doy las gracias por haberme colocado en el taller del señor Gorresio, a usted le debo el haber aprendido un oficio.

—Dile lo de tu madre —lo apremié, nerviosa.

Se molestó, por señas me mandó callar y continuó:

—Usted ya no vive en el barrio y no tiene clara la situación. A mi madre le basta oír su nombre para perder la cabeza. Y si lo ve, si llega a verlo aunque sea una sola vez, acabará en el manicomio.

Sarratore se agitó:

—Antonio, hijo mío, nunca he tenido la menor intención de hacerle daño a tu madre. Tú precisamente te acordarás de cómo me volqué con vosotros. Lo único que he querido siempre fue ayudarla a ella y a vosotros.

—Entonces, si quiere seguir ayudándola, no la busque, no le mande libros, no se deje ver por el barrio.

—No me puedes pedir eso, no me puedes impedir que vuelva a visitar mis lugares queridos —dijo Sarratore con una voz cálida, artificialmente conmovida.

Ese tono me indignó. Ya lo conocía, lo había usado con frecuencia en Barano, en la playa dei Maronti. Era pastoso, acariciante, el tono que él imaginaba que debía tener un hombre importante que escribía versos y artículos en el *Roma*. Estuve a punto de intervenir, pero Antonio me sorprendió al adelantárseme. Echó los hombros hacia adelante, hundió en ellos la cabeza y tendió una mano hacia el pecho de Donato Sarratore golpeándolo con sus dedos poderosos. Y en dialecto le dijo:

—Yo no se lo impido. Pero le prometo que si le quita a mi madre el poco juicio que le queda, se le pasarán para siempre las ganas de volver a visitar estos lugares de mierda.

Sarratore se puso blanco como el papel.

—Sí —se apresuró a contestar—, lo he entendido, gracias.

Giró sobre los talones y se largó hacia la estación.

Me agarré del brazo de Antonio, orgullosa de su arrebato, pero me di cuenta de que estaba temblando. Quizá por primera vez pensé lo que habría supuesto para él, cuando era niño, la muerte de su padre, y después el trabajo, la responsabilidad que le había caído encima, el derrumbe de su madre. Lo alejé de allí cargada de afecto y me impuse un nuevo plazo: romperé con él después de la boda de Lila, me dije.

51

El barrio recordó aquella boda durante mucho tiempo. Sus preparativos se entrelazaron con el nacimiento lento, elaborado y belicoso de los zapatos Cerullo y parecieron dos empresas que, por un motivo o por otro, nunca iban a llevarse a término.

Por otra parte, la boda afectaba en buena medida a la zapatería. Fernando y Rino se deslomaban no solo con los zapatos nuevos, que por el momento no producían beneficio alguno, sino también en infinidad de otros trabajitos de rentabilidad inmediata cuyos ingresos necesitaban con urgencia. Debían reunir una suma considerable para asegurarle a Lila algo de ajuar y hacer frente al gasto del banquete, que habían querido asumir a toda costa para no quedar como unos pobres pelagatos. De modo que en casa de los Cerullo la tensión se mantuvo altísima durante meses: Nunzia se pasaba noche y día bordando sábanas, y Fernando montaba continuos numeritos y echaba de menos la época feliz en que, en su cuartucho, él era el rey y encolaba, cosía, martillaba tranquilo sujetando los clavitos entre los labios.

Los novios parecían los únicos serenos. Solo hubo entre ellos dos breves momentos de fricción. El primero, por su futura casa. Stefano quería comprar un apartamentito en el barrio nuevo; Lila hubiera preferido irse a un apartamento en los edificios viejos. Discutieron. La casa del barrio viejo era más grande pero oscura y sin vistas, como ocurría, por lo demás, con todas las de esa zona. El apartamento en el barrio nuevo era más pequeño pero contaba con una bañera enorme como la del anuncio de Palmolive, bidet y vistas al Vesubio. De nada sirvió destacar que, mientras que el Vesubio era un perfil fugaz y distante que se desdibujaba en el cielo nuboso, a menos de doscientos metros discurrían nítidas las vías del ferrocarril. Lo nuevo, los apartamentos con suelos relucientes y paredes blancas seducían a Stefano, y Lila no tardó en ceder. Para ella lo que más pesaba era que con menos de diecisiete años tendría su casa, con agua caliente que salía de los grifos, y no de alquiler, sino de propiedad.

El segundo motivo de fricción fue el viaje de novios. Stefano propuso como destino Venecia, y Lila, revelando una tendencia que más tarde marcaría toda su vida, insistió en no alejarse mucho de Nápoles. Sugirió unos días en Ischia, en Capri, como mucho en la costa amalfitana, todos ellos lugares donde nunca había estado. Su futuro marido estuvo enseguida de acuerdo.

Por lo demás hubo tensiones mínimas, reflejo más que nada de los problemas internos de las familias de procedencia. Por ejemplo, si Stefano iba a la zapatería Cerullo, y después veía a Lila, siempre se le escapaban palabras duras sobre Fernando y Rino y ella se disgustaba y los defendía. Él sacudía la cabeza, no muy convencido, empezaba a ver en la historia de los zapatos una inversión excesiva y al final del verano, cuando entre él y los dos Cerullo hubo fuertes tensiones, puso un límite exacto a tanto hacer y deshacer del padre, el hijo y los ayudantes. Dijo que para noviembre quería los primeros resultados: al menos los modelos de invierno de señora y caballero debían estar listos para exponerlos en el escaparate por Navidad. Después, un tanto nervioso, se le escapó delante de Lila que Rino estaba más dispuesto a pedir dinero que a trabajar. Ella defendió a su hermano, él le contestó, ella perdió los estribos, él se apresuró a dar marcha atrás. Fue a buscar el par de zapatos con el que había nacido todo el proyecto, zapatos comprados y nunca usados, guardados como precioso testigo de su historia, y los palpó, los olió, se conmovió hablando de cómo lo hacían sentir, de cómo veía y había visto siempre sus manitas casi de niña trabajando junto a las manazas del hermano. Estaban en la terraza de la vieja casa, donde habían lanzado los cohetes cuando compitieron con los Solara. Le aferró los dedos y se los besó uno por uno, diciéndole que jamás permitiría que volviera a arruinárselos.

La propia Lila me contó, muy alegre, ese acto de amor. Lo hizo cuando me llevó a ver la casa nueva. Qué esplendor: suelos de baldosas brillantísimas, bañera para darse baños de espuma, muebles tallados en el comedor y el dormitorio, nevera y hasta teléfono. Me apunté el número, emocionada. Habíamos nacido y vivido en casas diminutas, sin cuarto propio, sin un sitio donde estudiar. Yo seguía viviendo así, muy pronto ella dejaría de hacerlo. Salimos al balcón que daba a las vías y al Vesubio y le pregunté con cautela:

—¿Stefano y tú venís aquí solos?

—Algunas veces sí.

—¿Y qué pasa?

Me miró como si no entendiera.

—¿En qué sentido?

Me sentí violenta.

—¿Os besáis?

—A veces.

—¿Y después?

—Después basta, todavía no estamos casados.

Me sentí confusa. ¿Cómo podía ser? ¿Tanta libertad y nada? ¿Tantos chismes que circulaban por todo el barrio, las obscenidades de los Solara, y ellos solo se besaban?

—¿Y él no te lo pide?

—¿Por qué? ¿A ti te lo pide Antonio?

—Sí.

—Él a mí no. Está de acuerdo en que antes debemos casarnos.

La vi muy impresionada por mis preguntas, en la misma medida en que a mí me impresionaron sus respuestas. De manera que ella no le daba nada a Stefano, aunque salieran solos en coche, aunque estuvieran a punto de casarse, aunque ya tuviesen su casa amueblada, la cama con los colchones todavía embalados. En cambio yo, que no me iba a casar, hacía tiempo que había ido más allá de los besos. Cuando me preguntó con auténtica curiosidad si le daba a Antonio lo que él me pedía, me avergoncé de decirle la verdad. Le contesté que no y ella pareció alegrarse.

52

Fui espaciando las citas en los pantanos, entre otras cosas porque las clases estaban a punto de empezar. Estaba convencida de que, precisamente por las clases y los deberes, Lila iba a mantenerme al margen de los preparativos de la boda, ya se había acostumbrado a que yo desapareciera durante el curso académico. No fue así. Durante el verano las tensiones con Pinuccia habían ido a más. Ya no se trataba de trajes, peinados, fulares o pequeñas joyas. En presencia de Lila y de forma clara, Pinuccia llegó a decirle a su hermano que o su novia iba a trabajar a la charcutería, si no de inmediato, al menos después del viaje de novios —trabajar como hacía desde siempre toda la familia, como hacía también Alfonso cuando sus estudios se lo permitían— o ella tampoco trabajaría más. Y en esa ocasión contó con el apoyo explícito de su madre.

Lila ni pestañeó, dijo que estaba dispuesta a empezar enseguida, al día siguiente si era preciso, en el puesto que la familia Carracci decidiera. Esa respuesta, como todas las de Lila desde siempre, aunque pretendía ser conciliadora, llevaba dentro un toque de integridad, de desprecio, que encolerizó aún más a Pinuccia. Estaba clarísimo que la hija del zapatero era percibida por las dos mujeres como una bruja que pretendía convertirse en dueña y señora, tirar el dinero por la ventana sin mover un dedo para ganarlo, someter al hombre de la casa con sus artes, haciéndole hacer cosas muy injustas contra las de su propia sangre, es decir, contra su hermana e incluso su propia madre.

Según su costumbre, Stefano no reaccionó de inmediato. Esperó a que su hermana se desahogara, y después, como si el problema de Lila y su colocación en el pequeño negocio familiar jamás se hubiesen planteado, dijo con calma que, en lugar de trabajar en la charcutería, a Pinuccia le convenía ayudar a la novia con los preparativos de la boda.

—¿Ya no me necesitas? —le soltó la muchacha.

—No. A partir de mañana en tu sitio voy a poner a Ada, la hija de Melina.

—¿Te lo ha sugerido ella? —gritó la hermana, señalando a Lila.

—No es asunto tuyo.

—¿Lo has oído, ma? ¿Has oído lo que acaba de decir? Se cree el amo y señor, con derecho a todo.

Siguió un silencio insoportable; después, Maria se levantó de la silla detrás de la caja y le dijo a su hijo:

—Búscate también a alguien para este puesto, porque yo estoy cansada y no quiero seguir trabajando.

Así las cosas, Stefano cedió un poco. Dijo despacio:

—Vamos a calmarnos, no soy amo y señor de nada, los asuntos de la charcutería no me afectan solo a mí, nos afectan a todos. Debemos tomar una decisión. Pinù, ¿tú necesitas trabajar? No. Mamá, ¿usted necesita estar todo el día sentada detrás de la caja? No. Entonces demos trabajo a quien lo necesita. En el mostrador pongo a Ada y en la caja ya lo pensaré. Si no, ¿quién va a ocuparse de la boda?

No sé con certeza si detrás de la expulsión de Pinuccia y de su madre del trabajo cotidiano en la charcutería, detrás de la contratación de Ada, estaba realmente Lila (Ada estaba convencida de que sí; también se convenció Antonio, que empezó a hablar de nuestra amiga como de un hada buena). Pero quedó bien claro que el hecho de que la cuñada y la suegra dispusieran de tanto tiempo libre para ocuparse de su casamiento, no la benefició. Las dos mujeres le complicaron todavía más la vida, surgían conflictos por los detalles más nimios: las participaciones, la decoración de la iglesia, el fotógrafo, la pequeña orquesta, el salón para el convite, el menú, el pastel, las bomboneras, las alianzas, hasta el viaje de novios, puesto que Pinuccia y Maria consideraban poca cosa ir a Sorrento, Positano, Ischia y Capri. De buenas a primeras me metieron en el fregado, en apariencia para darle a Lila mi opinión sobre esto o lo otro, en realidad para apoyarla en una batalla difícil.

Yo estaba a comienzos del primer año del preuniversitario. Mi habitual y tozuda diligencia estaba acabando conmigo, estudiaba con excesivo tesón. Una vez, al volver de la escuela, me encontré con mi amiga y ella me soltó a boca de jarro:

—Por favor, Lenù, ¿puedes venir mañana a darme un consejo?

No sabía de qué me hablaba. Acababan de tomarme la lección de química y no me había ido muy bien, lo cual me hacía padecer.

—¿Un consejo sobre qué?

—Sobre el vestido de novia. Por favor, no me digas que no, porque si no vienes acabaré matando a mi cuñada y a mi suegra.

Fui. Muy incómoda, me reuní con ella, Pinuccia y Maria. La tienda estaba en el Rettifilo y recuerdo que había metido unos cuantos libros en el bolso con la esperanza de encontrar algún hueco para estudiar. Fue imposible. Desde las cuatro hasta las siete de la tarde miramos figurines, palpamos telas, Lila se probó vestidos de novia expuestos en los maniquíes de la tienda. Se probara lo que se probara, su belleza realzaba la prenda, la prenda realzaba su belleza. Le sentaban bien la organza rígida, el raso suave, el tul vaporoso. Le sentaban bien los cuerpos de encaje, las mangas abullonadas. Le sentaban bien las faldas anchas y las estrechas, las colas larguísimas y las cortas, el velo suelto y el sujeto, la corona de strass, la de perlitas o la de flores de azahar. La mayoría de las veces ella examinaba obediente los figurines o trataba de enfundarse los trajes que lucían bien en los maniquíes. Pero a veces, cuando ya no aguantaba el descontento de sus futuras parientes, le salía la Lila de antes, me miraba fijamente a los ojos y decía irónica, alarmando a la suegra y a la cuñada: «¿Y si nos inclináramos por un bonito raso verde, o una organza roja, o un elegante tul negro, o, mejor todavía, amarillo?». Bastaba con mi risita que indicaba que la novia bromeaba, para que nos pusiéramos otra vez a ponderar con envenenada seriedad las telas y los modelos. La modista no hacía más que repetir entusiasmada: «Elijan lo que elijan, por favor, tráiganme las fotos de la boda, que quiero exponerlas en el escaparate, así podré decir: a esta muchacha la he vestido yo».

El problema era elegir. Cada vez que Lila se inclinaba por un modelo, una tela, Pinuccia y Maria se decantaban por otro modelo, otra tela. Yo no abría la boca, estaba un poco atontada por todas aquellas discusiones y por el olor de los tejidos nuevos. Y entonces Lila me preguntó ceñuda:

—¿Tú qué opinas, Lenù?

Se hizo un silencio. De inmediato percibí con cierto estupor que las dos mujeres esperaban ese momento y lo temían. Puse en práctica una técnica aprendida en el colegio que consistía en lo siguiente: cada vez que no sabía contestar a una pregunta, abundaba en las premisas con la voz segura de quien sabe claramente adónde quiere llegar. Dejé constancia —en italiano— de que me gustaban muchísimo los modelos elegidos por Pinuccia y su madre. No me lancé a elogiarlos sino a demostrar con argumentos que eran muy adecuados a la formas de Lila. En el momento en que, como me pasaba en clase con los profesores, noté que contaba con la admiración y la simpatía de madre e hija, elegí uno de los figurines al azar, realmente al azar, procurando no tomarlo de entre los que le gustaban a Lila, y pasé a demostrar que, en síntesis, contenía tanto las cualidades de los modelos preferidos por las dos mujeres, como las cualidades de los modelos preferidos por mi amiga. La modista, Pinuccia y su madre me dieron la razón enseguida. Lila se limitó a mirarme con los ojos entornados. Después, recuperó su mirada habitual y también me dio la razón.

A la salida, tanto Pinuccia como Maria estaban de muy buen humor. Se dirigían a Lila casi con afecto y, al comentar la compra, me mencionaban sin cesar con frases del estilo: como ha dicho Lenuccia, o bien, como Lenuccia con muy buen criterio ha dicho. Lila se las ingenió para rezagarse entre el gentío vespertino del Rettifilo y me preguntó:

—¿Eso aprendes en el colegio?

—¿Qué?

—A usar las palabras para tomarle el pelo a la gente.

El comentario me hirió y murmuré:

—¿No te gusta el modelo que hemos elegido?

—Me gusta muchísimo.

—¿Y entonces?

—Entonces, hazme el favor de acompañarnos todas las veces que te lo pida.

Estaba enfadada y contesté:

—¿Quieres usarme para tomarles el pelo?

Comprendió que me había ofendido, me apretó con fuerza la mano:

—No era mi intención ser desagradable. Solo quería decir que se te da bien hacerte querer. Desde siempre, la diferencia entre tú y yo, es que a mí la gente me tiene miedo y a ti no.

—Tal vez porque tú eres mala —le dije, cada vez más enojada.

—Es posible —contestó, y percibí que le había hecho daño como ella me lo había hecho a mí.

Me arrepentí y me apresuré a rectificar añadiendo:

—Antonio sería capaz de dejarse matar por ti, me ha pedido que te dé las gracias por haberle encontrado trabajo a su hermana.

—Ha sido Stefano quien le ha dado trabajo a Ada —contestó ella—. Yo soy mala.

53

A partir de ese momento me pidieron sin cesar que participase en las decisiones más difíciles, y a veces, según descubrí, la petición no venía de Lila sino de Pinuccia y su madre. De hecho, yo elegí las bomboneras. De hecho, yo elegí el restaurante de via Orazio. De hecho, yo elegí al fotógrafo, y las convencí para que al servicio fotográfico agregaran una película en súper 8. En todas las circunstancias me di cuenta de que mientras yo me apasionaba por todo, como si cada una de esas cuestiones fuese un adiestramiento para cuando a mí me tocara casarme, Lila prestaba muy poca atención a las estaciones de su matrimonio. Aquello me sorprendió, pero seguramente las cosas eran así. Para ella el verdadero compromiso era establecer de una vez por todas que en su vida futura de esposa y madre, en su casa, la cuñada y la suegra no debían meter la cuchara. No se trataba del habitual conflicto entre suegra, nuera, cuñada. Por como me utilizaba, por como manipulaba a Stefano, tuve la impresión de que, en el interior de la jaula en la que se había encerrado, se debatía por encontrar una forma de ser completamente suya que, pese a todo, no tenía clara.

Como es lógico, perdía tardes enteras dirimiendo las cuestiones de las tres, estudiaba poco y en un par de ocasiones llegué incluso a faltar a clase. En consecuencia, el boletín de calificaciones del primer trimestre no fue demasiado brillante. Mi nueva profesora de latín y griego, la estimadísima Galiani, me llevaba en palmitas, pero en filosofía, química y matemáticas a duras penas conseguí el aprobado. Para colmo, una mañana me metí en un lío gordo. Como el profesor de religión lanzaba continuas filípicas contra los comunistas, contra su ateísmo, me sentí inclinada a reaccionar, no sé bien si a causa del afecto que le tenía a Pasquale, que siempre se había declarado comunista, o sencillamente porque percibí que todo lo malo que decía el cura de los comunistas me concernía directamente en mi calidad de ojito derecho de la comunista por excelencia, la profesora Galiani. La cuestión es que levanté la mano y dije, yo que había terminado con éxito un curso de teología por correspondencia, que la condición humana se encontraba tan abiertamente expuesta a la furia ciega del azar que confiarse a un Dios, a Jesús, al Espíritu Santo —entidad esta última del todo superflua, pues solo estaba para componer una trinidad, significativamente más noble que el mero binomio padre-hijo— podía equipararse a coleccionar figuritas mientras la ciudad arde en el fuego del infierno. Alfonso comprendió de inmediato que me estaba pasando de la raya y tímidamente me tironeó de la bata, pero yo no le hice caso y llegué hasta el final, hasta esa comparación conclusiva. Por primera vez me echaron del aula y recibí un juicio negativo que quedó anotado en el registro de la clase.

Cuando salí al pasillo, al principio me sentí desorientada —¿qué había pasado, por qué me había comportado de forma tan temeraria, de dónde había sacado yo la convicción absoluta de que las cosas que decía eran correctas y debía decirlas?—, y me acordé de que había hablado de todo eso con Lila y me di cuenta de que me había metido en ese lío simplemente porque, a pesar de todo, seguía atribuyéndole autoridad suficiente para darme la fuerza de desafiar a mi profesor de religión. Lila ya no tocaba los libros, ya no estudiaba, estaba a punto de convertirse en la esposa de un charcutero, probablemente acabaría sentada detrás de la caja, en el puesto de la madre de Stefano, ¿y yo? ¿Yo había sacado de ella la energía para inventar una imagen que definía la religión como una colección de figuritas mientras la ciudad arde en el fuego del infierno? ¿No era cierto, pues, que el colegio era una riqueza personal mía, alejada ya de su influencia? Lloré en silencio delante de la puerta del aula.

Las cosas tomaron un rumbo inesperado. Al final del pasillo apareció Nino Sarratore. Tras el nuevo encuentro con su padre tuve más motivos para comportarme como si él no existiera, pero verlo en esas circunstancias me reanimó, me sequé las lágrimas apresuradamente. De todos modos él debió de notar que algo no iba bien y vino hacia mí. Había crecido más, tenía la nuez de Adán muy prominente, rasgos afilados por la barba azulada, la mirada más decidida. Imposible esquivarlo. No podía volver a entrar en el aula, no podía alejarme hacia los lavabos, ambas cosas habrían complicado todavía más mi situación si al profesor de religión le daba por asomarse. Me quedé allí y cuando se me plantó delante y me preguntó por qué estaba fuera, qué había ocurrido, se lo conté todo. Frunció el ceño y dijo: «Vuelvo enseguida». Desapareció para reaparecer a los pocos minutos acompañado de la profesora Galiani.

La Galiani me cubrió de elogios. «Ahora bien —dijo como si nos estuviese dando una clase a Nino y a mí—, tras el ataque a fondo, llega la hora de mediar.» Llamó a la puerta de mi aula, la cerró a sus espaldas y cinco minutos después se asomó alegre. Podía volver a entrar con la condición de que me disculpara con el profesor por el tono demasiado agresivo que había exhibido. Me disculpé, oscilando entre el temor por las posibles represalias y el orgullo por el apoyo que había conseguido de Nino y la Galiani.

Me guardé muy bien de mencionar nada a mis padres, pero se lo dije todo a Antonio, que, muy orgulloso, le refirió lo ocurrido a Pasquale, que a su vez se topó una mañana con Lila y, vencido por la emoción de seguir amándola tanto, al no saber qué decirle, se aferró a mi historia como a un salvavidas y se la contó. Y así, en un abrir y cerrar de ojos, me convertí en una heroína no solo para mis amigos de siempre, sino también para el grupo reducido pero sumamente aguerrido de profesores y estudiantes que se batían contra los sermones del profesor de religión. Entretanto, al comprender que al cura no le habían bastado mis disculpas, puse manos a la obra para recuperar crédito ante él y los profesores que opinaban como él. Sin esfuerzo separé mis palabras de mí: con todos los profesores que me resultaban hostiles me mostré muy respetuosa, servicial, diligente, colaboradora, hasta el punto de que no tardaron en tenerme otra vez por una persona como Dios manda, a la que se podían perdonar ciertas afirmaciones disparatadas. Descubrí de ese modo que sabía hacer como la Galiani: exponer con firmeza mis opiniones y, mientras tanto, mediar ganándome la estima de todos con conductas irreprochables. En unos pocos días tuve la impresión de haber vuelto a ocupar, junto con Nino Sarratore, que cursaba el último año de preuniversitario e iba a hacer el examen final, un sitio en la lista de los alumnos más prometedores de nuestro desvencijado instituto.

No acabó allí la cosa. Unas semanas más tarde, Nino me pidió sin preámbulos, con su actitud huraña, que escribiese a toda prisa media página de cuaderno sobre el enfrentamiento con el cura.

—¿Para qué?

Me dijo que colaboraba en una revista que se llamaba *Nápoles, Refugio de los Pobres*. Había contado el episodio en la redacción y le habían dicho que si escribía a tiempo un relato trataría de publicarlo en el siguiente número. Me enseñó la revista. Era una publicación de unas cincuenta páginas, de un color gris sucio. En el índice aparecía él, con nombre y apellido, como firmante de un artículo titulado «Las cifras de la miseria». Me acordé de su padre, de la satisfacción y la vanidad con las que en la playa dei Maronti me había leído el artículo aparecido en el *Roma*.

—¿También escribes poemas? —le pregunté. Negó con una energía tan disgustada que me apresuré a prometerle—: De acuerdo, lo intentaré.

Volví a casa muy emocionada. Me notaba la cabeza repleta de las frases que iba a escribir y por el camino se las expuse detalladamente a Alfonso. Se inquietó por mí, me rogó que no escribiese nada.

—¿Pondrán tu nombre?

—Sí.

—Lenù, el cura se enojará otra vez y hará que te suspendan. Pondrá de su parte a la de química y al de matemáticas.

Me contagió su inquietud y perdí confianza. En cuanto nos separamos, ganó terreno la idea de poder enseñarle la revista, mi pequeño artículo, mi nombre impreso a Lila, a mis padres, a la maestra Oliviero, al maestro Ferraro. Después ya lo arreglaría. Había sido muy estimulante recibir la viva aprobación de quienes me parecían mejores (la Galiani, Nino) al enfrentarme a quienes me parecían peores (el cura, la profesora de química, el profesor de matemáticas), al tiempo que me comportaba con los adversarios de un modo que me permitiese no perder su simpatía y su estima. Pondría todo mi empeño para que la cosa se repitiera una vez publicado el artículo.

Dediqué la tarde a escribir y reescribir. Encontré frases sintéticas y densas. Traté de darle a mi postura la máxima dignidad teórica utilizando palabras difíciles. Escribí: «Si Dios está en todas partes, ¿qué necesidad tiene de difundirse a través del Espíritu Santo?». Pero solo la exposición de la premisa llenaba la media página. ¿Y el resto? Volvía a empezar. Y como desde la escuela primaria estaba adiestrada para intentarlo una y otra vez tozudamente, al final conseguí un resultado apreciable y me puse a estudiar las lecciones del día siguiente.

Media hora más tarde me asaltaron nuevamente las dudas, sentí la necesidad de una confirmación. ¿A quién podía darle a leer mi texto para tener una opinión? ¿A mi madre? ¿A mis hermanos? ¿A Antonio? Naturalmente, no, la única era Lila. Pero dirigirme a ella suponía seguir reconociéndole una autoridad, cuando en realidad era yo la que ya sabía más que ella. De modo que al principio me resistí. Temía que liquidara mi media página con alguna frasecita minimizante. Temía aún más que esa frasecita me empezara a dar vueltas en la cabeza, inclinándome hacia pensamientos excesivos que después acabaría transcribiendo en mi media página, descompensando así su equilibrio. Sin embargo, al final cedí y fui corriendo en su busca con la esperanza de encontrarla. Estaba en casa de sus padres. Le hablé de la propuesta de Nino y le entregué el cuaderno.

Miró la página sin ganas, como si la escritura le hiriese los ojos. Me preguntó exactamente lo mismo que Alfonso:

—¿Pondrán tu nombre?

Asentí.

—¿Pondrán Elena Greco?

—Sí.

Me devolvió el cuaderno y me dijo:

—No estoy en condiciones de decirte si es bueno o no.

—Por favor.

—No, no estoy en condiciones.

Tuve que insistir. Aunque sabía que no era cierto, le dije que si no le gustaba, si se negaba a leerlo, no se lo entregaría a Nino para que lo publicara.

Al final lo leyó. Me pareció que se contraía por completo, como si hubiese descargado sobre ella un peso enorme. Y tuve la impresión de que hacía un esfuerzo doloroso para liberar de algún lugar en lo más hondo de sí misma a la Lila de antes, la que leía, escribía, dibujaba, hacía proyectos, con la inmediatez y la naturaleza de una reacción instintiva. Cuando lo consiguió, todo resultó agradablemente ligero.

—¿Me dejas borrar?

—Sí.

Borró muchas palabras y una frase completa.

—¿Me dejas que cambie de sitio una cosa?

—Sí.

Encerró en un círculo una oración y con una línea ondulada la desplazó al comienzo de la página.

—¿Me dejas que lo pase todo a limpio en otra hoja?

—Ya lo hago yo.

—No, déjame a mí.

Tardó un rato en pasarlo a limpio. Cuando me devolvió el cuaderno, dijo:

—Eres muy buena, no me extraña que siempre te pongan diez.

Sentí que no era una ironía sino un cumplido sincero. Después, con repentina dureza, añadió:

—No quiero leer nada más de lo que escribes.

—¿Por qué?

—Porque me hace daño —contestó, se golpeó el centro de la cabeza con los dedos y se echó a reír.

54

Volví a casa feliz. Me encerré en el retrete para no molestar al resto de la familia y estudié hasta las tres de la madrugada y después, por fin, me fui a dormir. Me levanté a las seis y media para copiar otra vez el texto. Pero antes lo leí en la bonita letra redonda de Lila, una letra detenida en la escuela primaria, muy distinta ya de la mía, que se había reducido y simplificado. El texto de la página decía exactamente lo que yo había escrito, pero de forma más límpida, más inmediata. Las partes borradas, los cambios de sitio, los pequeños añadidos y, en cierta manera, su misma letra me dieron la impresión de que yo había escapado de mí misma y que ahora corría cien pasos más adelante con una energía, y, a la vez una armonía que la persona que se había quedado atrás no era consciente de tener.

Decidí dejar el texto con la letra de Lila. Se lo llevé a Nino tal como estaba para conservar la huella visible de su presencia en mis palabras. Él lo leyó pestañeando repetidas veces. Al final, con inesperada tristeza dijo:

—La Galiani tiene razón.

—¿En qué?

—Escribes mejor que yo.

Protesté, incómoda, pero él repitió la frase, después se dio media vuelta y se fue sin saludarme. Ni siquiera me dijo cuándo saldría la revista ni cómo podía conseguirla, y no me atreví a preguntárselo. Su comportamiento me molestó. Más aún porque cuando se alejaba, durante unos segundos reconocí los andares de su padre.

Nuestro nuevo encuentro terminó de esa manera. Una vez más nos equivocamos en todo. Nino se pasó días comportándose como si escribir mejor que él fuera una culpa que había que expiar. Me disgusté. Cuando de buenas a primeras volvió a asignarme cuerpo, vida, presencia, y me pidió que hiciéramos juntos parte del trayecto, le contesté fríamente que ya estaba ocupada, que mi novio venía a buscarme.

Durante un tiempo debió de creer que Alfonso era mi novio, pero aclaró la duda cuando, a la salida, vino su hermana Marisa a decirle no sé qué cosa. No nos veíamos desde las vacaciones en Ischia. Corrió hacia mí, me agasajó muchísimo, me contó cuánto se había disgustado porque yo no había vuelto a Barano ese verano. Y como iba con Alfonso, se lo presenté. En vista de que su hermano ya se había marchado, ella insistió en acompañarnos un trecho. Primero nos contó todas sus tribulaciones amorosas. Después, cuando se dio cuenta de que Alfonso y yo no éramos novios, dejó de dirigirme la palabra y se puso a charlar con él con sus maneras seductoras. Una vez en su casa, seguramente le contó a su hermano que entre Alfonso y yo no había nada, porque al día siguiente, Nino empezó a rondarme otra vez. Ahora nada más verlo me ponía nerviosa. ¿Era fatuo como su padre aunque lo detestara? ¿Creía que los demás no podían evitar quererlo, amarlo? ¿Estaba tan pagado de sí mismo que no toleraba más virtudes que las propias?

Le pedí a Antonio que fuera a buscarme al colegio. Me obedeció enseguida, desorientado y al mismo tiempo agradecido por mi petición. Lo que más debió de sorprenderlo fue que en público, delante de todos, le cogí la mano y entrelacé los dedos con los suyos. Siempre me había negado a pasear de aquella manera, tanto en el barrio como fuera: me veía como cuando de niña paseaba con mi padre. Y en esa ocasión lo hice. Sabía que Nino nos miraba y quería que se enterara de quién era yo. Escribía mejor que él, iba a publicar en la misma revista que él, en el colegio era tan buena como él o más, tenía un hombre, ahí estaba: por eso jamás iba a correr detrás de él como un animalito fiel.

55

También le pedí a Antonio que me acompañara a la boda de Lila, que nunca me dejara sola, que hablara y, si acaso, bailara siempre conmigo. Temía mucho aquel día, lo sentía como una ruptura definitiva, y a mi lado necesitaba a alguien que me apoyara.

Esta petición debió de complicarle todavía más la vida. Lila había enviado las participaciones a todos. En las casas del barrio las madres, las abuelas llevaban trabajando desde hacía tiempo para coser los trajes, conseguir sombreritos y bolsos, recorrer las tiendas en busca del regalo de bodas, no sé, un juego de copas, de platos, de cubiertos. El esfuerzo no lo hacían tanto por Lila, sino por Stefano, que era una persona tan formal, que te permitía pagar a final de mes. Pero sobre todo en una boda nadie podía quedar mal, especialmente las muchachas sin novio, que en esa ocasión tenían la posibilidad de encontrar uno, asentarse y, al cabo de pocos años, acabar también casadas.

Precisamente por ese último motivo quise que Antonio me acompañara. No tenía ninguna intención de oficializar nada —poníamos cuidado en mantener absolutamente en secreto nuestra relación—, pero tendía a controlar el ansia por ser atractiva. En esa ocasión quería mostrarme modosita, tranquila, con mis gafas, mi vestido pobre cosido por mi madre, los zapatos viejos, y mientras tanto pensar: tengo todo lo que debe tener una muchacha de dieciséis años, no necesito nada ni a nadie.

Pero Antonio no se lo tomó de la misma manera. Me quería, me consideraba la mayor fortuna que podía tocarle. A menudo se preguntaba en voz alta, con una pizca de tensa angustia bajo su apariencia divertida, cómo era posible que lo hubiese elegido precisamente a él que era tonto y no sabía juntar dos palabras seguidas. En realidad no veía la hora de ir a mi casa, presentarse ante mis padre y formalizar nuestra relación. Por tanto, al oír mi petición debió de pensar que por fin me estaba decidiendo a dejarlo salir de la clandestinidad y se endeudó para que el sastre le hiciera un traje a medida, sin contar con lo que ya le costaban el regalo de bodas, la ropa de Ada y de sus otros hermanos y darle a Melina una apariencia presentable.

Yo no me di cuenta de nada. Seguí adelante con la escuela, las consultas urgentes todas las veces que las cosas se complicaban entre Lila, su cuñada, su suegra, el agradable nerviosismo por la inminente publicación de mi pequeño artículo. En el fondo estaba convencida de que existiría de veras únicamente desde el momento en que mi firma, Elena Greco, apareciera impresa, e iba tirando a la espera de que llegase ese día sin prestarle demasiada atención a Antonio, al que se le había metido en la cabeza completar su vestimenta para la boda con un par de zapatos Cerullo. De vez en cuando me preguntaba:

—¿Sabes cómo lo tienen?

—Pregúntaselo a Rino, que Lina no sabe nada —le contestaba.

Ocurrió así. En noviembre, los Cerullo convocaron a Stefano sin preocuparse siquiera de enseñarle antes los zapatos a Lila que, además, seguía viviendo con ellos en la misma casa. Pero Stefano se presentó expresamente acompañado de su novia y de Pinuccia, los tres parecían salidos de la pantalla del televisor. Lila me contó que al ver confeccionados los zapatos que había diseñado años antes sintió una intensísima emoción, como si se le hubiese aparecido un hada y hecho realidad un deseo. Los zapatos eran tal como ella los había imaginado en su día. Hasta Pinuccia se quedó boquiabierta. Quiso probarse un modelo que le gustaba y elogió mucho a Rino, dando a entender que lo consideraba el verdadero artífice de esas obras maestras de robusta ligereza, de armonía disonante. El único que se mostró descontento fue Stefano. Interrumpió los elogios que Lila le hacía a su hermano, a su padre y a los trabajadores, acalló la voz melosa de Pinuccia que se congratulaba con Rino levantando el tobillo para enseñarle el pie extraordinariamente calzado, y modelo tras modelo, criticó las modificaciones introducidas a los diseños originales. Se ensañó sobre todo al comparar el zapato de caballero tal como lo habían hecho Rino y Lila a escondidas de Fernando, y el mismo zapato acabado por el padre y el hijo. «¿Qué son estos flecos, qué son estas costuras, y esta hebilla dorada?», preguntó enfadado. Por más que Fernando le explicara que todas las modificaciones estaban destinadas a darle más solidez al calzado o a disimular algún defecto de concepción, Stefano se mostró inflexible. Adujo que si había invertido tanto dinero no era para obtener unos zapatos cualquiera, sino unos que fuesen idénticos a los de Lila.

Hubo muchas tensiones. Lila se puso de parte de su padre, lo defendió débilmente y le pidió a su novio que se olvidara del asunto: las suyas eran fantasías de niña y las modificaciones, por lo demás no muy importantes, seguramente eran necesarias. Rino apoyó a Stefano y la discusión se prolongó. Tocó a su fin únicamente cuando Fernando, vencido por el agotamiento, se sentó en un rincón y mirando los cuadritos colgados en la pared dijo:

—Si quieres los zapatos para Navidad, ahí los tienes. Si los quieres idénticos a los que diseñó mi hija, te buscas a otro.

Stefano cedió; Rino también cedió.

En Navidad los zapatos aparecieron en el escaparate, un escaparate adornado con un cometa de guata. Pasé a verlos: eran objetos elegantes, cuidadosamente acabados; pero al contemplarlos daban una impresión de opulencia que desentonaba con el escaparate pobre, el paisaje desolado del exterior, el interior de la zapatería lleno de retales de piel y cuero, mesas de trabajo, leznas, hormas de madera y cajas de zapatos apiladas hasta el techo, a la espera de clientes. Incluso con las modificaciones aportadas por

Fernando era el calzado de nuestros sueños infantiles, no pensado para la realidad del barrio.

De hecho, por Navidad no vendieron ni un solo par. El único que entró fue Antonio, le pidió a Rino un número 44, se los probó. Después me contó el placer que había sentido al verse tan bien calzado e imaginarse conmigo en la boda, con el traje nuevo y esos zapatos en los pies. Pero no pasó de ahí. Cuando preguntó el precio y Rino se lo dijo, se quedó boquiabierto:

—¿Estás loco?

Y cuando Rino le dijo:

—Te los vendo en cuotas mensuales.

Antonio le contestó riendo:

—Entonces me compro una Lambretta.

56

Con los preparativos de la boda, Lila no se dio cuenta de que su hermano, hasta ese momento alegre, juguetón a pesar de estar extenuado, volvía a sumirse en la tristeza, a dormir mal, a enfadarse por cualquier cosa. «Es como un niño —dijo para justificar delante de Pinuccia algunos de sus arrebatos—, cambia de humor según satisfagan o no al instante sus caprichos, no sabe esperar.» Ella, igual que Fernando, no sintió de ningún modo como un chasco la falta de ventas navideñas de zapatos. En definitiva, la fabricación de los zapatos no había seguido ningún plan: habían nacido de la voluntad de Stefano de ver concretada la inspiración purísima de Lila, los había pesados, los había ligeros, abarcaban casi todas las temporadas. Y eso era positivo. Las cajas blancas apiladas en la zapatería Cerullo contenían un discreto surtido. Bastaba con esperar y en invierno, primavera, otoño, los zapatos ya se venderían.

Pero Rino se fue alterando cada vez más. Pasada la Navidad, por iniciativa propia, fue a ver al dueño de la polvorienta tienda de calzados al final de la avenida y, aunque sabía que el hombre estaba atado de pies y manos a los Solara, le propuso que expusiera, sin compromiso, unos cuantos zapatos Cerullo, solo por ver cómo funcionaban. El hombre se negó cortésmente, le dijo que ese producto no se adecuaba a su clientela. Rino se lo tomó a mal y siguió un intercambio de palabrotas del que se habló en todo el barrio. Fernando se enfureció con su hijo, Rino lo insultó y Lila volvió a sentir a su hermano como un elemento de desorden, una manifestación de las fuerzas destructivas que la habían aterrado. Cuando salían los cuatro, notaba con aprensión que su hermano se las ingeniaba para que ella y Pinuccia se adelantaran y él se rezagaba para discutir con Stefano. En general, el charcutero lo escuchaba sin mostrar signos de fastidio. En una sola ocasión Lila lo oyó decir:

—Perdona, Rino, ¿a ti te parece que he puesto todo ese dinero en la zapatería así, a fondo perdido, solo por amor a tu hermana? Hemos hecho los zapatos, son bonitos, hay que venderlos. El problema es que debemos encontrar la plaza adecuada.

Ese «solo por amor a tu hermana» no le gustó. Pero lo dejó correr, porque esas palabras tuvieron un buen efecto en Rino, que se calmó y empezó a dárselas de estratega de las ventas, sobre todo cuando Pinuccia estaba delante. Decía que había que pensar en grande. ¿Por qué habían fracasado tantas buenas iniciativas? ¿Por qué el taller Gorresio tuvo que renunciar a los ciclomotores?

¿Por qué la boutique de la dueña de la mercería había durado seis meses? Porque eran empresas de corto aliento. Los zapatos Cerullo, en cambio, iban a salir lo antes posible del mercado del barrio para afirmarse en plazas más ricas.

Entretanto, se aproximaba la fecha de la boda. Lila iba corriendo a probarse el traje de novia, daba los últimos retoques a su futura casa, se peleaba con Pinuccia y Maria que, entre otras cosas, toleraban mal las intromisiones de Nunzia. Cerca del 12 de marzo las tensiones aumentaron aún más. Pero no por eso se produjeron encontronazos capaces de abrir grietas. Dos hechos en especial, ocurridos uno a continuación del otro, fueron los que hirieron profundamente a Lila.

Una gélida tarde de febrero me preguntó de buenas a primeras si podía acompañarla a ver a la maestra Oliviero. Jamás había manifestado interés alguno por ella, ningún afecto, ninguna gratitud. Pero ahora sentía la necesidad de llevarle la participación personalmente. Como en el pasado yo nunca le había hablado del tono hostil que la maestra había utilizado a menudo al referirse a ella, no me pareció oportuno contárselo en esa ocasión, máxime, porque en los últimos tiempos me parecía que la Oliviero estaba menos agresiva, más melancólica, de manera que era posible que la recibiera bien.

Lila puso sumo cuidado en su atuendo. Fuimos andando hasta el edificio donde vivía la maestra, a cuatro pasos de la parroquia. Mientras subíamos, la noté muy nerviosa. Yo estaba acostumbrada a ese recorrido, a esas escaleras, ella no; no dijo una sola palabra. Giré la palomilla del timbre, oí a la Oliviero arrastrar los pies.

—¿Quién es?

—Greco.

Abrió. Llevaba una pelerina violeta sobre los hombros y se cubría media cara con una bufanda. Lila le sonrió enseguida y dijo:

—Señorita Oliviero, ¿se acuerda de mí?

La Oliviero la miró fijamente como hacía en el colegio cuando Lila molestaba, después se dirigió a mí hablando con cierta dificultad, como si tuviera la boca llena:

—¿Quién es? No la conozco.

Lila se sintió confusa y se apresuró a aclarar en italiano:

—Soy Cerullo. Le traigo la participación, me caso. Y me gustaría mucho que viniera a mi boda.

La maestra se dirigió a mí y dijo:

—A Cerullo la conozco, esta no sé quién es.

Y nos cerró la puerta en la cara.

Nos quedamos quietas unos instantes en el descansillo, después le rocé una mano para confortarla. Ella la apartó, deslizó la participación debajo de la puerta y bajó las escaleras. En la calle habló sin parar de todos los problemas burocráticos en el ayuntamiento y en la parroquia y de lo útil que había resultado mi padre.

El otro dolor, tal vez mucho más profundo, le llegó por sorpresa de Stefano y la historia de los zapatos. Estaba decidido desde hacía tiempo que el padrino de pañuelo de su boda sería un pariente de Maria, emigrado a Florencia después de la guerra, que había abierto una pequeña tienda de objetos viejos de distinta procedencia, sobre todo artículos de metal. Ese pariente se había casado con una florentina e incluso había cogido el acento local. Precisamente por ese acento gozaba de cierto prestigio en la familia, razón por la cual ya había sido padrino de confirmación de

Stefano. Pero de buenas a primeras el futuro marido cambió de idea.

Al principio, Lila me lo contó como si se tratara de un síntoma de nerviosismo de último momento. A ella le resultaba del todo indiferente quién fuera el padrino, lo esencial era decidirse. Pero Stefano se pasó varios días dándole respuestas vagas, confusas, no había manera de averiguar quién iba a sustituir a la pareja florentina. Después, a menos de una semana de la boda, se supo la verdad. Stefano le comunicó como hecho consumado, sin justificación alguna, que Silvio Solara, padre de Marcello y Michele, sería el compadre de pañuelo de su boda.

Lila, que hasta ese momento ni siquiera había considerado la posibilidad de que un pariente, aunque fuese lejano, de Marcello Solara estuviera presente en su boda, durante unos días volvió a ser la muchachita que yo tan bien conocía. Cubrió a Stefano de insultos vulgarísimos, le dijo que no quería volver a verlo nunca más. Se encerró en casa de sus padres, ya no se ocupó de nada más, no fue a la última prueba del vestido de novia, no hizo absolutamente nada que tuviese que ver con la inminente boda.

Comenzó la procesión de parientes. Primero llegó su madre, Nunzia, y le habló muy afligida del bien de la familia. Después llegó Fernando que, arisco, le dijo que no se comportara como una niña: para todo aquel que aspirara a un futuro en el barrio, era obligatorio tener a Silvio Solara de padrino. A continuación llegó Rino que, con tonos muy agresivos y la actitud del hombre de negocios al que solo le importan los beneficios, le explicó cómo estaban las cosas: Solara padre era como un banco y, sobre todo, el canal para colocar en las zapaterías los modelos Cerullo. «¿Qué quieres hacer? —le gritó con los ojos desorbitados e inyectados de sangre—, ¿arruinarme a mí y a toda la familia y echar a perder todo el trabajo que hemos hecho hasta ahora?» Inmediatamente después hizo acto de presencia incluso Pinuccia y le dijo, con tono un tanto fingido, el gran placer que habría sido para ella contar como padrino de pañuelo con el comerciante de metales de Florencia, pero que había que pensar, no se podía echar por los aires una boda y borrar un amor por una cuestión de tan poca importancia.

Pasaron un día y una noche. Nunzia se quedó muda en un rincón, sin moverse, sin hacer los quehaceres de la casa, sin irse a la cama. Después se escabulló sin que su hija la viera y vino a buscarme para que hablara con Lila y la hiciera entrar en razón. Aquello me halagó, pensé mucho por quién decantarme. Estaba en juego una boda, una cosa práctica, muy compleja, sobrecargada de afectos e intereses. Me asusté. Yo, que ya me sabía capaz de meterme públicamente con el mismísimo Espíritu Santo desafiando la autoridad del profesor de religión, de haberme encontrado en la situación de Lila no habría tenido el valor de echarlo todo por la borda. Pero ella sí, ella hubiera sido capaz, aunque la boda estuviera a un paso de celebrarse. ¿Qué hacer? Presentía que me habría bastado muy poco para empujarla hacia ese camino y que trabajar para conseguirlo me iba a dar mucha satisfacción. En el fondo eso era lo que realmente quería: reconducirla a la Lila pálida, la de la cola de caballo y los ojos escrutadores de rapaz, vestida con ropas de baratillo. Se acabó darse esos aires, esa actitud de Jacqueline Kennedy de barrio.

Para su desgracia y la mía, me pareció una acción mezquina. Creyendo que le hacía un bien, no quise devolverla a la vida gris de la casa Cerullo, y así, se me metió en la cabeza una única idea y no supe hacer otra cosa que repetírsela una y otra vez con persuasiva amabilidad: Lila, Silvio Solara no es Marcello, ni siquiera Michele; es un error confundirse, lo sabes mejor que yo, tú misma lo has dicho otras veces. No es él quien hizo subir al coche a Ada, no es él quien nos disparó la noche de fin de año, no es él quien se plantó a la fuerza en tu casa, no es él quien dijo esas cosas desagradables de ti; Silvio hará de padrino de pañuelo en tu boda y echará una mano a Rino y Stefano para encontrarle salida a los zapatos, es todo; no tendrá ningún peso en tu vida futura. Volví a mezclar las cartas que conocíamos de sobra. Hablé del antes y el después, de la vieja generación y de la nuestra, de lo diferentes que éramos nosotros, de lo diferentes que eran ella y Stefano. Este último argumento hizo mella en ella, la sedujo, lo remaché con mucha pasión. Me escuchó en silencio, evidentemente quería que la ayudasen a tranquilizarse y, poco a poco, se tranquilizó. Pero leí en sus ojos que esa jugada de Stefano le había mostrado un aspecto de él que no veía con claridad y, precisamente por eso, la asustaba todavía más que el desasosiego de Rino.

—Tal vez no es verdad que me quiere —me dijo.

—¿Cómo que no te quiere? Hace todo lo que le pides.

—Solo cuando no pongo en riesgo el dinero de verdad —dijo con un tono despectivo que jamás había utilizado al referirse a Stefano Carracci.

A pesar de todo volvió a ponerse en marcha. No se dejó ver en la charcutería, no fue a la casa nueva, en una palabra, no fue ella quien trató de reconciliarse. Esperó a que Stefano le dijera: «Gracias, te quiero mucho, ya sabes que hay cosas que se está obligado a hacer». Solo entonces dejó que se le acercara por la espalda y la besara en el cuello. Pero después se dio la vuelta de sopetón y mirándolo fijamente a los ojos le dijo:

—A Marcello Solara no se le verá el pelo en mi boda de ninguna de las maneras.

—¿Cómo lo hago?

—No lo sé, pero tienes que jurármelo.

Él resopló y le contestó riendo:

—De acuerdo, Lina, te lo juro.

57

Llegó el 12 de marzo, un día templado, ya primaveral. Lila quiso que yo fuera temprano a su vieja casa, para ayudarla a lavarse, a peinarse, a vestirse. Echó a su madre, nos quedamos solas. Se sentó en el borde de la cama en bragas y sujetador. Tendido a su lado estaba el traje de novia; parecía el cuerpo de una muerta; delante de ella, en el suelo de hexágonos, esperaba la tina de cobre llena hasta el borde de agua humeante. Me preguntó sin rodeos:

—¿A ti te parece que me equivoco?

—¿En qué?

—En casarme.

—¿Sigues pensando en la historia del padrino de pañuelo?

—No, pienso en la maestra. ¿Por qué no quiso dejarme entrar?

—Porque es una vieja gruñona.

Se quedó callada un rato mirando fijamente el agua que brillaba en la tina y luego dijo:

—Pase lo que pase, tú sigue estudiando.

—Me quedan dos años, me saco el diploma y se acabó.

—No, no lo dejes nunca; yo te daré el dinero, tienes que estudiar siempre.

Solté una risita nerviosa y le dije:

—Gracias, pero llega un momento en que los estudios se acaban.

—Para ti no. Tú eres mi amiga estupenda, tienes que llegar a ser la mejor de todos, de los chicos y las chicas.

Se levantó, se quitó las bragas y el sujetador, y dijo:

—Anda, ayúdame, que si no se me hace tarde.

Nunca la había visto desnuda, sentí vergüenza. Hoy puedo decir que fue la vergüenza de posar con placer sobre su cuerpo la mirada, de ser la testigo comprometida de su belleza de muchacha de dieciséis años, horas antes de que Stefano la tocara, la penetrara, tal vez la deformara dejándola preñada. Entonces solo fue una tumultuosa sensación de necesaria inconveniencia, una situación en la que no se puede mirar hacia otro lado, no se puede apartar la mano sin reconocer la propia turbación, sin declararla precisamente al retirarla, sin entrar en conflicto con la imperturbable inocencia de quien te está turbando, sin expresar precisamente con el rechazo la intensa emoción que te sacude, de modo que te obligas a quedarte, a seguir posando la mirada en los hombros de muchachito, en los pechos de tiesos pezones, en las caderas estrechas y las nalgas prietas, en el sexo negrísimo, en las piernas largas, en las rodillas tiernas, en los tobillos ondulados, en los pies elegantes; y haces como si no pasara nada, cuando en realidad todo está en curso, presente, allí en el cuarto pobre y sumido en la penumbra, con los muebles miserables, sobre un suelo de baldosas sueltas manchado de agua, y te agita el corazón y te inflama las venas.

La lavé con gestos lentos y esmerados, primero dejándola ovillada en la tina, luego pidiéndole que se pusiera de pie; conservo en los oídos el ruido del agua que gotea, y me quedó la impresión de que el cobre de la tina tuviese una consistencia muy similar a la de la carne de Lila, que era lisa, firme, tranquila. Tuve sentimientos y pensamientos confusos: abrazarla, llorar con ella, besarla, tirarle del pelo, reír, fingir competencias sexuales e instruirla con voz docta, distanciarla con palabras precisamente en el momento de máxima proximidad. Pero al final solo quedó el pensamiento hostil de que la estaba purificando de la cabeza a los pies, de buena mañana, solo para que Stefano la ensuciara en el curso de la noche. La imaginé, desnuda como estaba en ese momento, ceñida a su marido, en el lecho de la casa nueva, mientras el tren rechinaba bajo sus ventanas y la carne violenta de él entraba dentro de ella con un golpe limpio, como el tapón de corcho metido con un golpe de la palma en el cuello de una frasca de vino. De pronto me pareció que el único remedio contra el dolor que sentía, que iba a sentir, era encontrar un rincón bien apartado para que Antonio me hiciera a mí, a las mismas horas, exactamente lo mismo.

La ayudé a secarse, a vestirse, a ponerse el vestido de novia que yo —yo, pensé con una mezcla de orgullo y sufrimiento— había elegido para ella. La tela cobró vida, sobre su candor se difundió el calor de Lila, el rojo de la boca, los ojos negrísimos y duros. Al final se calzó los zapatos diseñados por ella misma. Apremiada por Rino, que lo habría tomado como una especie de traición si ella se hubiese negado, Lila había elegido un par de zapatos de tacón bajo, para no parecer mucho más alta que Stefano. Se miró al espejo subiéndose un poco el vestido.

—Son feos —dijo.

—No es cierto.

Rió nerviosa.

—Claro que sí, fíjate, los sueños de la cabeza han acabado bajo los pies. —Se volvió con repentina cara de susto—: ¿Qué va a ocurrirme, Lenù?

58

En la cocina, esperándonos con impaciencia, preparados desde hacía rato, estaban Fernando y Nunzia. Nunca los había visto tan emperifollados. En aquella época sus padres, los míos, los de todos, me parecían unos viejos. Para mí no había grandes diferencias entre ellos y los abuelos maternos, los paternos, criaturas que ante mis ojos llevaban una especie de vida fría, una existencia sin nada en común con la mía, con la de Lila, Stefano, Antonio, Pasquale. Las personas realmente devoradas por el calor de los sentimientos, por el ardor de las ideas, éramos nosotros. Solo ahora, mientras escribo, me doy cuenta de que por aquel entonces Fernando no debía de tener más de cuarenta y cinco años, Nunzia sería algo más joven, y así, juntos, esa mañana, él con camisa blanca y traje oscuro, cara de Randolph Scott, y ella toda de azul, con un sombrerito azul y velo azul, causaban muy buena impresión. Lo mismo puede decirse de mis padres, sobre cuya edad puedo ser más exacta: mi padre tenía treinta y nueve años, mi madre, treinta y cinco. En la iglesia los observé durante un buen rato. Sentí con rabia que, ese día, mis éxitos en los estudios les servían de bien poco consuelo, es más, demostraban, especialmente para mi madre, que eran una inútil pérdida de tiempo. Cuando Lila, espléndida en el nimbo de deslumbrante candor de su vestido y el velo vaporoso, avanzó por la iglesia de la Sagrada Familia del brazo del zapatero y fue a reunirse con Stefano, muy apuesto, en el altar colmado de flores —bendito el florista que las había suministrado en abundancia—, mi madre, aunque su ojo bizco parecía vuelto hacia otro lado, me miró para reprocharme que yo estuviese allí, gafuda, lejos del centro de la escena, mientras que mi amiga mala había conseguido un marido pudiente, una actividad económica para su familia, una casa nada menos que en propiedad, equipada con bañera, nevera, televisor y teléfono.

La ceremonia fue larga, el párroco la hizo durar una eternidad. Al entrar en la iglesia los parientes y amigos del novio se habían colocado todos juntos de un lado; los parientes y amigos de la novia, del otro. El fotógrafo se pasó todo el tiempo haciendo un número infinito de fotos con flashes y reflectores, mientras su joven ayudante filmaba los aspectos destacados de la ocasión.

Antonio estuvo todo el tiempo sentado devotamente a mi lado, con su traje nuevo de sastrería, y dejó a Ada —enfadadísima porque, en su calidad de dependienta de la charcutería del novio, le hubiera gustado ocupar otro sitio bien distinto— la tarea de acomodarse al fondo con Melina y vigilarla, junto con sus demás hermanos. En una o dos ocasiones me susurró algo al oído, pero no le contesté. Para evitar habladurías, debía limitarse a estar a mi lado sin mostrar una especial intimidad. Recorrí con la mirada la iglesia repleta; la gente se aburría y, como yo, se dedicaba a mirar constantemente a su alrededor. Flotaba en el aire un intenso perfume a flores, un olor de trajes nuevos. Gigliola estaba hermosísima, igual que Carmela Peluso. Y los muchachos no les iban a la zaga. Enzo y, sobre todo, Pasquale parecían querer demostrar que, de haber estado ellos en el altar, al lado de Lila, habrían causado mejor impresión que Stefano. Mientras el albañil y el verdulero se encontraban en el fondo de la iglesia cual guardianes del éxito de la ceremonia, Rino, el hermano de la novia, rompiendo el orden de colocación de los familiares, había ido a sentarse al lado de Pinuccia, en la zona de los parientes del novio; él también me pareció perfecto con su traje nuevo, calzado con zapatos Cerullo, tan relucientes como el cabello peinado con brillantina. Qué ostentación. Era evidente que cuantos recibieron la participación no habían querido faltar, es más, se habían presentado vestidos como señores, y eso, por lo que yo sabía, por lo que todos sabíamos, suponía de hecho que no pocos —empezando por Antonio, que estaba sentado a mi lado— habían tenido que pedir dinero prestado. Me fijé entonces en Silvio Solara, gordo, con traje oscuro, de pie al lado del novio, mucho destello de oro en las muñecas. Me fijé en Manuela, su mujer, vestida de rosa, cargadísima de joyas, colocada al lado de la novia. El dinero de la ostentación salía de allí. Tras la muerte de don Achille, eran ese hombre, de cutis violáceo, ojos azules, entradas pronunciadas, y esa mujer delgada, de nariz larga y labios finos, quienes habían prestado dinero a todo el barrio (o, mejor dicho, era Manuela quien se ocupaba de los aspectos prácticos de la actividad: el registro de tapas rojas en el que apuntaba cantidades y vencimientos era famoso y temido). De hecho, la boda de Lila había sido un negocio no solo para el florista, no solo para el fotógrafo, sino sobre todo para esa pareja, que entre otras cosas, había suministrado también la tarta y los confites de las bomboneras.

Noté que Lila no los miró en ningún momento. Ni siquiera se volvió hacia Stefano, sino que clavó la vista en el cura. Pensé que vistos así, de espaldas, no hacían buena pareja. Lila era más alta, él más bajo. Lila proyectaba a su alrededor una energía que nadie podía pasar por alto, él parecía un hombrecito desvaído. Lila parecía sumamente concentrada, como si se hubiese empeñado en entender a fondo el verdadero significado del ritual; en cambio él se volvía de vez en cuando hacia su madre, que intercambiaba sonrisitas con Silvio Solara o se rascaba ligeramente la cabeza. En un momento dado me entró la angustia. Pensé: ¿y si Stefano no fuera realmente lo que aparenta? Pero por dos motivos no llegué a seguir el hilo de ese pensamiento. En primer lugar, los novios se dieron el sí de un modo decidido y claro y en medio de la conmoción general, se intercambiaron los anillos, se besaron, y tuve que reconocer que Lila ya estaba realmente casada. Y luego ocurrió que de golpe dejé de prestar atención a los novios. Me di cuenta de que había visto a todos menos a Alfonso; lo busqué con la mirada entre los parientes del novio, entre los de la novia, y lo encontré al fondo de la iglesia, medio oculto detrás de una columna. Le hice una seña, me contestó, vino hacia mí. Pero detrás de él apareció con gran pompa Marisa Sarratore. E inmediatamente después, larguirucho, las manos en los bolsillos, desgreñado, con la chaqueta y los pantalones ajados que llevaba en la escuela, Nino.

59

El séquito fue un confuso amontonamiento alrededor de los novios, que salieron de la iglesia acompañados de sonidos vibrantes del órgano y flashes del fotógrafo. Lila y Stefano se detuvieron en la explanada de la iglesia entre besos, abrazos, el caos de coches y los nervios de los parientes que se veían obligados a esperar, mientras otros, ni siquiera parientes consanguíneos —pero ¿más importantes, más queridos, más ricamente vestidos, las señoras con sombreros especialmente extravagantes?— eran repartidos de inmediato en los coches y conducidos al restaurante de via Orazio.

Qué arreglado iba Alfonso. Nunca lo había visto de traje oscuro, camisa blanca y corbata. Sin su humilde atuendo del colegio, sin su bata de charcutero, no solo me pareció que era mayor de dieciséis años, sino que de golpe —pensé— físicamente distinto de su hermano Stefano. Ya era más alto, más delgado, sobre todo era guapo como un bailarín español que había visto en la televisión, ojos grandes, labios gruesos, sin rastros aún de barba. Evidentemente Marisa no se separaba de su lado, la relación se había afianzado, debían de haberse visto sin que yo me enterara. ¿Acaso Alfonso, pese a mostrarse tan devoto a mí, se había dejado vencer por el pelo rizado de Marisa y su charla incesante que lo eximía, tan tímido él, de llenar los silencios en la conversación? ¿Se habrían prometido? Lo dudaba, él me lo habría contado. Pero estaba claro que las cosas estaban en marcha, hasta el punto de que la había invitado a la boda de su hermano. Y ella, sin duda para que sus padres le dieran permiso, había obligado a Nino a que la acompañara.

Allí estaba, en la explanada, el joven Sarratore, completamente fuera de lugar con su atuendo desaseado, demasiado alto, demasiado flaco, el pelo demasiado largo y despeinado, las manos demasiado hundidas en los bolsillos de los pantalones, el aire de quien no sabe dónde ponerse, los ojos clavados en los novios, como todos, pero sin ningún interés, solo por tener algo donde posarlos. Esa presencia inesperada contribuyó en gran medida al desorden emotivo del día. Nos habíamos saludado en la iglesia, apenas un susurro, hola, hola. Después Nino se había puesto detrás de su hermana y Alfonso; a mí me aferró firmemente del brazo Antonio y, aunque me solté enseguida, acabé de todos modos en compañía de Ada, Melina, Pasquale, Carmela, Enzo. Ahora, en el gentío, mientras los novios se subían a un gran coche blanco junto con el fotógrafo y su ayudante para ir al parque della Rimembranza a sacarse fotos, me entró la angustia de que la madre de Antonio reconociera a Nino, que viera en su cara algún rasgo de Donato. Fue una preocupación infundada. La madre de Lila, Nunzia, se la llevó, despistada, junto con Ada y sus hermanos más pequeños, en un coche que la sacó de allí.

En efecto, nadie reconoció a Nino, ni siquiera Gigliola, ni siquiera Carmela, ni siquiera Enzo. Tampoco notaron la presencia de Marisa, pese a que conservaba todavía rasgos de la niña que había sido. En ese momento los dos Sarratore pasaron del todo inadvertidos. Entretanto, Antonio me empujaba hacia el viejo coche de Pasquale; con nosotros iban Carmela y Enzo; nos disponíamos a partir y a mí no se me ocurrió otra cosa que preguntar: «¿Dónde están mis padres? Esperemos que alguien se ocupe de ellos». Enzo contestó que los había visto en el coche de no sé quién, de modo que no hubo nada que hacer, partimos. Apenas me dio tiempo a echarle un vistazo a Nino, que seguía de pie en la explanada con cara de aturdido, al lado de Alfonso y Marisa que hablaban entre ellos, luego lo perdí de vista.

Me puse nerviosa. Antonio, sensible a cada uno de mis cambios de humor, me susurró al oído:

—¿Qué pasa?

—Nada.

—¿Te has enfadado por algo?

—No.

Carmela rió y dijo:

—Está enfadada porque Lina se ha casado y a ella también le gustaría casarse.

—¿Por qué, a ti no te gustaría casarte? —preguntó Enzo.

—Si por mí fuera, me casaba mañana mismo.

—¿Y con quién?

—Ya sé yo con quién.

—Calla —dijo Pasquale—, que a ti no te quiere nadie.

Nos fuimos en dirección al puerto deportivo, Pasquale conducía como un loco. Antonio le había arreglado el automóvil tan bien que él corría como si se tratara de un coche de carreras. Corría como una flecha, haciendo rugir el motor, sin importarle las sacudidas provocadas por los baches. Se pegaba a los coches que tenía delante como si fuera a atropellarlos, frenaba unos centímetros antes de embestirlos, daba un brusco volantazo, los adelantaba. Nosotras, las muchachas, soltábamos gritos de miedo o pronunciábamos indignadas recomendaciones que provocaban su risa y lo impulsaban a pisar el acelerador más a fondo. Antonio y Enzo no pestañeaban siquiera, como mucho hacían comentarios vulgares sobre los automovilistas lentos, bajaban la ventanilla y, mientras Pasquale los adelantaba, les gritaban insultos.

Durante aquel trayecto hacia via Orazio, de un modo claro, empecé a sentirme como una extraña, infeliz por mi propia extrañeza. Me había criado con aquellos muchachos, consideraba normales sus comportamientos, su lengua violenta era también la mía. Pero desde hacía seis años seguía a diario un camino del que ellos lo ignoraban todo y que yo encaraba de forma brillante, tanto que era la más capaz. Con ellos no podía usar nada de lo que aprendía todos los días; debía contenerme, y, en cierto modo, autodegradarme. Con ellos me veía obligada a poner entre paréntesis lo que yo era en el colegio o a utilizarlo a traición, para intimidarlos. Me pregunté qué hacía en ese coche. Estaban mis amigos, claro, estaba mi novio, íbamos al banquete de bodas de Lila. Pero precisamente ese banquete ratificaba que Lila, la única persona a la que todavía sentía necesaria pese a nuestras vidas divergentes, ya no nos pertenecía y, al faltar ella, toda mediación entre esos jóvenes y yo, ese coche que recorría veloz las calles, había tocado a su fin. ¿Por qué no estaba con Alfonso, con quien compartía tanto el origen como la fuga? Sobre todo, ¿por qué no me había parado a pedirle a Nino quédate, ven al banquete, dime cuándo sale la revista con mi artículo, hablemos entre nosotros, cavemos una guarida que nos mantenga alejados de esta forma de conducir de Pasquale, de su vulgaridad, de los tonos violentos de Carmela y Enzo, y también de —sí, también— de Antonio?

60

Fuimos los primeros jóvenes en entrar en el salón del banquete. Mi mal humor fue en aumento. Silvio y Manuela Solara ya ocupaban su mesa junto al comerciante de metales, su consorte florentina, la madre de Stefano. Los padres de Lila también ocupaban una larga mesa con otros parientes, mis padres, Melina, Ada que estaba impaciente y recibió a Antonio con gestos rabiosos. La pequeña orquesta se acomodaba en su sitio, los músicos afinaban los instrumentos, el cantante probaba el micrófono. Recorrimos el salón incómodos. No sabíamos dónde sentarnos, ninguno de nosotros se atrevía a preguntar a los camareros. Antonio se pegaba a mi lado esforzándose por divertirme.

Mi madre me llamó, fingí no oírla. Me llamó otra vez y yo nada. Entonces se levantó, se acercó a mí con su paso claudicante. Quería que fuera a sentarme a su lado. Me negué. Y preguntó entre dientes:

—¿Por qué el hijo de Melina te está rondando siempre?

—No me está rondando nadie, ma.

—¿Te crees que me chupo el dedo?

—No.

—Ven a sentarte a mi lado.

—No.

—Te digo que vengas. No te mandamos a estudiar para dejar que te arruine un obrero que tiene a la madre loca.

La obedecí, estaba furiosa. Empezaron a llegar otros jóvenes, todos amigos de Stefano. Entre ellos vi a Gigliola, que me indicó por señas que me reuniera con ella. Mi madre me retuvo. Al final, Pasquale, Carmela, Enzo y Antonio se sentaron con el grupo de Gigliola. Ada, que había conseguido librarse de su madre endilgándosela a Nunzia, se me acercó y me dijo al oído: «Ven». Intenté levantarme pero mi madre me aferró de un brazo con rabia. Ada puso cara de disgustada y fue a sentarse al lado de su hermano, que de vez en cuando me miraba y yo le indicaba, volviendo los ojos hacia el techo, que estaba prisionera.

La pequeña orquesta empezó a tocar. El cantante, cuarentón, casi calvo, con rasgos muy delicados, canturreó algo a modo de prueba. Llegaron más invitados, el salón se llenó. Nadie disimulaba el apetito, pero como es natural, había que esperar a los novios. Traté de levantarme otra vez y mi madre me dijo entre dientes: «Tienes que quedarte cerca de mí».

Cerca de ella. Pensé en lo contradictoria que era sin darse cuenta, con sus rabias, sus gestos imperiosos. No hubiera querido que yo estudiara, pero dado que yo estudiaba, me consideraba mejor que los muchachos con los que me había criado, y reconocía, como por lo demás lo hacía yo misma en esa circunstancia, que mi lugar no estaba entre ellos. Sin embargo, me obligaba a permanecer a su lado para protegerme a saber de qué tempestad en el mar, a saber de qué abismo o precipicio, peligros que para ella, en ese momento, representaba Antonio. Pero permanecer a su lado suponía quedarme en su mundo, convertirme en alguien igual a ella en todo. Y si llegaba a ser igual a ella, ¿qué otro iba a corresponderme más que Antonio?

Entraron los novios, aplausos entusiastas. La orquesta atacó enseguida la marcha nupcial. Uní indisolublemente a mi madre, a su cuerpo, aquella extrañeza que crecía en mi interior. Ahí estaba Lila, agasajada por el barrio, aparentemente feliz. Sonreía elegante, cortés, su mano en la mano del marido. Estaba preciosa. En ella, en sus andares, me había fijado desde pequeña para huir de mi madre. Me había equivocado. Lila se había quedado allí, vinculada de forma manifiesta a ese mundo, del que imaginaba haber sacado lo mejor. Y lo mejor era ese joven, ese matrimonio, ese banquete, la jugada de los zapatos para Rino y su padre. Nada que tuviera que ver con mi recorrido de chica estudiosa. Me sentí completamente sola.

Los novios fueron obligados a bailar entre los destellos del fotógrafo. Dieron vueltas por el salón con movimientos medidos. Debo tomar nota, pensé: a pesar de todo, ni siquiera Lila ha conseguido huir del mundo de mi madre. Yo, en cambio, tengo que lograrlo, no puedo seguir siendo condescendiente. Debo anularla, como sabía hacer la Oliviero cuando se presentaba en casa para imponerle mi bien. Me retenía por el brazo pero yo debía ignorarla, acordarme de que yo era la mejor en italiano, latín y griego, acordarme de que me había enfrentado al profesor de religión, de que estaba a punto de publicarse un artículo con mi firma en la misma revista para la que escribía un muchacho apuesto y excelente alumno del último curso del bachillerato superior.

Nino Sarratore entró en ese momento. Lo vi antes que a Alfonso y Marisa, lo vi y me levanté de un salto. Mi madre intentó retenerme pero apenas alcanzó a aferrarme del dobladillo del vestido, yo tiré y me solté. Antonio, que no me perdía de vista, se iluminó, me lanzó una mirada seductora. Pero yo, yendo en sentido contrario a Lila y Stefano que se dirigían a ocupar sus sitios en el centro de la mesa entre los cónyuges Solara y la pareja de Florencia, fui derechita a la entrada, hacia Alfonso, Marisa y Nino.

61

Encontramos sitio. Charlé de todo un poco con Alfonso y Marisa, esperando que Nino se decidiera a dirigirme la palabra. Mientras tanto, Antonio se me acercó por la espalda, se inclinó y me dijo al oído:

—Te he guardado un sitio.

—Vete, mi madre se ha dado cuenta de todo —le susurré.

Miró a su alrededor, inseguro, muy intimidado. Regresó a su mesa.

En el salón se oía un runrún de descontento. Los invitados más hostiles habían empezado a notar que las cosas no funcionaban. El vino no era de la misma calidad en todas las mesas. Mientras algunos ya iban por el primer plato, a otros todavía no les habían servido los entrantes. Ya había quien decía en voz alta que donde se sentaban los parientes y amigos del novio el servicio era mejor que en los sitios ocupados por los parientes y amigos de la novia. Sentí que detestaba esas tensiones, su pendenciero aumento. Me armé de valor y metí a Nino en la conversación, le pedí que me hablara de su artículo sobre la miseria de Nápoles, con la intención de preguntarle enseguida, con naturalidad, si tenía noticias sobre el próximo número de la revista y mi media paginita. Él se lanzó a exponer unos temas muy interesantes y documentados sobre el estado de la ciudad. Me sorprendió su seguridad. En Ischia todavía conservaba los rasgos del chico atormentado, ahora me pareció hasta demasiado maduro. ¿Cómo era posible que un muchacho de dieciocho años hablara de la miseria no de forma genérica y con tonos tristes, como hacía Pasquale, sino con hechos concretos y ese aire distante, citando datos precisos?

—¿Dónde has aprendido esas cosas?

—Basta con leer.

—¿Qué?

—Periódicos, revistas, libros que tratan de estos problemas.

Yo jamás había hojeado ni un solo periódico ni una sola revista, leía únicamente novelas. La propia Lila, en la época en que leía, nunca había leído más que las viejas novelas sobadas de la biblioteca circulante. Iba atrasada en todo, Nino podía ayudarme a recuperar terreno.

Empecé a hacerle cada vez más preguntas y él las contestaba. Contestaba, sí, pero no daba respuestas fulgurantes como Lila, no tenía su capacidad de hacer que todo resultara atrayente. Construía discursos con tono de estudioso, plagados de ejemplos concretos, y cada una de mis preguntas era un pequeño impulso que ponía en marcha una avalancha: hablaba sin parar, sin florituras, sin ninguna ironía, duro, cortante. Alfonso y Marisa no tardaron en sentirse aislados. Marisa dijo: «Virgen santa, qué aburrido es mi hermano» y se pusieron a charlar entre ellos. Nino y yo también nos aislamos. No nos enteramos de nada de lo que ocurría a nuestro alrededor: no sabíamos qué nos servían en los platos, qué comíamos o bebíamos. Yo me esforzaba por encontrar preguntas que formularle, escuchaba comedida sus respuestas-río. No tardé en captar que el hilo de sus discursos estaba constituido por una sola idea fija que animaba cada frase: el rechazo de palabras vagas, la necesidad de distinguir claramente los problemas, plantear soluciones factibles, intervenir. Yo asentía todo el rato con la cabeza, me manifestaba de acuerdo en todo. Adopté un aire perplejo solo cuando habló mal de la literatura. «Si quieren ser vendedores de humo —repitió dos o tres veces muy enojado con sus enemigos, es decir con cualquiera que vendiese humo—, que escriban novelas, las leeré de buena gana, pero si realmente hace falta cambiar las cosas, entonces la cuestión es otra.» En realidad —me pareció entender— se servía de la palabra «literatura» para tomarla con quienes echaban a perder la cabeza de la gente a fuerza de lo que él calificaba como charlas inútiles. Ante una débil protesta mía, por ejemplo, contestó así: «El exceso de malas novelas de caballerías, Lenù, hacen un don

Quijote; pero nosotros, con todo respeto por don Quijote, aquí en Nápoles, no necesitamos batirnos con molinos de viento para saber qué es malgastar esfuerzos; necesitamos personas que sepan cómo funcionan los molinos y los hagan funcionar».

Deseé entonces poder discutir todos los días con un muchacho de ese nivel: cuántos errores había cometido con él; qué tontería había sido quererlo, amarlo, y pese a todo evitarlo siempre. Su padre tenía la culpa. Pero también era culpa mía: con la tirria que yo le tenía a mi madre, ¿había dejado que su padre proyectara su mala sombra sobre el hijo? Me arrepentí, me deleité de mi arrepentimiento, de la aventura en la que me sentía inmersa. Mientras tanto levantaba a menudo la voz para imponerme al clamor del salón, la música, y él hacía lo mismo. A veces echaba un vistazo a la mesa de Lila: reía, comía, charlaba, ni siquiera se había dado cuenta de dónde estaba yo, de la persona con la que hablaba. Pero rara vez miraba hacia la mesa de Antonio, temía que me hiciera señas para que me reuniera con él. Pero notaba que no me quitaba los ojos de encima, que estaba nervioso y se estaba enfadando. Paciencia, pensé, total lo tengo decidido, mañana lo planto: no puedo seguir con él, somos muy distintos. Me adoraba, claro, se dedicaba por completo a mí, pero como un perrito. Estaba deslumbrada por la forma en que me hablaba Nino: sin ningún sometimiento. Me exponía su futuro, las ideas sobre las que iba a construirlo. Escucharlo estimulaba mis pensamientos casi como en otros tiempos me pasaba con Lila. Su dedicación a mí me hacía crecer. Él sí iba a apartarme de mi madre, él que no quería otra cosa que apartarse de su padre.

Noté que me tocaban el hombro, era Antonio otra vez. Dijo sombrío:

—Bailemos.

—Mi madre no quiere —susurré.

Contestó nervioso, en voz alta:

—Bailan todos, ¿qué problema hay?

Miré a Nino y sonreí un tanto incómoda; él sabía muy bien que Antonio era mi novio. Me miró serio, se volvió hacia Alfonso. Seguí a Antonio.

—No me aprietes.

—No te estoy apretando.

Reinaba un gran bullicio y una alegría achispada. Bailaban jóvenes, adultos, niños. Pero yo notaba lo que se ocultaba realmente tras la apariencia festiva. Los parientes de la novia transmitían con las muecas de sus caras un descontento pendenciero. Sobre todo las mujeres. ¿Se habían endeudado hasta el cuello por el regalo, los trajes que lucían, se habían arruinado, para que ahora las trataran como pordioseras, con vino malo y retrasos intolerables en el servicio? ¿Por qué Lila no intervenía, por qué no protestaba ante Stefano? Las conocía. Se tragarían la rabia por amor a Lila, pero finalizado el banquete, cuando ella se hubiese cambiado, cuando hubiese regresado con el traje del viaje de novios, cuando hubiese repartido los confites, cuando se hubiese ido toda elegante del brazo de su marido, entonces estallaría un litigio que haría historia, y daría origen a odios que durarían meses, años, a venganzas e insultos que arrastrarían a maridos e hijos, todos ellos obligados a demostrar a madres, hermanas y abuelas que sabían ser hombres. Conocía a todas, a todos. Veía las miradas feroces que los muchachos dirigían al cantante, a los músicos que observaban con descaro a sus novias o se dirigían a ellas con frases alusivas. Veía cómo se hablaban Enzo y Carmela mientras bailaban, veía también a

Pasquale y a Ada, sentados a la mesa: era evidente que antes de que acabara la fiesta se harían novios y después se prometerían y, con toda probabilidad, al cabo de un año, o de diez, acabarían casados. Veía a Rino y Pinuccia. En su caso todo sería más rápido: si la fábrica de zapatos Cerullo arrancaba en serio, como mucho al cabo de un año tendrían un banquete de bodas no menos fastuoso que ese. Bailaban, se miraban a los ojos, se estrechaban con fuerza. Amor e interés. Charcutería más calzados. Edificios viejos más edificios nuevos. ¿Era como ellos? ¿Seguía siendo como ellos?

—¿Quién es ese? —preguntó Antonio.

—¿Quién va a ser? ¿No lo reconoces?

—No.

—Es Nino, el hijo mayor de Sarratore. Y esa es Marisa, ¿te acuerdas de ella?

Marisa no le importaba nada, Nino, sí. Dijo nervioso:

—¿Y tú primero me llevas a ver a Sarratore para amenazarlo y después te pasas horas charlando con su hijo? ¿Me he hecho el traje nuevo para ver cómo te diviertes con ese, que ni siquiera se ha cortado el pelo ni se ha puesto corbata?

Me dejó plantada en medio del salón y fue con paso veloz hacia la puerta de cristales que daba a la terraza.

Durante unos instantes no supe qué hacer. Si reunirme con Antonio. O regresar con Nino. Mi madre no me quitaba la vista de encima, aunque su ojo estrábico parecía mirar hacia otro lado. Mi padre no me quitaba la vista de encima y la suya era una fea mirada. Pensé: si vuelvo con Nino, si no me reúno con Antonio en la terraza, será él quien me deje y para mí será mejor así. Crucé el salón mientras la orquesta seguía tocando, las parejas seguían bailando. Me senté en mi sitio.

Nino pareció no haber prestado la menor atención a lo que acababa de ocurrir. Hablaba con su estilo torrencial de la profesora Galiani. La defendía ante Alfonso, yo sabía que no la podía ni ver. Nino estaba diciendo que a menudo él también acababa discrepando de ella —demasiado rígida—, pero como docente era extraordinaria, siempre lo había animado, le había transmitido la capacidad de estudiar. Traté de intervenir en la conversación. Sentía la urgencia de dejarme aferrar otra vez por Nino, no quería que empezara a discutir con mi compañero de clase tal como había discutido conmigo momentos antes. Para no acabar corriendo a hacer las paces con Antonio y decirle llorando: sí, tienes razón, no sé qué soy ni qué quiero realmente, te uso y después te tiro pero no tengo la culpa, me siento mitad de aquí, mitad de allá, perdóname, necesitaba que Nino me introdujera de forma exclusiva en las cosas que sabía, en sus capacidades, que me reconociera como su igual. Por ello casi le quité la palabra de la boca, y mientras él se esforzaba por retomar el discurso interrumpido, enumeré los libros que me había prestado la profesora desde comienzos del año, los consejos que me había dado. Asintió con un movimiento de la cabeza, medio enfurruñado, se acordó de que hacía un tiempo la profesora también le había prestado uno de esos textos y empezó a hablarme de él. Pero yo sentía cada vez más la urgencia de gratificaciones que me distrajeran de Antonio, y le pregunté sin venir a cuento:

—¿Cuándo sale la revista?

Me lanzó una mirada vacilante, cargada de cierta aprensión.

—Salió hace un par de semanas.

Me estremecí de alegría y le pregunté:

—¿Dónde la consigo?

—La venden en la librería Guida. De todos modos, te la puedo conseguir.

—Gracias.

Vaciló, luego dijo:

—Pero tu artículo no lo publicaron, al final no había espacio.

Alfonso esbozó enseguida una sonrisa de alivio y murmuró:

—Menos mal.

62

Teníamos dieciséis años. Yo estaba enfrente de Nino Sarratore, de Alfonso, de Marisa, me esforzaba por sonreír y decir con fingida despreocupación: «No importa, habrá otra ocasión»; Lila se encontraba en el otro extremo del salón —era la novia, la reina de la fiesta— y Stefano le hablaba al oído y ella sonreía.

El largo y extenuante banquete de bodas llegaba a su fin. La orquesta tocaba, el cantante cantaba. Antonio comprimía en su pecho el malestar que yo le había causado y miraba el mar de espaldas al salón. Enzo tal vez le estaba murmurando a Carmela que la quería. Rino seguramente ya lo había hecho con Pinuccia, que le hablaba mirándolo fijamente a los ojos. Con toda probabilidad Pasquale, asustado, le estaba dando vueltas a la idea, pero antes de que terminara la fiesta, Ada ya se habría encargado de encontrar la manera de arrancarle las palabras necesarias. Desde hacía rato se encadenaban los brindis con las alusiones obscenas; destacaba en ese arte el comerciante de metales. El suelo estaba cubierto de los chorretones de salsa dejados por un plato resbalado de las manos de algún niño, del vino derramado por el abuelo de Stefano. Me tragué las lágrimas. Pensé: tal vez publiquen mi texto en el número siguiente, tal vez Nino no insistió lo suficiente, tal vez debí haberme ocupado yo misma. Pero no dije nada, seguí sonriendo, encontré incluso fuerzas para decir:

—Además, con el cura ya me había peleado una vez, habría sido inútil volver a hacerlo.

—Pues sí —dijo Alfonso.

Nada atenuaba la desilusión. Me debatía para sustraerme a una especie de oscurecimiento en la cabeza, de dolorosa merma en la tensión, y no lo conseguía. Descubrí que había considerado la publicación de esas pocas líneas, mi firma impresa, como señal de que tenía realmente un destino, de que el esfuerzo del estudio conducía con seguridad hacia arriba, a alguna parte, de que la maestra Oliviero había tenido razón al empujarme a seguir adelante y a abandonar a Lila. «¿Sabes lo que es la plebe?» «Sí, señorita.» En ese momento supe lo que era la plebe con mayor claridad que años antes cuando la Oliviero me lo había preguntado. La plebe éramos nosotros. La plebe era ese disputarse la comida y el vino, ese pelearse para que te sirvieran el primero y mejor, ese suelo mugriento por el que los camareros iban y venían, esos brindis cada vez más vulgares. La plebe era mi madre, que había bebido y ahora se aflojaba apoyando la espalda contra el hombro de mi padre, serio, y se reía con la boca abierta de par en par de las alusiones sexuales del comerciante de metales. Reían todos, también Lila, con el aire de quien tiene un papel y lo interpreta hasta el final.

Tal vez asqueado por el espectáculo en curso, Nino se levantó y anunció que se marchaba. Se puso de acuerdo con Marisa para regresar a casa juntos; Alfonso prometió acompañarla a la hora acordada, al lugar acordado. Ella parecía muy orgullosa de contar con un caballero tan cumplido. Le pregunté a Nino, vacilante:

—¿No quieres saludar a la novia?

Extendió los brazos, farfulló algo sobre su atuendo y sin siquiera estrecharme la mano, sin un solo gesto dirigido a mí o a Alfonso, fue hacia la puerta con su paso oscilante de siempre. Sabía entrar y salir del barrio a su antojo, sin dejarse contaminar. Podía hacerlo, era capaz de hacerlo, tal vez lo había aprendido años antes, en la época de la borrascosa mudanza que a punto estuvo de costarle la vida.

Dudé de que yo fuera a conseguirlo. Estudiar no servía: ya podía sacar dieces en los deberes, eso no era más que el colegio; pero quienes trabajaban en la revista habían olido el informe mío y de Lila, y no lo habían publicado. Nino sí lo podía todo: tenía la cara, los gestos, el porte de quien iba a mejorar siempre. Cuando se perdió de vista me pareció que había desaparecido la única persona de todo el salón que contaba con la energía para sacarme de allí.

Después tuve la impresión de que la puerta del restaurante se cerraba por un golpe de viento. En realidad no hubo viento, tampoco un golpe de batientes. Solo ocurrió lo que era previsible que ocurriera. Llegaron justo para la tarta, para la bombonera, los apuestísimos, elegantísimos hermanos Solara. Se pasearon por el salón y saludaron a unos y a otros con su aire de amos y señores. Gigliola le echó los brazos al cuello a Michele, se lo llevó con ella y lo sentó a su lado. Lila, con un sonrojo repentino en el cuello y alrededor de los ojos, tironeó enérgicamente del brazo a su marido y le murmuró algo al oído. Silvio hizo una seña leve a sus hijos, Manuela los contempló con orgullo de madre. El cantante atacó *Lazzarella* imitando discretamente a Aurelio Fierro. Rino hizo acomodar a Marcello con una sonrisa amistosa. Marcello se sentó, se aflojó el nudo de la corbata, cruzó las piernas.

Lo imprevisible se reveló solo entonces. Vi que Lila perdía el color, se ponía palidísima como era de niña, más blanca que su vestido de novia, y sus ojos sufrieron esa contracción imprevista hasta convertirse en hendiduras. Tenía delante una botella de vino y temí que su mirada la traspasase con una violencia que la haría añicos y salpicaría el vino por todas partes. Pero no miraba la botella. Miraba más lejos, miraba los zapatos de Marcello Solara.

Eran zapatos Cerullo de caballero. No se trataba del modelo en venta, el de la hebilla dorada. Marcello llevaba los zapatos que había comprado tiempo atrás Stefano, su marido. Era el par que ella había confeccionado con Rino, que había hecho y deshecho durante meses, dejándose el alma y las manos en ellos.

Índice